Für meine Großeltern.
Für Mae und Ed, die ich gerne besser
kennengelernt hätte.
Für Esther und John, die mich so herzlich in ihrer
Familie aufgenommen haben.
Für Louise und Bill, die mich geliebt haben
wie ihr eigenes Kind.

»How dare you sport thus with life.«
Mary Wollstonecraft Shelley
Frankenstein (1818)

Energie hatte sich in den Millionen von Nervenzellen aufgebaut, seit sie sich sechs Monate zuvor zu bilden begonnen hatten. In diesen knisterte elektrische Energie, während sie sich in stetiger Galvanisation einer maximalen Reizschwelle näherten. Die Verzweigung der Nervenzellenausläufer und der unterstützenden Mikrogliazellen hatte sich mit exponentieller Geschwindigkeit beschleunigt, und stündlich waren Hunderttausende neuer Synapsenverbindungen zustande gekommen. Es war wie bei einem Kernreaktor am Rande des überkritischen Zustands.

Und endlich geschah es! Die Schwelle wurde erreicht und überschritten. Die Mikroblitze elektrischer Ladungen verbreiteten sich wie ein Buschfeuer durch das komplizierte Verflechtungssystem der Nervenverbindungen und erregten die gesamte Masse. Intrazellulare Bläschen ergossen ihre Neurotransmitter und Neuromodulatoren und steigerten das Reizpotential zu einem kritischen Punkt.

Aus dieser komplexen mikroskopischen Zellaktivität ging eines der Mysterien des Universums hervor: Bewußtsein! Einmal mehr war Geist aus Materie geboren.

Bewußtsein war die Gabe, die das Fundament für Erinnerung und Sinn legte und auch für Furcht und Schrecken. Mit dem Bewußtsein kam die Bürde des Wissens um den Tod am Ende. Aber in diesem Augenblick war das hier geschaffene Bewußtsein ein Bewußtsein ohne Gewahrsein. Das Gewahrsein kam als nächstes, und zwar bald.

Prolog

11. Oktober 1978

»O Gott!« sagte Mary Millman und krallte sich mit beiden Händen in das Laken. Wieder begann der marternde Schmerz in ihrem Unterbauch und strahlte rasch und wie eine Lanze aus geschmolzenem Stahl in die Leisten und ins Kreuz aus.

»Geben Sie mir etwas gegen die Schmerzen! Bitte! Ich halte das nicht aus!« Dann schrie sie.

»Mary, Sie machen das prima«, sagte Dr. Stedman ruhig. »Holen Sie nur tief Luft!« Er zog ein Paar Gummihandschuhe über und ließ die Finger schnappen.

»Ich schaffe das nicht!« schrie Mary heiser. Sie wand sich in eine andere Lage, aber das brachte keine Erleichterung. Mit jeder Sekunde verstärkte sich der Schmerz. Sie hielt den Atem an und spannte reflektorisch jeden Muskel ihres Körpers.

»Mary!« sagte Dr. Stedman in festem Ton und packte Mary am Arm. »Nicht drücken! Das hilft nichts, solange der Gebärmutterhals nicht genügend gedehnt ist. Und es könnte das Baby verletzen.«

Mary öffnete die Augen und versuchte ihren Körper zu entspannen. Ihr Atem war ein qualvolles Stöhnen. »Ich kann nichts dafür«, wimmerte sie unter Tränen. »Bitte ... ich schaffe es nicht. *Helfen Sie mir!*« Ihre Worte gingen in einem neuerlichen Schrei unter.

Mary Millman war zweiundzwanzig Jahre alt und arbeitete als Sekretärin in einem Kaufhaus in der Innenstadt von Detroit. Als sie die Anzeige für Leihmütter gesehen hatte, war ihr die Idee, auf diese Weise an Geld zu kommen, wie ein Gottesgeschenk erschienen – eine vorzügliche Möglichkeit, die unübersehbaren Schulden nach der langen Krankheit ihrer Mutter zu begleichen. Aber da sie nie schwanger gewesen war und außer im Film noch nie eine Geburt gesehen hatte, ahnte sie nicht, wie es sein würde. In diesem Augenblick allerdings konnte sie nicht an die dreißigtausend Dollar denken, die sie bekommen würde, wenn alles vorüber wäre – eine Summe, die sehr viel höher war als das übliche Honorar für Leihmütter in Michigan, dem einzigen Staat, wo ein Kind schon vor der Geburt adoptiert werden konnte. Denn sie glaubte, daß sie sterben würde.

Der Schmerz erreichte den Gipfelpunkt und ließ dann langsam nach. Mary brachte ein paar kurze, flache Atemzüge zustande. »Ich brauche eine schmerzstillende Spritze«, sagte sie mit Mühe. Ihr Mund war trocken.

»Sie haben schon zwei bekommen«, entgegnete Dr. Stedman. Er war damit beschäftigt, die Handschuhe wieder auszuziehen, die er verunreinigt hatte, als er sie am Arm gepackt hatte; jetzt mußte er sie durch ein neues, steriles Paar ersetzen.

»Davon merke ich nichts«, sagte Mary stöhnend.

»Vielleicht nicht auf dem Höhepunkt einer Kontraktion«, meinte Dr. Stedman, »aber vor ein paar Augenblicken haben Sie noch geschlafen.«

»Wirklich?« Mary schaute, nach Bestätigung suchend, zu Marsha Frank hinauf, der Adoptivmutter, die ihr jetzt mit einem kühlen, feuchten Waschlappen sanft über die Stirn wischte. Marsha nickte. Sie hatte ein warmes, einfühlsames Lächeln. Mary mochte sie, und sie war ihr dankbar dafür, daß sie darauf bestanden hatte, bei der Geburt zugegen zu sein. Beide Franks hatten dies zu einer Vorbedingung des Vertrags gemacht, wenngleich Mary von dem zukünftigen Vater, der sie ständig im Befehlston anblaffte, weniger begeistert war.

»Denken Sie daran, daß das Baby alle Medikamente, die Sie kriegen, ebenfalls bekommt!« sagte er jetzt in scharfem

Ton. »Wir können sein Leben nicht aufs Spiel setzen, bloß um Ihre Schmerzen zu lindern.«

Dr. Stedman warf Victor Frank einen kurzen Blick zu. Der Mann ging ihm auf die Nerven. Frank war der schlimmste werdende Vater, dem er je erlaubt hatte, in den Kreißsaal zu kommen. Was es besonders erstaunlich sein ließ, war die Tatsache, daß Victor Frank selbst Mediziner war und eine Geburtshelferausbildung genossen hatte, bevor er in die Forschung gegangen war. Wenn er über derlei Erfahrung verfügte, so merkte man das seinem Verhalten am Wochenbett allerdings nicht an. Ein langgezogener Seufzer von Mary lenkte Dr. Stedmans Aufmerksamkeit wieder auf die Patientin.

Die Grimasse, die Marys Gesicht verzerrt hatte, verging langsam. Die Wehe war offensichtlich vorüber. »Okay«, sagte Dr. Stedman und winkte der Schwester, sie möge das Laken wegnehmen, das Marys Beine bedeckte. »Mal sehen, was los ist.« Er beugte sich vor und rückte Marys Beine zurecht.

»Vielleicht sollten wir einen Ultraschall machen«, schlug Victor vor. »Ich glaube, wir machen keine großen Fortschritte.«

Dr. Stedman richtete sich auf. »Dr. Frank! Wenn Sie nichts dagegen haben ...« Er ließ den Satz unvollendet und hoffte, daß sein Tonfall seine Gereiztheit übermitteln werde.

Victor Frank sah Dr. Stedman an, und Stedman begriff plötzlich, daß der Mann eine Heidenangst hatte. Franks Gesicht war weiß wie Porzellan, und Schweißperlen glitzerten an seinem Haaransatz. Vielleicht war die Verwendung einer Leihmutter sogar für einen Arzt eine einzigartige Belastung.

»Oh!« rief Mary. Ein Schwall von Flüssigkeit flutete auf das Bett, und Dr. Stedman widmete seine Aufmerksamkeit wieder ganz Mary. Für den Augenblick vergaß er Frank.

»Die Membranen sind geplatzt«, erklärte er. »Das ist völlig normal, wie ich vorher schon erläutert habe. Mal sehen, wo wir mit diesem Baby sind.«

Mary schloß die Augen. Sie spürte, wie Finger in sie eindrangen. Wie sie so auf den von ihrer eigenen Flüssigkeit durchtränkten Laken lag, fühlte sie sich erniedrigt und verwundbar. Sie sagte sich, daß sie dies nicht nur um des Geldes willen tue, sondern auch, um ein Ehepaar, das keine Kinder mehr bekommen konnte, glücklich zu machen. Marsha war so lieb und überzeugend gewesen. Aber jetzt fragte sie sich doch, ob sie das Richtige getan hatte. Dann trieb ihr eine weitere Wehe jeden Gedanken aus dem Kopf.

»Gut, gut!« rief Dr. Stedman. »Sehr gut, Mary. Wirklich sehr gut.« Er riß sich die Gummihandschuhe von den Händen und warf sie beiseite. »Der Kopf des Babys ist jetzt erfaßt, und der Gebärmutterhals ist fast völlig geweitet. Braves Mädchen!« Er wandte sich an die Schwester. »Verlegen wir die Veranstaltung in den Entbindungsraum!«

»Kann ich jetzt ein Schmerzmittel haben?« fragte Mary.

»Sobald wir im Entbindungsraum sind«, antwortete Dr. Stedman fröhlich. Er war erleichtert. Dann fühlte er eine Hand auf dem Arm.

»Sind Sie sicher, daß der Kopf nicht zu groß ist?« fragte Victor unvermittelt und zog Dr. Stedman beiseite.

Dr. Stedman spürte das Zittern der Hand, die ihn gepackt hatte. Er griff zu und bog die Finger zurück. »Ich habe gesagt, der Kopf ist erfaßt. Das heißt, daß er durch den Beckengang gekommen ist. Daran werden Sie sich doch wohl erinnern!«

»Sind Sie sicher, daß er erfaßt ist?« fragte Victor.

Eine Woge der Abneigung durchströmte Dr. Stedman. Beinahe wäre ihm der Kragen geplatzt, doch dann sah er, daß Frank am ganzen Körper vor banger Unruhe zitterte. Er hielt seine Wut im Zaum. »Der Kopf ist erfaßt. Ich bin sicher.« Dann fügte er hinzu: »Wenn das Ganze Sie aufregt, wäre es vielleicht besser, Sie gingen ins Wartezimmer.«

»Ausgeschlossen«, entgegnete Victor mit Nachdruck. »Ich muß bis zum Schluß dabeisein.«

Dr. Stedman starrte Dr. Frank an. Vom ersten Zusammentreffen an hatte er ein merkwürdiges Gefühl bei diesem Mann gehabt. Eine Zeitlang hatte er Franks Unruhe der Leihmuttersituation zugeschrieben, aber es steckte mehr dahinter. Und Dr. Frank war mehr als nur ein besorgter Vater. »Ich muß bis zum Schluß dabeisein« – das war schon eine sonderbare Bemerkung für einen werdenden Vater, selbst unter diesen Umständen. Es klang, als sei es eine Art Mission für ihn, kein freudiges – wenn auch traumatisches – Erlebnis, an dem menschliche Wesen beteiligt waren.

Marsha war sich seines wunderlichen Benehmens vage bewußt, als sie Marys Bett jetzt durch den Korridor zum Entbindungsraum folgte. Aber sie war so sehr in die eigentliche Geburt vertieft, daß sie sich nicht weiter darum kümmerte. Von ganzem Herzen wünschte sie sich, sie könnte selbst in diesem Klinikbett liegen. Ihr wären die Schmerzen willkommen gewesen, obgleich die Geburt ihres Sohnes David fünf Jahre zuvor mit einem so heftigen Blutsturz geendet hatte, daß der Arzt in einer Notoperation die Gebärmutter hatte herausnehmen müssen, um ihr das Leben zu retten. Sie und Victor hatten sich so verzweifelt ein zweites Kind gewünscht. Da sie keines mehr austragen konnte, hatten sie die Möglichkeiten gegeneinander abgewogen. Nach einigem Überlegen hatten sie sich auf eine Leihmutterschaft geeinigt. Marsha war über diese Regelung glücklich, und sie war froh, daß das Kind schon vor der Geburt legal ihnen gehörte, aber dennoch hätte sie alles dafür gegeben, dieses heißersehnte Baby selbst austragen zu können. Einen Moment lang fragte sie sich, wie Mary es ertragen konnte, sich von ihm zu trennen. Aus diesem Grund war sie besonders froh über die Gesetze in Michigan.

Sie sah jetzt zu, wie die Schwestern Mary auf den Entbindungstisch hinüberlegten, und sagte leise: »Es geht prima. Und es ist fast vorüber.«

»Legen wir sie auf die Seite!« sagte Dr. Whitehead, die

Anästhesistin, zu den Krankenschwestern; dann nahm sie Marys Arm. »Ich gebe Ihnen jetzt die Epiduralanästhesie.«

»Ich glaube, sie möchte keine Epiduralanästhesie«, wandte Victor ein und trat an den Entbindungstisch. »Vor allem nicht, wenn Sie sie kaudal geben wollen.«

»Dr. Frank!« sagte Dr. Stedman streng. »Sie haben jetzt die Wahl: Sie hören entweder auf, sich einzumischen, oder Sie verlassen den Entbindungsraum! Entscheiden Sie sich!« Es reichte ihm nun; er hatte schon eine ganze Reihe von Franks Befehlen hingenommen. So hatte er beispielsweise jeden bekannten vorgeburtlichen Test durchgeführt, einschließlich einer Amniozentese und einer Chorionzottenbiopsie. Er hatte Mary sogar erlaubt, in einem frühen Stadium der Schwangerschaft drei Wochen lang ein Antibiotikum namens Cephaloclor einzunehmen. Vom medizinischen Standpunkt aus hatte er nichts von alldem für angezeigt gehalten, aber er hatte es hingehen lassen, weil Dr. Frank darauf bestanden hatte und weil die Situation durch die Leihmutterschaft einzigartig war. Da Mary keine Einwände erhoben, sondern erklärt hatte, dies sei alles Bestandteil ihrer Abmachungen mit den Franks, hatte er nichts dagegen gehabt, sich zu fügen. Aber das war während der Schwangerschaft gewesen. Mit der Entbindung war es eine andere Sache, und Stedman hatte nicht die Absicht, eines neurotischen Kollegen wegen bei seinen Methoden Kompromisse einzugehen. Was für eine medizinische Ausbildung hatte Frank eigentlich? fragte er sich. Zweifellos konnte er sich doch an die üblichen Operationsverfahren halten. Dennoch stellte er hier jede Anweisung in Frage, die Stedman gab, und bei jedem Schritt trug er Bedenken vor.

Ein paar angespannte Sekunden lang starrten er und Frank einander an. Victor Frank ballte die Fäuste, und für einen Moment glaubte Stedman, der Mann werde ihn schlagen. Aber der Augenblick ging vorüber, und Frank drückte sich nervös in eine Ecke.

Victor Franks Herz raste, und er hatte ein unangenehmes

Gefühl im Bauch. Bitte mach, daß es ein normales Baby wird! betete er bei sich. Er schaute zu seiner Frau hinüber, und seine Augen schwammen in Tränen. Sie hatte sich das zweite Baby so sehr gewünscht... Er merkte, daß er wieder zu zittern begann, und schalt sich innerlich. Ich hätte es nicht tun sollen. Aber bitte, Gott – laß dieses Baby gesund sein! Er schaute zur Uhr hinauf. Der große Zeiger schien sich langsam um das Zifferblatt herumzuschleppen. Er fragte sich, wie lange er die Anspannung noch würde ertragen können. Dr. Whitcheads geschickte Hände hatten das Analgetikum in Sekundenschnelle verabreicht. Marsha hielt Marys Hand und lächelte ermutigend, während die Schmerzen allmählich nachließen. Das nächste, was Mary mitbekam, war, daß jemand sie weckte und ihr sagte, nun sei es Zeit, zu pressen. Das zweite Stadium der Entbindung ging rasch und reibungslos vorüber, und um achtzehn Uhr vier war ein kräftiger Victor Frank Jr. geboren.

Im Augenblick der Geburt stand Victor unmittelbar hinter Stedman; mit angehaltenem Atem versuchte er, soviel wie möglich zu sehen. Als das Kind da war, inspizierte er es hastig, während Dr. Stedman die Nabelschnur abklemmte und durchschnitt. Stedman reichte das Baby dem wartenden Kinderarzt, und Victor folgte ihm zu dem vorgewärmten Säuglingstisch. Der Arzt legte das stille Kind auf den Tisch und untersuchte es rasch. Erleichterung durchströmte Victor. Das Kind schien normal.

»Apgar zehn«, sagte der Kinderarzt; Victor Jr. hatte den höchstmöglichen Wert erreicht.

»Wunderbar«, sagte Dr. Stedman, der noch mit Mary und der bevorstehenden Nachgeburt beschäftigt war.

»Aber er schreit nicht«, stellte Victor fest. Zweifel überwölkten seine Euphorie.

Der Kinderarzt schlug Victor Jr. mit leichter Hand auf die Fußsohlen und rieb ihm dann den Rücken. Der Säugling blieb ruhig. »Aber er atmet prima.«

Der Arzt nahm die Gummipumpe und wollte noch einmal

Victor Jr.s Nase durchpusten. Zu seinem Erstaunen hob das neugeborene Kind die Hand, entriß ihm den Gummiball und warf ihn seitlich vom Tisch.

»Na, das wäre geklärt«, sagte der Arzt glucksend. »Er will einfach nicht schreien.«

»Darf ich?« fragte Victor und deutete auf das Baby.

»Solange ihm nicht kalt wird.«

Behutsam trat Victor an den Tisch und hob Victor Jr., den Oberkörper mit beiden Händen umfassend, hoch. Es war ein wunderschönes Baby mit erstaunlich blondem Haar. Seine runden rosigen Wangen gaben dem Gesicht ein pittoreskes cherubinisches Aussehen, aber sein bei weitem hervorstechendstes Merkmal waren die hellen blauen Augen. Als Victor tief hineinschaute, erkannte er erschrocken, daß das Baby seinen Blick erwiderte.

»Schön ist er, nicht wahr?« sagte Marsha über seine Schulter hinweg.

»Prachtvoll«, pflichtete Victor ihr bei. »Aber woher kommt das blonde Haar? Unsere Haare sind braun.«

»Ich war blond, bis ich fünf war.« Marsha hob die Hand und berührte die rosige Babyhaut.

Victor sah seine Frau an, während sie liebevoll das Kind betrachtete. Sie hatte dunkelbraunes Haar, durchzogen nur von wenigen grauen Fäden. Ihre Augen waren von einem glutvollen Graublau, ihre Züge wie gemeißelt, ein Kontrast zu dem runden, vollen Babygesicht.

»Schau dir seine Augen an!« sagte Marsha.

Victor wandte seine Aufmerksamkeit wieder dem Baby zu. »Sie sind unglaublich, nicht wahr? Noch vor einer Minute hätte ich schwören können, er sieht mich an.«

»Wie Edelsteine«, sagte Marsha.

Victor drehte das Baby so, daß es Marsha zugewandt war. Und er sah, daß seine Augen weiter auf ihn gerichtet blieben! Ihre türkisblauen Tiefen waren kalt und hell wie Eis. Unvermittelt verspürte Victor einen Schauer der Angst.

Die Franks waren von Triumphgefühl erfüllt, als Victor den Oldsmobile Cutlass in die schotterbedeckte Einfahrt zu ihrem holzverkleideten Farmhaus steuerte. All die Planung und die bange Sorge des In-vitro-Fertilisationsverfahrens hatten sich ausgezahlt. Die Suche nach einer passenden Leihmutter, die öden Fahrten nach Detroit – alles hatte Erfolg gehabt. Sie hatten ein Kind. Marsha hielt den Säugling in den Armen und dankte Gott für sein Geschenk.

Als der Wagen um die letzte Biegung fuhr, hob Marsha das Baby in die Höhe und zog den Rand der Decke herunter, um ihm sein Zuhause zu zeigen. Als ob er es verstanden hätte, schaute Victor Jr. durch die Frontscheibe des Wagens zu dem hübschen, wenn auch bescheidenen Haus hinüber. Er blinzelte, wandte sich dann Victor zu und lächelte.

»Das gefällt dir, was, Tiger?« fragte Victor scherzhaft. »Er ist zwar erst drei Tage alt, aber ich schwöre, er würde mit mir reden, wenn er könnte.«

»Was würde er dann sagen?« fragte Marsha und ließ VJ auf ihren Schoß sinken. So hatten sie ihn genannt, um ihn besser von seinem Vater unterscheiden zu können.

»Ich weiß nicht«, sagte Victor und hielt vor der Haustür an. »Vielleicht würde er sagen, er möchte groß werden und ein Doktor sein wie sein alter Herr.«

»Um Gottes willen!« sagte Marsha und öffnete ihre Tür.

Victor sprang hinaus, um ihr zu helfen. Es war ein wunderschöner, kristallklarer Oktobertag mit strahlendem Sonnenschein. Die Bäume hinter dem Haus leuchteten mittlerweile in vielfältigen Herbstfarben: scharlachroter Ahorn, orangegelbe Eichen und goldene Birken wetteiferten in Schönheit miteinander. Als sie den Weg hinaufkamen, ging die Haustür auf, und Janice Fay, das Kindermädchen, das bei ihnen wohnte, kam die Stufen heruntergelaufen.

»Zeigen Sie ihn mir!« bettelte sie und blieb vor Marsha stehen. Voller Bewunderung schlug sie die Hand vor den Mund.

»Was meinst du?« fragte Victor.

»Wie ein Engel!« sagte Janice. »Er ist hinreißend, und ich glaube, ich habe noch nie so blaue Augen gesehen.« Sie streckte die Arme aus. »Ich möchte ihn halten.« Behutsam nahm sie das Kind von Marsha entgegen und wiegte es hin und her. »Mit blonden Haaren habe ich ganz bestimmt nicht gerechnet.«

»Wir auch nicht«, erklärte Marsha. »Wir dachten uns, wir würden dich damit überraschen, wie er uns überrascht hat. Aber er hat es von meiner Seite der Familie.«

»Natürlich«, sagte Victor fröhlich. »Dschingis-Khan hatte viele Blonde bei sich.«

»Wo ist David?« erkundigte sich Marsha.

»Im Haus«, antwortete Janice, ohne den Blick von VJs Gesicht zu wenden.

»David!« rief Marsha.

Der kleine Junge erschien in der Tür, im Arm einen seiner schon weggeworfenen Teddybären. Er war ein zierliches, fünfjähriges Kind mit dunklen Locken.

»Komm und schau dir dein neues Brüderchen an!«

Pflichtschuldig kam David zu der gurrenden Gruppe herunter.

Janice beugte sich nieder und zeigte das Neugeborene seinem Bruder. David warf einen Blick auf den Säugling und rümpfte die Nase. »Er riecht schlecht.«

Victor lachte leise, aber Marsha küßte den Jungen und sagte, wenn VJ erst ein bißchen älter wäre, würde er genauso fein riechen wie David.

Sie nahm dem Kindermädchen das Baby ab und ging ins Haus. Janice seufzte. So ein glücklicher Tag. Sie liebte neugeborene Babys. David griff nach ihrer Hand. Sie schaute auf den Jungen hinunter. Er hatte den Kopf in den Nacken gelegt und blickte zu ihr auf.

»Ich wünschte, das Baby wäre nicht gekommen«, stellte er fest.

»Ssch«, sagte Janice sanft und drückte David an ihre Seite.

»Das ist nicht nett. Er ist ein kleines Baby, und du bist schon ein großer Junge.«

Hand in Hand gingen sie ins Haus, als Marsha und Victor gerade im frisch tapezierten Säuglingszimmer oben an der Treppe verschwanden. Janice nahm David mit in die Küche; sie war bei den Vorbereitungen für das Abendessen. Er kletterte auf einen der Küchenstühle und setzte seinen Teddy auf den Stuhl gegenüber. Janice trat ans Spülbecken.

»Wen hast du lieber, mich oder das Baby?«

Janice legte das Gemüse, das sie eben waschen wollte, aus der Hand und nahm David auf den Arm. Sie berührte mit ihrer Stirn die seine und sagte: »Ich habe dich lieber als irgend jemanden sonst auf der Welt.« Dann drückte sie ihn heftig an sich, und David erwiderte den Druck.

Keiner der beiden wußte, daß sie nur noch ein paar Jahre zu leben hatten.

1

19. März 1989
Sonntag, spätnachmittags

Lange, spitzenzarte Schatten von den blattlosen Ahornbäumen längs der Zufahrt krochen über den weiten, kopfsteingepflasterten Hof, der die ausgedehnte weiße Kolonialvilla von der Scheune trennte. Mit der Dämmerung war Wind aufgekommen; er hatte die Schatten in wellenförmige Bewegung versetzt und sie aussehen lassen wie riesige Spinnennetze. Dem Umstand zum Trotz, daß es offiziell bald Frühling war, hielt der Winter das Land in North Andover, Massachusetts, noch fest im Griff.

Marsha stand an der Spüle in ihrer großen Landhausküche und schaute hinaus in den Garten und das verblassende Licht. Eine Bewegung in der Zufahrt erregte ihre Aufmerksamkeit; sie drehte sich um und sah, wie VJ auf seinem Fahrrad nach Hause gestrampelt kam.

Eine Sekunde lang stockte ihr der Atem. Seit Davids Tod vor beinahe fünf Jahren hatte sie ihre Familie nie mehr als Selbstverständlichkeit hingenommen. Nie würde sie den schrecklichen Tag vergessen, an dem der Arzt ihr gesagt hatte, daß die Gelbsucht des Jungen auf Krebs zurückzuführen sei. Sein Gesicht, gelb und welk von der Krankheit, hatte sich in ihr Herz eingeprägt. Noch immer fühlte sie den kleinen Körper, wie er sich an sie klammerte, kurz bevor er starb. Sie war sicher gewesen, daß er ihr noch etwas mitteilen wollte, aber sie hatte nur sein mühsames Keuchen gehört, während er versucht hatte, das Leben festzuhalten.

Eigentlich war seitdem nichts mehr so wie vorher gewesen. Und nur ein Jahr später war alles noch schlimmer geworden. Marshas extreme Sorge um VJ rührte zum Teil aus dem Verlust Davids, zum Teil aber auch aus den schrecklichen Umständen, unter denen Janice nur ein Jahr später gestorben war. Beide hatten sich eine extrem seltene Form von Leberkrebs zugezogen, und allen Zusicherungen zum Trotz, daß die beiden Krebserkrankungen in keiner Weise anstekkend sein könnten, vermochte Marsha die Befürchtung nicht abzuschütteln, daß der Blitz, der nun zweimal eingeschlagen hatte, noch ein drittes Mal niederfahren könne.

Janices Tod hatte sich um so mehr eingeprägt, weil er so grauenvoll gewesen war.

Es war im Herbst gewesen, kurz nach VJs Geburtstag. Die Blätter fielen von den Bäumen, und eine herbstliche Kälte lag in der Luft. Schon bevor sie krank wurde, hatte Janice sich eine Zeitlang seltsam verhalten; sie hatte nur noch Speisen zu sich nehmen wollen, die sie selbst zubereitet hatte und die aus bis dahin ungeöffneten Behältern stammten. Sie hatte eine inbrünstige Religiosität entwickelt und sich einer besonders fanatischen Sekte von »wiedergeborenen Christen« angeschlossen. Marsha und Victor hätten das alles auf die Dauer vielleicht nicht hingenommen, wenn sie in den vielen Jahren, die sie schon bei ihnen arbeitete, nicht praktisch ein Mitglied der Familie geworden wäre.

In Davids letzten, kritischen Monaten war sie ein Geschenk des Himmels gewesen. Aber kurz nach Davids Tod fing sie an, ihre Bibel überall bei sich zu tragen und sie an die Brust zu drücken, als könne sie sich damit vor unsagbaren Fährnissen schützen. Beiseite legte sie sie nur noch, um ihre Hausarbeiten zu verrichten, und auch dann stets widerwillig. Zu allem Überfluß war sie mürrisch und verschlossen geworden, und abends sperrte sie sich in ihr Zimmer ein.

Aber schlimmer noch war die Haltung, die sie VJ gegenüber entwickelte. Plötzlich wollte sie mit dem Jungen, der damals fünf Jahre alt war, nicht mehr das geringste zu tun haben. Auch wenn VJ ein außergewöhnlich unabhängiges Kind war, gab es doch Gelegenheiten, bei denen Janices Beistand erforderlich war: Doch sie weigerte sich, ihm zu helfen. Marsha hatte ihr mehrmals ins Gewissen geredet, aber ohne

Erfolg. Janice mied den Jungen weiter beharrlich. Wenn man sie bedrängte, faselte sie etwas vom Teufel in ihrer Mitte und anderen religiösen Unfug.

Marsha war mit ihrem Latein am Ende, als Janice krank wurde. Victor war als erstem aufgefallen, wie gelb das Weiße in ihren Augen geworden war. Er machte Marsha darauf aufmerksam. Mit Entsetzen erkannte Marsha, daß Janices Augen den gleichen gelbsüchtigen Schimmer hatten wie zuvor die Augen Davids. Eilends fuhr Victor mit Janice nach Boston, um ihren Zustand untersuchen zu lassen. Trotz der gelben Augen war die Diagnose dann ein furchtbarer Schock: Sie hatte die gleiche Leberkrebsart, an der David gestorben war.

Zwei Fälle einer so seltenen Form von Leberkrebs im selben Haushalt binnen eines Jahres boten Anlaß zu ausgedehnten epidemiologischen Untersuchungen. Aber die Resultate waren ausnahmslos negativ gewesen. Eine Gefährdung durch die Umwelt war nicht vorhanden. Die Computer kamen zu dem Ergebnis, daß die beiden Fälle nichts weiter als ein seltenes Zufallszusammentreffen waren.

Zumindest trug die Diagnose Leberkrebs dazu bei, Janices bizarres Verhalten zu erklären. Die Ärzte meinten, sie habe bereits Metastasen im Gehirn. Als die Diagnose einmal gestellt war, ging es rasch und gnadenlos mit ihr bergab. Trotz der Therapie verlor sie rapide an Gewicht, und innerhalb von zwei Wochen war sie Haut und Knochen. Aber der letzte Tag, bevor sie ins Krankenhaus gegangen war, um zu sterben, war so schrecklich wie kein anderer.

Victor war gerade heimgekommen und hielt sich im Badezimmer neben dem Wohnzimmer der Familie auf. Marsh bereitete in der Küche das Abendessen vor, als das Haus von einem Schrei widerhallte, der das Blut gefrieren ließ.

Victor kam aus dem Bad gestürzt. »Was, um Gottes willen, war das?« schrie er.

»Es kam aus Janices Zimmer«, sagte Marsha, die sehr blaß geworden war.

Marsha und Victor wechselten einen wissenden, unheilvollen Blick, und sie liefen hinaus zur Garage und die schmale Treppe hinauf zu Janices separatem Studio-Apartment.

Bevor sie das Zimmer erreicht hatten, zerriß ein zweiter Schrei die Stille. Unter seiner urzeitlichen Kraft schienen die Fensterscheiben zu klirren.

Victor war als erster im Zimmer. Marsha folgte ihm auf den Fersen.

Janice stand mitten auf dem Bett und hielt ihre Bibel umklammert. Sie bot einen mitleiderregenden Anblick. Ihr Haar, das spröde geworden war, stand vom Kopf ab und gab ihr ein dämonisches Aussehen. Ihr Gesicht war eingefallen, und gelbe Haut spannte sich über die nur allzu deutlich sichtbaren Knochen. Ihre Augen waren wie gelbe Neonlichter, ihr Blick war starr.

Einen Moment lang war Marsha wie hypnotisiert von dieser Vision: Janice als Harpyie. Dann folgte sie dem Blick der Frau. In der anderen Tür zu ihrem Zimmer stand VJ. Er zuckte mit keiner Wimper, sondern erwiderte Janices starren Blick ebenso starr und gelassen.

Marsha ahnte sogleich, was geschehen war: VJ war in aller Unschuld Janices Hintertreppe heraufgekommen und hatte sie anscheinend erschreckt. In der durch die Krankheit hervorgerufenen Psychose hatte Janice angefangen zu schreien.

»Er ist der Teufel!« fauchte sie jetzt mit zusammengebissenen Zähnen. »Er ist ein Mörder! Schafft ihn weg von mir!«

»Versuch du, Janice zu beruhigen!« rief Marsha und lief zu VJ. Sie packte den Sechsjährigen, flüchtete mit ihm die Treppe hinunter und ins Wohnzimmer zurück und schlug die Tür zu. Sie drückte seinen Kopf an ihre Brust und dachte daran, wie töricht sie gewesen war, die irrsinnige Frau in ihrem Haus bleiben zu lassen.

Schließlich entließ sie VJ aus ihrer bärenmütterlichen Umarmung. VJ wich zurück und sah sie mit seinen kristallklaren Augen an.

»Janice meint nicht, was sie sagt«, erklärte Marsha. Hoffentlich würde dieser schreckliche Augenblick keine dauerhaften Folgen haben.

»Ich weiß«, erwiderte VJ mit erstaunlich erwachsener Reife. »Sie ist sehr krank. Sie weiß nicht, was sie redet.«

Seit jenem Tag konnte Marsha sich nie mehr entspannen und das Leben genießen wie früher. Sie fürchtete, wenn sie es täte, werde Gott wiederum zuschlagen, und wenn VJ irgend etwas zustoßen sollte, würde sie den Verlust wahrscheinlich nicht verwinden können.

Als Kinderpsychiaterin wußte sie, sie konnte von ihrem Sohn nicht erwarten, daß er sich in einer bestimmten Weise entwickelte, aber sie merkte doch oft, daß sie sich wünschte, VJ wäre ein Kind, das seine Zuneigung offener zeigte. Schon als Säugling war er geradezu unnatürlich unabhängig gewesen. Gelegentlich ließ er sich von ihr umarmen, aber manchmal sehnte sie sich danach, daß er auf ihren Schoß krabbeln und mit ihr schmusen möge, wie David es getan hatte.

Als sie ihn jetzt beobachtete, wie er von seinem Fahrrad stieg, fragte sie sich, ob VJ so selbstversunken war, wie er manchmal erschien. Sie winkte, um seine Aufmerksamkeit auf sich zu lenken, aber er blickte nicht auf, sondern hakte seine Satteltaschen ab und ließ sie auf das Kopfsteinpflaster fallen. Dann stieß er die Scheunentür auf und schob sein Rad für die Nacht hinein. Als er wieder zum Vorschein kam, hob er die Satteltaschen auf und wandte sich dem Haus zu. Marsha winkte erneut, aber obgleich er ihr jetzt geradewegs entgegenkam, reagierte er nicht. Er drückte das Kinn an die Brust, denn der kalte Wind pfiff beständig durch den Hof.

Sie wollte an die Fensterscheibe klopfen, ließ die Hand jedoch wieder sinken. In letzter Zeit hatte sie das schreckliche Gefühl, daß mit dem Jungen etwas nicht stimmte. Der Himmel wußte, daß ihre Liebe zu ihm nicht größer hätte sein können, wenn sie ihn selbst geboren hätte, aber manchmal fürchtete sie, er sei unnatürlich kalt und gefühllos. Genetisch war er ihr leiblicher Sohn, aber er hatte nichts von der Warmherzigkeit und Sorglosigkeit, die sie aus ihrer eigenen Kindheit in Erinnerung hatte. Vor dem Einschlafen war sie oft von dem Gedanken besessen, daß die Zeugung in einer Petrischale irgendwie seine Gefühle eingefroren habe. Sie wußte natürlich, daß diese Idee lächerlich war, aber sie kehrte doch immer wieder zurück.

Sie schüttelte diese Gedanken ab und rief: »VJ ist zu Hause.« Victor saß vor einem knisternden Feuer im Wohnzimmer neben der Küche und las. Er brummte etwas, blickte aber nicht auf.

Das Zuschlagen der Hintertür verkündete VJs Eintreten. Marsha hörte, wie er im Windfang Mantel und Stiefel auszog. Gleich darauf stand er in der Küchentür. Er war ein hübscher Junge, ungefähr einsfünfzig – ein bißchen groß für einen Zehnjährigen. Sein goldblondes Haar war nicht gedunkelt wie bei Marsha, und sein Gesicht hatte das engelhafte Aussehen behalten. Und wie am Tag seiner Geburt waren die eisblauen Augen sein hervorstechendstes Merkmal. Denn mochte er auch aussehen wie ein Cherub, diese intensiv blickenden Augen ließen eine Intelligenz ahnen, die die Weisheit seiner Jahre hinter sich ließ.

»Also, junger Mann«, schimpfte Marsha in gespieltem Ärger, »du weißt doch, daß du nicht mehr mit deinem Rad draußen herumfahren sollst, wenn es dunkel ist!«

»Aber es ist noch nicht dunkel«, widersprach VJ mit seiner klaren Sopranstimme. Dann merkte er, daß seine Mutter Spaß gemacht hatte. »Ich war drüben bei Richie«, fügte er hinzu, legte die Satteltaschen hin und kam zum Spülbecken.

»Schön«, sagte Marsha, offensichtlich erfreut. »Warum hast du nicht angerufen? Dann hättest du bleiben können, so lange du wolltest. Nachher hätte ich dich mit Vergnügen abgeholt.«

»Ich wollte nach Hause.« VJ nahm sich eine der Möhren, die Marsha geputzt hatte, und biß geräuschvoll ein Stück ab.

Marsha legte die Arme um ihn und drückte ihn an sich; sie spürte die Kraft in seinem drahtigen jungen Körper. »Da diese Woche doch keine Schule ist, dachte ich, du wärst gern bei Richie geblieben und hättest dich ein bißchen amüsiert«, meinte sie.

»Nee«, sagte VJ und entwand sich dem Griff seiner Mutter.

»Machst du deiner Mutter wieder Sorgen?« fragte Victor in scherzhaftem Ton. Er erschien in der Wohnzimmertür, eine aufgeschlagene wissenschaftliche Zeitschrift in der Hand; die Lesebrille balancierte in bedenklichem Gleichgewicht auf seiner Nasenspitze.

Ohne Victor zu beachten, fragte Marsha: »Wie steht's mit dieser Woche? Hast du irgendwelche Pläne mit Richie?«

»Nein. Ich habe vor, die Woche bei Dad im Labor zu verbringen. Wenn es dir recht ist, Dad?« Er blickte zu seinem Vater.

»Ist mir recht, wie immer«, antwortete Victor achselzukkend.

»Warum, um alles in der Welt, willst du ins Labor?« fragte Marsha, aber es war eine rhetorische Frage. Eine Antwort erwartete sie nicht. Er hatte seinen Vater schon als Säugling ins Labor begleitet. Anfangs, um die erstklassige Tagesstätte zu nutzen, die die Firma Chimera Inc. zu bieten hatte, und später, um im Labor selbst zu spielen. Es war Routine geworden, erst recht, nachdem Janice gestorben war.

»Warum rufst du nicht ein paar Schulfreunde an und machst mit Richie und deiner ganzen Bande irgendwas Aufregendes?«

»Laß ihn doch«, sagte Victor und kam ihm zu Hilfe. »Wenn er mit ins Labor will, ist das in Ordnung.«

»Okay, okay.« Marsha wußte, wann sie in der Minderzahl war. »Gegessen wird gegen acht«, sagte sie und gab ihm spielerisch einen Klaps auf den Hintern.

VJ griff nach den Satteltaschen, die er auf den Hocker neben dem Telefon gelegt hatte, und ging die Hintertreppe hinauf. Die alten Holzstufen knarrten unter seinen vierundsiebzig Pfund. VJ begab sich geradewegs in das Arbeitszimmer im ersten Stock. Es war ein gemütliches, mahagonigetäfeltes Zimmer. Er setzte sich vor den Computer seines Vaters und schaltete ihn ein. Einen Moment lang lauschte er aufmerksam, um sich zu vergewissern, daß seine Eltern in der Küche miteinander sprachen, und rief dann in einer verzwickten Prozedur eine Datei ab, die er STATUS genannt hatte. Der Monitor blinkte und füllte sich anschließend mit Daten. VJ öffnete nacheinander die beiden Satteltaschen, betrachtete den Inhalt und stellte ein paar schnelle Berechnungen an; dann gab er eine Serie von Zahlen in den Computer ein. Das Ganze dauerte nur wenige Augenblicke.

Nachdem er alle Eingaben vorgenommen hatte, sicherte er STATUS, zog die Reißverschlüsse seiner Satteltaschen zu und startete Pac-Man. Ein Lächeln breitete sich auf seinem Gesicht aus, als der gelbe Ball sich durch das Labyrinth auf dem Bildschirm bewegte und seine Beute verschlang.

Marsha schüttelte das Wasser von ihren Händen und trocknete sie an dem Handtuch ab, das am Griff des Kühlschranks hing. Die wachsende Sorge um VJ ging ihr nicht aus dem Sinn. Er war kein kompliziertes Kind; von den Lehrern in der Schule kamen jedenfalls keine Klagen – aber so schwierig es auch war, den Finger auf den Punkt zu legen, Marsha war doch zunehmend sicher, daß irgend etwas nicht stimmte. Es wurde Zeit, daß sie es zur Sprache brachte. Sie nahm Kissa, die pulvergraue Katze, die in Achterbahnen um ihre Beine strich, auf den Arm und ging ins Wohnzimmer. Victor lag auf der gestreiften Couch und blätterte in den neuesten Zeitschriften, wie es nach der Arbeit seine Gewohnheit war.

»Kann ich einen Moment mit dir sprechen?« fragte Marsha.

Victor ließ wachsam seine Zeitschrift sinken und blickte Marsha über seine Lesebrille hinweg an. Mit seinen dreiundvierzig Jahren war er ein schlanker, drahtiger Mann mit dunklem, welligem, akademisch struppigem Haarschopf und scharfgeschnittenen Zügen. Auf dem College war er ein ziemlich guter Squash-Spieler gewesen, und dreimal die Woche spielte er noch immer. Chimera Inc. hatte – dank Victor – eigene Squash-Courts.

»Ich mache mir Sorgen um VJ« erklärte Marsha und setzte sich in den Ohrensessel neben der Couch; sie streichelte Kissa, die vorläufig zufrieden auf ihrem Schoß Platz genommen hatte.

»Ach?« sagte Victor einigermaßen überrascht. »Stimmt etwas nicht?«

»Das kann man so nicht sagen«, räumte Marsha ein. »Es ist eine Reihe von Kleinigkeiten. Zum Beispiel stört es mich, daß er kaum Freunde hat. Vorhin, als er erzählte, daß er bei Richie war, da habe ich mich gefreut, als sei das eine Leistung gewesen. Aber dann erklärt er, er will in den Frühjahrsferien seine Zeit nicht mit ihm verbringen. Ein Kind in VJs Alter muß doch mit anderen Kinder zusammensein. Das ist ein wichtiger Bestandteil der normalen Entwicklung.«

Victor bedachte sie mit einem seiner Blicke. Sie wußte, daß ihm psychologische Diskussionen dieser Art ein Greuel waren, auch wenn die Psychiatrie ihr Fachgebiet war. Er brachte dafür keine Geduld auf. Überdies hatte die Erörterung von Problemen im Zusammenhang mit VJs Entwicklung anscheinend immer Brennstoff für Ängste geliefert, die Victor lieber nicht in Gang setzte. Er seufzte, sagte aber nichts.

»Bereitet dir das keine Sorgen?« fragte Marsha hartnäkkig, als klar war, daß Victor nicht antworten würde, und sie streichelte die Katze, die diese Aufmerksamkeiten entgegennahm, als seien sie ihr eine Last.

Victor schüttelte den Kopf. »Nein. Ich halte VJ für eines der bestangepaßten Kinder, die ich kenne. Was gibt's zum Abendessen?«

»Victor!« sagte Marsha in scharfem Ton. »Es ist wichtig.«

»Schon gut, schon gut.« Victor klappte die Zeitschrift zu.

»Ich meine, mit Erwachsenen kommt er prima zurecht«, fuhr Marsha fort. »Aber anscheinend verbringt er seine Zeit niemals mit Kindern seines Alters.«

»Mit Kindern seines Alters ist er in der Schule zusammen«, stellte Victor fest.

»Das weiß ich«, gab Marsha zu.

»Um ehrlich zu sein«, sagte Victor in dem Bewußtsein, daß er jetzt mit Vorbedacht grausam war, aber angesichts seiner eigenen bangen Sorgen um sie – Sorgen ganz anderer Art als die, unter denen seine Frau litt – konnte er es nicht ertragen, bei diesem Thema zu bleiben. »Um ehrlich zu sein, ich glaube, du bist einfach neurotisch. VJ ist ein großartiges Kind. Ihm fehlt nichts. Ich glaube, du reagierst noch immer auf Davids Tod.« Er zuckte bei diesen Worten innerlich zusammen, aber es führte kein Weg darum herum: Die beste Verteidigung war der Angriff.

Seine Bemerkung traf Marsha wie eine Ohrfeige. Augenblicklich blubberten die Emotionen herauf. Sie kämpfte die Tränen nieder und zwang sich fortzufahren. »Es gibt noch andere Dinge neben seinem ersichtlichen Mangel an Freunden. Er scheint nie jemanden oder etwas zu brauchen. Als wir Kissa kauften, haben wir ihm gesagt, es sei seine Katze, aber VJ hat sie nie wieder eines Blickes gewürdigt. Und da du Davids Tod nun einmal angesprochen hast: Findest du es normal, daß Victor seinen Namen niemals erwähnt? Als wir ihm von David erzählten, benahm er sich, als handelte es sich um einen Fremden.«

»Marsha, er war fünf. Ich glaube, du bist hier diejenige, die gestört ist. Fünf Jahre sind eine lange Zeit zum Trauern. Vielleicht solltest du mal zu einem Psychiater gehen.«

Marsha biß sich auf die Lippe. Victor war sonst ein so liebevoller Mann, aber immer, wenn sie über VJ sprechen wollte, schnitt er ihr das Wort ab.

»Ich wollte dir nur sagen, was mir so durch den Kopf geht.« Sie stand auf. Es wurde Zeit, in die Küche zurückzukehren und das Essen fertig zu machen. Als sie die vertrauten Geräusche von Pac-Man aus dem Arbeitszimmer hörte, war sie ein wenig beruhigt.

Victor stand auf, streckte sich und folgte ihr in die Küche.

2

19. März 1989
Sonntag, am frühen Abend

Dr. William Hobbs schaute über das Schachbrett hinweg seinen Sohn an und staunte über ihn, wie er es fast jeden Tag tat, als der Junge plötzlich seine tiefblauen Augen verdrehte und rückwärts vom Stuhl kippte. William sah nicht, wie sein Sohn auf dem Fußboden aufschlug, aber er hörte den furchtbaren Schlag.

»Sheila!« rief er, sprang auf und lief um den Tisch herum. Zu seinem Entsetzen sah er, daß Maurice mit Armen und Beinen wild um sich schlug. Er lag in den Zuckungen eines epileptischen Anfalls.

William war Dr. phil., kein Mediziner, und so wußte er nicht genau, was er zu tun hatte. Vage erinnerte er sich daran, daß man die Zunge des Opfers schützen müsse, indem man ihm irgend etwas zwischen die Zähne schob, aber er hatte nichts Geeignetes zur Hand.

Er kniete vor dem Jungen, der in wenigen Tagen drei Jahre alt werden würde, und schrie von neuem nach seiner Frau. Maurices Körper verrenkte sich mit erstaunlicher Kraft, und William hatte alle Mühe zu verhindern, daß das Kind sich verletzte.

Sheila erstarrte, als sie sah, wie ihr Mann mit dem wild um sich schlagenden Kind rang. Inzwischen hatte Maurice sich heftig auf die Zunge gebissen, und als sein Kopf jetzt auf und ab zuckte, sprühte schaumiges Blut auf den Teppich.

»Ruf einen Krankenwagen!« rief William Hobbs.

Sheila schüttelte den lähmenden Bann ab und hastete in die Küche und zum Telefon. Maurice hatte sich schon nicht wohl gefühlt, als sie ihn aus der Chimera-Tagesstätte abgeholt hatte. Er hatte über Kopfschmerzen geklagt – pochende Kopfschmerzen wie bei einer Migräne. Natürlich hätten die meisten Dreijährigen ihre Kopfschmerzen anders beschrieben, aber Maurice war nicht wie die meisten Dreijährigen. Er war ein echtes Wunderkind, ein Genie. Mit acht Monaten hatte er sprechen gelernt, mit dreizehn lesen, und inzwischen besiegte er seinen Vater beim allabendlichen Schachspiel.

»Wir brauchen einen Krankenwagen!« schrie Sheila in die Muschel, als sich endlich jemand meldete. Sie nannte ihre Adresse und flehte die Telefonistin an, es möge schnell gehen. Dann rannte sie wieder ins Wohnzimmer.

Maurice hatte keine Krämpfe mehr. Er lag ganz still auf dem Sofa, wo sein Vater ihn hingebracht hatte. Er hatte sein Essen und eine beträchtliche Menge helles Blut erbrochen. Die scheußliche Brühe hatte sein blondes Haar verfilzt und tropfte ihm noch aus den Mundwinkeln. Auch über Blase und Darm hatte er die Kontrolle verloren.

»Was sollte ich machen?« fragte William in flehentlicher Frustration. Zumindest atmete das Kind noch, und seine Farbe, die bläulich dunkel geworden war, normalisierte sich wieder.

»Was ist denn passiert?« fragte Sheila.

»Nichts«, sagte William. »Er gewann wie gewöhnlich. Dann verdrehte er die Augen und fiel hintenüber. Ich fürchte, er ist ziemlich heftig mit dem Kopf auf dem Fußboden aufgeschlagen.«

»O Gott!« Sheila wischte dem Kind mit dem Schürzenzipfel den Mund ab. »Vielleicht hättest du nicht darauf bestehen sollen, daß er mit seinen Kopfschmerzen und alldem heute abend Schach spielt.«

»Er wollte doch«, erwiderte William abwehrend. Aber das stimmte nicht ganz. Maurice hatte eher lauwarm auf die Idee reagiert. Aber William konnte keiner Gelegenheit widerstehen, zu beobachten, wie das Kind sein phänomenales Gehirn benutzte. Maurice war sein Stolz und seine Freude.

William und Sheila waren seit acht Jahren verheiratet gewesen, ehe sie sich schließlich eingestanden hatten, daß sie keine Kinder bekommen konnten. Da Chimera Inc. ein eigenes Befruchtungszentrum hatte – Fertility Inc. und William bei Chimera angestellt war, hatte er mit Sheila die Dienste der Firma kostenlos in Anspruch nehmen können. Leicht war es nicht gewesen. Sie hatten sich der Tatsache stellen müssen, daß sie beide unfruchtbar waren. Aber schließlich, mittels einer Leihmutter und eines Gametenspendeplans, hatten sie ihr langersehntes Kind bekommen: Maurice, das Wunderbaby mit einem Intelligenzquotienten oberhalb der Tabellen.

»Ich hole ein Handtuch und mache ihn sauber«, sagte Sheila und wandte sich zur Küche. Aber William hielt sie am Arm fest.

»Vielleicht sollten wir ihn nicht bewegen.«

Also saßen die beiden vor dem Kind und beobachteten es hilflos, bis sie die Sirene des Rettungswagens durch die Straße heulen hörten. Sheila eilte zur Tür, um die Sanitäter hereinzulassen.

Wenige Augenblicke später balancierte William auf einem schwankenden Sitz im hinteren Teil des schaukelnden Krankenwagens, während Sheila im Auto der Familie hinterherfuhr.

Im Lowell General Hospital angekommen, wartete das Ehepaar in banger Sorge, während Maurice untersucht wurde; schließlich befand man seinen Zustand für stabil genug, um ihn zu verlegen. William wollte den Jungen nach Boston in die Kinderklinik bringen, eine halbe Autostunde weit entfernt. Irgend etwas sagte ihm, daß sein Sohn todkrank sei. Vielleicht waren sie allzu stolz auf seine phänomenale Intelligenz gewesen. Vielleicht ließ Gott sie jetzt bezahlen.

»He, VJ!« rief Victor die Hintertreppe hinauf. »Wie wär's mit 'ner Runde Schwimmen?« Er hörte, wie seine Stimme an den Wänden des geräumigen Hauses widerhallte. Der Großgrundbesitzer der Gegend hatte es im achtzehnten Jahrhundert gebaut, und Victor hatte es kurz nach Davids Tod gekauft und renovieren lassen. Chimera Inc. hatte einen geschäftlichen Boom erlebt, nachdem das Unternehmen an die Börse gegangen war, und Victor meinte, Marsha werde sich wohler fühlen, wenn sie nicht immer die Räume sehen müßte, in denen David aufgewachsen war. Davids Tod hatte sie noch schwerer getroffen als ihn.

»Lust auf den Pool?« rief er jetzt. Bei solchen Gelegenheiten bereute er, daß sie keine Gegensprechanlage eingebaut hatten.

»Nein, danke«, hallte VJs Antwort die Treppe herunter.

Victor blieb für einen Augenblick stehen, wo er war, eine Hand auf dem Treppengeländer, einen Fuß auf der untersten Stufe. Seine Unterredung mit Marsha hatte alle seine ursprünglichen Befürchtungen über seinen Sohn wiedererweckt. Die frühzeitige, ungewöhnliche Entwicklung, die unglaubliche Intelligenz, die ihn schon mit drei Jahren zum Schachmeister gemacht hatte, der steile Abfall der Intelligenzentwicklung, bevor er vier gewesen war – VJs Reifeprozeß war alles in allem keineswegs ein alltäglicher. Victor war vom Augenblick der Geburt an von solchen Schuldgefühlen geplagt gewesen, daß er beinahe erleichtert gewesen war, als die außergewöhnlichen Begabungen des kleinen Jungen sich verflüchtigt hatten. Aber jetzt fragte er sich, ob ein normales Kind sich die Gelegenheit entgehen lassen würde, im neuen Pool der Familie schwimmen zu können. Victor hatte beschlossen, zu Trainingszwecken einen Pool anzulegen. Sie hatten ihn an der Rückseite des Hauses in eine Art Treibhaus bauen lassen. Erst einen Monat zuvor waren die Arbeiten fertiggestellt worden.

Victor entschloß sich, ein Nein als Antwort nicht zu akzeptieren. Er sprang die Treppe hinauf; seine bestrumpften Füße nahmen immer zwei Stufen auf einmal. Lautlos flitzte er den langen Korridor entlang zu VJs Zimmer, das an der

Vorderseite des Hauses gelegen war und von dem aus man auf die Zufahrt hinausblickte.

Wie immer war das Zimmer ordentlich und aufgeräumt; die *Encyclopaedia Britannica* bedeckte die eine Wand, eine chemische Elemententabelle die andere. VJ lag bäuchlings auf dem Bett, völlig vertieft in ein dickes Buch.

Victor näherte sich dem Bett auf Zehenspitzen und versuchte zu erkennen, was VJ da las, aber als er in das aufgeschlagene Buch spähte, konnte er nur ein Gewirr von Gleichungen erkennen – kaum das, was er erwartet hatte.

»Hab' ich dich!« sagte er und packte den Jungen spielerisch am Bein.

Bei der Berührung sprang VJ hoch, die Hände verteidigungsbereit ausgestreckt.

»He! Warst du so konzentriert oder was?« fragte Victor lachend.

VJs türkisfarbene Augen bohrten sich in die seines Vaters. »Tu das nie wieder!« sagte er.

Einen Augenblick lang durchströmte Victor die vertraute Angst vor dem, was er da geschaffen hatte. Dann stieß VJ einen Seufzer aus und ließ sich auf das Bett zurückfallen.

»Was, um alles in der Welt, liest du denn da?« wollte Victor wissen.

VJ klappte das Buch zu, als sei es Pornographie. »Was über schwarze Löcher; ich hab's gefunden.«

»Stark!« sagte Victor, bemüht, cool zu klingen.

»Eigentlich ist es nicht besonders gut«, erklärte VJ. »Massenhaft Irrtümer.«

Wieder überlief es Victor frostig. In letzter Zeit fragte er sich gelegentlich, ob die altkluge Intelligenz seines Sohnes nicht zurückkehrte. Er bemühte sich, seine Sorgen abzuschütteln, und sagte entschlossen: »Hör mal, VJ, wir gehen jetzt schwimmen!«

Er nahm aus VJs Kommode eine Badehose heraus und warf sie seinem Sohn zu. »Komm – mal sehen, wer schneller ist!«

Victor ging hinüber in sein eigenes Schlafzimmer, zog seine Badehose an und rief VJ. Der Junge kam den Gang herunter seinem Vater entgegen. Stolz bemerkte Victor, daß sein Sohn für einen Zehnjährigen kräftig gebaut war; zum erstenmal kam ihm der Gedanke, daß VJ ein Athlet werden könnte, wenn er die Neigung dazu verspürte.

Über dem Pool hing der typische feuchte Chlorgeruch. Das Becken spiegelte sich im Glas der Decke und der Wände; die Winterlandschaft draußen war nicht zu sehen. Victor warf sein Handtuch über die Lehne eines Aluminiumliegestuhls, als Marsha in der Wohnzimmertür erschien.

»Schwimmst du mit uns?« fragte Victor.

Marsha schüttelte den Kopf. »Amüsiert euch nur, ihr Jungs! Mir ist es zu kalt.«

»Wir machen ein Wettschwimmen«, verkündete Victor. »Wie wär's, wenn du als Schiedsrichterin fungierst?«

»Dad«, wandte VJ klagend ein, »ich will kein Wettschwimmen machen.«

»Natürlich willst du«, widersprach Victor. »Zwei Runden. Wer verliert, muß den Abfall rausbringen.«

Marsha trat an den Beckenrand und nahm VJs Handtuch; sie sah ihn an und verdrehte mitleidsvoll die Augen.

»Willst du die Innenbahn oder die Außenbahn?« fragte Victor in der Hoffnung, den Jungen in sein Spiel hineinzuziehen.

»Ist mir egal«, sagte VJ, stellte sich neben seinem Vater auf und schaute über den Pool hinweg. Die Umwälzanlage kräuselte den Wasserspiegel ein wenig.

»Du gibst das Kommando«, sagte Victor zu Marsha.

»Auf die Plätze, fertig...« Marsha legte eine Pause ein und beobachtete, wie ihr Mann und ihr Sohn auf der Beckenkante wippten. »Los!«

Marsha trat zurück, um dem aufspritzenden Wasser zu entgehen, und setzte sich dann in einen der Liegestühle. Victor war kein guter Schwimmer, aber trotzdem sah sie mit

Überraschung, daß VJ in der ersten Runde und bis zur Wende führte. In der zweiten Runde schien er sich dann zurückzuhalten, und schließlich gewann Victor um eine halbe Länge.

»Kein schlechter Versuch«, sagte Victor prustend und triumphierend. »Willkommen bei der Müllabfuhr!«

Verblüfft über das, was sie hier miterlebt zu haben glaubte, beobachtete Marsha neugierig ihren Sohn, der sich jetzt aus dem Wasser stemmte. Als ihre Blicke sich trafen, zwinkerte er ihr zu, und das verwirrte sie noch mehr.

VJ griff nach seinem Handtuch und trocknete sich rasch ab. Er wäre wirklich gern ein Sohn von der Art gewesen, die seine Mutter sich wünschte, wie David es gewesen war. Aber es steckte einfach nicht in ihm. Selbst wenn er versuchte, es vorzuspielen, wußte er, daß es ihm nicht ganz gelang. Immerhin – wenn Augenblicke wie dieser hier am Pool seinen Eltern das Gefühl von Familienglück schenkten, wer war er, daß er es ihnen verwehren wollte?

»Mutter, es tut noch mehr weh«, sagte Mark Murray zu Colette. Es war in seinem Zimmer im zweiten Stock des Murrayschen Stadthauses in Beacon Hill. »Immer wenn ich mich bewege, spüre ich einen Druck hinter den Augen und in den Nasennebenhöhlen.« Die präzise Ausdrucksweise stand in verblüffendem Kontrast zu den winzigen Kinderhändchen, die der Junge an seinen Kopf drückte.

»Ist es schlimmer als vor dem Essen?« fragte Colette und strich ihm das krausgelockte Blondhaar zurück. Das außergewöhnliche Vokabular des Kleinen erstaunte sie nicht mehr. Er lag in einem normalen Bett, obwohl er erst zweieinhalb Jahre alt war. Mit dreizehn Monaten hatte er verlangt, daß das Gitterbettchen in den Keller verbannt werde.

»Es ist viel schlimmer«, antwortete Mark.

»Laß uns noch einmal deine Temperatur messen!« sagte Colette und schob ihm das Thermometer in den Mund. Sie war zunehmend beunruhigt, obgleich sie sich noch immer damit zu beschwichtigen versuchte, daß es sich nur um eine beginnende Erkältung oder einen grippalen Infekt handle. Es hatte etwa eine Stunde, nachdem Mark von ihrem Mann Horace aus der Kindertagesstätte bei Chimera Inc. nach Hause gebracht worden war, angefangen. Mark hatte gesagt, er habe keinen Hunger, und das war bei Mark entschieden nicht normal.

Das nächste Symptom war das Schwitzen. Es begann, als sie sich gerade zu Tisch setzen wollten. Obwohl er seinen Eltern sagte, daß ihm nicht heiß sei, lief ihm der Schweiß in Strömen aus den Poren. Ein paar Minuten später hatte er sich übergeben. Da hatte Colette ihn ins Bett gesteckt.

Als Buchhalter, der schon am College zu empfindlich selbst für Biologie-Seminare gewesen war, hatte Horace die Krankenpflegerpflichten mit Vergnügen Colette überlassen – nicht, daß sie echte Erfahrungen damit gehabt hätte; sie war Rechtsanwältin, und ihre gutgehende Kanzlei hatte sie genötigt, Mark in die Kindertagesstätte zu geben, als er erst ein Jahr alt gewesen war. Sie betete ihr brillantes, einziges Kind an; aber es zu bekommen, war eine Strapaze gewesen, die sie nicht erwartet hatte.

Nach drei Jahren Ehe hatten sie und Horace beschlossen, eine Familie zu gründen. Aber nach einem Jahr der erfolglosen Bemühungen hatten sie sich beide einem Fruchtbarkeitstest unterzogen, und sie hatten die harte Wahrheit erfahren: Colette war unfruchtbar. Mark war das Ergebnis des letzten Mittels: In-vitro-Fertilisation und Leihmutter. Es war ein Alptraum gewesen, vor allem angesichts der durch den Fall »Baby M« hervorgerufenen Kontroverse.

Colette zog Mark das Thermometer aus dem Mund und drehte es zwischen den Fingern, um die Quecksilbersäule zu finden. Normal. Sie seufzte. Jetzt wußte sie nicht weiter. »Hast du Hunger oder Durst?« fragte sie.

Mark schüttelte den Kopf. »Ich kann allmählich nicht mehr gut sehen«, stellte er fest.

»Was heißt das, du kannst nicht mehr gut sehen?« Sie war

erschrocken. Abwechselnd hielt sie Mark beide Augen zu. »Kannst du mit beiden Augen sehen?«

»Ja«, antwortete Mark. »Aber ein bißchen verschwommen. Unfokussiert.«

»Okay, du bleibst hier und ruhst dich aus!« sagte Colette. »Ich rede mit deinem Vater.«

Sie ließ das Kind allein und ging die Treppe hinunter; Horace hatte sich in sein Arbeitszimmer zurückgezogen und sah sich auf dem Mini-Fernseher ein Basketballspiel an.

Als er seine Frau in der Tür erblickte, schaltete er schuldbewußt ab. »Die Celtics«, sagte er erklärend.

Colette unterdrückte ihren flüchtigen Ärger. »Es geht ihm viel schlechter«, sagte sie heiser. »Ich mache mir Sorgen. Er klagt, er kann nicht gut sehen. Wir sollten den Arzt rufen.«

»Bist du sicher?« fragte Horace. »Es ist Sonntagabend.«

»Dafür kann ich nichts!« versetzte Colette scharf.

In diesem Moment gellte ein ohrenbetäubender Schrei durch das Haus. Sie stürzten die Treppe hinauf.

Zu ihrem Entsetzen lag Mark in seinem Bett und wand sich. Er preßte die Hände an den Kopf, als habe er furchtbare Schmerzen, und schrie aus Leibeskräften. Horace packte das Kind bei den Schultern und versuchte, es festzuhalten, während Colette zum Telefon lief.

Horace spürte überrascht, wie stark der Junge war. Nur mit Mühe konnte er verhindern, daß er sich selbst aus dem Bett warf.

Dann brach das Schreien so plötzlich ab, wie es begonnen hatte. Einen Moment lang blieb Mark regungslos liegen, die Händchen immer noch an die Schläfen gepreßt, die Augen fest geschlossen.

»Mark?« flüsterte Horace.

Marks Arme entspannten sich. Er schlug die blauen Augen auf und sah seinen Vater an. Aber es lag kein Erkennen in seinem Blick, und als er den Mund auftat, gab er sinnloses Gestammel von sich.

Marsha saß vor ihrer Frisierkommode, bürstete ihr langes Haar und beobachtete Victor im Spiegel. Er stand vor dem Waschbecken und putzte sich mit raschen, kräftigen Bewegungen die Zähne. VJ war schon lange im Bett; Marsha hatte nach ihm gesehen, als sie vor einer Viertelstunde heraufgekommen war. Sie hatte sein Engelsgesicht betrachtet und noch einmal an sein offensichtliches Täuschungsspiel im Pool gedacht.

»Victor!« rief sie plötzlich.

Victor fuhr herum. Zahnpastaschaum stand ihm vor dem Mund wie bei einem tollwütigen Hund. Sie hatte ihn erschreckt.

»Ist dir klar, daß VJ dich beim Schwimmen hat gewinnen lassen?«

Victor spuckte geräuschvoll ins Waschbecken. »Moment mal! Es war vielleicht knapp, aber ich habe das Wettschwimmen fair und klar gewonnen.«

»VJ lag die meiste Zeit in Führung«, widersprach Marsha. »Er ist mit Absicht langsamer geworden, um dich gewinnen zu lassen.«

»Das ist absurd.« Victor war empört.

»Nein, ist es nicht. Er tut Dinge, die für einen Zehnjährigen einfach nicht normal sind. Wie er mit dem Schachspielen angefangen hat, als er zweieinhalb war. Dir hat das gefallen, aber mich hat es beunruhigt. Ja, es hat mir Angst eingejagt. Ich war erleichtert, als seine Intelligenz nachließ, zumindest als sie sich auf einem hohen Level des Normalen stabilisierte. Ich will nichts als ein glückliches und normales Kind.« Plötzlich stiegen ihr die Tränen in die Augen. »Wie David«, fügte sie hinzu und wandte sich ab.

Victor trocknete sich hastig das Gesicht ab, warf das Handtuch beiseite und kam zu Marsha. Er legte den Arm um sie. »Du machst dir Sorgen wegen nichts. VJ ist ein prima Junge.«

»Vielleicht benimmt er sich so merkwürdig, weil ich ihn

als Baby so viel bei Janice gelassen habe«, sagte Marsha; sie bemühte sich, die Tränen niederzukämpfen. »Ich war nicht genug zu Hause. Ich hätte mir Urlaub nehmen sollen.«

»Du bist wirklich entschlossen, dir Selbstvorwürfe zu machen«, stellte Victor fest, »sogar wenn alles in Ordnung ist.«

»Na«, sagte Marsha, »da ist jedenfalls etwas Eigenartiges in seinem Benehmen. Wenn es eine Episode wäre, könnte man nichts dagegen einwenden. Aber es ist keine. Der Junge ist einfach kein normaler Zehnjähriger. Er ist zu verschlossen, zu erwachsen.« Sie fing an zu weinen. »Manchmal macht er mir einfach angst.«

Während er versuchte, seine Frau zu trösten, dachte Victor an das Entsetzen, das er bei VJs Geburt verspürt hatte. Er hatte sich einen außergewöhnlichen Sohn gewünscht, keinen beinahe abartig unnormalen.

3

20. März 1989
Montag morgen

Das Frühstück bei den Franks war immer eine informelle Sache: Obst, Müsli, Kaffee und Saft schon im Stehen. Der wesentliche Unterschied an diesem speziellen Morgen bestand darin, daß VJ heute schulfrei hatte, so daß er nicht wie sonst in Eile war, um seinen Bus nicht zu verpassen. Marsha verließ das Haus gegen acht als erste; sie brauchte die Zeit, um ihre Krankenhauspatienten zu besuchen, ehe die Praxissprechstunde begann. Im Hinausgehen begegnete sie Ramona Juarez, der Putzfrau, die montags und donnerstags kam.

Victor sah zu, wie seine Frau in ihren Volvo-Kombi stieg. Jeder Auspuff blies eine flüchtige Dunstwolke in die frische Morgenluft. Obwohl am nächsten Tag der Frühling beginnen würde, zeigte das Thermometer frostige minus zwei Grad.

Victor stellte seinen Kaffeebecher umgekehrt ins Spülbecken und wandte sich VJ zu, der abwechselnd auf den Fernsehschirm schaute und in einem von Victors wissenschaftlichen Journalen blätterte. Victor runzelte die Stirn. Vielleicht hatte Marsha recht. Vielleicht kehrte die anfängliche brillante Intelligenz des Jungen zurück. Die Artikel in der Zeitschrift waren ziemlich kompliziert. Victor fragte sich, wieviel sein Sohn davon verstehen mochte.

Er erwog, etwas zu sagen, ließ es dann aber bleiben. Der Junge war in Ordnung und völlig normal. »Bist du sicher, daß du heute mit ins Labor kommen möchtest?« fragte er. »Vielleicht könntest du mit deinen Freunden etwas Spannenderes unternehmen.«

»Im Labor ist es spannend«, antwortete VJ.

»Deine Mutter findet, du solltest mehr Zeit mit Kindern

deines Alters verbringen«, sagte Victor. »So lernt man, sich einzuordnen und zu teilen und all das.«

»Oh, bitte!« erwiderte VJ. »In der Schule bin ich jeden Tag mit Kindern meines Alters zusammen.«

»Zumindest wir beide sehen die Sache gleich«, meinte Victor. »Das habe ich deiner Mutter nämlich auch gesagt. Tja, nachdem das nun geklärt ist – wie möchtest du ins Labor kommen? Mit mir oder mit dem Fahrrad?«

»Mit dem Fahrrad«, antwortete VJ.

Trotz der frostigen Luft hatte Victor das Sonnendach seines Wagens geöffnet, und der Wind zerzauste ihm das Haar. Im Radio war der einzige Klassiksender eingestellt, den er bekommen konnte, und so donnerte er nun über die alte Brücke, die sich über den angeschwollenen Merrimack spannte. Der Fluß war ein Wildwasser voller Wirbel und Gischt, und sein Pegel stieg täglich dank der Frühjahrsschneeschmelze in den White Mountains von New Hampshire, hundert Meilen weiter nördlich.

Auf der Straße vor Chimera Inc. bog Victor nach links und fuhr an einem langgestreckten Ziegelbau entlang. Am Ende des Gebäudes bog er noch einmal links ab und verlangsamte sein Tempo, als er an einem Sicherheitskontrollposten vorbeikam. Der Uniformierte erkannte den Wagen und winkte nur, als Victor unter der geöffneten schwarz-weißen Schranke hindurch auf das Gelände der großen Biotechnologiefirma fuhr.

Wenn er den aus dem neunzehnten Jahrhundert stammenden, backsteingemauerten Fabrikkomplex betrat, erfüllte Victor jedesmal eine Art Besitzerstolz. Es war eine beeindruckende Anlage, zumal viele der Außenfassaden nicht renoviert, sondern restauriert worden waren.

Die höchsten Gebäude auf dem Gelände waren fünfstökkig, aber die meisten hatten nur drei Stockwerke, und sie erstreckten sich in beide Richtungen wie in einer Perspektivstudie. Rechteckig angelegt, umschlossen sie einen weiten Innenhof, der von zahlreichen neueren Gebäuden unterschiedlicher Größe und Form überzogen war.

An der Westecke des Geländes, das ganze Werk beherrschend, erhob sich ein achtstöckiger Uhrenturm, ein Nachbau des Big Ben in London. Er überragte die restlichen Bauten, denn er stand auf dem Dach eines dreistöckigen, teilweise auf einem den Merrimack stauenden Betondamm errichteten Gebäudes. Da der Fluß so stark angeschwollen war, hatte sich der Stausee auf der anderen Seite des Damms bis zum Überfließen gefüllt. Ein donnernder Wasserfall am Überlauf in der Mitte des Damms erfüllte die Luft mit feinem Dunst.

In alten Zeiten, als die Fabrik noch Baumwolle aus den Südstaaten in Textilien verwandelt hatte, war in dem Glockenturm das Kraftwerk gewesen. Der gesamte Komplex war mit Wasserkraft betrieben worden, bis die Elektrifizierung die Hauptschleuse geschlossen und das mächtige Schaufelradgetriebe im Keller des Gebäudes stillgelegt hatte. Die Big-Ben-Nachbildung läutete schon seit Jahren nicht mehr, aber Victor erwog, sie wieder instand setzen zu lassen.

Als Chimera den stillgelegten Komplex im Jahre 1976 erworben hatte, war weniger als die Hälfte der verfügbaren Fläche renoviert worden; der Rest war reserviert für zukünftige Expansion. In der Erwartung des Wachstums waren aber alle Gebäude mit Wasser, sanitären Anlagen und Strom ausgerüstet worden. Victor bezweifelte nicht, daß es ein leichtes sein würde, den alten Big Ben wieder in Gang zu bringen. Er nahm sich vor, das Thema bei der nächsten Sitzung des Entwicklungsausschusses anzusprechen.

Als Victor in seine reservierte Parkbox vor dem Verwaltungsgebäude eingebogen war und das Sonnendach geschlossen hatte, blieb er noch einen Moment sitzen und überdachte den vor ihm liegenden Tag. Bei allem Stolz, den die ausgedehnte Anlage in ihm hervorrief, mußte er zugeben, daß der Erfolg von Chimera Inc. ihn mit gemischten Gefühlen erfüllte. Im Grunde seines Herzens war Victor Wissenschaftler, aber als einer der drei Gründungspartner von Chimera Inc. hatte er auch seinen Teil der Verwaltungsverantwortung zu tragen.

Victor betrat das Gebäude durch den prachtvollen gregorianischen Eingang mit seinen Säulen und Giebeln. Die Architekten hatten bei den Restaurierungsarbeiten peinliche Sorgfalt walten lassen; selbst die Ausstattung stammte aus dem frühen neunzehnten Jahrhundert. Die Eingangshalle war Welten entfernt von den zweckmäßigen Sälen des Massachusetts Institute of Technology, kurz MIT genannt, wo Victor 1973 unterrichtet und die ersten Gespräche mit einem Kollegen, Ronald Beekman, über die Möglichkeiten geführt hatte, die sich mit der explosionsartigen Entwicklung der Biotechnologie boten. Technisch gesehen war es eine gute Ehe, denn Victors Gebiet war die Biologie, und Ronald war Biochemiker. Sie hatten sich mit einem Geschäftsmann namens Clark Fitzsimmons Foster zusammengetan, und 1975 war Chimera Inc. gegründet worden. Das Ergebnis übertraf ihre kühnsten Erwartungen. 1983 war das Unternehmen, geführt von Clark, an die Börse gegangen, und sie waren ungeheuer reich geworden.

Aber mit dem Erfolg kam Verantwortung, die Victor von seiner ersten Liebe fernhielt: dem Labor. Als Gründungspartner gehörte er dem Vorstand der Muttergesellschaft Chimera an. Er war zudem als Erster Vizepräsident der Firma für die Forschung zuständig. Gleichzeitig war er geschäftsführender Leiter der entwicklungsbiologischen Abteilung. Und schließlich war er Präsident und Geschäftsführer der enorm ertragreichen Tochtergesellschaft Fertility Inc., die eine wachsende Kette von Kliniken zur Behandlung von Unfruchtbarkeit betrieb.

Victor blieb oben an der Haupttreppe stehen und schaute durch das Bogenfenster auf den ausgedehnten Fabrikkomplex hinaus, der hier zu neuem Leben erweckt worden war.

Daß er dabei Befriedigung empfand, war nicht zu bezweifeln. Im neunzehnten Jahrhundert war die Fabrik sehr erfolgreich gewesen, aber ihre Basis war die Ausbeutung einer eingewanderten Arbeiterklasse gewesen. Heute stand ihr Erfolg auf festeren Füßen. Chimeras Fundament waren die Gesetze der Wissenschaft und der Erfindungsreichtum des menschlichen Geistes in seinem Bestreben, die Geheimnisse des Lebens zu entschlüsseln. Victor wußte, daß Naturwissenschaft in Form von Biochemie die Zukunftswelle war, und mit Wohlgefallen sah er, daß er sich in ihrem Epizentrum befand. In seinen Händen hielt er den Hebel, der die Welt, vielleicht das Universum aus den Angeln heben konnte.

VJ pfiff vor sich hin, als er die Stanhope Street hinunterradelte. Er hatte den Reißverschluß des Daunenparkas hochgezogen, um den kalten Wind abzuhalten, und seine Hände steckten in Fäustlingen, die mit der gleichen Isolierung ausgestattet waren, wie sie von Astronauten benutzt wurde.

Er schaltete in den höchsten Gang und trat in die Pedale. Der Wind rauschte und die Reifen sangen, als ob er mit hundert Meilen pro Stunde dahinschösse. Er war frei. Eine Woche lang keine Schule mehr. Keine Notwendigkeit mehr, sich vor den Lehrern und diesen Kindern zu verstellen. Er könnte seine Zeit mit dem verbringen, wozu er geboren war. Er lächelte – seltsam und unkindlich. Seine blauen Augen blitzten, und er war froh, daß seine Mutter ihn jetzt nicht sehen konnte. Er hatte eine Mission, genau wie sein Vater. Und er durfte sich durch nichts davon abbringen lassen.

VJ mußte sein Tempo verlangsamen, als er sich der Kleinstadt North Andover näherte. Er fuhr die Haupteinkaufsstraße hinauf und hielt vor der örtlichen Bank, wo er sein Rad in einen Metallständer schob und mit einem Schloß sicherte. Er warf sich die Satteltaschen über die Schultern, stieg die drei braunen Steinstufen hinauf und betrat das Gebäude.

»Guten Morgen, Mr. Frank!« sagte der Zweigstellenleiter

und drehte sich mit seinem Drehstuhl herum. Der Mann hieß Harold Scott, und VJ ging ihm nach Möglichkeit aus dem Weg, aber da sein Tisch nun einmal gleich rechts vom Eingang stand, war das nicht so einfach. »Könnte ich dich wohl mal sprechen, junger Mann?«

VJ hielt inne, überdachte seine Möglichkeiten und machte widerstrebend den Umweg zu Scotts Schreibtisch.

»Ich weiß, daß du ein guter Kunde dieser Bank bist«, sagte Harold Scott. »Deshalb dachte ich mir, es wäre vielleicht angebracht, über einige der Vorteile dieser Bank mit dir zu sprechen. Weißt du, was Zinsen sind, junger Mann?«

»Ich glaube, ja.«

»Nun, in diesem Fall wollte ich fragen, weshalb du kein Sparbuch für dein Zeitungsgeld hast?«

»Zeitungsgeld?« wiederholte VJ.

»Ja«, sagte Harold. »Du hast mir vor einer Weile erzählt, daß du Zeitungen austrägst. Ich nehme an, das tust du immer noch, denn du kommst regelmäßig in diese Bank.«

»Natürlich tue ich es noch«, erklärte VJ. Er erinnerte sich jetzt, daß dieser Mann ihn schon einmal in Bedrängnis gebracht hatte. Ein Jahr mußte es her sein.

»Wenn dein Geld erst einmal auf einem Sparbuch ist, beginnt es für dich zu arbeiten. Mit anderen Worten, dein Geld vermehrt sich. Ich will dir ein Beispiel geben.«

»Mr. Scott«, sagte VJ, als der Bankangestellte Papier aus der Schreibtischschublade nahm. »Ich habe nicht viel Zeit. Mein Vater erwartet mich im Labor.«

»Es dauert nicht lange«, erwiderte Harold, und er machte sich daran, VJ vorzuführen, was aus zwanzig Dollar wurde, wenn man sie zwanzig Jahre lang bei der North Andover National Bank ließ. Als er fertig war, fragte er: »Was sagst du dazu? Überzeugt es dich?«

»Unbedingt.«

»Also«, sagte Harold, nahm ein paar Formulare aus einer anderen Schublade und füllte sie rasch aus. Dann schob er sie zu VJ hinüber und deutete auf eine gepunktete Linie am unteren Rand des Blattes. »Hier unterschreiben!«

Gehorsam nahm VJ den Stift und schrieb seinen Namen hin.

»Also«, wiederholte Harold. »Wieviel möchtest du einzahlen?«

VJ sog die Wange zwischen die Backenzähne und wühlte dann sein Portemonnaie hervor. Es waren drei Dollar darin. Er nahm sie heraus und reichte sie Harold.

»Ist das alles?« wollte Harold wissen. »Wieviel verdienst du denn pro Woche mit deinen Zeitungen? Du mußt dir das Sparen schon früh im Leben zur Gewohnheit machen!«

»Ich werd's vermehren«, versprach VJ.

Harold nahm das Formular und die Geldscheine und begab sich an den Kassenschalter. Ein Summer ließ ihn ein. Als er zurückkam, reichte er VJ eine Einzahlungsquittung. »Dies ist ein bedeutender Tag in deinem Leben«, sagte er.

VJ nickte, steckte die Quittung ein und ging in den hinteren Teil der Bank. Von dort aus behielt er Mr. Scott im Auge. Gottlob kam ein Kunde herein und setzte sich vor seinen Schreibtisch.

VJ drückte auf den Summer, um den für die Schließfächer zuständigen Mitarbeiter zu rufen. Ein paar Minuten später saß er ungestört in einer der privaten Zellen, vor sich die große Box aus seinem Schließfach. Vorsichtig legte er seine Satteltaschen auf den Boden und öffnete sie. Die Taschen waren vollgestopft mit ordentlich gebündelten Hundert-Dollar-Noten. Als er sie zu den bereits vorhandenen Geldbündeln in die Kassette gelegt hatte, brauchte er beide Hände, um diese hochzuheben und in ihr Tresorfach zu schieben.

Wenig später saß VJ wieder auf seinem Fahrrad und verließ North Andover in Richtung Westen. Er trat stetig in die Pedale und war nach kurzer Zeit in Lawrence. Nachdem er die Brücke über den Merrimack überquert hatte, erreichte er das Gelände von Chimera. Der Sicherheitsmann am Tor winkte ihm mit dem gleichen Respekt zu, den er auch Dr. Frank entgegenbrachte.

Kaum hatte Victor sein Büro betreten, überfiel ihn seine sehr hübsche und sehr tüchtige Sekretärin Colleen mit einem Stapel Telefonnachrichten.

Victor stöhnte innerlich. Montags ging es nur allzuoft so; manchmal kam er den ganzen Tag nicht ins Labor. Sein derzeitiges Hauptinteresse in der Forschung drehte sich um die geheimnisvolle Frage, wie ein befruchtetes Ei sich in der Gebärmutter einnistete; niemand wußte, wie es dazu kam und was die Faktoren waren, die diesen Vorgang ermöglichten. Victor hatte das Projekt vor vielen Jahren begonnen, weil die Lösung von großer akademischer wie kommerzieller Bedeutung sein würde. Aber beim Tempo sciner derzeitigen Fortschritte würde er noch jahrelang daran arbeiten.

»Das hier ist wahrscheinlich die wichtigste Nachricht«, sagte Colleen und gab ihm einen rosafarbenen Zettel.

Victor nahm ihn entgegen: Er solle Ronald Beekman anrufen, dringend. Na, wunderbar, dachte Victor. Wenn er und Ronald in der Anfangsphase der Gründung von Chimera Inc. auch die besten Freunde gewesen waren, so war ihre Beziehung inzwischen durch unterschiedliche Ansichten über die Zukunft des Unternehmens doch stark belastet. Zur Zeit stritten sie über eine geplante Aktienemission, mit der Clark Foster zusätzliches Kapital zur weiteren Expansion beschaffen wollte.

Ronald war unerbittlich gegen jede Verwässerung des Kapitals, da er zukünftige feindselige Übernahmeversuche befürchtete. Er war der Auffassung, daß die Expansion unmittelbar an aktuelle Einkünfte und Profite geknüpft sein müsse. Wieder einmal würde Victor nun das Zünglein an der Waage sein, wie er es schon 1983 in der Frage des Börsenganges gewesen war. Damals hatte er gegen Ronald gestimmt und sich an Clarks Seite gestellt. Obwohl der Börsengang unbestreitbar ein Erfolg gewesen war, hatte Ronald immer noch das Gefühl, Victor habe seine akademische Integrität verkauft.

Victor legte Ronalds Nachricht mitten auf die Löschblattunterlage. »Was noch?« fragte er.

Bevor Colleen antworten konnte, ging die Tür auf, und VJ streckte den Kopf herein. Ob jemand Philip gesehen habe, wollte er wissen.

»Vorhin in der Cafeteria«, antwortete Colleen.

»Falls ihn jemand sieht, sagt ihm doch«, bat VJ, »daß ich hier bin!«

»Klar«, versprach Colleen.

»Ich bleibe in der Nähe«, verkündete VJ.

Victor winkte ihm geistesabwesend zu; er fragte sich immer noch, was er Ronald sagen sollte. Er war sicher, daß sie jetzt Kapital brauchten, nicht erst im nächsten Jahr.

VJ schloß die Tür hinter sich.

»Keine Schule?« fragte Colleen.

»Frühjahrsferien«, sagte Victor.

»So ein außergewöhnliches Kind«, meinte Colleen. »So anspruchslos. Wenn mein Sohn hier wäre, würde er mir ständig am Rockzipfel hängen.«

»Meine Frau ist anderer Meinung«, sagte Victor. »Sie glaubt, daß VJ irgendein Problem hat.«

»Das ist schwer vorstellbar«, erwiderte Colleen. »VJ ist so höflich, so erwachsen.«

»Vielleicht sollten Sie sich mal mit Marsha unterhalten.« Victor streckte die Hand aus; er wollte, daß es weiterging. »Was ist das nächste?«

»Entschuldigung«, sagte Colleen. »Das hier ist die Telefonnummer von Jonathan Marronetti, Gephardts Anwalt.«

»Wie schön!« George Gephardt war Personalleiter bei Fertility Inc.; bis vor drei Jahren hatte er die Einkaufsabteilung bei Chimera geführt. Zur Zeit war er beurlaubt, während das Verschwinden von über einhunderttausend Dollar bei Fertility Inc. untersucht wurde. Peinlicherweise war es ausgerechnet das Finanzamt gewesen, das entdeckt hatte, daß Gephardt die Gehaltsschecks eines verstorbenen Mitarbeiters kassierte. Als ihm das zu Ohren gekommen war, hatte Victor unverzüglich eine Prüfung der Chimera-Einkaufsrechnungen des Mannes aus dem Zeitraum zwischen 1980 und 1986 angeordnet. Seufzend schob Victor die Nummer des Anwalts hinter Ronalds Nachricht.

»Was dann?«

Colleen blätterte die restlichen Nachrichten durch. »Das sind wohl alle wichtigen. Den Rest kann ich selbst erledigen.«

»Fertig?« Victor konnte es offensichtlich nicht glauben.

Colleen stand auf und streckte sich. »Nachrichten gibt's weiter keine. Aber Sharon Carver wartet; sie will Sie sprechen.«

»Können Sie das nicht erledigen?«

»Sie verlangt Sie«, sagte Colleen. »Hier ist ihre Akte.«

Victor brauchte die Akte nicht, aber er nahm sie trotzdem und legte sie auf seinen Schreibtisch. Über Sharon Carver wußte er Bescheid. Sie hatte als Tierpflegerin in der Entwicklungsbiologie gearbeitet, bevor ihr Vertrag »wegen Vernachlässigung der Dienstpflichten« beendet worden war. »Lassen Sie sie warten!« wies Victor sie an und stand auf. »Ich rede mit ihr, wenn ich mit Ronald gesprochen habe.«

Er verließ sein Zimmer durch den hinteren Ausgang und machte sich auf den Weg zum Büro seines Partners. Vielleicht würde Ronald sich in einem Gespräch von Angesicht zu Angesicht vernünftig zeigen.

Als er um die Ecke bog, sah er eine vertraute Gestalt, die rückwärts aus einer Tür kam und einen Wagen hinter sich herzog. Es war Philip Cartwright, einer der Behinderten, die Chimera eingestellt hatte und ihren Fähigkeiten entsprechend beschäftigte; sie waren allesamt wertvolle Mitarbeiter. Philip erledigte Hauswarts- und Botenarbeiten, und er war vom ersten Tag an bei allen beliebt gewesen. Zu VJ hatte er im Laufe der Jahre eine besondere Zuneigung entwickelt und viel Zeit mit ihm verbracht, besonders ehe für VJ die Schule begonnen hatte. Die beiden waren ein merkwürdiges Paar. Philip war ein großer, kräftig gebauter Mann mit schütterem Haar, eng zusammenstehenden Augen und einem breiten Nacken, der gleich hinter seinen Ohren schräg abfallend in die Schultern überging. Seine langen Arme endeten in spatenförmigen Händen, deren Finger alle gleich lang waren.

Als Philip Dr. Frank erblickte, erstrahlte er in einem breiten Grinsen des Erkennens und zeigte dabei einen Mundvoll kantiger Zähne. Der Mann hätte furchterregend sein können, aber er war ein so freundlicher Mensch, daß sein Benehmen sein Äußeres überwog.

»Guten Morgen, Mr. Frank!« sagte Philip. Seine Stimme klang überraschend kindlich bei seiner Größe.

»Guten Morgen, Philip!« erwiderte Victor seinen Gruß. »VJ ist hier irgendwo. Er sucht Sie. Er wird die ganze Woche hier sein.«

»Das freut mich«, sagte Philip aufrichtig. »Ich schaue gleich, wo er ist. Danke!«

Victor sah ihm nach, als er mit seinem Wägelchen davoneilte, und er wünschte, alle Mitarbeiter bei Chimera wären so zuverlässig wie Philip.

In Ronalds Büro angekommen, das dem seinen wie ein Spiegelbild glich, begrüßte Victor die Sekretärin mit einem »Hallo!« und fragte sie, ob ihr Chef zu sprechen sei. Sie ließ Victor ein paar Minuten warten, bevor sie ihn hineinbat.

»Ist Brutus gekommen, um Cäsar zu preisen?« fragte Ronald und sah Victor unter buschigen Brauen hervor an. Er war ein stämmiger Mann mit dichtem, zerzaustem Haar.

»Ich dachte, wir könnten einmal die Aktienemission besprechen«, schlug Victor vor. Nach Ronalds Haltung und seinem Ton zu urteilen, war er offenbar nicht in der Stimmung zu einem Plauderstündchen.

»Was gibt es da zu besprechen?« fragte Ronald mit schlecht verhüllter Abneigung. »Ich habe gehört, du bist für eine Kapitalverwässerung.«

»Ich bin für eine Kapitalerhöhung«, widersprach Victor.

»Das ist ein und dasselbe«, behauptete Ronald.

»Interessieren dich meine Gründe?«

»Ich denke, deine Gründe sind ziemlich klar. Du und Clark, ihr verschwört euch gegen mich, seit wir an die Börse gegangen sind.«

»Ach ja?« Victor konnte den sarkastischen Unterton nicht völlig unterdrücken. Ein so lächerlicher Argwohn legte die Vermutung nahe, daß der Mann von der Last seiner Verwaltungsaufgaben allmählich aufgerieben wurde. Er hatte damit mindestens ebensoviel zu tun wie Victor, und keiner von beiden war für diese Arbeit ausgebildet.

»Spar dir dein ›Ach ja‹!« Ronald stemmte seinen massigen Körper hoch und beugte sich über seinen Schreibtisch. »Ich warne dich, Frank. Ich werde mich bei dir revanchieren.«

»Wovon, um alles in der Welt, redest du da?« fragte Victor ungläubig. »Was willst du machen – mir die Luft aus den Reifen lassen? Ronald, ich bin's, Victor – erinnerst du dich?« Er wedelte mit der Hand vor Ronalds Gesicht.

»Ich kann dir das Leben genauso zur Hölle machen wie du mir«, fauchte Ronald. »Wenn du mich weiter unter Druck setzt, damit wir neue Aktien emittieren, dann werde ich es dir heimzahlen; das versichere ich dir.«

»Bitte!« Victor wich zurück. »Ronald, wenn du wieder aufgewacht bist, ruf mich an! Ich werde nicht hier rumstehen und mich bedrohen lassen.«

Victor wandte sich ab und verließ das Büro. Ronald wollte noch etwas sagen, aber er blieb nicht stehen, um es sich anzuhören. Angewidert erwog er einen Augenblick lang, das Handtuch zu werfen, sich seinen Anteil auszahlen zu lassen und an die Hochschule zurückzugehen. Aber als er wieder an seinem Schreibtisch saß, hatte er sich anders besonnen. Er würde sich von Ronalds Persönlichkeitsproblemen nicht den Zugang zu den Reizen der biochemischen Industrie verwehren lassen. Schließlich gab es auch an der Hochschule Beschränkungen; sie waren dort nur anderer Art.

Die Telefonnummer von Gephardts Rechtsanwalt, Jonathan Marronetti, starrte ihn an. Resigniert wählte Victor die Nummer und ließ sich mit dem Anwalt verbinden. Der Mann hatte einen unüberhörbaren New Yorker Akzent, der Victor auf die Nerven ging.

»Habe gute Nachrichten für euch Burschen«, sagte Marronetti.

»Können wir brauchen«, antwortete Victor.

»Mein Klient, Mr. Gephardt, ist bereit, die Gelder, die auf mysteriöse Weise auf sein Gehaltskonto gelangt sind, verzinst zu erstatten. Das bedeutet kein Schuldanerkenntnis; er wünscht lediglich, daß der Fall abgeschlossen wird.«

»Ich werde das Angebot mit unseren Anwälten besprechen«, erklärte Victor.

»Moment, es kommt noch mehr«, sagte Marronetti. »Zum Ausgleich für die Erstattung dieser Gelder verlangt mein Klient seine Wiedereinsetzung in den vorigen Stand, und er verlangt, daß weitere Behelligungen aufhören, einschließlich aller derzeit laufenden Untersuchungen seiner Verhältnisse.«

»Das kommt nicht in Frage«, entgegnete Victor. »Mr. Gephardt kann kaum seine Wiedereinsetzung in den vorigen Stand erwarten, bevor unsere Untersuchung abgeschlossen ist.«

»Tja«, sagte der Anwalt, »ich denke, ich könnte vielleicht mit meinem Klienten sprechen und ihm die Wiedereinsetzungsklausel ausreden.«

»Ich fürchte, das wird keinen großen Unterschied ausmachen.«

»Hören Sie, wir versuchen, vernünftig zu sein.«

»Die Untersuchung wird wie geplant durchgeführt werden«, sagte Victor.

»Es gibt doch bestimmt eine Möglichkeit«, begann Marronetti.

»Tut mir leid«, unterbrach ihn Victor. »Sobald wir sämtliche Fakten kennen, können wir uns weiter unterhalten.«

»Wenn Sie nicht bereit sind, vernünftig zu sein«, erklärte der Anwalt, »sehe ich mich gezwungen, Maßnahmen zu ergreifen, die Sie vielleicht bedauern werden. Sie sind wohl kaum in der Position, die Heiligen zu spielen –«

»Auf Wiederhören, Mr. Marronetti!« sagte Victor und warf den Hörer auf die Gabel.

Er ließ sich in seinen Sessel zurücksinken, drückte auf einen Knopf und befahl Colleen, die Carver hereinzuschicken. Obgleich ihm der Fall vertraut war, klappte er jetzt doch die Akte auf. Sie war praktisch von ihrem ersten Tag an ein Problem gewesen, unzuverlässig und häufig abwesend. Die Akte enthielt fünf Briefe von verschiedenen Leuten, die sich über ihre schlechten Leistungen beklagten.

Victor blickte auf. Sharon Carver kam herein, mit einem hautengen Minirock und einem Seidentop bekleidet. Sie ließ sich wie hingegossen Victor gegenüber auf den Stuhl gleiten und zeigte eine Menge Bein.

»Danke, daß Sie mich empfangen!« raunte sie.

Victor warf einen Blick auf das Polaroidfoto in ihrer Akte. Darauf trug sie eine ausgebeulte Jeans und ein Flanellhemd.

»Was kann ich für Sie tun?« fragte er und sah ihr direkt in die Augen.

»Ich bin sicher, Sie könnten eine Menge tun«, antwortete sie keusch. »Aber im Moment bin ich am meisten daran interessiert, meine Arbeit wiederzubekommen. Ich möchte wieder eingestellt werden.«

»Das ist nicht möglich«, sagte Victor.

»Ich glaube doch«, beharrte Sharon.

»Miß Carver«, begann Victor, »ich muß Ihnen in Erinnerung rufen, daß Sie entlassen wurden, weil Sie Ihre Arbeit nicht getan haben.«

»Und wieso wurde der Mann, der bei mir war, als wir im Materiallager erwischt wurden, nicht entlassen?« Sharon beugte sich trotzig vor. »Erklären Sie mir das!«

»Ihre amourösen Aktivitäten an Ihrem letzten Tag waren nicht der alleinige Grund für die Auflösung Ihres Vertrags«, erläuterte Victor. »Wenn es sonst kein Problem gegeben hätte, wären Sie nicht gefeuert worden. Und der Mann, von dem Sie sprechen, hat seine Pflichten nicht vernachlässigt. Am fraglichen Tag hatte er sogar offiziell dienstfrei. Sie nicht. Aber wie auch immer – was geschehen ist, ist geschehen. Ich bin sicher, Sie werden anderswo eine Anstellung finden; wenn Sie mich jetzt also bitte entschuldigen wollen...« Victor erhob sich und deutete auf die Tür.

Sharon Carver rührte sich nicht. Mit kaltem Blick sah sie zu Victor auf. »Wenn Sie sich weigern, mir meinen Job zurückzugeben, verpasse ich Ihnen eine Klage wegen Geschlechtsdiskriminierung, daß Ihnen Hören und Sehen vergeht. Ich werde dafür sorgen, daß es Ihnen leid tut, mir je begegnet zu sein.«

»Das haben Sie schon jetzt fast erreicht«, erwiderte Victor. »Wenn Sie mich nun bitte entschuldigen möchten.«

Wie eine Katze vor dem Sprung erhob Sharon sich von ihrem Stuhl und funkelte Victor aus dem Augenwinkel an. »Wir sprechen uns noch!« zischte sie.

Victor wartete, bis die Tür sich geschlossen hatte, bevor er den Summer betätigte und Colleen sagte, er gehe jetzt in sein Labor und sei allenfalls für den Papst zu sprechen.

»Zu spät«, antwortete Colleen. »Dr. Hurst sitzt im Vorzimmer. Er möchte Sie sprechen, und er ist ziemlich aufgebracht.«

William Hurst war der geschäftsführende Leiter der Abteilung für medizinische Onkologie. Auch er war Gegenstand eines kürzlich angeordneten Untersuchungsverfahrens. Anders als bei Gephardt ging es bei ihm um den Verdacht auf Forschungsbetrug, eine wachsende Bedrohung der wissenschaftlichen Welt. »Schicken Sie ihn rein!« sagte Victor widerwillig. Er konnte sich nirgends verstecken.

Hurst kam zur Tür herein, als wollte er sich auf Victor stürzen, und schoß auf den Schreibtisch zu. »Soeben erfahre ich, daß Sie ein unabhängiges Labor beauftragt haben, die Resultate aus dem letzten Aufsatz zu verifizieren, den ich im Journal veröffentlicht habe.«

»Ich denke, angesichts des Artikels im *Boston Globe* vom Freitag ist das kaum überraschend«, sagte Victor, und er fragte sich, was er wohl tun würde, wenn dieser Wahnsinnige um den Schreibtisch herumkäme.

»Zum Teufel mit dem *Boston Globe!*« brüllte Hurst. »Dieser hirnrissige Artikel basiert auf ein paar Bemerkungen eines unzufriedenen Labortechnikers. Das Zeug glauben Sie doch nicht, oder?«

»Was ich glaube, tut in diesem Augenblick nichts zur Sache«, stellte Victor fest. »Der *Globe* berichtet, daß die Daten in Ihrem Aufsatz absichtlich gefälscht seien. Eine solche Anschuldigung kann für Sie wie für Chimera schädlich sein. Wir müssen derartige Gerüchte im Keim ersticken, damit sie nicht außer Kontrolle geraten. Ich verstehe nicht, weshalb Sie da so wütend sind.«

»Na, dann will ich es Ihnen erklären«, bellte Hurst. »Ich hatte Unterstützung von Ihnen erwartet, nicht Mißtrauen. Die bloße Anordnung der Verifikation meiner Arbeit läuft auf eine Beschuldigung hinaus. Außerdem können sich bei jeder Gemeinschaftsarbeit nicht signifikante Meßungenauigkeiten einschleichen. Sogar bei Isaac Newton hat sich später herausgestellt, daß er ein paar Planetenobservationen geschönt hatte. Ich verlange, daß diese Verifizierungsuntersuchung abgebrochen wird.«

»Hören Sie, es tut mir leid, daß Sie sich darüber so aufregen«, sagte Victor. »Aber ganz gleich, wie Isaac Newton es gehalten hat – es gibt nichts zu relativieren, wenn es um Forschungsethik geht.«

»Ich bin nicht hergekommen, um mir einen Vortrag halten zu lassen!« schrie Hurst. »Ich sage Ihnen, ich wünsche, daß die Untersuchung abgebrochen wird!«

»Sie drücken sich unmißverständlich aus«, erwiderte Victor. »Aber die Tatsache bleibt bestehen, daß Sie, wenn kein Betrug vorliegt, nichts zu befürchten haben und bei der ganzen Sache nur gewinnen können.«

»Soll das heißen, daß Sie die Untersuchung nicht abbrechen werden?«

»Das soll es heißen«, antwortete Victor. Er hatte jetzt genug davon, das Ego dieses Mannes zu beschwichtigen.

»Ich bin schockiert über Ihren Mangel an akademischer Loyalität«, erklärte Hurst schließlich. »Jetzt verstehe ich Ronalds Einstellung.«

»Dr. Beekmans Einstellung hinsichtlich der Forschungsethik ist die gleiche wie meine«, stellte Victor fest und verhehlte seinen Ärger nicht länger. »Auf Wiedersehen, Dr. Hurst! Das Gespräch ist beendet!«

»Ich will Ihnen was sagen, Frank.« Hurst beugte sich über den Schreibtisch. »Wenn Sie darauf beharren, meinen Namen durch den Dreck zu ziehen, dann werde ich mit Ihnen das gleiche tun. Haben Sie verstanden? Ich weiß, daß Sie nicht der strahlende Ritter und Retter der Wissenschaft sind, der zu sein Sie vorgeben!«

»Leider habe ich aber niemals gefälschte Daten veröffentlicht«, antwortete Victor sarkastisch.

»Der springende Punkt ist«, versetzte Hurst, »daß Sie nicht der strahlende Ritter sind, für den wir Sie alle halten sollen.«

»Verlassen Sie mein Büro!«

»Mit Vergnügen.« Hurst ging zur Tür und öffnete sie. »Denken Sie an meine Worte! Sie sind nicht immun.« Dann schlug er die Tür so heftig hinter sich zu, daß Victors medizinisches Diplom an seinem Haken schaukelte.

Victor blieb noch ein paar Augenblicke an seinem Schreibtisch sitzen und bemühte sich, sein inneres Gleichgewicht wiederzufinden. Für heute hatte er jedenfalls genug Drohungen gehört. Wovon Hurst wohl reden mochte, wenn er sagte, er, Victor, sei kein »strahlender Ritter«?

Er schob seinen Sessel zurück, stand auf und schlüpfte in seinen weißen Laborkittel. Dann öffnete er die Tür und wollte sich hinausbeugen, um Colleen zu sagen, daß er ins Labor hinübergehe. Aber er prallte praktisch mit ihr zusammen, denn sie war gerade im Begriff, zu ihm hereinzukommen.

»Dr. Hobbs ist hier, und er ist emotional am Ende«, sagte sie hastig.

Victor versuchte, um sie herumzuschauen, und er sah einen Mann, der vornübergebeugt auf dem Stuhl neben ihrem Schreibtisch saß und den Kopf in beide Hände stützte.

»Was ist das Problem?« fragte Victor leise.

»Etwas mit seinem Sohn«, sagte Colleen. »Ich glaube, dem Jungen ist irgendwas passiert, und er möchte sich ein paar Tage freinehmen.«

Victor spürte, wie seine Handflächen feucht wurden, und seine Kehle war plötzlich wie zugeschnürt. »Schicken Sie ihn rein!« brachte er mühsam hervor.

Unwillkürlich durchfuhr ihn schmerzliches Mitgefühl; er hatte ja selbst die gleichen außergewöhnlichen Maßnahmen durchlitten, um ein Kind zu bekommen. Der Gedanke, daß jetzt mit dem Hobbsschen Jungen etwas nicht stimmte, belebte von neuem alle seine VJ betreffenden Befürchtungen.

»Maurice…«, begann Hobbs, aber dann brach er wieder ab und kämpfte seine Tränen nieder. »Mein Junge wäre jetzt drei geworden. Sie haben ihn nie gesehen. Er war uns eine solche Freude. Der Mittelpunkt unseres Lebens. Ein Genie.«

»Was ist passiert?« Fast hatte Victor Angst vor dem, was er hören könnte.

»Er ist gestorben!« sagte Hobbs, und jäh brach Wut durch seine Trauer.

Victor schluckte heftig. Seine Kehle war trocken wie Sandpapier. »Ein Unfall?« fragte er.

Hobbs schüttelte den Kopf. »Man weiß nicht genau, was eigentlich geschehen ist. Es begann mit einem Anfall. Wir brachten ihn in die Kinderklinik, und dort meinten sie, es sei eine Gehirnschwellung. Sie konnten nichts tun. Er erlangte das Bewußtsein nicht wieder. Und dann blieb das Herz stehen.«

Stille lastete schwer auf dem Büro. Schließlich sagte Hobbs: »Ich hätte gern ein paar Tage frei.«

»Natürlich«, erwiderte Victor.

Hobbs stand langsam auf und schlurfte hinaus.

Victor setzte sich und starrte eine ganze Weile auf die Tür. Ausnahmsweise war der letzte Ort auf der Welt, an dem er jetzt sein wollte, das Labor.

4

Montag vormittag

Der kleine Wecker auf Marshas Schreibtisch summte los und signalisierte das Ende der fünfzigminütigen Sitzung mit Jasper Lewis, einem zornigen Fünfzehnjährigen mit einem Schatten von Bart am Kinn. Er hing Marsha gegenüber im Sessel und gab sich gelangweilt. Aber Tatsache war, daß der Junge echten Schwierigkeiten entgegensteuerte.

»Worüber wir noch nicht gesprochen haben, ist deine Zeit im Krankenhaus«, sagte Marsha. Sie hatte die Akte des Jungen aufgeschlagen auf dem Schoß.

Jasper deutete mit dem Daumen über seine Schulter zu Marshas Schreibtisch. »Ich dachte, wenn dieser Wecker lossummt, ist die Sitzung vorbei.«

»Dann ist sie beinahe vorbei«, korrigierte ihn Marsha. »Wie siehst du deine drei Monate im Krankenhaus jetzt, da du wieder zu Hause bist?« Marsha hatte den Eindruck, daß der Junge von der strukturierten Umgebung der Klinik profitiert hatte, aber sie wollte gern seine eigene Meinung hören.

»Es war okay«, sagte Jasper.

»Nur okay?« fragte Marsha ermutigend. Es war so schwierig, diesen Jungen zum Reden zu bringen.

»Es war ganz nett«, sagte Jasper achselzuckend. »Sie wissen schon, nichts Tolles weiter.«

Offensichtlich würde es ein bißchen mehr Mühe erfordern, dem Jungen seine Meinung zu entlocken, und Marsha machte sich eine Erinnerungsnotiz an den Rand der Akte. Die nächste Sitzung würde sie mit diesem Thema beginnen. Sie schloß die Akte und blickte Jasper an. »Es war schön, dich zu sehen«, sagte sie. »Bis nächste Woche dann!«

»Ja.« Jasper stand auf und verließ ungelenk den Raum.

Marsha ging an ihren Schreibtisch und diktierte ihre Notizen. Sie schlug die Akte auf und warf einen Blick auf ihren Einweisungsbericht. Jasper war von frühester Kindheit an verhaltensgestört gewesen. Mit seinem achtzehnten Geburtstag würde die Diagnose sich zu »antisoziale Persönlichkeitsstörung« wandeln. Darüber hinaus war er nach Marshas Eindruck eine schizoide Persönlichkeit.

Sie ging die relevanten Einzelheiten der Entwicklung des Jungen durch und betrachtete sie: häufiges Lügen, Prügeleien in der Schule, ständiges Schwänzen, nachtragendes Verhalten, Rachephantasien. Ihr Blick verharrte auf der Feststellung: *Kann keine Zuneigung empfinden und keine Gefühle zeigen.* Und plötzlich sah sie VJ vor sich, wie er sich ihrer Umarmung entzog und sie kalt anblickte, die blauen Augen eisig wie zwei Bergseen. Sie zwang sich, wieder in die Akte zu schauen. *Zieht Einzelaktivitäten vor, wünscht keine enge Beziehung, hat keine engen Freunde.*

Marshas Puls beschleunigte sich. Hatte sie da eine Zusammenfassung über ihren eigenen Sohn vor sich? In banger Unruhe las sie Jaspers Persönlichkeitsprofil noch einmal. Es gab eine Menge Verbindungen, die ihr Unbehagen bereiteten. Sie war froh, als ihre Gedankengänge von ihrer Krankenschwester und Sekretärin unterbrochen wurden. Jean Colbert war eine adrette, ordentliche Neu-Engländerin mit kastanienbraunem Haar. Bevor Marsha aufsah, fiel ihr Blick auf einen Satz, den sie rot unterstrichen hatte: *Jasper wurde im wesentlichen von einer Tante großgezogen, da seine Mutter an zwei Arbeitsstellen arbeitete, um die Familie zu ernähren.*

»Sind Sie bereit für den nächsten Patienten?« fragte Jean.

Marsha holte tief Luft. »Erinnern Sie sich an die Artikel über Kindertagesstätten und ihre psychologischen Folgen, die ich verwahrt hatte?« fragte sie.

»Ja, sicher«, antwortete Jean. »Ich hab' sie im Lagerraum abgeheftet.«

»Können Sie sie heraussuchen?« Marsha bemühte sich, ihre Sorge zu verbergen.

»Natürlich!« Jean hielt einen Moment lang inne und fragte dann: »Fehlt Ihnen etwas?«

»Nein, nein«, sagte Marsha und nahm die nächste Patientenakte zur Hand. Während sie noch ihre letzten Notizen überflog, schlich die zwölfjährige Nancy Traverse ins Zimmer und versuchte, in einem der Sessel zu verschwinden. Den Kopf zog sie wie eine Schildkröte zwischen die Schultern.

Marsha ging hinüber in den Therapiebereich und nahm Nancy gegenüber Platz. Sie versuchte sich zu erinnern, wo das Mädchen beim letzten Besuch mit der Schilderung seiner Ausflüge ins Reich der Sexualität aufgehört hatte.

Die Sitzung begann und schleppte sich dahin. Marsha bemühte sich um Konzentration, aber im Hinterkopf blieben ihre Angst um VJ und die Schuldgefühle, weil sie gearbeitet hatte, als er klein gewesen war. Nicht, daß es ihn je gestört hätte, wenn sie fortgegangen war. Aber wie Marsha sehr wohl wußte, konnte schon dies ein psychopathologisches Symptom sein.

Als Hobbs gegangen war, versuchte Victor, sich mit Korrespondenz zu beschäftigen, teils um das Labor zu meiden, teils um sich von der schrecklichen Neuigkeit abzulenken, die Hobbs ihm gebracht hatte. Aber bald kehrten seine Gedanken zu den Umständen des Todes zurück. Hirnödem oder auch akute Hirnschwellung genannt, war die unmittelbare Todesursache gewesen. Aber was konnte das Ödem verursacht haben? Er wünschte, Hobbs hätte ihm mehr Details geben können. Das Fehlen einer spezifischen Diagnose war es, was seine Befürchtungen nährte.

»Verdammt!« schrie Victor und schlug mit der flachen Hand auf den Schreibtisch. Abrupt stand er auf und starrte aus dem Fenster. Von seinem Büro aus hatte er einen guten Blick auf den Glockenturm. In ferner Vergangenheit waren die Zeiger bei Viertel nach zwei erstarrt.

»Ich hätte es wissen sollen!« sagte er zu sich und schlug mit der rechten Faust so heftig in die linke Handfläche, daß beide Hände brannten. Der Tod von Hobbs' Sohn erweckte all seine Sorgen um VJ zu neuem Leben – Sorgen, die er doch endlich hatte begraben können. Während Marsha sich um den psychologischen Zustand des Jungen sorgte, hatten Victors Befürchtungen mehr mit seinem körperlichen Wohlergehen zu tun. Als VJs Intelligenzquotient gesunken war und sich dann auf einem immer noch außergewöhnlichen Niveau stabilisiert hatte, war Victor entsetzt gewesen. Er hatte Jahre gebraucht, um seine Angst zu überwinden und sich zu entspannen. Aber der plötzliche Tod des Hobbsschen Jungen weckte diese Angst wieder.

Besonders beunruhigend war, daß die Parallelen zwischen VJ und dem Hobbsschen Jungen bei der Art der Empfängnis nicht endeten. Victor hatte gehört, daß der Junge genau wie VJ so was wie ein Wunderkind gewesen war. Heimlich hatte er seine Entwicklung verfolgt und sich neugierig gefragt, ob es mit seinem IQ ebenso unvermittelt bergab gehen würde wie bei VJ. Aber jetzt wollte er nur noch wissen, unter welchen Umständen es tatsächlich zu dem tragischen Tod des Kindes gekommen war.

Victor ging zu seinem Computerterminal und machte den Bildschirm frei. Dann rief er seine persönliche Datei über Baby Hobbs ab. Dabei wollte er nichts Spezielles suchen; er dachte, wenn er die Daten überflöge, könnte ihm vielleicht eine Erklärung für den Tod des Kindes einfallen. Der Bildschirm blieb über die übliche Zugriffszeit hinaus dunkel. Verwirrt drückte Victor noch einmal auf die Entertaste. Zur Antwort blinkte das Wort SUCHE... in der unteren rechten Ecke des Bildschirms. Dann teilte der Computer ihm zu seiner Überraschung mit, es gebe keine solche Datei.

Was, zum Teufel...? dachte Victor. Vielleicht hatte er ja einen Eingabefehler gemacht. Er versuchte es noch einmal und tippte sehr sorgfältig BABY-HOBS. Dann drückte er die Ausführungstaste, und nach einer Pause, in der der Computer alle seine Datenbanken durchsuchte, erhielt er genau die gleiche Antwort zum zweiten Mal: KEINE DATEI GEFUNDEN.

Victor schaltete den Computer ab und überlegte, was aus den Informationen geworden sein könnte. Sicher, er hatte sie seit einer ganzen Weile nicht mehr abgerufen, aber darauf dürfte es kaum ankommen. Er trommelte mit den Fingern vor der Tastatur auf die Tischplatte, dachte einen Moment lang nach und schaltete den Computer dann wieder ein. Diesmal tippte er die Worte BABY-MURRAY.

Wie bei der Hobbs-Datei trat auch jetzt eine Pause ein, und schließlich erschien die gleiche Antwort: KEINE DATEI GEFUNDEN.

Die Bürotür ging auf, und Victor drehte sich um. Colleen stand in der Öffnung. »Heute ist kein guter Tag für Väter«, sagte sie und hielt die Türkante umklammert. »Sie haben einen Anruf von einem Mr. Murray aus der Buchhaltung. Anscheinend geht es seinem Kind gleichfalls nicht gut, und er weint ebenfalls.«

»Das kann ich nicht glauben«, platzte Victor heraus. Der Zufall war zu groß.

»Glauben Sie's nur!« sagte Colleen. »Auf Leitung zwei.«

Benommen wandte Victor sich dem Telefon zu. Die Lampe daran blinkte beharrlich, und jedes Aufblitzen verursachte ein klingendes Gefühl in Victors Kopf. Das konnte nicht sein nicht, nachdem alles so lange Zeit gutgegangen war. Er mußte sich zwingen, den Hörer abzunehmen.

»Entschuldigen Sie, daß ich Sie störe«, brachte Murray mühsam hervor, »aber Sie waren so verständnisvoll, als wir uns bemühten, ein Baby zu bekommen. Da dachte ich, Sie würden's gern wissen. Wir haben Mark in die Kinderklinik gebracht, und er liegt im Sterben. Die Ärzte sagen, sie können nichts tun.«

»Was ist denn passiert?« Victor war kaum in der Lage zu sprechen.

»Das weiß anscheinend niemand«, sagte Horace Murray. »Angefangen hat es mit Kopfschmerzen.«

»Er hat sich nicht etwa den Kopf gestoßen oder so etwas?« erkundigte Victor sich.

»Nicht, daß wir wüßten.«

»Hätten Sie etwas dagegen, wenn ich vorbeikäme?« fragte Victor.

Eine halbe Stunde später parkte er dem Krankenhaus gegenüber im Parkhaus. Er betrat die Klinik und blieb in der Information stehen. Die Empfangsschwester sagte ihm, Mark Murray liege auf der chirurgischen Intensivstation, und sie beschrieb ihm den Weg zum Warteraum. Dort traf er Horace und Colette Murray, zermürbt von Sorge und Schlaflosigkeit. Murray stand auf, als er Victor sah.

»Irgendwelche Veränderungen?« fragte Victor hoffnungsvoll.

Murray schüttelte den Kopf. »Er wird jetzt beatmet.«

Victor gab seinem Mitgefühl Ausdruck, so gut er konnte. Die Murrays schienen gerührt zu sein, daß Victor sich die Zeit genommen hatte, zum Krankenhaus zu kommen, zumal sie bisher nie gesellschaftlichen Umgang miteinander gehabt hatten.

»Er war ein so besonderes Kind«, sagte Horace. »So außergewöhnlich, so intelligent...« Er schüttelte den Kopf. Seine Frau verbarg das Gesicht in den Händen. Ihre Schultern begannen zu zucken. Horace setzte sich und legte den Arm um sie.

»Wie heißt der Arzt, der Mark behandelt?« fragte Victor.

»Nakano«, sagte Horace. »Dr. Nakano.«

Victor entschuldigte sich, legte seinen Mantel ab und verließ den Warteraum und die besorgten Eltern. Er ging zur Intensivstation der kinderchirurgischen Abteilung, die am Ende des Korridors hinter einer elektronisch gesteuerten Doppeltür lag. Als Victor auf die Gummifläche davor trat, öffnete sich die Tür automatisch.

Der Raum dahinter war ihm aus den Tagen seines klinischen Praktikums bekannt. Es gab hier den üblichen Wirrwarr von elektronischen Apparaten und umherhastenden Krankenschwestern. Das gleichförmige Zischen der Beatmungsapparate und das Piepen der Herzmonitore gab dem Raum eine gespannte Atmosphäre. Hier stand das Leben auf des Messers Schneide.

Da Victor sich in dieser Umgebung gelassen bewegte, stellte niemand seine Anwesenheit in Frage, trotz der Tatsache, daß er keine Ausweiskarte an der Kleidung trug. Victor ging zum Stationsbüro und fragte, ob Dr. Nakano zu sprechen sei.

»Er war gerade hier«, antwortete eine kecke junge Frau. Sie erhob sich halb und lehnte sich über die Theke, um festzustellen, ob sie ihn entdecken könnte. Dann setzte sie sich wieder und griff zum Telefon. Im nächsten Augenblick gehörte auch Dr. Nakanos Name zu der unaufhörlichen Litanei, die über die Hausrufanlage aus den Lautsprechern in der Decke tönte.

Victor wanderte im Raum umher und versuchte Mark zu finden, aber zu viele Kinder hingen an Beatmungsgeräten, die ihre Gesichter unkenntlich machten. Er kehrte zur Theke zurück, als die Stationsschwester den Hörer auf die Gabel legte. Als sie ihn sah, teilte sie ihm mit, Dr. Nakano sei auf dem Weg zur Station.

Fünf Minuten später wurde Victor mit einem gutaussehenden, tiefbraunen Japano-Amerikaner bekannt gemacht. Victor erklärte, er sei Arzt und ein Freund der Familie Murray, und er hoffe, hier eine Auskunft zu bekommen, was mit Mark passiere.

»Nichts Gutes«, antwortete Dr. Nakano offen. »Das Kind stirbt. So etwas können wir nicht oft sagen, aber in diesem Fall spricht der Patient auf keine Behandlung an.«

»Haben Sie eine Ahnung, was da vor sich geht?«

»Wir wissen, was vor sich geht. Wir wissen nicht, was es verursacht. Kommen Sie, ich zeige es Ihnen!«

Mit dem eiligen Schritt eines vielbeschäftigten Arztes nahm Dr. Nakano Kurs auf den hinteren Teil der Intensivstation. Vor einem von der eigentlichen Station abgetrennten Abteil blieb er stehen.

»Das Kind liegt in Quarantäne«, erklärte Dr. Nakano. »Es gibt keinen Hinweis auf eine Infektion, aber wir dachten uns, für alle Fälle …« Er gab Victor Kittel, Haube und Maske. Beide legten die Schutzkleidung an und betraten dann den kleinen Raum.

Mark Murray lag mitten in einem großen Bett mit hohen Seitengittern. Sein Kopf war mit einem Mullverband umwickelt.

Dr. Nakano erklärte, sie hätten es mit einer Entlastungsoperation versucht, aber es habe nichts geholfen.

»Sehen Sie«, sagte er zu Victor und reichte ihm ein Ophthalmoskop. Victor beugte sich über den bewußtlosen Zweijährigen, schob ein Augenlid hoch und spähte in die geweitete, starre Pupille. Obwohl er im Umgang mit diesem Instrument nicht erfahren war, sah er doch gleich den pathologischen Befund: Der Sehnerv wölbte sich vor, als werde er von hinten gedrückt.

Victor richtete sich auf.

»Ziemlich eindrucksvoll, nicht?« meinte Dr. Nakano. Er nahm Victor das Ophthalmoskop aus der Hand und schaute selbst hindurch. Einen Augenblick lang schwieg er, dann richtete auch er sich wieder auf.

»Das Enttäuschende ist, daß sich die Sache schnell verschlimmert. Das Hirn des Kleinen schwillt immer noch. Wundert mich, daß es ihm nicht schon zu den Ohren herauskommt. Nichts hilft; nicht die Entlastungsoperation, nicht die Ableitung, nicht die massiven Cortison-Gaben, nicht das Mannitol. Ich fürchte, wir haben den Kampf so gut wie aufgegeben.«

Victor hatte bemerkt, daß keine Sitzwache am Bett anwesend war. »Irgendwelche Gewebsblutungen oder Anzeichen für ein Trauma?«

»Nichts«, antwortete Dr. Nakano schlicht. »Von der Hirnschwellung abgesehen, ist der Kleine clean. Keine Gehirnhautentzündung, wie ich schon sagte. Wir begreifen es einfach nicht. Der Herr da oben hat die Sache in die Hand genommen.«

Er deutete himmelwärts.

Wie zur Antwort auf Dr. Nakanos unheilvolle Vorhersage kam vom Herzmonitor ein kurzes Alarmsignal zum Zeichen für ein Aussetzen der Herztätigkeit. Dann wurde der Herzschlag immer unregelmäßiger. Wieder ertönte kurz der Alarm.

Dr. Nakano rührte sich nicht. »Das ist schon früher passiert«, sagte er. »Aber in diesem Stadium liegt ein Zustand vor, der mit dem Leben nicht mehr vereinbar ist.« Und erklärend fügte er hinzu: »Das bedeutet, die Eltern sehen keinen Sinn darin, ihn am Leben zu erhalten, wenn das Gehirn ausgefallen ist.«

Victor nickte, und in diesem Augenblick schaltete sich das Alarmsignal des Herzmonitors wieder an, und jetzt blieb es an. Marks Herz begann zu fibrillieren.

Victor drehte sich um und schaute zum Wachzimmer hinüber. Niemand reagierte.

Innerhalb kurzer Zeit wurde aus dem Flimmern auf dem Bildschirm des Herzmonitors eine flache, gerade Linie. »So läuft das Spiel«, stellte Dr. Nakano fest – eine scheinbar so herzlose Bemerkung, aber Victor wußte, daß sie aus seiner Frustration rührte, nicht aus Gefühllosigkeit. Victor erinnerte sich nur zu gut an seine eigene Zeit als Krankenhausarzt.

Zusammen kehrten sie zum Stationszimmer zurück, und Dr. Nakano teilte der Sekretärin mit, daß das Murraysche Baby gestorben sei. Nüchtern griff die Sekretärin zum Telefon und begann die notwendigen Papiere auszustellen, Victor war klar, daß man hier nicht arbeiten konnte, wenn man sich von den häufigen Todesfällen aus der Ruhe bringen ließ.

»Gestern abend gab es einen ähnlichen Fall«, sagte Victor.

..er Name war Hobbs. Das Kind war etwa genauso alt, vielleicht ein bißchen älter. Wissen Sie darüber Bescheid?«

»Ich habe davon gehört«, antwortete Dr. Nakano unbestimmt. »Aber es war nicht mein Patient. Viele Symptome waren die gleichen.«

»Anscheinend«, sagte Victor. Dann fragte er: »Werden Sie eine Obduktion vornehmen?«

»Unbedingt«, erwiderte Dr. Nakano. »Es wird ein Fall für die Gerichtsmedizin sein, aber meistens übergeben sie die Sache uns. Werden Sie es den Eltern sagen, oder möchten Sie, daß ich es tue?«

Die rasante Art, mit der Dr. Nakano im Gespräch die Richtung wechselte, schockierte Victor. »Ich werde es ihnen sagen«, erklärte er nach kurzem Zögern. »Und danke für Ihre Zeit!«

»Keine Ursache«, sagte Dr. Nakano, aber er sah Victor nicht mehr an; er war schon mit einer anderen Krise beschäftigt.

Wie betäubt verließ Victor die Intensivstation, und er genoß die Stille, als die elektronische Tür sich hinter ihm schloß.

Er kehrte ins Wartezimmer zurück, und die Murrays errieten, daß er schlechte Nachrichten brachte, ehe er ein Wort sagen konnte.

Sie klammerten sich aneinander und dankten Victor noch einmal für sein Kommen. Victor murmelte ein paar Beileidsworte. Aber noch während er sprach, preßte eine furchtbare Vorstellung ihm das Herz zusammen. Er sah VJ bleich an einem Beatmungsapparat in dem Bett, in dem Mark gelegen hatte.

Von eisigem Entsetzen erfüllt, begab sich Victor in die Pathologie und stellte sich dem Leiter, Dr. Warren Burghofen, vor.

Der Mann versicherte Victor, daß sie alles in ihrer Macht stehende tun würden, um die beiden Autopsien durchzuführen, und zwar so bald wie möglich.

»Wir müssen auf jeden Fall wissen, was hier los ist«, sagte Burghofen. »Wir wollen ja nicht, daß eine Epidemie von ansteckendem Hirnödem unbekannter Ursache diese Stadt verwüstet.«

Victor kehrte langsam zu seinem Wagen zurück. Er wußte, daß die Wahrscheinlichkeit einer Epidemie gering war. Die Zahl der gefährdeten Kinder kannte er nur allzu gut. Es waren drei.

Als Victor wieder in seinem Büro war, bat er Colleen gleich, Louis Kaspwicz, den Leiter der Datenverarbeitung bei Chimera, anzurufen und ihn für einen Moment heraufkommen zu lassen.

Kaspwicz war ein untersetzter Mann mit einem glänzenden Kahlkopf und der Gewohnheit, plötzliche und unberechenbare Bewegungen zu machen. Er war extrem schüchtern und schaute selten jemandem in die Augen, aber trotz seiner schrulligen Persönlichkeit war er hervorragend in dem, was er tat.

Auf beinahe jedem Gebiet war Chimera von seinen Computerkünsten abhängig – von der Forschungsabteilung über die Produktion bis zur Buchhaltung.

»Ich habe ein Problem«, begann Victor und lehnte sich mit verschränkten Armen an seinen Schreibtisch. »Ich kann zwei meiner persönlichen Dateien nicht finden. Irgendeine Ahnung, wie so was möglich ist?«

»Kann verschiedene Gründe haben«, sagte Kaspwicz. »Meistens liegt es daran, daß der Benutzer den zugewiesenen Namen vergißt.«

»Ich habe in meinem Dateiverzeichnis nachgesehen«, beharrte Victor. »Sie waren nicht da.«

»Vielleicht sind Sie in ein fremdes Verzeichnis geraten«, meinte Kaspwicz.

»Daran habe ich bis jetzt noch nicht gedacht«, gab Victor zu. »Aber ich erinnere mich genau, daß ich sie benutzt habe, und ich brauchte nie einen anderen Suchpfad anzugeben, um sie abzurufen.«

»Na, ich kann nichts dazu sagen, solange ich es mir nicht angesehen habe«, erklärte Louis. »Welche Stichworte haben Sie denn gegeben?«

»Ich wünsche, daß die Sache vertraulich behandelt wird«, betonte Victor.

»Selbstverständlich!«

Victor nannte Kaspwicz die Namen, und Louis setzte sich selbst ans Terminal.

»Kein Glück?« fragte Victor nach einer Weile, als der Bildschirm immer noch leer war.

»Anscheinend nicht. Aber in meinem Büro kann ich die Sache besser überprüfen, indem ich die einzelnen Dateien durchsuche. Sind Sie sicher, daß dies die Dateinamen waren?«

»Ganz sicher«, sagte Victor.

»Ich kümmere mich sofort darum, wenn es Ihnen denn so wichtig ist.«

»Es ist wichtig.«

Als Kaspwicz gegangen war, blieb Victor vor seinem Computerterminal stehen. Er hatte eine Idee. Sorgfältig tippte er ein anderes Stichwort in den Computer: BABY-FRANK. Einen Moment lang zögerte er, denn er fürchtete das, was jetzt vielleicht kommen oder nicht kommen würde. Schließlich drückte er die Eingabetaste und hielt den Atem an. Und seine Befürchtungen trafen ein: VJs Datei war verschwunden!

Victor ließ sich in seinen Sessel sinken; er begann zu schwitzen. Drei Dateien, die in einem Zusammenhang standen, aber nicht miteinander verknüpft waren, die konnten nicht zufällig verschwinden.

Und plötzlich sah er Hursts puterrotes Gesicht vor sich und erinnerte sich an seine Drohung: »Sie sind nicht der strahlende Ritter, für den wir Sie alle halten sollen ... Sie sind nicht immun.«

Victor stand von seinem Terminal auf und trat ans Fenster. Wolken zogen von Osten heran. Es würde Regen oder Schnee geben.
Er blieb eine Weile stehen und fragte sich, ob Hurst etwas mit den verschwundenen Dateien zu tun haben mochte. War es möglich, daß er einen ganz genauen Verdacht hatte? Und wenn er einen hatte, war vielleicht er die Basis für seine unklare Drohung?

Victor schüttelte den Kopf. Es war ausgeschlossen, daß Hurst von den Stichworten wußte. Niemand wußte von ihnen. Niemand!

5

Montagabend

Marsha schaute über den Eßtisch hinweg ihren Mann und ihren Sohn an. VJ war in ein Buch über Schwarze Löcher vertieft und blickte zum Essen kaum auf. Sie hätte ihm befohlen, das Buch beiseite zu legen, aber Victor war mit so schlechter Laune nach Hause gekommen, daß sie nichts sagen wollte, was es noch schlimmer gemacht hätte. Und sie selbst war immer noch beunruhigt wegen des Jungen. Sie liebte ihn so sehr, daß sie den Gedanken nicht ertragen konnte, er sei womöglich gestört, aber sie wußte auch, daß sie ihm nicht helfen konnte, wenn sie der Wahrheit nicht ins Auge sah. Anscheinend hatte er den ganzen Tag bei Chimera verbracht – unbeaufsichtigt offenbar, denn als sie ausdrücklich nachgefragt hatte, hatte Victor zugegeben, daß er ihn den ganzen Tag nicht gesehen habe. Als spüre er ihren Blick, legte VJ unvermittelt das Buch aus der Hand und trug seinen Teller zur Spülmaschine. Als er aufstand, sah er Marsha mit seinen tiefblauen Augen an. Es lag keine Wärme darin, kein Gefühl, nur ein strahlendes türkisblaues Licht, und Marsha hatte das Gefühl, sie liege unter einem Mikroskop. »Danke fürs Essen«, sagte VJ mechanisch.

Marsha lauschte dem Poltern seiner Schritte, als VJ die Hintertreppe hinaufrannte. Draußen pfiff plötzlich der Wind, und sie schaute zum Fenster hinaus. Im Strahl des Lichts über der Garage sah sie, daß der Regen sich in Schnee verwandelt hatte. Ein Frösteln überlief sie, aber das kam nicht vom Anblick der Winterlandschaft.

»Ich glaube, ich habe heute abend nicht viel Hunger«, stellte Victor fest. Soweit Marsha sich erinnerte, war dies das erstemal, daß er ein Gespräch eröffnete, seit sie von ihrer Krankenhausrunde nach Hause gekommen war.

»Belastet dich etwas?« fragte Marsha. »Willst du darüber sprechen?«

»Ich brauche dich nicht, damit du die Psychiaterin spielst«, versetzte Victor schroff.

Marsha wußte, daß sie jetzt gekränkt sein könnte. Sie spielte nicht die Psychiaterin. Sie dachte, sie könnte die Erwachsene spielen und ihn nicht bedrängen. Victor würde ihr schon früh genug sagen, was er auf dem Herzen hatte.

»Na, mich jedenfalls belastet etwas«, erklärte sie; zumindest sie würde ehrlich sein. Victor sah sie an. Wie sie ihn kannte, hatte er wahrscheinlich schon Gewissensbisse, weil er sie so barsch angefahren hatte.

»Ich habe heute eine Artikelserie gelesen«, fuhr sie fort. »Es ging um mögliche Auswirkungen elterlichen Entzugs auf Kinder, die von Kindermädchen aufgezogen werden oder außergewöhnlich viel Zeit in Kindertagesstätten verbringen. Einige der Untersuchungsergebnisse treffen womöglich auf VJ zu. Mich beunruhigt die Frage, ob ich mir nicht hätte Urlaub nehmen sollen, als VJ klein war, um mehr Zeit mit ihm zu verbringen.«

In Victors Gesicht zeigte sich sogleich Ärger. »Moment mal!« sagte er so schroff wie zuvor und hob beide Hände. »Ich glaube nicht, daß ich den Rest noch hören möchte. Was mich angeht, ist VJ völlig in Ordnung, und ich habe keine Lust, mir einen Haufen psychiatrischen Unfug zum Beleg des Gegenteils anzuhören.«

»Na, ist das nicht ein bißchen unangemessen –«, begann Marsha; allmählich verlor sie doch die Geduld.

»Oh, verschone mich!« Victor stand auf. »Ich bin nicht in der Stimmung dazu.«

»Wozu bist du denn in der Stimmung?« erkundigte sich Marsha.

Victor holte tief Luft und schaute zum Fenster hinaus. »Ich denke, ich mache einen Spaziergang.«

»Bei diesem Wetter?« fragte Marsha. »Nasser Schnee, matschiger Boden. Ich glaube, es beunruhigt dich etwas, und du bist außerstande, darüber zu sprechen.«

Victor sah seine Frau an. »Bin ich so leicht zu durchschauen?«

Marsha lachte. »Es tut geradezu weh, dir zuzusehen, wie du dich abmühst. Bitte sag mir doch, was du auf dem Herzen hast! Ich bin deine Frau.«

Victor zuckte mit den Schultern und kam zurück an den Tisch. Er setzte sich, faltete die Hände und stützte die Ellbogen auf seine Platzdecke. »Mir geht etwas nicht aus dem Kopf«, gab er zu.

»Ich bin froh, daß es meinen Patienten nicht so viel Mühe macht, zu sprechen«, sagte Marsha. Sie streckte die Hand aus und berührte liebevoll seinen Arm.

Victor stand auf und ging zur Hintertreppe. Dort lauschte er einen Augenblick lang; dann schloß er die Tür und kehrte zum Tisch zurück. Er setzte sich und beugte sich zu Marsha hinüber. »Ich möchte, daß VJ sich einer umfassenden neurologisch-medizinischen Untersuchung unterzieht – genau wie vor sieben Jahren, als seine Intelligenz plötzlich nachließ.«

Marsha antwortete nicht. Die Sorge um VJs Persönlichkeitsentwicklung war eine Sache, die um seinen allgemeinen Gesundheitszustand eine völlig andere. Der bloße Vorschlag einer solchen Untersuchung war ein Schock, ebenso wie der Verweis auf die Veränderungen in VJs Intelligenz.

»Du weißt noch, wie sein IQ im Alter von etwa dreieinhalb Jahren so dramatisch zurückging?« fragte Victor.

»Natürlich weiß ich das noch«, sagte Marsha. Sie betrachtete Victor prüfend. Warum tat er ihr das an? Es mußte ihr doch klar sein, daß er ihre Sorgen damit nur verschlimmerte. »Ich will die gleiche Untersuchung wie damals«, wiederholte Victor.

»Du weißt etwas, das du mir verheimlichst«, stellte Marsha erschrocken fest. »Was ist es? Stimmt etwas nicht mit VJ?«

»Nein!« erklärte Victor. »Mit VJ ist alles in Ordnung, wie ich schon gesagt habe. Ich will nur sichergehen, und ich wäre sicher, wenn die Untersuchung wiederholt würde. Weiter steckt nichts dahinter.«

»Ich möchte wissen, warum du plötzlich eine solche Untersuchung machen willst.«

»Das habe ich dir gerade gesagt.« Victors Stimme hob sich erbost.

»Du willst, daß ich meine Zustimmung zu einer umfassenden neuromedizinischen Untersuchung meines Sohnes gebe, ohne mir die Indikationen zu nennen?« sagte Marsha. »Kommt nicht in Frage! Ich setze den Jungen doch nicht all diesen Röntgen- und sonstigen Untersuchungen aus, ohne irgendeine Erklärung zu bekommen.«

»Verdammt, Marsha!« Victor knirschte mit den Zähnen.

»Das kannst du wohl sagen«, gab sie zurück. »Du verschweigst mir etwas, Victor, und das gefällt mir nicht. Du versuchst, wie ein Bulldozer über meine Gefühle hinwegzuwalzen. Wenn du mir nicht sagst, was dahintersteckt, wird VJ keinem einzigen Test unterzogen – und glaube mir, ich habe dabei ein Wörtchen mitzureden. Entweder sagst du mir also, was du dir dabei denkst, oder das Thema ist beendet.«

Marsha lehnte sich zurück und atmete tief ein; einen Moment lang hielt sie die Luft an, ehe sie wieder ausatmete. Victor starrte sie an, offensichtlich gereizt, aber ihre Kraft begann ihn zu ermüden. Ihre Position war klar, und aus Erfahrung wußte er, daß sie es sich kaum anders überlegen würde. Nach einer vollen Minute des Schweigens begann sein Blick unstet zu werden. Er schlug die Augen nieder und sah auf seine Hände. Die Standuhr im Wohnzimmer ertönte achtmal.

»Also schön«, sagte er schließlich erschöpft. »Ich erzähle dir die ganze Geschichte.« Er lehnte sich zurück und fuhr sich mit den Fingern durchs Haar. Eine Sekunde lang schaute er Marsha in die Augen; dann blickte er zur Decke wie ein kleiner Junge, der bei etwas Verbotenem ertappt worden war.

Marsha verspürte ein wachsendes Gefühl der Ungeduld und Furcht vor dem, was sie hören würde.

»Das Problem ist, daß ich nicht weiß, wo ich beginnen soll«, sagte Victor.

»Wie wär's mit dem Anfang?« schlug Marsha vor. Wieder wurde ihre Ungeduld spürbar.

Victor blickte sie an. Mehr als zehn Jahre lang hatte er das Geheimnis von VJs Zeugung für sich behalten. Er sah Marshas offenes und ehrliches Gesicht und fragte sich, ob sie ihm je verzeihen würde, wenn sie die Wahrheit erführe.

»Bitte«, sagte Marsha. »Warum kannst du's mir nicht einfach erzählen?«

Victor senkte den Blick. »Aus vielen Gründen. Einer ist, daß du mir vielleicht nicht glaubst. Und überhaupt, wenn ich's dir erzählen soll, müssen wir in mein Labor fahren.«

»Jetzt?« fragte Marsha. »Im Ernst?«

»Wenn du es hören willst...«

Es wurde still. Kissa sprang auf Marshas Schoß, und Marsha erschrak. Sie hatte vergessen, die Katze zu füttern. »Also gut! Laß mich rasch die Katze füttern und VJ Bescheid sagen! In einer Viertelstunde kann's losgehen.«

VJ hörte Schritte auf dem Gang zu seinem Zimmer. Ohne Hast klappte er sein Briefmarkenalbum zu und schob es ins Regal. Seine Eltern verstanden nichts von Philatelie und würden nicht wissen, was sie da sahen. Aber er brauchte keine unnötigen Risiken einzugehen. Er wollte nicht, daß sie entdeckten, wie groß und wertvoll seine Sammlung bereits geworden war. Seinen Wunsch nach einem Bankfach hatten sie vor allem für kindliche Spinnerei gehalten, und VJ sah keinen Grund, weshalb sie etwas anderes glauben sollten.

»Was machst du, Schatz?« fragte Marsha, als sie in seiner Tür stand.

VJ schürzte die Lippen. »Eigentlich gar nichts.« Er wußte,

daß sie beunruhigt war, aber das konnte er nicht ändern. Schon als Baby war ihm klar gewesen, daß sie irgend etwas von ihm wollte, etwas, das andere Mütter von ihren Kindern bekamen und das er ihr nicht geben konnte. Manchmal – wie jetzt – tat es ihm leid.

»Warum lädst du diese Woche nicht mal Richie zum Übernachten ein?« schlug sie gerade vor.

»Mach' ich vielleicht.«

»Ich glaube, das wäre nett«, sagte Marsha. »Ich würde ihn gern mal kennenlernen.« VJ nickte.

Marsha lächelte und verlagerte ihr Gewicht.

»Dein Vater und ich fahren noch mal schnell weg. Ist dir das recht?«

»'türlich.«

»Wir bleiben nicht lange.«

»Ich komme schon zurecht.«

Fünf Minuten später beobachtete VJ vom Fenster seines Zimmers aus, wie Victors Auto die Zufahrt hinunterfuhr. VJ blieb eine Weile stehen und schaute hinaus. Er fragte sich, ob er wohl beunruhigt sein müßte. Schließlich pflegten seine Eltern wochentags normalerweise nicht auszugehen. Er zuckte mit den Schultern.

Wenn es Grund zur Sorge gab, würde er es früh genug erfahren.

Er wandte sich wieder in sein Zimmer, nahm das Briefmarkenalbum vom Regal und machte sich daran, den druckfrischen Satz früher amerikanischer Marken einzustecken, die er kürzlich bekommen hatte.

Das Telefon klingelte lange, ehe er es hörte. Schließlich fiel ihm ein, daß seine Eltern nicht da waren, und er stand auf und ging den Gang hinunter zum Arbeitszimmer. Dort nahm er den Hörer ab und meldete sich mit »Hallo!«

»Dr. Victor Frank bitte«, sagte der Anrufer. Die Stimme klang gedämpft, als halte der Sprecher einigen Abstand zum Hörer.

»Dr. Frank ist gerade nicht zu Hause«, antwortete VJ höflich. »Möchten Sie eine Nachricht hinterlassen?«
»Wann kommt er zurück?«

»In etwa einer Stunde.«

»Bist du sein Sohn?«

»Jawohl.«

»Vielleicht ist es wirkungsvoller, wenn du ihm die Nachricht übermittelst. Sag deinem Vater, das Leben wird zunehmend unangenehm werden, wenn er es sich nicht überlegt und vernünftig wird! Hast du das?«

»Wer spricht denn da?« fragte VJ.

»Richte du deinem Vater nur aus, was ich gesagt habe!«

»Wer spricht da?« wiederholte VJ, und er verspürte die ersten Regungen der Angst. Aber es wurde schon eingehängt.

VJ legte langsam den Hörer auf die Gabel. Unversehens war ihm bewußt, daß er allein zu Hause war. Einen Moment lang blieb er stehen und lauschte. Er hatte nie gemerkt, wie sehr es in einem leeren Haus knarrte. Der Heizkörper in der Ecke zischte leise. Von irgendwoher kam ein dumpfes, metallisches Klopfen – wahrscheinlich ein Heizungsrohr. Draußen wehte der Wind den Schnee ans Fenster.

VJ griff erneut zum Telefon und wählte eine Nummer. Als ein Mann sich meldete, sagte er ihm, er habe Angst. Nachdem der Mann ihm versichert hatte, daß man sich um alles kümmern werde, legte VJ auf. Jetzt war ihm schon wohler, aber um ganz sicherzugehen, lief er eilig nach unten und überprüfte methodisch jedes Fenster und jede Tür, um sich zu vergewissern, daß alles fest verschlossen war. In den Keller ging er nicht; er schob nur oben den Riegel vor.

Als er wieder in seinem Zimmer war, schaltete er den Computer ein. Er wünschte sich, die Katze würde bei ihm bleiben, aber er wußte, daß er sie gar nicht erst zu suchen brauchte. Kissa hatte Angst vor ihm, auch wenn er sich bemühte, diese Tatsache vor seiner Mutter zu verbergen. Es gab so vieles, was seine Mutter nicht merken durfte. Es war eine Belastung. Aber er hatte sich nicht ausgesucht, zu sein, was er war.

VJ setzte sich vor den Computer, startete Pac-Man und versuchte, sich zu konzentrieren.

Die Leuchtstofflampen flackerten und erfüllten den Raum dann mit ihrem harten Licht. Victor ging beiseite und ließ Marsha den Vortritt. Sie war schon ein paarmal in seinem Labor gewesen, aber immer tagsüber. Erstaunt stellte sie fest, wie gespenstisch es hier nachts aussah, wenn kein Mensch die sterile Umgebung auflockerte. Der Raum war ungefähr zehn mal fünfzehn Meter groß, und Labortische säumten die Wände. Im Zentrum erhob sich eine große Insel aus wissenschaftlichem Gerät; ein Instrument sah exotischer aus als das andere. Sie bemerkte eine Vielzahl von Skalen, Kathodenstrahlröhren, Computern, Glasröhren und Labyrinthe von elektrischen Verbindungsdrähten.

Mehrere Türen führten in Nebenräume. Victor schob Marsha in einen L-förmigen Raum voller Seziertische. Marsha warf einen Blick auf Skalpelle und andere Schauerinstrumente, und es schauderte sie. Durch eine drahtgitterverstärkte Glastür sah man in die Tierkammer, und Marsha konnte Hunde und Affen erkennen, die sich hinter ihren Käfiggittern hin und her bewegten. Sie schaute weg. Dies war ein Teil der Forschung, an den sie lieber nicht dachte.

»Hier entlang!« Victor führte sie in den hintersten Teil des L-förmigen Raums, wo die Wand aus klarem Glas bestand.

Er drückte auf einen Schalter, und hinter der Glasscheibe strahlte Licht auf. Überrascht erblickte Marsha eine Reihe großer Aquarien, und jedes enthielt Dutzende seltsam aussehender Meereslebewesen; sie glichen Schnecken ohne Häusern. Victor zog eine Trittleiter heran. Nachdem er eine Anzahl Aquarien abgesucht hatte, nahm er eine Sezierschale vom Tisch und stieg auf die Leiter. Mit einem Netz fing er zwei Tiere aus zwei verschiedenen Aquarien.

»Ist das nötig?« fragte Marsha; sie wußte nicht, was diese scheußlichen Kreaturen mit VJs Gesundheit zu tun haben sollten.

Victor antwortete nicht. Er stieg, die Schale balancierend, von der Leiter herunter. Marsha warf einen langen Blick auf die Tiere. Sie maßen etwa fünfundzwanzig Zentimeter und waren von bräunlicher Färbung, mit schleimiger, gallertiger Haut. Sie würgte aufsteigenden Ekel hinunter. Sie haßte solche Sachen. Das war einer der Gründe, weshalb sie sich für die Psychiatrie entschieden hatte: Die Therapie war sauber, ordentlich und sehr menschlich.

»Victor!« sagte sie, als sie sah, wie er die Tiere auf den Wachsboden der Sezierschale spießte und ihre Flossen – oder was es sonst sein mochte – auseinanderspreizte. »Warum kannst du's mir nicht einfach erzählen?«

»Weil du mir nicht glauben würdest«, antwortete Victor. »Hab noch ein paar Augenblicke Geduld!« Er nahm ein Skalpell zur Hand und steckte eine neue, rasiermesserscharfe Klinge hinein. Marsha wandte sich rasch ab, als er die beiden Tiere aufschlitzte.

»Das hier sind Aplasia«, sagte Victor und bemühte sich, seine eigene Nervosität mit einer streng wissenschaftlichen Haltung zu kaschieren. »Man verwendet sie weithin für die Nervenzellenforschung.« Er griff nach einer Schere und begann flink und zielstrebig zu schnippeln.

»So«, sagte er. »Ich habe jedem der beiden Aplasia das Abdominalganglion entnommen.«

Marsha schaute hin. Victor hielt eine kleine, flache Schale mit einer klaren Flüssigkeit in der Hand. An der Oberfläche der Flüssigkeit schwammen zwei winzige Gewebestückchen.

»Nun komm herüber zum Mikroskop!« sagte Victor.

»Was geschieht denn jetzt mit diesen armen Tieren?« fragte Marsha und zwang sich, einen Blick in die Sezierschale zu werfen. Es sah aus, als zerrten die Tiere an den Nadeln, die sie am Boden der Schale festhielten.

»Die Techniker machen morgen früh sauber«, antwortete Victor, der nicht begriff, was sie meinte. Er schaltete die Lampe am Mikroskop ein.

Nach einem letzten Blick auf die Aplasia ging Marsha hinüber zu Victor, der bereits geschäftig in das Stereomikroskop spähte und am Schärferegler drehte.

Sie beugte sich über das andere Okular und schaute hinein. Die Ganglien hatten die Form eines H; die geschwollene Querverbindung sah aus wie ein transparenter Beutel voll durchscheinender Murmeln. Die Arme des H waren zweifellos durchtrennte Nervenfasern. Victor bewegte einen Zeiger und forderte Marsha auf, die Nervenzellen oder Neuronen zu zählen, während er auf sie deutete.

Marsha gehorchte.

»Okay«, sagte Victor. »Schauen wir uns das andere Ganglion an!«

Das Sichtfeld im Okular verwischte sich und erstarrte dann wieder. Man sah ein zweites H, dem ersten ganz ähnlich. »Zähl noch einmal!« forderte Victor sie auf.

»Das hier hat mehr als zweimal so viele Neuronen wie das andere.«

»Genau!« Victor richtete sich auf und begann hin und her zu gehen. Auf seinem Gesicht war ein merkwürdiger, aufgeregter Glanz erschienen, und Marsha verspürte aufkeimende Angst. »Vor ungefähr zwölf Jahren fing ich an, mich sehr für die Anzahl der Nervenzellen bei normalen Aplasia zu interessieren. Damals wußte ich wie jeder andere, daß die Nervenzellen sich im Frühstadium der Embryonalentwicklung zu differenzieren und zu vermehren beginnen. Da diese Aplasia im Verhältnis zu höheren Lebewesen weniger kompliziert sind, konnte ich das Protein isolieren, das für diesen Prozeß verantwortlich ist; ich nannte ihn ›Nerve Growth Factor‹ – Nervenwachstumsfaktor – oder kurz NGF. Kannst du mir folgen?« Victor blieb stehen und sah Marsha fragend an.

»Ja.« Marsha beobachtete ihren Mann. Es war, als verändere er sich vor ihren Augen. Er entwickelte ein beunruhigend messianisches Erscheinungsbild. Plötzlich wurden ihr die Knie weich; sie hatte das schreckliche Gefühl zu wissen, worauf dieser scheinbar irrelevante Vortrag hinauslaufen würde.

Victor nahm sein Herumgehen wieder auf und zeigte sich dabei immer erregter. »Mit gentechnischen Methoden habe ich das Protein reproduziert und das verantwortliche Gen isoliert. Und jetzt kommt das Brillante ...« Wieder blieb er vor Marsha stehen, und seine Augen funkelten. »Ich nahm ein befruchtetes Aplasia-Ei – eine Zygote –, und nachdem ich in seiner DNS eine Punktmutation verursacht hatte, fügte ich das neue NGF-Gen zusammen mit einem Promotor ein. Und das Ergebnis?«

»Mehr Ganglienneuronen«, vermutete Marsha.

»Genau!« sagte Victor aufgeregt. »Und, was ebenso wichtig ist, die Fähigkeit, diese Eigenschaft an den Nachwuchs weiterzuvererben. Und jetzt komm zurück in den Hauptraum!« Er nahm Marsha bei der Hand und zog sie vom Stuhl hoch.

Wie betäubt folgte sie ihm zu einem Lichttisch, wo er ihr ein paar Großdias mit Mikroskopaufnahmen von Rattenhirnquerschnitten zeigte. Ohne zu zählen, erkannte Marsha gleich, daß auf dem einen Foto sehr viel mehr Nervenzellen zu sehen waren als auf dem anderen. Immer noch sprachlos, ließ sie sich von ihm in die Tierkammer schieben. Gleich hinter der Tür streifte er ein Paar schwere Lederhandschuhe über. Marsha versuchte, nicht zu atmen. Es stank wie in einem schlecht geführten Zoo. Hunderte von Käfigen beherbergten Affen, Hunde, Katzen und Ratten. Bei den Ratten blieben sie stehen.

Marsha schauderte es beim Anblick der unzähligen rosaroten, zuckenden Nasen und der nackten rosigen Schwänze.

Victor ging zu einem speziellen Käfig und hakte die Tür auf. Er langte hinein und zog eine große Ratte hervor, die mehrmals in seine behandschuhten Finger biß.

»Ruhig, Charlie!« sagte Victor. Er trug die Ratte zu einem

Tisch mit einem Glasdeckel, hob den Deckel ein Stück und setzte die Ratte vor eine Art Miniaturlabyrinth. Das Tier hockte unmittelbar vor dem Eingang.

»Paß auf!« sagte Victor und hob die Eingangsklappe.

Nach kurzem Verharren drang die Ratte in das Labyrinth ein. Sie bog nur wenige Male falsch ab, und bald hatte sie den Ausgang erreicht und bekam eine Belohnung.

»Flott, was?« meinte Victor mit zufriedenem Lächeln. »Das ist eine von meinen ›intelligenten‹ Ratten. Das sind Ratten, denen ich das NGF-Gen eingepflanzt habe. Jetzt paß auf!« Victor veränderte die Anordnung so, daß die Ratte wieder an die Ausgangsposition kam, aber in einer Sektion, in der es keinen Zugang zum Labyrinth gab. Dann ging Victor zu den Käfigen zurück und holte eine zweite Ratte, die er in den Tisch setzte, so daß die beiden Tiere einander durch ein Drahtgitter sehen konnten.

Einen Augenblick später öffnete er den Eingang zum Labyrinth, und die zweite Ratte huschte hindurch, ohne einen einzigen Fehler zu begehen.

»Weißt du, was du gerade miterlebt hast?« fragte Victor.

Marsha schüttelte den Kopf.

»Rattenkommunikation«, sagte Victor. »Ich habe diesen Ratten beibringen können, einander das Labyrinth zu erklären. Es ist unglaublich.«

»Ganz bestimmt.« Marsha war weniger begeistert als Victor.

»Ich habe diese ›Neuronalproliferationsstudie‹ an Hunderten von Ratten vorgenommen.«

Marsha nickte unsicher.

»Ich habe sie an fünfzig Hunden, sechs Kühen und einem Schaf vorgenommen«, fügte Victor hinzu. »Ich hatte Angst, es bei den Affen zu versuchen; ich fürchtete, ich könnte Erfolg haben. Dauernd ging mir der alte Film *Planet der Affen* durch den Kopf.« Er lachte, und das Lachen hallte hohl von den Wänden der Tierkammer wider.

Marsha lachte nicht. Es fröstelte sie. »Was willst du mir eigentlich mit all dem erzählen?« fragte sie, obwohl ihre Phantasie bereits angefangen hatte, bestürzende Antworten zu liefern.

Victor konnte ihr nicht in die Augen sehen.

»Bitte!« rief Marsha, den Tränen nahe.

»Ich versuche dir nur einen Hintergrund zu verschaffen, damit du es verstehst«, sagte Victor, und er wußte, daß sie es nie verstehen würde. »Glaube mir, ich hatte nicht geplant, was als nächstes passierte. Ich hatte die Versuche mit dem Schaf gerade erfolgreich beendet, als du anfingst, von einem zweiten Kind zu sprechen. Erinnerst du dich, wie wir beschlossen, zu Fertility Inc. zu gehen?«

Marsha nickte, und Tränen rollten ihr über die Wangen.

»Nun, du hast ihnen eine sehr erfolgreiche Eizell-Ernte gegeben. Wir bekamen acht.«

Marsha merkte, daß sie wankte. Einen Halt suchend, klammerte sie sich an den Rand des Labyrinthtischs.

»Ich persönlich habe die In-vitro-Fertilisation mit meinem Sperma vorgenommen«, fuhr Victor fort. »Das wußtest du. Was ich dir nicht gesagt habe, ist, daß ich die befruchteten Eier wieder hierher ins Labor gebracht habe.«

Marsha ließ den Labyrinthtisch los und taumelte zu einer der Bänke. Sie wünschte, die Besinnung zu verlieren. Schwer ließ sie sich auf die Bank fallen. Sie glaubte nicht, daß sie den Rest von Victors Geschichte würde ertragen können. Aber ihr war klar, daß er ihr jetzt, da er einmal angefangen hatte, alles erzählen würde, ob es ihr gefiel oder nicht. Anscheinend glaubte er, er könne die Ungeheuerlichkeit seiner Sünde verringern, wenn er sich auf eine rein wissenschaftliche Beschreibung beschränkte. War das wirklich der Mann, den sie geheiratet hatte?

»Als ich die Zygoten wieder hier hatte«, berichtete er, »wählte ich eine Nonsens-Sequenz der DNS an Chromosom sechs und nahm eine Punktmutation vor. Dann pflanzte ich mit Mikroinjektionstechniken und einem Retroviralinjektor das NGF-Gen und mehrere Promotoren ein, darunter einen aus einem bakterialen Plasmid mit der Codierung auf Resistenz gegen das Cephalosporin-Antibiotikum Cephaloclor.«

Victor hielt für einen Moment inne, blickte aber nicht auf. »Darum habe ich darauf bestanden, daß Mary Millman von der zweiten bis zur achten Woche ihrer Schwangerschaft das Cephaloclor nahm. Es war das Cephaloclor, was das Gen eingeschaltet hielt und den Nervenwachstumsfaktor produzierte.«

Jetzt sah er doch auf. »Gott helfe mir – aber als ich es tat, hielt ich es für eine gute Idee. Später wußte ich, daß es falsch war. Ich lebte in Angst und Schrecken, bis VJ geboren wurde.«

Marsha konnte plötzlich ihre Wut nicht mehr zügeln. Sie sprang auf und hämmerte mit den Fäusten auf Victor ein. Er machte keine Anstalten, sich zu schützen, sondern wartete, bis sie die Hände sinken ließ und lautlos weinend vor ihm stand. Dann versuchte er, sie in die Arme zu nehmen, aber sie ließ sich nicht anrühren. Sie ging hinaus ins Hauptlabor und setzte sich. Victor folgte ihr, aber sie sah ihn nicht an.

»Es tut mir leid«, sagte er. »Glaube mir, ich hätte es nie getan, wenn ich nicht sicher gewesen wäre, daß es klappen würde! Bei keinem der Tiere hat es je ein Problem gegeben. Und die Vorstellung, ein superintelligentes Kind zu haben, war so verführerisch...« Er sprach nicht weiter.

»Ich kann nicht glauben, daß du etwas so Furchtbares getan hast«, sagte sie schluchzend.

»Auch früher haben Forscher an sich selbst experimentiert«, erwiderte er, aber ihm war klar, daß dies keine Entschuldigung war.

»An sich selbst!« rief Marsha. »Aber nicht an unschuldigen Kindern.« Sie weinte hemmungslos. Doch in der Tiefe ihres Herzens regte sich von neuem die Angst. Sie bemühte sich, die Fassung wiederzugewinnen. Victor hatte etwas

Schreckliches getan, aber was geschehen war, war geschehen, und sie konnte es nicht rückgängig machen. Das Problem bestand jetzt darin, die Wirklichkeit zu bewältigen, und ihre Gedanken kehrten zu VJ zurück, jemandem, den sie von Herzen liebte. »Also gut«, brachte sie mühsam hervor und kämpfte die neuerlich aufsteigenden Tränen nieder. »Jetzt hast du's mir erzählt. Aber du hast mir noch nicht gesagt, weshalb du VJ schon wieder neuromedizinisch untersuchen lassen willst. Was befürchtest du? Glaubst du, seine Intelligenz hat wieder nachgelassen?«

Und während sie sprach, wanderten ihre Gedanken sechseinhalb Jahre zurück in die Vergangenheit. Sie wohnten noch in dem kleinen Farmhaus, und David und Janice waren gesund und munter. Es war eine glückliche Zeit gewesen, eine Zeit des Staunens über VJs unglaublichen Verstand. Mit drei Jahren konnte er alles lesen und fast alles behalten. Soweit sie es damals hatte feststellen können, hatte sein IQ irgendwo bei zweihundertfünfzig gelegen.

Und dann, eines Tages, hatte sich alles geändert. Sie war bei Chimera vorbeigefahren, um VJ aus dem Kinderhort abzuholen, wo er hingebracht wurde, nachdem er den Vormittag über in der Vorschule gewesen war. Sie wußte, daß etwas nicht stimmte, als sie das Gesicht der Leiterin sah.

Pauline Spaulding war eine wunderbare Frau von zweiundvierzig Jahren, eine ehemalige Grundschullehrerin und Aerobic-Trainerin, die ihre Berufung in der Leitung des Kinderhorts gefunden hatte. Sie liebte die Arbeit, und sie liebte die Kinder, und diese beteten sie wegen ihrer grenzenlosen Begeisterungsfähigkeit an. Aber heute wirkte sie besorgt.

»Mit VJ stimmt etwas nicht«, sagte sie, ohne erst um den heißen Brei herumzureden.

»Ist er krank? Wo ist er denn?«

»Er ist hier«, sagte Pauline. »Er ist nicht krank. Seine Gesundheit ist ausgezeichnet. Es ist etwas anderes.«

»Was denn?« rief Marsha.

»Es fing kurz nach dem Mittagessen an«, berichtete Pauline. »Wenn die anderen Kinder ihre Mittagsruhe halten, geht VJ meistens in den Werkraum und spielt mit dem Schachcomputer. Das tut er schon seit einer Weile.«

»Ich weiß«, sagte Marsha. Sie hatte ihm erlaubt, die Mittagsruhe wegzulassen, nachdem er ihr erklärt hatte, er brauche die Ruhe nicht, und die Zeitverschwendung sei ihm ein Greuel.

»Niemand sonst war zu dieser Zeit im Werkraum«, fuhr Pauline fort. »Aber plötzlich gab es einen großen Krach. Als. ich hinkam, war VJ gerade dabei, den Computer mit einem Stuhl zu zertrümmern.«

»Ach du meine Güte!« rief Marsha. Tobsuchtsanfälle gehörten sonst nicht zu VJs Verhaltensrepertoire. »Hat er sich dazu geäußert?« wollte sie wissen.

»Er hat geweint, Dr. Frank.«

»VJ – geweint?« Marsha war verblüfft. VJ weinte nie.

»Er hat geweint wie ein normales dreieinhalbjähriges Kind.«

»Was wollen Sie damit sagen?«

»Anscheinend hat VJ den Computer zerschlagen, weil er plötzlich nicht mehr wußte, wie man ihn benutzt.«

»Das ist absurd«, erklärte Marsha. Zu Hause benutzte VJ den Computer, seit er zweieinhalb Jahre alt war.

»Warten Sie ab!« sagte Pauline. »Um ihn zu trösten, bot ich ihm ein Buch über Dinosaurier an, das er gelesen hatte. Er hat es zerrissen.«

Marsha stürzte in den Werkraum. Es waren nur drei Kinder anwesend. VJ saß an einem Tisch und malte in einem Malbuch wie jedes andere Vorschulkind. Als er sie sah, ließ er den Buntstift fallen und lief in ihre Arme. Er fing an zu weinen und sagte, der Kopf tue ihm weh.

Marsha drückte ihn an sich. »Hast du dein Dinosaurierbuch zerrissen?« fragte sie.

Er wandte den Blick ab. »Ja.«

»Aber warum?« fragte Marsha.

Er sah Marsha wieder an. »Weil ich nicht mehr lesen kann.«

In den nächsten paar Tagen war VJ einer neurologischmedizinischen Untersuchung unterzogen worden, um akute neurologische Probleme auszuschließen. Die Befunde waren negativ gewesen, aber als Marsha eine Serie von IQ-Tests wiederholt hatte, die der Junge ein Jahr zuvor durchlaufen hatte, waren die Resultate schockierend verändert. VJs IQ war auf einhundertdreißig gefallen. Immer noch hoch, aber keineswegs auf genialem Niveau.

Victor holte Marsha in die Gegenwart zurück, indem er schwor, daß mit VJs Intelligenz alles in Ordnung sei.

»Warum dann die Untersuchung?« fragte Marsha noch einmal.

»Ich ... ich glaube einfach, es wäre eine gute Idee«, stammelte Victor.

»Ich bin seit sechzehn Jahren mit dir verheiratet«, sagte Marsha nach einer Pause. »Und ich weiß, daß du mir nicht die Wahrheit sagst.« Es war schwer vorstellbar, daß ihr eine noch schlimmere Enthüllung bevorstehen sollte als das, was Victor ihr bereits erzählt hatte.

Victor fuhr sich mit der Hand durch das dichte Haar. »Der Grund ist das, was mit den Babys von Hobbs und Murray passiert ist.«

»Wer ist das?«

»William Hobbs und Horace Murray arbeiten hier«, erklärte Victor.

»Sag mir nicht, du hast aus ihren Kindern auch solche Chimären erschaffen!«

»Schlimmer«, bekannte Victor. »Die beiden Ehepaare waren genuin unfruchtbar. Sie benötigten Spendergameten. Da ich die anderen sieben Zygoten von uns eingefroren hatte und da Murray und Hobbs den Kindern ein qualifiziertes Zuhause würden bieten können, habe ich zwei davon genommen.«

»Soll das heißen, daß diese Babys genetisch meine Kinder sind?« fragte Marsha mit neu erwachtem Unglauben.

»Unsere«, korrigierte Victor.

»Mein Gott!« Die neue Offenbarung verschlug ihr die Sprache. Vorläufig empfand sie gar nichts mehr.

»Es ist nichts anderes als das Spenden von Sperma oder Eiern«, meinte Victor. »Nur effizienter, weil sie schon vereinigt sind.«

»Vielleicht ist es für dich nichts anderes«, erwiderte Marsha. »In Anbetracht dessen, was du mit VJ gemacht hast. Aber für mich ist es etwas anderes. Für mich ist es eine völlig unfaßbare Vorstellung, daß jemand anders meine Kinder aufziehen soll. Was ist mit den restlichen fünf Zygoten? Wo sind sie?«

Erschöpft stand Victor auf und ging zu der Mittelinsel des Raums. Vor einem runden Stahlapparat von der Größe einer Geschirrspülmaschine blieb er stehen. Gummischläuche verbanden den Apparat mit einem Flüssigstickstoffzylinder.

»Sie sind hier drin«, sagte er. »Lebend eingefroren. Willst du sie sehen?«

Marsha schüttelte den Kopf. Sie fühlte sich abgestoßen. Als Ärztin wußte sie, daß eine solche Technologie existierte, aber wenn sie überhaupt darüber nachdachte, tat sie es in abstrakter Form. Sie hätte nie gedacht, daß es sie einmal persönlich betreffen würde.

»Ich hatte nicht vor, dir das alles auf einmal zu erzählen«, sagte Victor. »Aber jetzt kennst du die ganze Geschichte. Ich möchte VJ untersuchen lassen, um sicherzugehen, daß er keine medizinischen Probleme hat.«

»Warum?« fragte Marsha bitter. »Ist etwas mit den anderen Kindern?«

»Sie sind krank geworden«, antwortete Victor.

»Wie krank? Was für eine Krankheit haben sie?«

»Sehr krank. Sie sind gestorben, an akutem Zerebralödem. Bis jetzt weiß niemand, warum.«

Marsha spürte, wie eine Woge von Schwindelgefühl über sie hinwegrollte. Sie mußte den Kopf senken, um nicht ohnmächtig zu werden. Jedesmal, wenn sie sich gerade gefaßt hatte, enthüllte Victor eine weitere Ungeheuerlichkeit.

»Ist es plötzlich passiert?« fragte sie schließlich und hob den Kopf. »Oder waren sie lange krank?«

»Es kam plötzlich«, gestand Victor.

»Wie alt waren sie?«

»Ungefähr drei.«

Einer der Computerdrucker erwachte plötzlich zum Leben und spuckte wütend seine Datenmassen aus. Dann sprang eine Kühleinheit an und vibrierte leise summend. Marsha hatte das Gefühl, daß das Labor sich selbst führe. Menschen brauchte es nicht.

»Hatten die Kinder, die gestorben sind, das gleiche NGF-Gen wie VJ?« fragte Marsha. Victor nickte.

»Und sie sind ungefähr so alt wie Victor damals, als seine Intelligenz nachließ«, stellte Marsha fest.

»Annähernd«, bestätigte Victor. »Und deshalb will ich die Untersuchung machen lassen – um sicherzugehen, daß VJ keine weiteren Probleme ausbrütet. Aber ich bin überzeugt, daß mit ihm alles in Ordnung ist. Wenn Hobbs' und Murrays Baby nicht gewesen wären, wäre ich nie auf die Idee gekommen, VJ untersuchen zu lassen. Hab Vertrauen zu mir!«

Wenn Marsha zum Lachen fähig gewesen wäre, dann hätte sie es jetzt getan. Soeben hatte Victor praktisch ihr Leben zerstört, und nun verlangte er, daß sie Vertrauen zu ihm hatte. Wie er mit seinem eigenen Kind hatte experimentieren können, war ihr unbegreiflich. Aber daran ließ sich nichts mehr ändern. Jetzt mußte sie an die Gegenwart denken. »Glaubst du, das, was den anderen passiert ist, kann auch VJ passieren?« fragte sie zögernd.

»Das bezweifle ich. Zumal angesichts der sieben Jahre Altersunterschied. Wie es aussieht, hat VJ den kritischen Punkt damals überlebt, als sein IQ abfiel. Vielleicht ist das, was den anderen Kindern passiert ist, eine Folge ihres Daseins als eingefrorene Zygote.« Er brach ab, als er den Gesichtsausdruck seiner Frau sah. Sie würde keinerlei wissenschaftliches Interesse für die Tragödie aufbringen.

»Was ist mit dem Nachlassen seiner Intelligenz?« fragte Marsha. »Könnte es sich dabei um das gleiche Problem in einer geminderten Form gehandelt haben, da er ja ungefähr genauso alt war, als es passierte?«

»Es ist möglich«, sagte Victor. »Aber ich weiß es nicht.«

Marsha ließ den Blick langsam durch das Labor wandern, und sie sah die ganze futuristische Ausrüstung jetzt in einem anderen Licht. Die Forschung konnte Hoffnung auf die zukünftige Heilung von Krankheiten eröffnen, aber sie barg auch ein anderes, sehr beunruhigendes Potential.

»Ich will hier raus!« sagte sie plötzlich und stand auf. Durch die abrupte Bewegung kreiselte der Stuhl in die Mitte des Raums, wo er gegen den Gefrierschrank mit den Zygoten prallte. Victor zog ihn an sich und schob ihn zurück an den Labortisch. Inzwischen war Marsha schon zur Tür hinaus und ging den Korridor hinunter. Victor schloß rasch ab und lief ihr nach. Die Aufzugtür hatte sich fast geschlossen, als er sich zu ihr hineinzwängte. Sie wich vor ihm zurück, verletzt, angewidert, wütend. Aber vor allem besorgt. Sie wollte nach Hause, zu VJ.

Schweigend verließen sie das Gebäude. Victor war klug genug, keine weiteren Gesprächsversuche zu unternehmen. Der Schnee blieb jetzt liegen, und sie mußten vorsichtig gehen, um nicht auszurutschen. Marsha war sich bewußt, daß Victor sie aufmerksam beobachtete, als sie in den Wagen stiegen. Trotzdem schwieg sie weiterhin. Erst als sie den Merrimack überquert hatten, sprach sie endlich.

»Ich dachte, Experimente mit menschlichen Embryonen sind verboten.« Sie wußte, Victors eigentliches Verbrechen war ein moralisches, aber einstweilen konnte sie der vollständigen Wahrheit nicht ins Auge sehen.

»Die Richtlinien waren da nie ganz klar«, sagte Victor, froh, sich nicht mit dem ethischen Aspekt befassen zu müssen. »Im Bundesregister wurde eine Notiz veröffentlicht, in der solche Experimente untersagt wurden, aber das bezog sich nur auf Institutionen, die mit Bundesmitteln finanziert wurden. Private Institute wie Chimera betraf es nicht.« Victor ging nicht weiter darauf ein. Er wußte, daß es für seine Taten keine Verteidigung gab. Schweigend fuhren sie weiter, bis er erklärte: »Ich habe es dir nur deshalb nicht schon vor Jahren gesagt, weil ich nicht wollte, daß du VJ anders behandelst.«

Marsha blickte zu ihrem Mann hinüber und sah das Flackerspiel der Scheinwerfer von den entgegenkommenden Autos in seinem Gesicht. »Du hast es mir nicht gesagt, weil du genau wußtest, was für eine schreckliche Sache es ist«, stellte sie gleichmütig fest.

Als sie in die Windsor Street einbogen, meinte er: »Vielleicht hast du recht. Wahrscheinlich habe ich wirklich ein schlechtes Gewissen gehabt. Bevor VJ zur Welt kam, dachte ich, ich stehe kurz vor einem Nervenzusammenbruch. Nach dem Absturz seiner Intelligenz war ich erneut reif für die Anstalt. Erst in den letzten fünf Jahren habe ich mich allmählich entspannen können.«

»Warum hast du dann diese Zygoten wieder verwendet?« fragte Marsha.

»Weil das Experiment inzwischen anscheinend höchst erfolgreich war«, sagte Victor. »Und auch, weil die Familien, die in Frage kamen, für ein exzeptionelles Kind einzigartig qualifiziert waren. Aber ich hätte es nicht tun sollen. Das weiß ich inzwischen.«

»Ist das dein Ernst?«

»Mein Gott, ja!« Als sie in die Zufahrt einbogen, hatte Marsha zum erstenmal, seit er ihr die Ratten gezeigt hatte, das Gefühl, sie könne eines Tages in der Lage sein, ihm zu verzeihen. Wenn mit VJ tatsächlich alles in Ordnung, wenn ihre Sorge um seine Entwicklung unbegründet wäre, dann vielleicht würden sie wieder als Familie zusammenleben können. Marsha schloß die Augen und betete. Ein Kind hatte sie schon verloren, und sie bat Gott, das andere zu verschonen. Sie glaubte nicht, daß sie einen weiteren derartigen Verlust würde ertragen können.

Bei VJ brannte noch Licht. Jeden Abend war er dort oben, las, studierte. So hochfahrend er auch erscheinen mochte, im Grunde war er doch ein guter Junge.

Per Knopfdruck öffnete Victor das Garagentor. Kaum hatte der Wagen angehalten, sprang Marsha hinaus; sie mußte sich sofort vergewissern, daß mit VJ alles in Ordnung war. Ohne auf Victor zu warten, schloß sie mit ihrem eigenen Schlüssel die Tür zur hinteren Diele auf. Aber als sie dagegen drückte, gab die Tür nicht nach. Victor kam und versuchte es selbst.

»Der Riegel ist vorgeschoben«, stellte er fest.

»Das muß VJ getan haben, als wir weg waren«, meinte Marsha. Sie hob die Faust und hämmerte gegen die Tür. Es hallte laut durch die Garage, aber von VJ kam keine Antwort. »Glaubst du, er ist okay?« fragte sie.

»Bestimmt«, sagte Victor. »Er kann dich hier draußen unmöglich klopfen hören, wenn er nicht unten im Wohnzimmer ist. Komm, wir gehen nach vorne!«

Victor ging voraus, durch die Garage und ums Haus herum. Er schob seinen Schlüssel ins Schloß, aber auch diese Tür war verriegelt. Er läutete. Immer noch keine Antwort. Er läutete noch einmal, und allmählich spürte auch er ein wenig von Marshas Bangigkeit. Gerade als sie es an der Seitentür versuchen wollten, hörten sie VJs klare Stimme: Wer dort sei? Kaum hatte sich die Haustür geöffnet, streckte Marsha die Arme nach dem Jungen aus, doch er entzog sich ihrem Griff. »Wo seid ihr gewesen?« wollte er wissen.

Victor sah auf die Uhr. Viertel vor zehn. Rund anderthalb Stunden waren sie weg gewesen.

»Nur drüben im Labor«, sagte Marsha. Es war sonst nicht VJs Art, irgend etwas zu merken, wenn sie nicht da waren. Er war sich selbst genug.

Der Junge sah Victor an. »Da war ein Anruf für dich. Ich soll dir ausrichten, daß die Sache unangenehm werden wird, wenn du es dir nicht noch einmal überlegst und vernünftig wirst.«

»Wer war es denn?« fragte Victor.

»Seinen Namen hat er mir nicht gesagt.«

»Ein Mann oder eine Frau?«

»Konnte ich nicht feststellen. Wer immer es war, er hat nicht in den Hörer gesprochen; so klang es zumindest.«

Marshas Blick ging zwischen Ehemann und Sohn hin und her. »Victor, was hat das zu bedeuten?«

»Büropolitik«, antwortete er. »Kein Grund zur Beunruhigung.«

Marsha sah VJ an. »Hat dir der Anruf angst gemacht? Wir haben bemerkt, daß alle Türen verriegelt waren.«

»Ein bißchen«, gab VJ zu. »Aber dann wurde mir klar, daß niemand anruft und eine solche Nachricht hinterläßt, wenn er die Absicht hat vorbeizukommen.«

»Da hast du wohl recht«, sagte Marsha. VJ hatte eine beeindruckende Art, eine Situation zu intellektualisieren. »Wollen wir nicht alle in die Küche gehen? Ich könnte einen Kräutertee brauchen.«

»Ich nicht, danke.« VJ war schon im Begriff, die Treppe wieder hinaufzulaufen.

»Sohn!« rief Victor.

VJ blieb auf der untersten Stufe stehen.

»Ich wollte dir nur sagen, daß wir morgen früh nach Boston in die Kinderklinik fahren. Ich möchte, daß sie dich dort untersuchen.«

»Ich brauche nicht untersucht zu werden«, beschwerte sich VJ. »Ich hasse Krankenhäuser.«

»Das verstehe ich«, sagte Victor. »Trotzdem wirst du

dich untersuchen lassen, genau wie deine Mutter und ich es tun.«

VJ sah Marsha an. Gern hätte sie ihn in den Arm genommen und sich vergewissert, daß er keine Kopfschmerzen oder sonstige Symptome hatte. Aber sie blieb regungslos stehen, eingeschüchtert von ihrem eigenen Sohn.

»Mir fehlt doch nichts«, beharrte VJ.

»Das Thema ist erledigt«, sagte Victor. »Ende der Diskussion!«

Den Engelmund zusammengepreßt, funkelte VJ seinen Vater an. Dann wandte er sich ab und verschwand nach oben.

In der Küche setzte Marsha den Kessel auf. Sie wußte, es würde Tage dauern, bis sie sich bei dem, was sie heute abend erfahren hatte, über alle ihre Gefühle im klaren wäre. Sechzehn Jahre verheiratet, und jetzt fragte sie sich, ob sie ihren Mann überhaupt kannte.

Der Wind peitschte den Schnee ans Fenster, und der Rahmen klapperte. Marsha drehte sich um und spähte auf das digitale Zifferblatt des Radioweckers. Es war eine halbe Stunde nach Mitternacht, und sie war immer noch hellwach. Neben sich hörte sie Victors rhythmisches Atmen.

Sie schwenkte die Füße über die Bettkante und tastete nach ihren Pantoffeln. Sie stand auf, nahm ihren Bademantel vom Stuhl in der Ecke, öffnete die Tür und trat auf den Gang hinaus.

Ein jäher Windstoß packte das Haus, und das alte Holzwerk ächzte. Sie überlegte, ob sie hinunter in ihr Arbeitszimmer gehen sollte, doch dann tappte sie den langen Korridor entlang zu VJs Zimmer. Sie drückte die Tür auf. VJ hatte sein Fenster einen Spaltbreit offengelassen, und der Wind zerrte an der Gardine. Marsha schlüpfte hinein und schob das Fenster lautlos herunter.

Dann schaute sie auf ihren schlafenden Sohn. Mit seinen

blonden Locken und dem rosigen Gesicht sah er ganz und gar wie ein Engel aus. Sie mußte sich beherrschen, ihn nicht zu berühren. Seine Abneigung gegen jede Zärtlichkeit war so stark, daß es manchmal schwerfiel, sich ihn und David als Brüder vorzustellen. Sie fragte sich, ob diese Abneigung gegen Umarmungen und Schmusen irgend etwas damit zu tun hatte, daß Victor ihm fremde Gene eingepflanzt hatte. Wahrscheinlich würde sie es nie erfahren. Aber sie wußte jetzt, daß ihre alte Sorge um den Jungen ihren Grund in der Wirklichkeit hatte.

Sie nahm die Kleider von dem Stuhl neben VJs Bett und setzte sich. Als Säugling war er beinahe zu brav gewesen. Er hatte kaum geweint und fast jede Nacht durchgeschlafen. Zu ihrem Erstaunen hatte er schon mit wenigen Monaten angefangen zu laufen.

Marsha erkannte, daß ihr begeisterter Stolz auf VJs Leistungen der Grund dafür gewesen war, daß sie sie nie in Frage gestellt hatte. Und gewiß hatte sie nicht den Verdacht gehabt, sie könnten künstlich gefördert worden sein. Jetzt sah sie, daß sie naiv gewesen war. VJs Intelligenz war mehr als genial. Sie erinnerte sich, wie ein französischer Wissenschaftler mit seiner Frau zu einem sechsmonatigen Aufenthalt nach Chimera gekommen war, als VJ gerade drei Jahre alt gewesen war. Ihre Tochter Michelle hatten sie in die Kindertagesstätte gebracht. Sie war fünf gewesen, und nach einer Woche hatte sie eine Anzahl englischer Sätze sagen können. Aber das Erstaunlichere war, daß VJ in derselben Zeit fließend Französisch sprechen gelernt hatte.

Und dann war sein dritter Geburtstag gekommen. Zur Feier des Tages hatte Marsha eine Überraschungsparty geplant und die meisten Kinder seines Alters aus dem Kinderhort dazu eingeladen. Als er am Samstag zum Mittagessen heruntergekommen war, hatte er ein Zimmer voll Mütter und Kinder vorgefunden, die allesamt »Happy Birthday!« geschrien hatten. Es war kein Erfolg geworden. VJ hatte Marsha beiseite genommen und gefragt: »Wieso lädst du diese Kinder ein? Ich muß mich jeden Tag mit denen plagen. Ich kann sie nicht leiden. Sie machen mich verrückt!«

Marsha war schockiert gewesen, aber gleichzeitig hatte sie sich gesagt, er sei schließlich so viel klüger als die anderen Kinder, daß es eine Strafe sei, ihn zum Umgang mit ihnen zu zwingen. Schon mit drei Jahren hatte VJ die Gesellschaft Erwachsener immer bevorzugt.

VJ drehte sich plötzlich um und murmelte etwas im Schlaf, und das holte Marsha zurück in die Gegenwart und zu all den Problemen, die sie so gern vergessen hätte. Er war ein so schönes Kind. Es war schwer, dieses unschuldig schlafende Gesicht mit der monströsen Wahrheit, die sie im Labor erfahren hatte, in Einklang zu bringen. Zumindest glaubte sie jetzt ein bißchen zu verstehen, weshalb er so kalt und gefühllos war. Vielleicht zeigte er deshalb so viele der Persönlichkeitsstörungen, die Jasper Lewis an den Tag legte. Wehmütig dachte sie, daß sie sich zumindest wegen ihrer Abwesenheit von zu Hause während VJs früher Kindheit keinen Vorwurf machen mußte.

Nun, solange Victor auf der neurologisch-medizinischen Untersuchung bestand, würde sie den Jungen einer Reihe von psychologischen Tests unterziehen. Schaden würde es ihm jedenfalls nicht.

6

Dienstag morgen

Sie fuhren mit zwei Autos nach Boston, da Victor anschließend gleich zu Chimera zurückkehren wollte. VJ zog es vor, mit Marsha zu fahren.

Die Fahrt an sich verlief ereignislos. Marsha versuchte, VJ zum Reden zu bringen, aber er beantwortete alle ihre Fragen mit einem knappen Ja oder Nein. Sie gab auf, bis sie nur noch wenige Minuten vom Kinderkrankenhaus entfernt waren.

»Hast du in letzter Zeit gelegentlich Kopfschmerzen?« fragte sie und brach damit das lange Schweigen.

»Nein«, antwortete VJ. »Mir geht's prima, das sage ich doch. Wieso diese plötzliche Sorge um meine Gesundheit?«

»Das ist eine Idee deines Vaters«, erklärte Marsha. Sie sah keinen Grund, dem Kind nicht die Wahrheit zu sagen. »Er nennt das Präventivmedizin.«

»Ich halte es für reine Zeitverschwendung«, meinte VJ.

»Hat sich an deinem Gedächtnis etwas geändert?« fragte Marsha.

»Ich sage doch«, fauchte VJ, »ich bin völlig normal!«

»Schon gut, VJ. Es gibt keinen Grund, wütend zu werden. Wir sind ja froh, daß du gesund bist, und wir möchten, daß es so bleibt.« Sie fragte sich, was der Junge wohl denken würde, wenn man ihm sagte, er sei eine Chimäre und habe Tiergene in seine Chromosomen gepflanzt bekommen.

»Erinnerst du dich noch, wie du drei Jahre alt warst und plötzlich nicht mehr lesen konntest?«

»Natürlich!«

»Wir haben nie viel über diese Zeit gesprochen«, sagte Marsha.

VJ wandte sich ab und schaute aus dem Fenster.

»Warst du denn eigentlich sehr aufgeregt darüber?« fragte Marsha.

VJ sah sie an. »Mutter, spiele bitte nicht Psychiaterin mit mir! Natürlich hat es mir etwas ausgemacht. Es war frustrierend, nicht mehr in der Lage zu sein, all das zu tun, was ich immer hatte tun können. Aber ich hab's wieder gelernt, und jetzt geht es mir ausgezeichnet.«

»Wenn du je darüber reden möchtest, stehe ich zur Verfügung. Daß ich nie darüber gesprochen habe, bedeutet nicht, daß es mir gleichgültig ist. Du mußt begreifen, daß es auch für mich eine belastende Zeit war. Als Mutter hatte ich schreckliche Angst, du könntest krank sein. Als dann klar war, daß dir nichts fehlte, habe ich vermutlich versucht, einfach nicht weiter daran zu denken.« VJ nickte nur.

Sie trafen sich im Wartezimmer bei Dr. Clifford Ruddock, dem Chef der Neurologischen Abteilung. Victor war eine Viertelstunde vor ihnen da. Kaum hatte VJ sich mit einer Illustrierten hingesetzt, nahm Victor seine Frau beiseite. »Ich habe gleich mit Dr. Ruddock gesprochen. Er ist einverstanden, VJs derzeitigen neurologischen Zustand mit den Befunden aus der Zeit des Intelligenzabsturzes zu vergleichen. Aber er ist ein bißchen mißtrauisch und will wissen, weshalb wir ihn ausgerechnet heute herbringen. Selbstverständlich hat er keine Ahnung von dem NGF-Gen, und ich habe nicht die Absicht, ihm etwas zu erzählen.«

»Natürlich nicht«, sagte Marsha.

Victor warf ihr einen Seitenblick zu. »Du wirst hoffentlich kooperativ sein!«

»Ich werde mehr als kooperativ sein«, erwiderte Marsha. »Sobald VJ hier fertig ist, werde ich ihn mit in die Praxis nehmen und ein Reihe von psychologischen Untersuchungen mit ihm durchführen.«

»Wozu das, um alles in der Welt?«

»Die Tatsache, daß du danach fragen mußt, verrät mir, daß ich es dir wahrscheinlich nicht erklären könnte.«

Dr. Ruddock, ein großer schlanker Mann mit aschblondem Haar, rief vor der Untersuchung die ganze Familie für einen Augenblick in sein Sprechzimmer. Er wollte wissen, ob der Junge sich an ihn erinnere. VJ bejahte: Vor allem an seinen Geruch.

Victor und Marsha lachten nervös.

»Es war Ihr Rasierwasser«, sagte VJ. »Sie benutzten Hermès Aftershave.«

Ein wenig verdattert über diese persönliche Bemerkung machte Dr. Ruddock alle mit Dr. Chris Stevens bekannt, seinem derzeitigen Mitarbeiter für Kinderneurologie.

Dr. Stevens untersuchte VJ. Mit Rücksicht auf die Tatsache, daß beide Eltern Mediziner waren, gestattete er ihnen, im Zimmer zu bleiben. Eine vollständige neurologische Untersuchung hatten sie noch nicht erlebt. Nach einer Stunde war VJs gesamtes Nervensystem begutachtet und für völlig normal befunden worden.

Dann machte Stevens sich an die Laborarbeit. Er nahm dem Jungen Blut zur routinemäßigen Untersuchung ab, und Victor ließ sich mehrere Röhrchen einfrieren, um sie nach Chimera Inc. mitzunehmen. Danach wurde VJ einem PET- und einem NMR-Scan unterzogen.

Für den PET-Scan wurden harmlose radioaktive, positronenemittierende Substanzen in den Arm injiziert, während sein Kopf in einen großen, wie eine Teigrolle geformten Apparat geschoben wurde. Die Positronen kollidierten mit Elektronen in VJs Gehirn und setzten bei jeder Kollision einen Energieblitz in Form von zwei Gammastrahlen frei. Kristalle im PET-Scanner zeichneten die Gammastrahlen auf, und ein Computer verfolgte den Lauf der Strahlung und formte ihn zu einem Bild.

Für den zweiten Test, den NMR-Scan, wurde VJ in einen knapp zwei Meter langen Zylinder gelegt, umgeben von mächtigen, durch flüssiges Helium tiefgekühlten Magneten. In dem daraus resultierenden Magnetfeld, sechzigtausendmal stärker als das Magnetfeld der Erde, richteten sich die Kerne der Wasserstoffatome in den Wassermolekülen von VJs Körper aus. Wenn die Atomkerne durch eine Radiowelle in einer speziellen Frequenz aus dieser Ausrichtung gebracht wurden, sprangen sie sofort zurück und gaben dabei selbst ein schwaches Radiosignal ab, das von Radiosensoren im Scanner aufgefangen und vom Computer in ein Bild verwandelt wurde.

Als alle Tests durchgeführt waren, ließ Dr. Ruddock VJs Eltern wieder in sein Zimmer kommen. VJ wartete draußen im Wartezimmer.

Victor war unübersehbar nervös; er schlug ein Bein über das andere und nahm es wieder herunter, und immer wieder fuhr er sich mit der Hand durch das Haar. Während der Tests hatte weder Dr. Stevens noch der Techniker irgendeinen Kommentar abgegeben. Am Ende war Victor wie gelähmt vor Anspannung.

»Nun«, begann Dr. Ruddock und befingerte ein paar Printouts und Graphiken von den Tests, »nicht alle Ergebnisse sind schon da, vor allem nicht die Blutuntersuchungen, aber wir haben hier etliche positive Befunde.«

Marsha wurde es flau im Magen.

»Der PET- und der NMR-Scan sind beide abnormal«, erklärte Dr. Ruddock. Er hob eine der farbigen PET-Scanner-Graphiken mit der linken Hand in die Höhe; in der rechten hielt er einen Montblanc-Füller. Sorgfältig deutete er nacheinander auf verschiedene Bereiche. »Es gibt eine deutlich erhöhte, aber diffuse Glukoseaufnahme in den zerebralen Hemisphären.«

Er ließ das Blatt sinken und nahm eine andere Farbgraphik. »Auf diesem NMR-Scan können wir die Ventrikel ganz deutlich erkennen.«

Mit klopfendem Herzen beugte Marsha sich vor, um besser sehen zu können.

»Es ist ganz offensichtlich«, fuhr Dr. Ruddock fort, »daß diese Ventrikel signifikant kleiner als normal sind.«

»Was bedeutet das denn bitte genau?« fragte Marsha zögernd.

Dr. Ruddock zuckte mit den Schultern. »Wahrscheinlich gar nichts. Die neurologischen Befunde sind nach Auskunft von Dr. Stevens völlig normal. Und diese Erkenntnisse hier sind zwar interessant, haben aber höchstwahrscheinlich keinerlei Auswirkung auf die Funktion. Mir fällt dazu im Augenblick nur ein, daß Sie ihm, wenn sein Gehirn derart viel Glukose verbraucht, Süßigkeiten geben sollten, wenn er viel zu denken hat.« Dr. Ruddock mußte über diesen Scherzversuch herzhaft lachen.

Einen Moment lang saßen Victor und Marsha beide wie betäubt da und versuchten, die Kluft zwischen den schlechten Nachrichten, die sie erwartet, und den guten, die sie bekommen hatten, zu überwinden. Victor erholte sich als erster. »Wir werden Ihren Rat unter allen Umständen befolgen«, sagte er leise glucksend. »Irgendwelche speziellen Süßigkeiten?«

Dr. Ruddock lachte von neuem; es gefiel ihm, daß sein Humor so gute Aufnahme fand. »Mars-Riegel wären die Therapie, die ich empfehlen würde!«

Marsha bedankte sich bei dem Arzt und lief zur Tür hinaus. Sie überraschte VJ unvorbereitet und umarmte ihn wie eine Bärenmutter, ehe er zurückweichen konnte. »Alles ist bestens«, flüsterte sie ihm ins Ohr. »Dir fehlt nichts.«

VJ entwand sich ihr. »Das wußte ich vorher. Können wir jetzt gehen?«

Victor tippte Marsha auf die Schulter. »Ich habe hier noch etwas zu erledigen und fahre dann direkt in die Firma, wir sehen uns zu Hause. Okay?«

»Es gibt ein ganz besonderes Abendessen«, sagte Marsha und wandte sich wieder VJ zu. »Wir können gehen, junger Mann, aber du bist noch nicht fertig. Wir fahren in meine Praxis. Ich habe noch ein paar Tests für dich.«

»Oh, Mom!« jammerte VJ.

Marsha lächelte. Er klang wie jeder andere Zehnjährige.

»Mach deiner Mutter die Freude!« sagte Victor. »Bis später, ihr beiden!« Er gab Marsha einen Kuß auf die Wange und zerzauste VJ das Haar.

Victor verließ das Untersuchungsgebäude und ging hinüber in das eigentliche Krankenhaus. Dort fuhr er mit dem Aufzug in die Pathologie und in Dr. Burghofens Büro. Die Sekretärin war nirgends zu sehen, und so streckte Victor den Kopf hinein und sah sich um. Burghofen saß vor einer Schreibmaschine und tippte mit den beiden Zeigefingern. Victor klopfte an den Türrahmen.

»Herein, herein!« sagte Burghofen mit einer einladenden Geste. Ein paar Augenblicke hackte er weiter auf die Schreibmaschine ein, dann gab er auf. »Ich weiß nicht, wieso ich das tue, aber meine Sekretärin meldet sich jeden zweiten Tag krank, und ich darf sie nicht rausschmeißen. Die Verwaltung dieser Abteilung ist eines Tages noch mein Tod.« Victor lächelte und nahm sich vor, daran zu denken, daß die akademische Arbeit ihre eigenen Beschränkungen hatte, wenn er das nächste Mal bei Chimera Inc. die Nase voll von Büroproblemen hätte.

»Ich wollte nur fragen, ob Sie die Autopsiebefunde der beiden Kinder schon haben, die am Zerebralödem gestorben sind«, sagte er.

Dr. Burghofens Blick wanderte über den Wust auf seinem Schreibtisch. »Wo ist das Clipboard?« fragte er – eine rhetorische Frage. Er drehte sich mit seinem Stuhl herum und fand, was er suchte, gleich hinter sich auf dem Regal. »Mal sehen«, sagte er und blätterte. »Da haben wir's: Maurice Hobbs und Mark Murray. Sind das die beiden?«

»Ja.«

»Die waren Dr. Shryack zugeteilt. Er ist wahrscheinlich gerade dabei.«

»In Ordnung, wenn ich mal nachschauen gehe?«

»Wenn Sie wollen.« Dr. Burghofen warf noch einen Blick auf sein Clipboard. »Autopsieraum drei.« Als Victor hinausgehen wollte, fragte er: »Sie sagten doch, Sie sind Doktor der Medizin, nicht wahr?«

Victor nickte.

»Dann viel Spaß!« Dr. Burghofen wandte sich wieder seiner Schreibmaschine zu.

Die pathologische Abteilung war neu wie das ganze Krankenhaus und mit den neuesten Apparaten ausgestattet. Alles war aus Stahl, Glas oder Kunststoff.

Die vier Autopsieräume sahen aus wie OP-Säle. Nur in einem wurde gearbeitet, und Victor ging schnurstracks hinein. Der Autopsietisch war aus glänzendem Edelstahl wie alle anderen sichtbaren Instrumente. Zwei Männer standen zu beiden Seiten des Tisches; sie blickten auf, als Victor erschien. Vor sich hatten sie ein kleines Kind, dessen Körper klaffte wie bei einem ausgenommenen Fisch. Hinter ihnen auf der Bahre lag zugedeckt ein zweiter kleiner Leichnam.

Victor überlief ein Schauder. Es war lange her, daß er eine Autopsie gesehen hatte, und er hatte vergessen, wie brutal dieser Anblick war. Vor allem, wenn es sich um ein Kind handelte.

»Können wir Ihnen helfen?« fragte der Arzt zur Rechten. Er trug eine Gesichtsmaske wie ein Chirurg, aber statt eines OP-Kittels hatte er eine Gummischürze an.

»Ich bin Dr. Frank.« Victor hatte Mühe, die aufsteigende Übelkeit niederzukämpfen. Von dem grauenhaften Anblick abgesehen tat der faulige Geruch, mit dem selbst die moderne Klimaanlage des Raums nicht fertig wurde, das seine. »Mich interessieren das Baby Hobbs und das Baby Murray. Dr. Burghofen hat mich heruntergeschickt.« Zögernd kam Victor durch den Raum. Er versuchte den kleinen, ausgeweideten Leichnam nicht anzuschauen. »Sind Sie Dr. Shryack?«

»Der bin ich.« Der Pathologe hatte eine angenehme Stimme und helle Augen. »Und das ist Samuel Harkinson.« Er wies auf seinen Assistenten. »Ihre Patienten, diese Kinder?«

»Eigentlich nicht«, antwortete Victor. »Aber ich möchte gern wissen, woran sie gestorben sind.«

»Willkommen im Club!« sagte Dr. Shryack. »Eine seltsame Geschichte! Kommen Sie her, und schauen Sie sich das Gehirn an!« Victor schluckte. Die Kopfhaut des Kindes war aufgeschnitten und über das Gesicht herabgezogen worden. Dann hatte man den Schädel rings um die Stirn aufgesägt und den Knochendeckel abgehoben. Unvermittelt sah Victor das Gehirn des Kindes, das aus der Umhüllung herausgequollen war und dem Kind das Aussehen eines außerirdischen Wesens gab. Die Windungen waren großenteils flachgedrückt, wo sie sich von innen gegen den Schädel gepreßt hatten.

»Das muß der schlimmste Fail von Zerebralödem sein, den ich je gesehen habe«, meinte Dr. Shryack. »Macht's uns verflixt schwer, das Gehirn herauszunehmen. Bei dem anderen habe ich eine halbe Stunde gebraucht.« Er deutete auf den zugedeckten Leichnam.

»Bis du raushattest, wie man's am besten macht«, bemerkte Harkinson mit dem leichten Cockney-Akzent.

»So ist es, Samuel.«

Als Harkinson den Kopf hielt und das geschwollene Gehirn zur Seite drückte, konnte Dr. Shryack sein Messer zwischen Gehirn und Schädelbasis schieben und den oberen Teil des Spinalnervs durchtrennen.

Mit einem dumpfen, reißenden Geräusch löste sich das Gehirn aus dem Schädel. Harkinson durchschnitt die Hirnnerven, und Dr. Shryack hob das Gehirn geschickt heraus und legte es in die Waagschale. Der Zeiger schwang wie wild hin und her und verharrte dann auf 3,2.

»Es ist ein ganzes Pfund schwerer als normal«, stellte Dr. Shryack fest, nahm das Gehirn mit behandschuhten Händen von der Waage und trug es zu einem Waschbecken, wo ständig das Wasser lief. Er spülte geronnenes Blut und andere Verunreinigungen ab und legte es dann auf einen hölzernen Block.

Mit erfahrenen Händen untersuchte Dr. Shryack das Gehirn nach groben pathologischen Auffälligkeiten. »Abgesehen von der Größe sieht es normal aus.«

Er wählte ein Messer aus einer Schublade und begann halbzolldicke Scheiben abzuschneiden. »Keine Blutung, kein Tumor, keine Infektion. Der NMR-Scanner hatte wieder mal recht.«

»Ich habe mich gefragt, ob ich Sie wohl um einen Gefallen bitten dürfte«, sagte Victor plötzlich. »Wäre es möglich, daß ich eine Probe davon in mein eigenes Labor mitnehme, um es dort untersuchen zu lassen?«

Dr. Shryack zuckte mit den Schultern. »Ich denke schon, aber es dürfte sich nicht herumsprechen. Es wäre ein tolles Ding für den *Boston Globe,* daß wir Hirngewebe abgeben. Ich frage mich, was da wohl aus unserem Autopsieanteil werden würde?«

»Ich werde es keiner Menschenseele sagen.«

»Wollen Sie diesen Fall hier – ich glaube, es ist das Hobbs-Kind –, oder wollen Sie den anderen?«

»Am liebsten beide, wenn Sie nichts dagegen haben.«

»Es ist wahrscheinlich das gleiche, ob ich Ihnen eine oder zwei Proben gebe«, meinte Dr. Shryack.

»Haben Sie die Grobuntersuchung der inneren Organe schon vorgenommen?« fragte Victor.

»Noch nicht«, sagte Shryack. »Die steht als nächstes auf der Tagesordnung. Wollen Sie zusehen?«

Victor zuckte mit den Schultern. »Wenn ich schon mal hier bin.«

Auf der Rückfahrt nach Lawrence war VJ noch weniger mitteilsam als am Morgen auf der Fahrt nach Boston. Er war offensichtlich wütend über die ganze Situation, und Marsha fragte sich, ob er kooperativ genug sein würde, um die psychologische Testerei der Mühe wert sein zu lassen.

Sie parkte der Praxis gegenüber. Drinnen warteten sie auf den Aufzug, obwohl sie nur in den ersten Stock mußten; die Tür zum Treppenhaus war von innen abgeschlossen. »Ich weiß, daß du wütend bist«, sagte Marsha. »Ich möchte, daß du dich einigen psychologischen Tests unterziehst. Wenn du allerdings nicht kooperativ bist, brauchen wir damit weder deine noch Jeans Zeit zu verschwenden. Drücke ich mich klar aus?«

»Völlig«, antwortete VJ knapp und fixierte Marsha mit seinen blitzenden blauen Augen.

»Also, wirst du mitarbeiten?« fragte sie, als die Aufzugtür sich öffnete.

VJ nickte eisig.

Jean war überglücklich, als sie kamen. Sie hatte große Mühe gehabt, mit den Terminen für Marshas Patienten zu jonglieren, aber es war ihr auf die übliche effiziente Weise gelungen.

Was VJ anging, so freute sie sich wirklich, ihn zu sehen, auch wenn er sie ohne große Begeisterung begrüßte und sich gleich entschuldigte, um auf die Toilette zu verschwinden.

»Er ist ein bißchen daneben«, erklärte Marsha, und sie berichtete Jean von der neurologischen Untersuchung und ihrem Wunsch, ihn einer Reihe fundamentaler Psychotests zu unterziehen.

»Das wird mir heute schwerfallen«, meinte Jean. »Während Sie den Vormittag über weg waren, hat das Telefon in einem fort geklingelt.«

»Schalten Sie den Auftragsdienst ein!« befahl Marsha. »Es ist wichtig, daß ich VJ teste.«

Jean nickte und machte sich sofort daran, die Formulare herauszuholen und den Computer vorzubereiten, damit er die Resultate errechnete und kontrollierte.

Als VJ von der Toilette kam, ließ Jean ihn gleich vor der Tastatur Platz nehmen. Da ihm einige der Tests bereits vertraut waren, fragte sie ihn, mit welchem er am liebsten anfangen wolle.

»Fangen wir mit den Intelligenztests an!« sagte VJ ganz freundlich.

Die nächsten anderthalb Stunden führte Jean den WAISR-Intelligenztest durch, zu dem sechs verbale und fünf Performanz-Tests gehörten. Aus Erfahrung wußte sie, daß VJ die Neigung hatte zu zögern, bevor er eine Frage beantwortete oder eine Aufgabe löste. Es war, als wollte er sich seiner Entscheidung doppelt sicher sein.

»Sehr gut!« lobte ihn Jean, als sie fertig waren. »Wie wär's jetzt mit dem Persönlichkeitstest?«

»Ist es der MMPI?« fragte VJ. »Oder der MCMI?«

»Ich bin beeindruckt«, sagte Jean. »Klingt, als hättest du ein bißchen gelesen.«

»Das ist leicht, wenn man eine Mutter hat, die Psychiaterin ist«, entgegnete VJ.

»Wir machen beide, aber fangen mit dem MMPI an«, sagte Jean. »Mich benötigst du dabei nicht. Es sind lauter Multiple-Choice-Fragen. Wenn du Probleme hast, brauchst du nur zu rufen.«

Jean ließ VJ im Testzimmer sitzen und kehrte zurück zur Annahme. Sie rief den Auftragsdienst an und ließ sich die Nachrichten durchgeben, die sich angesammelt hatten. Dann erledigte sie, was sie konnte, und als Marshas Patient gegangen war, brachte sie ihr die übrigen.

»Wie macht sich VJ?« fragte Marsha.

»Könnte nicht besser sein«, verkündete Jean.

»Er ist kooperativ?«

»Wie ein Lämmchen. Ja, es scheint ihm sogar Spaß zu machen.«

Marsha schüttelte erstaunt den Kopf. »Das muß an Ihnen liegen. Bei mir war er gräßlicher Laune.«

Jean faßte dies als Kompliment auf. »Er hat den WAIS-R hinter sich und sitzt mitten im MMPI. Welche Tests möchten Sie sonst noch? Einen Rorschach oder einen Thematischen Apperzeptionstest? Oder was?«

Marsha kaute einen Moment lang am Daumennagel. »Warum machen wir nicht noch den TAT und lassen den Rorschach einstweilen sausen? Der hat bis später Zeit.«

»Ich mache sie mit Vergnügen beide«, erklärte Jean.

»Belassen wir's beim TAT!« entschied Marsha und nahm die nächste Karteikarte zur Hand. »VJ ist in guter Stimmung, aber wir wollen's nicht übertreiben. Außerdem könnte es interessant sein, den TAT und den Rorschach abzugleichen, wenn sie an verschiedenen Tagen gemacht werden.« Sie rief den Patienten, dessen Karte sie in der Hand hielt, und verschwand zur nächsten Therapiesitzung.

Jean erledigte so viel Papierkram, wie sie konnte, und ging ins Testzimmer. VJ war in seinen Persönlicheitstest vertieft.

»Probleme?« fragte Jean.

»Ein paar von diesen Fragen sind wirklich zu toll.« VJ lachte. »Bei zweien gibt es keine angemessene Antwort.«

»Es kommt darauf an, die bestmögliche auszusuchen«, sagte Jean.

»Ich weiß«, erwiderte VJ. »Mach' ich ja.«

Als es Mittag wurde, legten sie eine Pause ein und gingen zum Krankenhaus hinüber. Dort aßen sie im Coffeeshop. Marsha und Jean nahmen Thunfischsalat-Sandwiches, und VJ aß einen Hamburger. Marsha stellte mit Befriedigung fest, daß VJs Haltung sich in der Tat geändert hatte. Allmählich fragte sie sich, ob sie sich nicht grundlos Sorgen gemacht hatte: Die Tests würden wahrscheinlich ein gesundes psychologisches Porträt liefern. Sie brannte darauf, Jean nach den bisherigen Resultaten zu fragen, aber sie wußte, daß das vor VJ nicht ging. Dreißig Minuten später waren sie alle wieder bei ihren jeweiligen Aufgaben.

Eine Stunde später schaltete Jean das Telefon erneut zum Auftragsdienst und kehrte in den Testraum zurück. Gerade als sie die Tür hinter sich schloß, meldete VJ sich: »So«, sagte er. »Fertig.«

»Sehr gut.« Jean war beeindruckt. VJ hatte die fünfhundertfünfzig Fragen in der Hälfte der üblichen Zeit beantwortet. »Möchtest du dich vor dem nächsten Test ein bißchen ausruhen?«

»Nein, bringen wir's hinter uns!« sagte VJ.

Neunzig Minuten lang legte Jean ihm die TAT-Karten vor. Jede zeigte ein Schwarzweißbild von Leuten in Situationen, die zu Reaktionen mit psychologischen Untertönen Anlaß gaben. VJ war aufgefordert zu beschreiben, was seiner Meinung nach auf jedem der Bilder vor sich gehe und wie den Leuten darauf zumute sei. Der Hintergedanke war, daß VJ seine Phantasien, Gefühle, Beziehungsmuster, Bedürfnisse und Konflikte in diese Bilder projizierte.

Bei manchen Patienten war der Test nicht leicht durchzuführen. Aber bei VJ merkte Jean unversehens, daß es ihr Spaß machte. Der Junge hatte kein Problem dabei, sich interessante Lösungen einfallen zu lassen, und seine Reaktionen waren ebenso logisch wie normal. Als der Test zu Ende war, hatte Jean den Eindruck, daß VJ für sein Alter emotional stabil, ausgeglichen und reif sei.

Als Marsha mit ihrem letzten Patienten fertig war, ging Jean zu ihr ins Sprechzimmer und reichte ihr die Computerausdrucke.

Den MMPI würden sie wegschicken, damit er durch ein Programm auf größerer Datenbasis evaluiert wurde, aber der PC gab ihnen schon einen vorläufigen Report.

Marsha sah die Papiere durch, während Jean ihren eigenen, positiven klinischen Eindruck darlegte. »Ich glaube, er ist ein vorbildliches Kind. Ich verstehe wirklich nicht, wie Sie sich seinetwegen Sorgen machen können.«

»Das ist beruhigend«, sagte Marsha und studierte die IQ-Resultate. Das Gesamtergebnis war hundertachtundzwanzig. Das war eine Abweichung um nur zwei Punkte seit dem letzten IQ-Test, den Marsha ein paar Jahre zuvor durchgeführt hatte. VJs Intelligenzquotient hatte sich also nicht verändert, und es war ein gutes, solides, gesundes Resultat, das jedenfalls deutlich über dem Durchschnitt lag. Aber eine Diskrepanz beunruhigte Marsha doch: eine Differenz von fünfzehn Punkten zwischen dem Verbal- und dem Performanz-IQ. Die verbale Intelligenz lag niedriger als die Performanzleistung, was auf ein kognitives Problem im Zusammenhang mit einer Sprachstörung deutete. Angesichts der guten Französischkenntnisse von VJ ergab das keinen Sinn.

»Ist mir auch aufgefallen«, sagte Jean, als Marsha sie danach fragte. »Aber da das Gesamtresultat so gut war, habe ich der Sache keine weitere Bedeutung beigemessen. Sie etwa?«

»Ich weiß nicht«, sagte Marsha. »Ich glaube, ich habe ein solches Resultat noch nie gesehen. Na ja, gehen wir mal weiter zum MMPI.«

Marsha zog die Resultate der Persönlichkeitsinventar-Tests zu sich heran. Der erste Teil bestand aus den sogenannten Wertigkeitsskalen. Und wieder erregte hier etwas sofort ihre Aufmerksamkeit. Die F- und die K-Skala waren leicht erhöht und an der Obergrenze dessen, was als normal gelten konnte. Auch darauf wies sie Jean hin.

»Aber sie sind noch im normalen Bereich«, beharrte Jean.

»Sicher«, sagte Marsha. »Doch Sie müssen bedenken, daß all das hier relativ ist. Wieso sollten VJs Wertigkeitsskalen nicht annähernd normal sein?«

»Er hat den Test schnell absolviert«, sagte Jean. »Vielleicht ist er ein bißchen nachlässig gewesen.«

»VJ ist niemals nachlässig«, widersprach Marsha. »Na, ich kann's nicht erklären. Schauen wir weiter!«

Den zweiten Teil des Reports bildeten die klinischen Skalen, und Marsha stellte fest, daß keine davon im abnormen Bereich lag. Besonders froh war sie, als sie sah, daß Skala vier und Skala acht besonders deutlich innerhalb der normalen Limits lagen. Die beiden Skalen bezogen sich auf psychopathische Abweichungen beziehungsweise auf schizophrenes Verhalten. Marsha tat einen Seufzer der Erleichterung, denn diese Skalen wiesen einen guten Bezug mit der klinischen Realität auf, und sie hatte befürchtet, sie könnten angesichts von VJs Geschichte erhöht sein.

Aber dann sah sie, daß Skala drei »hoch normal« war. Das würde bedeuten, daß VJ zur Hysterie tendierte und beständig Zuneigung und Aufmerksamkeit suchte, und Marsha hatte eindeutig andere Erfahrungen mit ihm.

»Hatten Sie den Eindruck, daß VJ kooperativ war, als er die Tests absolvierte?« fragte sie Jean.

»Unbedingt!«

»Vermutlich sollte ich über diese Ergebnisse glücklich sein.« Marsha nahm die Papiere, stellte sie senkrecht auf die Tischplatte und klopfte sie zurecht.

»Ich denke schon«, sagte Jean ermutigend.

Marsha klammerte die Papiere zusammen und warf sie in ihren Aktenkoffer. »Trotzdem, die Resultate im Wechsler und im MMPI sind leicht unnormal. Ha, vielleicht ist ›unerwartet‹ ein besserer Ausdruck. Mir wäre es lieber gewesen, wenn sie ohne Einschränkungen normal gewesen wären. Übrigens, wie hat er auf das TAT-Bild reagiert, auf dem der Mann mit erhobenem Arm vor dem Jungen steht?«

»VJ meinte, er erteile eine Lektion.«

»Der Mann oder der Junge?« fragte Marsha lachend.

»Auf jeden Fall der Mann.«

»Irgendwelche Feindseligkeit dabei?«

»Nein.«

»Warum hat der Mann den Arm erhoben?«

»Weil es um Tennis ging; der Mann erklärte, wie man einen Aufschlag macht.«

»Tennis?« wiederholte Marsha. »VJ hat sein Lebtag kein Tennis gespielt.«

Als Victor auf das Werksgelände von Chimera fuhr, sah er, daß der Schnee der vergangenen Nacht nirgends liegengeblieben war. Der Himmel war zwar noch bewölkt, aber die Temperatur deutlich über fünf Grad angestiegen.

Er parkte auf dem gewohnten Platz, doch statt geradewegs ins Verwaltungsgebäude zu gehen, nahm er die braune Tüte vom Beifahrersitz und begab sich ins Labor.

»Hab' hier eine extra eilige Arbeit für Sie«, sagte er zu seinem leitenden Techniker, Robert Grimes.

Grimes war ein überaus magerer, eindringlich blickender Mann, dessen Hemdkragen ihm viel zu weit waren, was seine Magerkeit noch betonte. In seinen leicht vorquellenden Augen lag der Ausdruck beständiger Überraschung.

Victor packte die tiefgekühlten Röhrchen mit VJs Blut und die Probenfläschchen mit den Hirngewebsproben der toten Kinder aus. »Ich möchte Chromosomenstudien davon.«

Grimes nahm die Blutproben und schüttelte sie, und dann betrachtete er die Gewebestücke. »Ich soll alles andere liegenlassen und das hier machen?«

»Richtig«, sagte Victor. »Ich brauche es so schnell wie möglich. Plus ein paar standardmäßige Neuralanalysen bei dem Hirngewebe.«

»Dann muß ich die Arbeit an dem Uterus-Implantat sausenlassen«, sagte Grimes.

»Dazu haben Sie meine Genehmigung.«

Victor verließ das Labor und ging ins Nebengebäude, wo der Zentralrechner stand. Es erhob sich im geometrischen Zentrum des Innenhofs, eine ideale Position, da man von hier aus leichten Zugang zu allen anderen Anlagen hatte. Das Hauptbüro lag im ersten Stock, und Victor hatte keine Mühe, Louis Kaspwicz zu finden. Es gab irgendwelche Hardware-Probleme, und Kaspwicz beaufsichtigte eine Anzahl Techniker, die wie bei einer Operation vor der offenen, großen Maschine standen.

»Haben Sie irgendwelche Informationen für mich?« fragte Victor.

Louis nickte, befahl den Technikern weiterzusuchen und führte Victor in sein Büro, wo er ein Loseblattjournal hervorholte, in dem die Computerlogs enthalten waren. »Ich habe herausgefunden, weshalb Sie diese Stichworte an Ihrem Terminal nicht abrufen konnten«, sagte Kaspwicz und begann, in dem Computerlog zu blättern.

»Warum nicht?« fragte Victor, als Kaspwicz immer weiter blätterte.

Kaspwicz fand nicht, was er suchte; er richtete sich auf und schaute sich in seinem Büro um. Sein Blick fiel auf ein einzelnes Blatt auf seinem Schreibtisch. »Ah«, sagte er und griff danach.

»Sie konnten die Stichworte zu Baby Hobbs und Baby Murray nicht abrufen, weil sie am 18. November gelöscht worden waren«, erklärte er und wedelte Victor mit dem Papier unter der Nase herum.

»Gelöscht?«

»Leider«, sagte Louis. »Das ist das Computerlog für den 18. November, und daraus geht zweifelsfrei hervor, daß die Dateien gelöscht wurden.«

»Merkwürdig. Sie können vermutlich nicht feststellen, wer sie gelöscht hat, oder doch?« fragte Victor.

»Natürlich«, antwortete Louis. »Ich brauche nur das Paßwort des Benutzers abzugleichen.«

»Und haben Sie das schon getan?«

»Ja.«

»Na, und wer war es?« Victor war gereizt. Es sah aus, als wolle Kaspwicz absichtlich Schwierigkeiten machen.

Kaspwicz blickte ihn an und schlug dann die Augen nieder. »Sie, Dr. Frank.«

»Ich?« Victor war überrascht. Das war das letzte, was er erwartet hatte. Allerdings entsann er sich, daß er in Betracht gezogen hatte, die Stichworte zu löschen, es vielleicht sogar irgendwann vorgehabt hatte; aber er konnte sich nicht erinnern, daß er es tatsächlich getan hatte.

»Tut mir leid«, sagte Louis und rutschte auf seinem Stuhl hin und her. Ihm war offensichtlich unbehaglich zumute.

»Das ist ganz in Ordnung.« Victor war selbst verlegen. »Danke, daß Sie sch darum gekümmert haben!«

»Gern geschehen«, sagte Louis.

Victor verließ das Rechenzentrum, verblüfft über diese

neue Information. Sicher, er war in letzter Zeit ein wenig vergeßlich, aber konnte er tatsächlich die Dateien gelöscht und das Ganze vergessen haben? Oder konnte es aus Versehen geschehen sein? Er überlegte, was er am 18. November getan hatte. Er ging ins Verwaltungsgebäude und stieg langsam die hintere Treppe hinauf. Während er im ersten Stock durch den Korridor zur Hintertür seines Büros schritt, beschloß er, seinen Terminkalender zu überprüfen. Er zog die Jacke aus, hängte sie auf und ging hinaus zu Colleen.

»Dr. Frank, Sie haben mich erschreckt!« rief sie, als Victor ihr auf die Schulter tippte. Sie hatte den Hörer des Diktaphons im Ohr und konzentrierte sich auf das Schreiben. »Ich hatte ja keine Ahnung, daß Sie hier sind.«

Victor entschuldigte sich.

»Wie war's im Krankenhaus?« fragte Colleen. Victor hatte sie am Morgen angerufen und ihr gesagt, daß er erst nachmittags kommen werde. »Ich hoffe, VJ fehlt nichts.«

»Ihm geht's prima«, erwiderte Victor. »Die Tests waren normal. Natürlich warten wir noch auf eine Anzahl Blutuntersuchungen. Aber sie werden sicher auch gut ausfallen.«

»Gott sei Dank!« sagte Colleen. »Sie haben mir einen schönen Schrecken eingejagt, als Sie heute morgen anriefen. Eine umfassende neurologische Untersuchung, das klingt schon ziemlich ernst.«

»Ich war selbst ein bißchen beunruhigt«, gab Victor zu.

»Vermutlich wollen Sie jetzt Ihre Telefonnachrichten«, sagte Colleen und spähte unter einen Stapel Papier auf ihrem ansonsten ordentlich aufgeräumten Schreibtisch. »Ich habe hier irgendwo eine ganze Tonne davon.«

»Warten Sie einen Moment!« bat Victor. »Könnten Sie den Kalender von 1988 noch mal heraussuchen? Besonders interessiert mich der 18. November.«

»Aber gewiß«, sagte Colleen. Sie legte den Diktaphonhörer ab und ging zum Aktenschrank.

Victor begab sich in sein Zimmer. Während er wartete, fiel

ihm der bedrohliche Anruf ein, den leider VJ hatte entgegennehmen müssen, und er überlegte, was da zu tun sei. Widerstrebend erkannte er, daß er nicht viel unternehmen konnte. Wenn er einen von denen fragte, mit denen er zur Zeit Probleme hatte, würde er es selbstverständlich abstreiten.

Colleen kam mit dem Kalender herein; der 18. November war bereits aufgeschlagen, als sie ihn Victor unter die Nase hielt. Es war ziemlich viel los gewesen an diesem Tag, aber nichts hatte auch nur das Geringste mit den verschwundenen Stichworten zu tun. Als letzter Eintrag war vermerkt, daß Victor mit Marsha im Another Season gegessen hatte und dann zur Boston Symphony gegangen war.

Marsha zog den Bademantel aus und schlüpfte in das herrlich warme Bett. Sie drehte die elektrische Heizdecke von »hoch« auf »drei« herunter. Victor war von der Wärme so weit wie möglich weggerutscht. Seine Hälfte der Heizdecke wurde nie benutzt. Er war schon seit über einer halben Stunde im Bett und las in einem Stapel wissenschaftlicher Zeitschriften.

Marsha drehte sich auf die Seite und betrachtete Victors Profil. Die scharfe Linie seiner Nase, die leicht hohlen Wangen, die schmalen Lippen das alles war Marsha so vertraut wie ihr eigenes Gesicht. Trotzdem erschien er ihr fremd. Sie hatte sich immer noch nicht ganz damit abgefunden, was er mit VJ gemacht hatte, und sie schwankte zwischen Unglauben, Wut und Angst, wobei die Angst alles andere beherrschte.

»Meinst du, diese Tests bedeuten, daß VJ okay ist?« fragte sie.

»Ich bin jedenfalls beruhigt«, antwortete Victor, ohne von seiner Zeitschrift aufzublicken. »Und du hast in Dr. Ruddocks Büro auch einen ziemlich frohen Eindruck gemacht.«

Marsha drehte sich auf den Rücken. »Das war die unmittelbare Erleichterung darüber, daß sich nichts Offensichtliches ergeben hat – ein Hirntumor etwa.« Sie sah Victor wieder an. »Aber es gibt immer noch keine Erklärung für den dramatischen Abfall seiner Intelligenz.«

»Das ist sechseinhalb Jahre her.«

»Ich fürchte auch jetzt noch, der Prozeß könnte wieder einsetzen.«

»Wenn's dir Spaß macht«, sagte Victor.

»Victor! Was immer du da lesen magst – kannst du es vielleicht einmal für einen Augenblick beiseite legen und mit mir sprechen?«

Victor ließ das offene Heft fallen. »Ich spreche mit dir.«

»Danke!« sagte Marsha. »Selbstverständlich bin ich froh, daß die körperliche Untersuchung normale Befunde erbracht hat. Aber die psychologischen Untersuchungen haben es nicht getan. Die Befunde waren unerwartet und ein wenig widersprüchlich.« Sie berichtete, was sie entdeckt hatte, und endete mit VJs relativ hohem Resultat auf der Hysterienskala.

»VJ ist nicht emotional«, erklärte Victor.

»Eben!«

»Anscheinend sagen die Resultate mehr über psychologische Tests als über irgend etwas anderes. Wahrscheinlich stimmen sie nicht.«

»Im Gegenteil«, erklärte Marsha. »Diese Tests gelten als äußerst zuverlässig. Aber ich weiß nicht, was ich davon halten soll. Leider verstärken sie lediglich mein Unbehagen. Ich kann nichts dafür; ich habe das Gefühl, daß etwas Schreckliches passieren wird.«

»Hör mal zu!« sagte Victor. »Ich habe das Blut von VJ mit ins Labor genommen. Ich lasse das Chromosom sechs isolieren. Wenn es sich nicht verändert hat, werde ich völlig zufrieden sein. Und du solltest es auch sein!« Er streckte die Hand aus, um ihren Schenkel zu tätscheln, aber sie zog das Bein weg. Er ließ die Hand auf das Bett fallen. »Wenn VJ leichte psychische Probleme hat – na, das ist doch etwas anderes; da können wir ihm eine Therapie verschaffen. Okay?«

Er hätte sie gern weiter beruhigt, aber er wußte nicht, was er noch sagen sollte. Von den verschwundenen Dateien würde er jedenfalls nichts erwähnen.

Marsha holte tief Luft. »Okay! Ich werde versuchen, mich zu entspannen. Du erzählst mir, was die DNS-Untersuchung ergeben hat, wenn du sie gesehen hast?«

»Auf jeden Fall«, sagte Victor und lächelte sie an. Sie brachte ebenfalls ein Lächeln zustande.

Victor nahm seine Zeitschrift und versuchte zu lesen, aber die fehlenden Dateien ließen ihm keine Ruhe. Wieder fragte er sich, ob es möglich war, daß er sie gelöscht hatte. Ja, möglich war es. Da sie keine Querverbindungen enthielten, war es unwahrscheinlich, daß jemand anders alle drei gelöscht haben sollte.

»Hast du herausgefunden, was bei diesen armen Babys die Todesursache war?« fragte Marsha.

Victor ließ die Zeitschrift wieder sinken. »Noch nicht. Die Autopsien sind noch nicht fertig. Die mikroskopischen Untersuchungen müssen noch gemacht werden.«

»Könnte es Krebs gewesen sein?« fragte Marsha nervös; sie mußte daran denken, wie David krank geworden war. Das war auch ein Datum, das Marsha niemals vergessen würde: der 17. Juni 1984. David war zehn gewesen, VJ fünf. Seit mehreren Wochen waren Sommerferien gewesen, und Janice hatte vor, mit den Kindern nach Castle Beach zu fahren.

Marsha war in ihrem Arbeitszimmer und packte ihre Sachen für die Praxis zusammen, als David in der Tür erschien. Seine dünnen Arme hingen schlaff herunter.

»Mommy, irgendwas stimmt nicht mit mir«, sagte er.

Marsha blickte nicht gleich auf; sie suchte nach einer Akte, die sie am Tag zuvor mit nach Hause gebracht hatte.

»Was ist denn los?« fragte sie, schloß eine Schublade und zog eine andere auf. Als David am Abend zuvor schlafen gegangen war, hatte er über Magenbeschwerden geklagt, aber Pepto-Bismol hatte ihm Linderung verschafft.

»Ich sehe nicht gut aus«, behauptete David mit traurigen Augen.

»Ich finde, du bist ein hübscher Junge«, erklärte Marsha und wandte sich suchend den Regalen hinter ihrem Schreibtisch zu.

»Aber ich werde ganz gelb«, stellte David fest.

Marsha hielt inne und drehte sich nach ihrem Sohn um. Der kam zu ihr gelaufen und verbarg das Gesicht an ihrem Busen. Er war ein zärtliches Kind.

»Wie kommst du darauf, daß du gelb wirst?« fragte sie und spürte de ersten Regungen der Angst. »Zeig mir mal dein Gesicht!« Behutsam drückte sie den Jungen von sich. Hoffentlich täuschte er sich, und es gab irgendeine lächerliche Erklärung für seine Befürchtung.

David ließ sich nicht wegschieben. »Es sind meine Augen«, sagte er, und seine Stimme klang gedämpft an ihrer Brust. »Und meine Zunge.«

»Deine Zunge kann von einem Zitronenbonbon gelb werden. Jetzt komm, und laß mich sehen!«

Das Licht in ihrem Arbeitszimmer war schlecht, und so ging sie mit ihm in den Flur, wo sie Davids Augen in dem Licht, das durch das Fenster hereinstrahlte, begutachtete. Sie hielt den Atem an. Kein Zweifel: Der Junge sah akut gelbsüchtig aus.

Am selben Tag zeigte die Computertomographie einen diffusen Lebertumor. Es war ein enorm aggressives Karzinom, das die Leber des Kindes innerhalb weniger Tage nach der Diagnose vollends zerstört hatte...

»Keines der Babys hatte Krebs«, sagte Victor gerade und riß Marsha damit aus ihren Gedanken. »Die Grobuntersuchungen ergaben keinerlei Hinweis auf irgendwelche Malignität.«

Marsha bemühte sich, das gespenstische Bild von Davids gelben Augen in dem hageren Gesicht abzuschütteln. Sogar seine Haut war rapide gelb geworden. Sie räusperte sich. »Wie groß sind die Chancen, daß der Tod der Babys durch die fremden Gene verursacht wurde, die du ihnen eingepflanzt hast?«

Victor, antwortete nicht gleich. »Ich möchte gern glauben, daß das Problem damit nichts zu tun hat, schließlich haben die mehreren hundert Tierexperimente auch keine Gesundheitsprobleme gebracht.«

»Aber mit Sicherheit kannst du es nicht ausschließen?«

»Nicht mit Sicherheit«, gestand Victor.

»Was ist mit den anderen fünf Zygoten?«

»Wie meinst du das?« fragte Victor. »Sie lagern im Gefrierschrank.«

»Sind sie normal, oder hast du sie auch mutiert?« wollte Marsha wissen.

»Sie haben alle das NGF-Gen«, antwortete Victor.

»Ich möchte, daß du sie vernichtest!« erklärte Marsha.

»Warum?«

»Du hast gesagt, du bedauerst, was du getan hast.« Marshas Stimme klang jetzt ärgerlich. »Und nun fragst du mich, weshalb du sie vernichten sollst?«

»Ich werde sie nicht implantieren. Das kann ich dir versprechen. Aber vielleicht brauche ich sie noch, um herauszufinden, was mit Hobbs' und Murrays Babys schiefgegangen ist. Vergiß nicht, ihre Zygoten waren eingefroren! Das ist der einzige Unterschied zwischen ihnen und VJ.«

Marsha betrachtete Victors Gesicht. Es war ein schreckliches Gefühl, zu erkennen, daß sie nicht wußte, ob sie ihm glaubte oder nicht. Der Gedanke, daß diese Zygoten potentiell entwicklungsfähig waren, gefiel ihr nicht.

Bevor sie weiter argumentieren konnte, ließ ein Krachen die Nacht zerbersten. Noch ehe das Klirren von Glas verhallt war, gellte ein schriller Schrei aus VJs Zimmer. Marsha und Victor sprangen aus dem Bett und rannten schnurstracks den Gang hinunter.

7

Dienstag nacht

VJ lag zu einer Kugel zusammengerollt auf seinem Bett und drückte beide Hände an den Kopf. Mitten im Zimmer, auf dem Teppich, lag ein Ziegelstein. Ein rotes Band war darum geschlungen, und darunter steckte ein Stück Papier, so daß das Ganze aussah wie ein Geschenkpaket. VJs Fensterscheibe war eingeschlagen, und Glasscherben lagen überall im Zimmer. Offenbar war der Ziegel von der Zufahrt heraufgeschleudert worden.

Victor streckte die Hand aus und hinderte Marsha daran, ins Zimmer und zu VJs Bett zu stürzen.

»Achtung, das Glas!« rief er.

»VJ, ist alles in Ordnung?« schrie Marsha.

VJ nickte.

Victor langte um Marsha herum und packte den orientalischen Läufer, der im Korridor lag. Er zog ihn herein und ließ ihn quer durch VJs Zimmer zum Fenster rollen. Dann lief er darauf entlang zum Fenster und spähte in die Zufahrt hinunter. Er sah niemanden.

»Ich laufe raus«, sagte er und drängte sich an Marsha vorbei.

»Spiel nicht den Helden!« rief Marsha ihm nach, aber Victor war schon halb unten. »Und du rührst dich nicht von der Stelle!« sagte sie zu VJ. »Hier liegt so viel Glas, daß du dich sonst schneidest. Ich bin gleich wieder da.«

Marsha rannte ins Schlafzimmer und zog hastig Pantoffeln und Bademantel an. Dann kehrte sie zu VJs Zimmer zurück und konnte endlich auch sein Bett erreichen. VJ ließ sich von ihr in den Arm nehmen. »Festhalten!« sagte sie und wuchtete ihn mühsam aus dem Bett. Er war schwerer, als sie gedacht hatte. Sie taumelte auf den Gang hinaus und war froh, als sie ihn dort absetzen konnte.

»Noch ein paar Monate, und ich schaffe das nicht mehr«, sagte sie ächzend. »Du wirst mir zu groß.«

»Ich werde herausfinden, wer das getan hat«, fauchte VJ, als er seine Stimme wiedergefunden hatte.

»Bist du erschrocken, mein Schatz?« fragte Marsha und streichelte ihm über den Kopf.

VJ wich ihrer Hand aus. »Ich werde herausfinden, wer diesen Stein geworfen hat, und ich werde ihn umbringen.«

»Du bist jetzt in Sicherheit«, sagte Marsha besänftigend. »Du kannst dich beruhigen. Ich weiß, du bist aufgeregt, aber jetzt ist alles wieder gut. Niemandem ist etwas passiert.«

»Ich werde ihn umbringen«, beharrte VJ. »Du wirst sehen, ich bringe ihn um.«

»Okay«, sagte Marsha. Sie wollte ihn wieder an sich ziehen, aber er sperrte sich. Sie schaute ihn an. Seine blitzenden Augen blickten mit durchbohrender, ganz unkindlicher Intensität. »Laß uns ins Arbeitszimmer hinuntergehen!« sagte sie. »Ich will die Polizei anrufen.«

Unterdessen rannte Victor die Zufahrt entlang, blieb an der Straße stehen und schaute nach rechts und nach links. In der übernächsten Einfahrt wurde ein Wagen angelassen. Während Victor noch überlegte, ob er hinspurten sollte, sah er, wie die Scheinwerfer aufstrahlten und der Wagen davonfuhr. Die Marke vermochte er nicht zu erkennen.

Frustriert warf er, aber er konnte nicht treffen. Er drehte sich um und lief zum Haus zurück. Marsha und VJ fand er in ihrem Arbeitszimmer. Anscheinend hatten sie miteinander gesprochen, aber als Victor eintrat, verstummten sie.

»Wo ist der Stein?« fragte Victor atemlos.

»Noch in VJs Zimmer«, sagte Marsha. »Wir waren damit beschäftigt, darüber zu diskutieren, wie VJ denjenigen, der ihn geworfen hat, umbringt.«

»Das tue ich auch!« versprach VJ.

Victor stöhnte auf; er wußte, Marsha würde dies als weiteren Hinweis darauf betrachten, daß er gestört war. Er ging hinauf ins Zimmer seines Sohnes. Der Ziegelstein lag noch da, wo er hingeflogen war, nachdem er VJs Fenster zerbrochen hatte. Er bückte sich und zog das Papier unter dem Band hervor. »Denke an die Abmachung!« lautete die maschinengeschriebene Botschaft. Victor verzog angewidert das Gesicht. Wer, zum Teufel, war das gewesen?

Er nahm Stein und Zettel mit hinunter ins Arbeitszimmer und zeigte beides Marsha. Sie wollte etwas sagen, als die Türglocke läutete.

»Was ist jetzt wieder los?« fragte Victor.

»Wird die Polizei sein.« Marsha stand auf. »Ich habe sie angerufen, als du draußen warst.« Sie ging öffnen.

Victor sah VJ an.

»Angst gekriegt, was, Tiger?«

»Ich denke, das liegt auf der Hand«, antwortete VJ. »Jeder wäre erschrocken.«

»Ich weiß«, sagte Victor. »Ich bedaure, daß du bei alldem der Hauptleidtragende bist – ich meine, der Anruf gestern abend, und heute dieser Ziegelstein... Du verstehst es sicher nicht, aber ich habe ein paar Personalprobleme im Labor. Ich will sehen, was ich unternehmen kann, damit so etwas nicht noch einmal vorkommt.«

»Ist nicht so wichtig«, meinte VJ.

»Ich weiß es zu schätzen, daß du die Sache sportlich nimmst«, sagte Victor. »Komm laß uns mit der Polizei sprechen!«

»Die Polizei wird nichts unternehmen«, erklärte VJ. Aber er stand auf und ging hinunter.

Victor folgte ihm. Er war der gleichen Ansicht, doch es wunderte ihn, daß VJ es mit seinen zehn Jahren auch schon annahm.

Die Polizei von North Andover zeigte sich höflich und fürsorglich. Ein Sergeant Widdicomb, begleitet von einem Streifenpolizisten namens O'Connor, war gekommen. Widdicomb war mindestens fünfundsechzig; er hatte ein rotes Gesicht und einen Bierbauch. O'Connor war das Gegenteil; er war noch keine dreißig und sah aus wie ein Athlet. Widdicomb übernahm das Reden.

Als Victor und VJ im Flur erschienen, las Widdicomb gerade die Botschaft, während O'Connor den Ziegel in den Händen drehte. Widdicomb reichte Marsha den Zettel zurück. »Was für 'ne verteufelt gräßliche Geschichte«, sagte er. »Früher ist so was nur in Boston passiert, aber nicht hier draußen.« Widdicomb zog einen Notizblock hervor, leckte an einem Bleistift und fing an zu schreiben. Er stellte die erwarteten Fragen: Wann es passiert war, ob sie jemanden gesehen hatten, ob im Zimmer des Jungen Licht gebrannt hatte. VJ verlor rasch das Interesse und verschwand in der Küche.

Als ihm die Fragen ausgegangen waren, bat Widdicomb, sich im Garten umsehen zu dürfen.

»Aber bitte!« Marsha wies zur Tür.

Als die Polizisten draußen waren, wandte sie sich Victor zu. »Gestern abend hast du erklärt, ich sollte mir wegen des Drohanrufs keine Sorgen machen; du würdest dich schon darum kümmern.«

»Ich weiß ...«, sagte Victor schuldbewußt. Sie wartete, daß er weitersprach, aber Victor schwieg.

»Ein Drohanruf ist eine Sache«, fuhr sie schließlich fort. »Aber ein Ziegelstein, der durch das Kinderzimmerfenster fliegt, ist eine andere. Ich habe dir gesagt, daß ich keine weiteren Überraschungen vertragen kann. Du solltest mir von den Büroproblemen erzählen, die du da erwähnt hast!«

»Ja. Aber vorher will ich einen Drink besorgen. Ich glaube, ich kann einen brauchen.«

VJ hatte im Wohnzimmer die Johnny-Carson-Show eingeschaltet; er hatte den Ellbogen aufgestützt und starrte in den Fernseher. Seine Augen blickten glasig.

»Ist alles in Ordnung?« rief Marsha ihm von der Küchentür her zu.

»Ja.« VJ wandte nicht den Kopf.

»Ich denke, wir sollten ihm Gelegenheit geben, sich zu entspannen«, meinte Marsha, zu Victor gewandt, der damit beschäftigt war, ihnen einen Grog zusammenzumixen.

Mit den Bechern in der Hand setzten sie sich an den Küchentisch. In Kurzform umriß Victor die Kontroverse mit Ronald, die Unterredung mit Gephardts Anwalt, Sharon Carvers Drohungen und die unglückselige Angelegenheit mit Hurst. »Da hast du's«, schloß er. »Eine ganz normale Woche im Büro.«

Marsha dachte über die vier Unruhestifter nach. Ronald kam nicht in Frage, aber von den drei anderen konnte es jeder gewesen sein.

»Was soll diese Botschaft?« fragte sie. »Von welcher Abmachung ist da die Rede?«

Victor trank einen Schluck, stellte den Becher auf den Tisch und griff nach dem Zettel. Er studierte ihn einen Augenblick lang und sagte dann: »Ich habe nicht die leiseste Ahnung. Ich habe mit niemandem irgendwelche Abmachungen getroffen.« Er warf das Papier auf den Tisch.

»Aber jemand ist offenbar anderer Ansicht«, stellte Marsha fest.

»Hör mal, jeder, der imstande ist, uns einen Stein ins Fenster zu werfen, ist auch imstande, sich irgendeine mysteriöse Abmachung zusammenzuspinnen. Aber ich werde jeden von denen ansprechen und ihnen deutlich zu verstehen geben, daß wir nicht die Absicht haben, tatenlos herumzusitzen und uns von ihnen Steine in die Fenster werfen zu lassen.«

»Was hältst du von einer Sicherheitsfirma?« fragte Marsha.

»Wäre eine Idee«, meinte Victor. »Aber laß mich morgen erst mal meine Gespräche führen! Ich habe so das Gefühl, daß unser Problem damit gelöst ist.«

Wieder läutete es an der Haustür.

»Ich mach' schon auf«, sagte Victor.

Marsha erhob sich und ging ins Wohnzimmer. Der Fernseher lief noch, aber statt Johnny Carson war jetzt *David Letterman* am Zuge. Es war spät geworden. VJ schlief fest. Marsha schaltete den Fernsehapparat ab und betrachtete ihren Sohn. Er sah so friedlich aus. Von der intensiven Feindseligkeit, die er eben noch zur Schau getragen hatte, war keine Spur mehr. O Gott, dachte sie: Was hatte Victors Experiment nur aus ihrem geliebten Baby gemacht?

Die Haustür fiel ins Schloß, und Victor kam zurück. »Die Polizei hat nichts gefunden. Sie haben gesagt, sie werden das Haus in der kommenden Woche nach besten Kräften im Auge behalten.« Sein Blick fiel auf VJ. »Wie ich sehe, hat er sich erholt.«

»Ich wünschte es«, sagte Marsha wehmütig.

»Ach, jetzt hör auf! Ich möchte keinen Vortrag über seine Feindseligkeit und all den Blödsinn hören.«

»Vielleicht hat es ihn wirklich aus der Fassung gebracht, als sein IQ nachließ«, sagte sie und hing ihren eigenen Gedanken nach. »Kannst du dir vorstellen, wie es sein Selbstwertgefühl beeinträchtigt haben muß, als seine besonderen Fähigkeiten sich in Luft auflösten?«

»Das Kind war erst dreieinhalb Jahre alt«, erwiderte Victor in flehentlichem Ton.

»Ich weiß, daß du nicht meiner Meinung bist«, erwiderte Marsha und warf noch einen Blick auf den schlafenden Jungen. »Aber ich habe schreckliche Angst. Ich bin sicher, dein genetisches Experiment hat Folgen für seine Zukunft.«

Am nächsten Morgen waren die Temperaturen um neun Uhr schon auf fast fünfzehn Grad gestiegen. Die Sonne schien, und Victor hatte im Auto beide Vorderfenster heruntergedreht und das Sonnendach geöffnet. Die Luft duftete erdig, ein Geruch, der den kommenden Frühling ankündigte. Victor trat aufs Gaspedal und ließ den Wagen auf den kurzen geraden Strecken zügig rollen.

Er warf einen Blick zu VJ hinüber, der sich von dem Abend zuvor restlos erholt zu haben schien. Er hatte den Arm zum Fenster hinausgestreckt, und seine offene Hand spielte mit dem Wind. Es war eine einfache Gebärde, ganz normal. Victor erinnerte sich, daß er es in VJs Alter oft auch so gemacht hatte.

Während er seinen Sohn anschaute, wollten ihm Marshas Befürchtungen nicht aus dem Kopf gehen. Dem Jungen fehlte anscheinend nichts, aber konnte das Implantat seine Entwicklung beeinflußt haben? VJ war ein Einzelgänger. In dieser Hinsicht hatte er jedenfalls nicht die geringste Ähnlichkeit mit irgendeinem in der Familie.

»Wie ist dein Freund Richie eigentlich?« fragte Victor plötzlich.

VJ warf ihm einen Blick zu, in dem sich Verdruß und Unglaube mischten. »Du klingst wie Mutter«, sagte er.

Victor lachte. »Vermutlich. Aber im Ernst – was für ein Junge ist Richie? Wieso haben wir ihn noch nicht kennengelernt?«

»Er ist ganz okay«, erwiderte VJ. »Ich sehe ihn jeden Tag in der Schule. Ich weiß nicht – zu Hause haben wir unterschiedliche Interessen. Er sitzt viel vor dem Fernseher.«

»Wenn ihr zwei diese Woche nach Boston möchtet, kann jemand aus der Firma euch hinfahren.«

»Danke, Dad! Mal sehen, was Richie meint.«

Victor lehnte sich zurück. Offenbar hatte der Junge Freunde. Er nahm sich vor, Marsha heute abend an Richie zu erinnern.

Als Victor in seinen Parkplatz einbog, erschien Philips wuchtige Gestalt wie durch Zauberei vor der Frontscheibe. Als er VJ erblickte, erstrahlte ein Lächeln auf seinem breiten Gesicht. Er packte die Stoßstange und schüttelte den ganzen Wagen.

»Du meine Güte!« sagte Victor.

VJ sprang aus dem Auto und versetzte dem Mann einen Boxhieb auf den Oberarm. Philip tat, als verliere er das Gleichgewicht, taumelte ein paar Schritte zurück und hielt sich den Arm. VJ lachte, und die beiden wandten sich ab.

»Moment mal!« rief Victor. »Wo wollt ihr hin?«

VJ drehte sich um und zuckte mit den Schultern. »Ich weiß nicht. In die Cafeteria oder in die Bibliothek. Wieso? Soll ich noch was machen?«

»Nein«, antwortete Victor. »Ich will nur, daß du dich vom Fluß fernhältst. Bei dem warmen Wetter wird er noch weiter steigen.« Im Hintergrund hörte man das Rauschen des Wassers, das über das Wehr strömte.

»Keine Sorge!« sagte VJ. »Bis später!«

Victor sah ihnen nach, als sie um die Ecke gingen und in Richtung Cafeteria verschwanden. Sie bildeten ein wunderliches Paar, die beiden.

In seinem Büro machte Victor sich gleich an die Arbeit. Colleen teilte ihm das Neueste zu allen Angelegenheiten mit, die heute zu erledigen waren. Victor delegierte, was er konnte, und legte alles, was er selbst übernehmen mußte, in einem säuberlichen Stapel auf seinen Schreibtisch. Dann holte er den Zettel hervor, der an den Ziegelstein gebunden gewesen war.

»›Denke an die Abmachung‹«, las er laut. »Was, zum Teufel, soll das heißen?« In plötzlicher Wut griff er zum Telefonhörer und rief Gephardts Anwalt, William Hurst und Sharon Carver an. Keinem gab er Gelegenheit, etwas zu sagen; kaum hatten sie sich gemeldet, brüllte er, es gebe keine Abmachung, und er werde jedem, der seine Familie belästige, die Polizei auf den Hals hetzen.

Danach kam er sich ein bißchen albern vor, aber er hoffte, daß der Schuldige es sich jetzt zweimal überlegen würde, ehe er es noch einmal versuchte. Ronald rief er nicht an; er konnte sich nicht vorstellen, daß sein alter Freund sich zu solchen Gewalttätigkeiten hinreißen ließ.

Als das erledigt war, nahm er die erste von Colleens Notizen zur Hand und begann mit den Geschäften des Tages.

Marshas Tag verging in einem scheinbar endlosen Strom von schwierigen Patienten, bis eine Absage kurz vor der Mittagspause ihr Gelegenheit gab, sich eine Stunde lang mit VJs Testergebnissen zu befassen. Als sie sie hervorholte, dachte sie an seine intensive Wut über den Ziegelsteinwerfer. Sie betrachtete die klinische Skala vier, die solche unterdrückte Feindseligkeit widerspiegeln sollte. VJs Resultat lag deutlich unterhalb dessen, was sie bei seinem Verhalten erwartet hätte.

Marsha stand auf, streckte sich und schaute zum Fenster hinaus. Leider ging der Blick hier auf einen Parkplatz, aber dahinter lagen Felder und welliges Hügelland. Die Bäume hatten alle noch ihr winterlich totes Aussehen; ihre Äste standen wie Skelette vor dem blaßblauen Himmel.

So viel zu psychologischen Tests, dachte sie, und sie wünschte, sie hätte mit Janice Fay reden können. Die Frau hatte bis zu ihrem Tod 1985 bei ihnen gelebt. Wenn irgend jemand einen Einblick in die Veränderung von VJs Intelligenz hätte haben können, wäre sie es gewesen. Die einzige andere Erwachsene, die in dieser Periode eine enge Beziehung zu VJ gehabt hatte, war Martha Gillespie in der Vorschule gewesen, mit der VJ vor seinem zweiten Geburtstag angefangen hatte.

Einem Impuls folgend, rief Marsha zu Jean hinaus: »Ich glaube, ich lasse das Mittagessen heute ausfallen; gehen Sie nur, wohin Sie möchten! Aber vergessen Sie nicht, den Auftragsdienst einzuschalten!«

Jean saß geschäftig vor der Schreibmaschine und winkte bloß zum Zeichen, daß sie verstanden hatte.

Fünf Minuten später fuhr Marsha mit fünfundsechzig Meilen pro Stunde über die Interstate. An der nächsten Ausfahrt aber bog sie schon ab und war bald wieder auf schmalen Landstraßen unterwegs.

Die Vorschule war eine bezaubernde Ansammlung gelber Häuser mit weißem Zieranstrich und weißen Fensterläden auf dem Gelände eines sehr viel größeren Landhauses. Marsha fragte sich, wie die Schule sich über Wasser halten mochte, aber man munkelte, daß sie für Martha Gillespie eher so etwas wie ein Hobby sei. Martha war jung verwitwet und hatte ein Vermögen geerbt.

»Natürlich erinnere ich mich an VJ«, erklärte sie mit gespielter Entrüstung, als Marsha sie im Verwaltungshäuschen gefunden hatte. Sie war an die Sechzig, hatte schneeweißes Haar und muntere rosige Wangen. »Ich kann mich lebhaft an ihn erinnern, vom ersten Tag an. Er war ein höchst außergewöhnlicher Junge.«

Auch Marsha erinnerte sich an diesen ersten Tag. Sie hatte VJ früh hergebracht, besorgt wegen seiner möglichen Reaktion, denn er war noch nie allein von zu Hause fort gewesen, ohne daß Janice oder sie selbst ihn begleitet hatte. Dies würde seine erste Berührung mit derartiger Unabhängigkeit werden. Aber wie sich gezeigt hatte, sollte die Anpassung für Marsha schwieriger werden als für ihren Sohn, der sich ohne einen Blick zurück in eine Gruppe von Kindern gestürzt hatte.

»Ich weiß noch«, sagte Martha, »daß er alle anderen Kinder am Ende des ersten Tages so weit hatte, daß sie genau das taten, was er wollte. Und da war er nicht mal zwei!«

»Dann erinnern Sie sich auch, wie seine Intelligenz plötzlich abstürzte?«

Martha schwieg und sah Marsha forschend an. »Ja«, sagte sie schließlich. »Daran erinnere ich mich auch.«

»Was wissen Sie noch über die Zeit danach?«

»Wie geht es dem Jungen heute?«

»Gut, hoffe ich«, antwortete Marsha.

»Wollen Sie sich der Aufregung aus einem speziellen Grund noch einmal aussetzen?« fragte Martha Gillespie. »Ich kann mich erinnern, daß Sie damals völlig erledigt waren.«

»Um ehrlich zu sein«, sagte Marsha, »ich habe schreckliche Angst, das gleiche könnte noch einmal passieren. Ich dachte mir, wenn ich etwas mehr über die erste Episode In Erfahrung bringe, kann ich eine zweite vielleicht verhindern.«

»Ich weiß nicht, ob ich Ihnen da sehr viel weiterhelfen kann«, meinte Martha. »Es war bestimmt eine gewaltige Veränderung, und sie kam sehr schnell zustande. VJ verwandelte sich aus einem selbstbewußten Kind, dessen geistige Kapazitäten schier grenzenlos zu sein schienen, in einen zurückgezogenen Jungen, der nur wenige Freunde hatte. Nicht, daß er autistisch geworden wäre. Zwar zog er sich zurück, aber was um ihn herum vor sich ging, war ihm stets auf beinahe gespenstische Weise bewußt.«

»Hatte er weiterhin Beziehungen zu anderen Kindern seines Alters?« fragte Marsha.

»Wenig. Wenn wir ihn zwangen, sich irgendwo zu beteiligen, machte er immer bereitwillig mit, aber wenn man ihn sich selbst überließ, sah er nur zu. Wissen Sie, eins war dabei wirklich sonderbar: Immer, wenn wir darauf bestanden, daß VJ sich an irgendeinem Spiel beteiligte, dann ließ er die anderen Kinder gewinnen. Das war merkwürdig, weil er bis dahin immer gewonnen hatte, ganz gleich, wie alt die anderen Kinder waren.«

»Das ist wirklich merkwürdig.« Marsha nickte.

Als sie später zurück in die Praxis fuhr, ging ihr der dreieinhalbjährige VJ, der die anderen Kinder gewinnen ließ, nicht aus dem Sinn. Das erinnerte sie an die Swimmingpool-Geschichte vom Sonntag abend. In ihrer ganzen Erfahrung mit kleinen Kindern hatte Marsha einen solchen Zug noch nicht erlebt.

»Erstklassig!« sagte Victor, als er einen der Objektträger hochhielt und die Deckenbeleuchtung hindurchschien. Er sah die papierdünne Scheibe Hirngewebe unter der Klarsichtversiegelung auf dem Glasplättchen.

»Das ist der Golgi-Fleck«, erklärte Robert Grimes. »Sie haben da auch noch einen Cajal und einen Bielschowsky. Wenn Sie andere wollen, geben Sie mir Bescheid!«

»Gut«, sagte Victor, wie gewöhnlich hatte Grimes in weniger als vierundzwanzig Stunden mehr zuwege gebracht, als ein schlechterer Techniker in mehreren Tagen geschafft hätte.

»Und hier sind die Chromosomenpräparate.« Robert reichte ihm ein Tablett. »Alles etikettiert.«

»Gut«, wiederholte Victor.

Er nahm die Präparate und ging quer durch das Hauptlabor zu den Lichtmikroskopen. Er setzte sich an eines und schob den ersten Objektträger in das Instrument. Auf dem Etikett stand *Hobbs, Lobus frontalis rechts.*

Victor drehte das Mikroskop herunter, bis das Objektiv den Objektträger fast berührte. Dann beugte er sich über das Doppelokular und justierte die Schärfe.

»Gütiger Gott!« rief er, als das Bild klar war. Es gab kein Anzeichen für Malignität, aber die Wirkung war die gleiche, die auch ein Tumor gehabt hätte. Die Kinder waren nicht an Gehirnödem oder einer Flüssigkeitsakkumulation gestorben. Was Victor statt dessen sah, deutete klar auf eine diffuse mitotische Aktivität: Die Nervenzellen des Gehirns hatten sich geteilt, wie sie es eigentlich nur in den ersten zwei Monaten der embryonalen Entwicklung taten.

Victor betrachtete schnell hintereinander die übrigen Präparate des Hobbsschen Gehirns; dann studierte er das Gewebe von Murrays Baby. Überall das gleiche: Die Nervenzellen hatten sich in einem geradezu furiosen Tempo vervielfacht. Im geschlossenen Schädelraum hatten sie keine andere Möglichkeit gehabt, als das Gehirn in den Wirbelkanal hinunterzupressen, und die Folgen waren natürlich tödlich gewesen.

Entsetzt und gleichzeitig erstaunt nahm Victor das Tablett mit den Objektträgern, verließ das Lichtmikroskop und lief eilig in den Raum, in dem das Elektronenmikroskop stand.

Hier sah es aus wie in der Kommandozentrale eines modernen elektronischen Waffensystems.

Das Instrument selbst ähnelte einem konventionellen Mikroskop nicht mehr im geringsten. Es hatte ungefähr die Größe eines Kühlschranks. Der eigentliche Betriebsteil war ein Zylinder von etwa dreißig Zentimetern Durchmesser und einem knappen Meter Höhe. Eine elektrische Leitung mündete oben in den Zylinder und diente als Elektronenquelle. Die Elektronen wurden von Magneten fokussiert, die etwa die Funktion der gläsernen Linsen in einem optischen Mikroskop erfüllten. Neben dem Gerät stand ein stattlicher Computer, der die in einzelne Ebenen aufgelösten Bilder des Elektronenmikroskops analysierte und zu einem dreidimensionalen Bild zusammenfügte.

Robert hatte das Chromatinmaterial aus einigen im Anfangsprozeß der Teilung befindlichen Gehirnzellen zu extrem dünnen Präparaten verarbeitet. Victor schob eines der Präparate in das Mikroskop und suchte nach Chromosom sechs. Was er finden wollte, war der Mutationsbereich, in den er die fremden Gene eingepflanzt hatte. Es dauerte über eine Stunde, doch dann hatte er ihn gefunden.

»O Gott!« Victor schluckte. Die Histone, von denen die DNS normalerweise umhüllt ist, waren im Bereich der eingepflanzten Gene entweder ganz verschwunden oder stark verdünnt. Überdies hatte sich die DNS, sonst straff aufgerollt, hier entwirrt, was darauf hindeutete, daß hier eine Transkription stattfand. Mit andern Worten: Die eingepflanzten Gene waren aktiv!

Victor untersuchte ein Präparat von dem anderen Kind, und der Befund war der gleiche. Die eingepflanzten Gene waren aktiv und produzierten NGF. Daran war kein Zweifel.

Er wandte sich den aus VJs Blut hergestellten Präparaten zu, die Robert Grimes' Geduld vermutlich auf eine sehr viel härtere Probe gestellt hatten, weil die entsprechenden Zellen sehr viel schwerer zu finden waren – und schob eines davon in das Elektronenmikroskop. Eine halbe Stunde später hatte er Chromosom sechs ausfindig gemacht. Er betrachtete das Chromosom mehrmals von einem Ende bis zum anderen mit peinlicher Sorgfalt und Genauigkeit. Die Gene schlummerten. Der Bereich des eingepflanzten Gens war in der üblichen Weise mit histonischem Protein umhüllt.

Victor lehnte sich zurück. Mit VJ war alles in Ordnung, aber die beiden anderen Kinder waren an den Folgen seines Experiments gestorben. Wie sollte er das je Marsha erzählen? Sie würde ihn verlassen. Ja, er wußte nicht einmal mehr genau, wie er selbst mit sich weiterleben sollte.

Abrupt stand er auf und ging in dem kleinen Zimmer hin und her. Was konnte das Gen wieder eingeschaltet haben? Das einzige, was ihm einfiel, war die Einnahme von Cephaloclor, dem Antibiotikum, das er auch in der frühen Embryonalentwicklung verwendet hatte. Aber wie hatten die Kinder dieses Medikament bekommen können? Das war kein gebräuchliches Präparat, und die Eltern waren ausdrücklich gewarnt worden und hatten gewußt, daß die beiden Kinder darauf mit einer lebensbedrohlichen Allergie reagieren würden. Victor war sicher, daß weder die Eltern von Maurice noch die von Mark irgend jemandem erlaubt hätten, ihren Kindern Cephaloclor zu verabreichen.

Da aber beide Kinder gleichzeitig gestorben waren, konnte es sich unmöglich um einen unglücklichen Zufall handeln. Mit eisigem Schrecken fragte Victor sich plötzlich, ob die Umgebung von Chromosom sechs, die er gewählt hatte, um die von ihm produzierten Gene einzupflanzen, vielleicht gar nicht aus Nonsens-DNS bestand, wie die meisten Leute glaubten. Vielleicht gab es in der Umgebung einen angeborenen Promotor, der das Gen mit irgendeinem unbekannten Mechanismus einschaltete. Wenn das der Fall war, konnte tatsächlich auch VJ bedroht sein. Vielleicht hatte sich bei seinem Intelligenzverlust damals das Gen bei ihm zu einem kurzen Aktivitätsschub eingeschaltet.

Victor wollte schlucken, aber sein Mund war trocken. Er sammelte alle Proben ein und ging hinaus zum Trinkbrunnen. Eine ganze Reihe von Laborassistenten arbeitete im Hauptlabor, aber Victor war nicht in der Stimmung, mit jemandem zu reden. Schnurstracks ging er in sein Forschungsbüro und schloß die Tür hinter sich. Er versuchte, sich zu beruhigen, aber als sein Herzklopfen gerade nachlassen wollte, fielen ihm die Mikrofotografien von VJs Chromosomen ein, die er vor sechseinhalb Jahren gemacht hatte.

Er sprang auf, stürzte zum Aktenschrank und suchte in panischer Hast darin herum, bis er die Fotos gefunden hatte, die er zum Zeitpunkt des Intelligenzverlustes gemacht hatte. Er studierte sie und stieß dann einen Seufzer der Erleichterung aus. Bei VJ hatte sich überhaupt nichts verändert. Sein Chromosom sechs hatte vor sechseinhalb Jahren haargenauso ausgesehen wie heute. Die DNS war an keiner Stelle bloßgelegt oder gestreckt.

Victor atmete leichter, als er jetzt sein Büro verließ und sich auf die Suche nach Robert Grimes machte. Der Techniker war in der Tierkammer und wies Sharon Carvers Nachfolgerin ein. Victor nahm ihn beiseite. »Ich fürchte, ich habe noch eine Sonderaufgabe für Sie.«

»Sie sind der Boß«, antwortete Robert.

»Bei den Hirngewebsproben gibt es einen Bereich an Chromosom sechs, wo die DNS freigelegt und gestreckt ist. Ich möchte, daß Sie die Sequenz ermitteln, sobald Sie können!«

»Das wird aber 'ne Weile dauern«, meinte Robert.

»Ich weiß, daß es mühselig ist«, sagte Victor. »Aber ich habe ein paar radioaktive Sonden, die Sie benutzen können.«

»Dann ist es was anderes.«

Robert folgte Victor in dessen Büro und nahm die vielen kleinen Fläschchen in Empfang. Als er gegangen war, blieb Victor noch ein paar Augenblicke in seinem Büro und versuchte sich eine andere Erklärung als das Cephaloclor einfallen zu lassen. Weshalb sonst hätte sich das NGF-Gen bei den kleinen Kindern einschalten können? Mit zweieinhalb Jahren verlangsamte sich das Wachstum, und es fanden keine monumentalen physiologischen Veränderungen statt wie etwa in der Pubertät.

Eine andere absonderliche Tatsache war, daß das NGF-Gen sich bei beiden Kindern anscheinend exakt gleichzeitig eingeschaltet hatte. Das ergab keinen Sinn. Der einzige Berührungspunkt im Leben der beiden Kinder bestand darin, daß sie beide die Tagesstätte bei Chimera Inc. besuchten. Auch aus dem Grund hatte er damals diese Ehepaare ausgewählt. Er hatte Gelegenheit haben wollen, die Kinder in ihrer Entwicklung zu beobachten. Er hatte sich überdies vergewissert, daß die beiden Ehepaare einander nicht kannten, bevor sie ihre Kinder bekamen. Er hatte nicht gewollt, daß sie ihre Aufzeichnungen verglichen und Verdacht schöpften. Victor langte über den Schreibtisch hinweg nach dem Telefon, rief die Personalabteilung an und ließ sich die Privatadressen der trauernden Familien geben. Als er sie notiert hatte, sagte er Colleen, daß er nun für ein paar Stunden außer Haus sei.

Er beschloß, zuerst bei William und Sheila Hobbs vorbeizufahren, weil es näher war. Sie wohnten in einem schönen Backsteinhaus in einer Kleinstadt namens Haverhill. Victor parkte vor der Haustür und läutete.

»Dr. Frank«, sagte William Hobbs überrascht. Er öffnete die Tür ein Stück weiter und ließ Victor eintreten. »Sheila!« rief er. »Wir haben Besuch.«

Es war ein behagliches, modern eingerichtetes Haus, aber eine bedrückende Stille lag wie ein Leichentuch über den Räumen.

»Herein, nur herein!« sagte Hobbs und führte Victor ins Wohnzimmer. »Kaffee? Tee?« Seine Stimme hallte durch die Stille.

Dann erschien auch Sheila Hobbs. Sie war eine dynamische Frau mit kurz geschnittenem Haar. Victor hatte sie schon bei mehreren der obligaten gesellschaftlichen Anlässe bei Chimera gesehen.

Victor bat um eine Tasse Kaffee, und ein wenig später saßen alle drei im Wohnzimmer und balancierten winzige Wedgewood-Täßchen auf den Knien.

»Ich habe gerade daran gedacht, Sie anzurufen«, berichtete Hobbs. »Es ist wirklich ein Zufall, daß Sie jetzt kommen.«

»Ach?« sagte Victor.

»Sheila und ich haben beschlossen, wieder arbeiten zu gehen«, erklärte Hobbs und starrte dabei in seine Kaffeetasse. »Erst wollten wir ein Weilchen wegfahren. Aber inzwischen glauben wir, daß wir uns wohler fühlen werden, wenn wir etwas zu tun haben.«

»Wir sind froh, Sie wieder bei uns zu haben, wann immer es Ihnen paßt«, entgegnete Victor.

»Das freut uns«, sagte Hobbs.

Victor räusperte sich. »Ich wollte Sie gern etwas fragen. Ich glaube, man hat Sie gewarnt, daß Ihr Sohn allergisch gegen ein Antibiotikum namens Cephaloclor ist.«

»Das stimmt«, bestätigte Sheila. »Das hat man uns gesagt, bevor wir ihn abholten.« Sie stellte ihre Kaffeetasse ab, und diese klapperte auf der Untertasse.

»Besteht die Möglichkeit, daß Ihr Sohn trotzdem welches bekommen hat?«

Die beiden schauten einander an und antworteten dann einstimmig: »Nein.« Sheila fuhr fort: »Maurice war ja gar nicht krank gewesen. Außerdem hatten wir dafür gesorgt, daß seine Cephaloclor-Allergie in seiner medizinischen Akte aufgeführt war. Ich bin sicher, er hat kein Antibiotikum bekommen. Warum fragen Sie?«

Victor stand auf. »Es war nur so ein Gedanke. Ich habe es auch nicht erwartet; aber die Allergie war mir eingefallen ...«

Als nächstes fuhr Victor in Richtung Boston. Er war ziemlich sicher, daß die Murrays ihm das gleiche sagen würden wie William und Sheila Hobbs, aber er mußte sichergehen.

Es war früher Nachmittag, und so kam er gut voran. Sein Hauptproblem war die Frage, wo er seinen Wagen lassen sollte, als er angekommen war. Schließlich fand er einen Parkplatz am Beacon Hill. Ein Verkehrsschild wies darauf hin, daß hier abgeschleppt wurde, aber Victor beschloß, das Risiko einzugehen. Das Haus der Murrays stand in der West Cedar, in der Mitte des Blocks. Er läutete.

Ein Mann Ende Zwanzig, Anfang Dreißig mit einer Punkfrisur öffnete die Tür.

»Sind die Murrays zu Hause?« fragte Victor.

»Die sind beide arbeiten«, antwortete der Mann. »Ich bin von der Reinigungsfirma.«

»Ich dachte, die hätten sich ein paar Tage freigenommen.«

Der Mann lachte. »Diese Workaholics? Einen Tag haben sie genommen, als ihr Sohn gestorben war, aber das war's auch.«

Victor kehrte zu seinem Wagen zurück, verärgert, weil er nicht angerufen hatte, bevor er hergekommen war. Die Fahrt hätte er sich sparen können.

Bei Chimera begab er sich geradewegs in die Buchhaltung. Horace Murray saß an seinem Schreibtisch, über Computerausdrucke gebeugt. Als der Mann ihn erblickte, sprang er auf. »Colette und ich wollten Ihnen noch einmal danken, weil Sie ins Krankenhaus gekommen sind.«

»Ich wünschte nur, ich hätte irgendwie helfen können«, sagte Victor.

»Es war in Gottes Hand«, meinte Murray resigniert.

Als Victor ihn nach dem Cephaloclor fragte, schwor der Mann, daß Mark überhaupt kein Antibiotikum erhalten habe und schon gar kein Cephaloclor.

Victor verließ die Buchhaltung, und eine neue Furcht bemächtigte sich seiner. Wenn es nun einen Zusammenhang gab zwischen dem Tod der beiden Kinder und dem Umstand, daß ihre Dateien verschwunden waren? Das war die am meisten beunruhigende Vorstellung, denn es bedeutete, daß die Gene absichtlich aktiviert worden waren.

Wieder hatte er Herzklopfen, als er in sein Labor zurücklief. Einer der neueren Techniker wollte ihm eine Frage stellen, aber Victor winkte ab und sagte, er solle sich an Grimes wenden, wenn er ein Problem hätte.

In seinem Büro hockte Victor sich vor ein Schrankfach am Fuße seines Bücherregals. Er schloß die schwere Tür auf und griff hinein, um die NGF-Datenbücher herauszuholen, die er in Code geschrieben hatte. Aber seine Hand faßte ins Leere. Der Schrank war leer.

Victor schloß die Tür und drehte den Schlüssel sorgfältig um, obgleich es hier nichts mehr zu sichern gab.

»Ganz ruhig«, mahnte er sich und versuchte die aufsteigende Paranoia niederzukämpfen. »Du läßt deine Phantasie durchgehen. Es muß eine Erklärung geben.«

Er stand auf und machte sich auf die Suche nach Robert Grimes. Er fand ihn bei der Elektrophorese, gerade den Auftrag erledigend, den Victor ihm erteilt hatte. »Haben Sie meine NGF-Datenbücher gesehen?« fragte Victor.

»Ich weiß gar nicht, wo sie sind«, antwortete Robert. »Ich habe sie seit sechs Monaten nicht mehr gesehen. Ich dachte, Sie hätten sie woanders hingestellt.«

Victor bedankte sich murmelnd und ging weg. Das Ganze war kein Phantasiegespinst mehr. Die Beweise türmten sich. Jemand hatte in sein Experiment eingegriffen, und das Resultat war tödlich gewesen. Victor beschloß, seinen schlimmsten Befürchtungen ins Auge zu sehen, und ging an den Flüssigstickstoffgefrierschrank. Er legte die Hand auf den Türgriff und zögerte. Seine Intuition sagte ihm, was er finden würde, aber er mußte sich zwingen, die Haube zu öffnen. Immer wieder hatte er Marshas Stimme im Ohr, wie sie ihm befahl, die übrigen fünf Zygoten unverzüglich zu vernichten.

Langsam senkte er den Blick. Zunächst konnte er wegen des eisigen Dampfes, der aus dem Lagerbehälter floß und sich lautlos auf dem Fußboden ausbreitete, nichts erkennen. Dann aber wurde die Sicht klarer, und er sah die Platte, auf der die Embryonen gestanden hatten. Sie war leer.

Einen Moment lang stützte Victor sich Halt suchend auf den Gefrierschrank und starrte auf das leere Tablett; er wollte nicht glauben, was seine Augen ihm zweifelsfrei sagten. Dann ließ er den Deckel zufallen. Der kühle Stickstoffdunst wirbelte um seine Beine, als sei er lebendig. Victor wankte in sein Büro zurück und ließ sich auf den Stuhl fallen. Jemand wußte von seiner NGF-Arbeit! Aber wer konnte das sein, und warum hatten sie absichtlich den Tod der beiden Kinder herbeigeführt – oder war das ein Unfall gewesen? Konnte jemand so versessen darauf sein, ihm, Victor, zu schaden, daß es ihm egal war, wer sonst dabei zu Schaden kam? Plötzlich nahmen Hursts Drohungen eine neue Dimension an.

Angst durchströmte ihn, als er erkannte, daß er herausfinden mußte, wer hinter all diesen seltsamen Ereignissen steckte. Er stand auf und ging im Zimmer hin und her, und mit Schrecken fiel ihm ein, daß David kurz nach dem Kampf um die Umwandlung von Chimera in eine Aktiengesellschaft gestorben war. Konnte sein Tod etwas damit zu tun haben? Konnte Ronald etwas damit zu tun haben? Nein, das war lächerlich. David war an Leberkrebs gestorben, nicht an einer Vergiftung oder einem Unfall, den jemand verursacht haben konnte. Sogar die Vorstellung, die Kinder von Hobbs und Murray könnten mit Absicht getötet worden sein, war lächerlich. Ihr Tod mußte auf ein intrazelluläres Problem zurückzuführen sein. Vielleicht hatte das Einfrieren eine zweite Mutation ausgelöst, die er sehen würde, sobald Grimes die DNS-Sequenz ermittelt hätte.

Er befahl sich, ruhig und logisch zu denken, und lief hinüber ins Rechenzentrum zu Louis Kaspwicz. Die Hardware, an der Louis gearbeitet hatte, war inzwischen ein leeres Metallgehäuse. Ringsherum verstreut lagen Hunderte von Bruchstücken und Einzelteilen.

»Ich störe Sie wirklich nur ungern noch mal«, sagte Victor, »aber ich muß wissen, um welche Uhrzeit meine Stichworte gelöscht worden sind. Ich versuche herauszufinden, wie es mir hat passieren können.«

»Wenn es Sie tröstet«, erwiderte Louis, »sage ich Ihnen, daß viele Leute versehentlich mal Dateien löschen. Seien Sie gnädig mit sich! Was die Zeit angeht, so glaube ich, es war zwischen neun und zehn Uhr.«

»Könnte ich selbst mal einen Blick ins Log werfen?« fragte Victor; er dachte noch, wenn er vor oder nach dem Löschvorgang am Computer gewesen war, könne ihm das vielleicht einen Hinweis darauf geben, warum er es getan hatte.

»Dr. Frank«, sagte Kaspwicz mit einem verwirrenden Zucken, »die Firma gehört Ihnen. Sie können sich ansehen, was Sie wollen.«

Sie gingen in Louis' Büro, und er gab Victor das Log vom 18. November. Victor überflog alles, aber zwischen acht Uhr dreißig und zehn Uhr dreißig fand er keinen Ausdruck.

»Ich finde nichts«, bekannte er schließlich.

Louis kam um den Tisch herum und schaute ihm über die Schulter. »Seltsam«, sagte er und warf einen Blick auf das Datum oben auf der Seite. »Achtzehnter November stimmt!« Er überflog die Einträge. »Ach, um Gottes willen!« rief er schließlich. »Kein Wunder, daß Sie nichts finden. Das ist der Vormittag.« Louis deutete auf den fraglichen Eintrag im Log.

»Abends?« Victor schaute zur richtigen Stelle auf dem Blatt. »Das kann nicht sein. Um Viertel vor zehn. Da war ich doch in der Symphony Hall in Boston.«

»Was soll ich dazu sagen?« fragte Kaspwicz mit einem Zucken.

»Sind Sie sicher, daß das hier korrekt ist?«

»Unbedingt!« Louis deutete auf die Einträge davor und

danach. »Sehen Sie die Abfolge? Es muß die richtige Zeit sein. Sind Sie sicher, daß Sie im Konzert waren?«

»Ja.«

»Und Sie haben nicht telefoniert?«

»Wovon reden Sie?« fragte Victor.

»Weil dieser Eintrag extern veranlaßt wurde. Sehen Sie die Zugriffsnummer? Sie gilt für Ihren PC zu Hause.«

»Aber ich war nicht zu Hause«, beteuerte Victor.

Louis zuckte krampfhaft mit den Schultern. »In diesem Fall gibt es nur eine Erklärung«, sagte er. »Der Zugriff muß von jemandem vorgenommen worden sein, der sowohl Ihr Paßwort als auch die geheime Telefonnummer unseres Zentralrechners kennt. Haben Sie jemals irgend jemandem Ihr Paßwort verraten?«

»Nein«, antwortete Victor, ohne zu zögern.

»Wie oft greifen Sie von zu Hause auf den Rechner zu?«

»So gut wie nie. Früher habe ich es oft getan; aber das war vor Jahren, als die Firma noch jung war.«

»O Gott!« sagte Kaspwicz und starrte auf den Ausdruck.

»Was ist jetzt?« fragte Victor.

»Ich sag's nur ungern, aber es gibt regelmäßig zahlreiche Zugriffe auf unseren Computer mit Ihrem Paßwort. Und das kann nur bedeuten, daß irgendein Hacker unsere Telefonnummer hat.«

»Ist denn das nicht schwierig?« fragte Victor.

Louis schüttelte den Kopf. »Die Telefonnummer ist der einfache Teil. Denken Sie an den Jungen in *War Games*. Man kann seinen Computer so programmieren, daß er in endloser Reihe Telefonnummern ausprobiert, mit Hilfe von Permutationen. Wenn Sie auf ein Computersignal stoßen, fängt der Spaß an.«

»Und dieser Hacker benutzt den Computer oft?«

»Kann man wohl sagen«, meine Kaspwicz. »Die Logeinträge habe ich wohl gemerkt, aber ich dachte immer, das wären Sie gewesen. Schauen Sie!«

Er blätterte um und deutete auf eine Serie von Einträgen mit Victors Paßwort. »Meistens freitags abends.« Er blätterte weiter und wies auf neue Einträge. »Offenbar immer dann, wenn der Junge schulfrei hat. Was für ein Schlamassel! Hier ist wieder einer. Sehen Sie – der Hacker hat sich in die Personalabteilung und in den Einkauf eingeloggt. Gott, mir wird ganz schlecht. Wir haben in letzter Zeit Probleme mit Dateien, und jetzt frage ich mich, ob dieser Bengel dafür verantwortlich ist. Auf jeden Fall sollten wir sofort Ihr Paßwort ändern.«

»Aber dann ist die Chance, ihn zu erwischen, geringer. Ich benutze mein Paßwort kaum. Warum legen wir uns freitags abends nicht auf die Lauer und sehen, ob wir ihn zurückverfolgen können? Das können Sie doch, oder?«

»Möglich wär's«, pflichtete Kaspwicz ihm bei. »Vorausgesetzt, der Junge bleibt lange genug in der Leitung, und die Telefonleute sind einsatzbereit.«

»Versuchen Sie, es zu arrangieren!« sagte Victor.

»Ich werde mein Bestes tun. Es gibt nur eins, was schlimmer ist als ein naseweiser Hacker, und das ist ein Computervirus. Aber in diesem Fall wette ich, es ist ein Hacker.«

Als Victor das Rechenzentrum verließ, fiel ihm ein, daß er nach VJ sehen sollte. In Anbetracht der heutigen Entwicklungen war es ratsam, ihn zu ermahnen, daß er sich von Hurst und sogar von Ronald Beekman fernhielt.

Als erstes suchte Victor im Labor, aber Robert hatte weder den Jungen noch Philip gesehen; auch die anderen Techniker schüttelten die Köpfe. Victor war verwundert, denn VJ verbrachte die meiste Zeit damit, die verschiedenen Mikroskope und andere Geräte auszuprobieren. Er beschloß, in der Cafeteria nachzuschauen. Um diese späte Nachmittagsstunde saßen nur noch wenige Leute verstreut da und tranken Kaffee. Victor sprach mit dem Leiter, der mit der Abrechnung der Registrierkassen beschäftigt war. Er hatte VJ um die Mittagszeit gesehen, aber danach nicht mehr.

Von der Cafeteria ging Victor hinüber in die Bibliothek, die sich im selben Gebäude befand. Die runden Zementsäulen, die als stützende Struktur eingezogen waren, hatte man nicht verputzt, die Räumlichkeiten sahen dadurch aus wie in einem Schloß aus einem Schauerroman. Die Ständer für Bücher und Zeitschriften waren nur schulterhoch, so daß man freie Sicht durch die ganze Bibliothek hatte. Eine bequeme Lesefläche zur Rechten bot einen Ausblick in den Innenhof des Werksgeländes.

Victor fragte die Bibliothekarin, ob sie VJ oder Philip gesehen hatte. Sie schüttelte den Kopf. Mit wachsender Besorgnis schaute Victor im Gymnastikraum und im Kinderhort nach. Kein VJ, kein Philip.

Er kehrte in sein Labor zurück und wollte eben den Werkschutz anrufen, als er eine Nachricht vom Leiter der Cafeteria entdeckte. VJ und Philip waren da und aßen Eis.

Victor ging wieder in die Cafeteria. Die beiden saßen an einem Tisch am Fenster.

»Also schön, ihr beiden«, sagte er mit gespieltem Zorn. »Wo, zum Teufel, habt ihr euch rumgetrieben?«

VJ drehte sich um und sah seinen Vater an. Sein Eislöffel steckte ihm umgekehrt im Mund. Philip glaubte anscheinend, daß Victor böse sei; er stand auf und wußte offenbar nicht, was er mit seinen großen, schaufelförmigen Händen anfangen sollte.

»Wir waren doch hier«, sagte VJ ausweichend.

»Wo denn? Ich habe überall nach euch gesucht.«

»Wir waren eine Zeitlang unten am Fluß«, gab VJ zu.

»Ich dachte, ich hätte gesagt, ihr sollt da wegbleiben.«

»Ach komm, Dad! Wir haben nichts Gefährliches getan.«

»Ich würde nie zulassen, daß VJ irgendwas Schlimmes passiert«, erklärte Philip mit seiner kindlichen Stimme.

»Das glaube ich«, erwiderte Victor; er war plötzlich beeindruckt von Philips kraftvoller Gestalt. Er und VJ waren ein wunderliches Paar, aber Victor wußte die Loyalität des Riesen zu seinem Sohn zu schätzen. »Setzen Sie sich wieder«, sagte er freundlich, »und essen Sie Ihr Eis.«

Er zog sich einen Stuhl heran und wandte sich an seinen Sohn. »Ich möchte, daß du hier eine Zeitlang besonders vorsichtig bist. Nach dem Ziegelstein gestern abend kannst du dir sicher denken, daß es hier ein paar Probleme gibt.«

»Mir passiert schon nichts«, meinte VJ.

»Sicher nicht«, stimmte Victor ihm zu. »Aber ein bißchen Vorsicht wird trotzdem nicht schaden. Sag niemandem irgend etwas, aber halte die Augen offen, wenn Beekman und Hurst in der Nähe sind! Okay?«

»Okay!«

»Und Sie«, sagte Victor zu Philip, »Sie können als VJs inoffizieller Leibwächter agieren. Trauen Sie sich das zu?«

»O ja, Dr. Frank«, versicherte Philip eifrig.

»Überhaupt ...«, sagte Victor, denn er wußte, daß Marsha diese Idee gefallen würde, »kommen Sie doch für ein paar Tage zu uns – wie früher, als VJ klein war! Dann können Sie auch abends mit ihm zusammensein.«

»Danke schön, Dr. Frank.« Philip strahlte übers ganze Gesicht und entblößte seine großen Zähne. »Das mach' ich gern.«

»Dann ist das erledigt.« Victor stand auf. »Ich muß ins Büro zurück; ich war den ganzen Tag unterwegs. Wahrscheinlich fahren wir in zwei Stunden nach Hause; auf dem Heimweg können wir bei Philip haltmachen und seine Sachen abholen.«

VJ und Philip winkten mit ihren Eislöffeln.

Marsha war gerade dabei, eine Tüte Lebensmittel auszupakken, als sie Victors Auto in der Zufahrt hörte. Als Victor vor der automatischen Garagentür wartete, sah sie einen dritten Kopf auf dem Rücksitz, und sie stöhnte auf. Sie hatte nur sechs kleine Lammkoteletts gekauft.

Zwei Minuten später kamen sie alle in die Küche. »Ich

habe Philip für ein paar Tage zu uns eingeladen«, sagte Victor. »Ich dachte mir, bei all der Aufregung hier wäre es ganz gut, ein paar Muskeln im Haus zu haben.«

»Klingt nicht schlecht«, meinte Marsha. »Aber es geschieht hoffentlich nicht anstelle von professionellen Sicherheitsmaßnahmen.«

Victor lachte. »Nicht ganz.« Er wandte sich an VJ und Philip. »Warum springt ihr zwei nicht noch in den Pool?«

VJ und Philip verschwanden nach oben, um sich umzuziehen.

Victor wollte Marsha einen Kuß geben, aber sie wühlte wieder in ihrer Lebensmitteltüte. Dann ging sie um ihn herum zur Speisekammer, um ein paar Dinge dort zu verstauen. Er merkte, daß sie immer noch wütend war, und angesichts der Ereignisse des vergangenen Tages hatte sie allen Grund.

»Tut mir leid, das mit Philip«, sagte er. »Die Idee kam mir in letzter Minute. Aber ich glaube nicht, daß wir mit weiteren Anrufen oder Ziegelsteinen zu rechnen haben. Ich habe alle angerufen, die uns bedrohen könnten, und es ihnen unmißverständlich klargemacht.«

»Und wieso dann Philip?« fragte Marsha und kam aus der Speisekammer.

»Nur als zusätzliche Vorsichtsmaßnahme«, antwortete Victor, und um das Thema zu wechseln, fügte er hinzu: »Was gibt's zum Abendessen?«

»Lammkoteletts – und die müssen wir strecken.« Marsha warf Victor einen Blick aus dem Augenwinkel zu. »Wieso habe ich das Gefühl, daß du mir immer noch etwas verheimlichst?«

»Muß an deiner mißtrauischen Natur liegen«, sagte Victor, obwohl er wußte, daß sie zu Scherzen nicht aufgelegt war. »Was gibt's zu den Koteletts?«

»Artischocken, Reis und Salat.« Es war offensichtlich, daß er ihr etwas verheimlichte, aber sie ließ es einstweilen dabei bewenden.

»Was kann ich tun?« fragte Victor und wusch sich die Hände am Spülbecken. Es war bei ihnen üblich, die Vorbereitungen zum Abendessen gemeinsam zu erledigen, weil sie beide lange arbeiteten. Marsha ließ ihn den Salat waschen.

»Ich habe heute morgen mit VJ über seinen Freund Richie gesprochen«, erzählte Victor. »Er will ihn fragen, ob sie diese Woche nicht mal einen Tagesausflug nach Boston machen können. Ich denke also, es ist nicht angemessen zu sagen, VJ habe keine Freunde.«

»Hoffentlich kommt es auch dazu«, sagte Marsha unverbindlich.

Während sie den Reis und die Artischocken aufsetzte, beobachtete sie Victor ständig aus den Augenwinkeln. Sie hoffte darauf, daß er ihr weitere Informationen über die beiden unglücklichen Babys geben würde, aber er hantierte nur umständlich mit dem Salat. Entnervt fragte sie schließlich: »Gibt es etwas Neues über die Todesursache bei den beiden kleinen Kindern?«

Victor sah sie an. »Ich habe mir das eingepflanzte Gen bei VJ und bei den beiden Kindern angesehen. Bei den Kindern war es offenkundig abnormal und anscheinend in aktiver Transkription begriffen, während es bei VJ absolut inaktiv war. Außerdem«, fuhr er fort, »habe ich ein paar Fotos des Gens aus der Zeit, als VJs Intelligenz abstürzte, herausgesucht. Auch damals sah es in keiner Hinsicht so aus wie bei diesen beiden Kindern. Was immer mit VJ los war, es war also nicht das gleiche Problem.«

Marsha seufzte erleichtert. »Das ist eine gute Neuigkeit. Warum hast du es mir nicht sofort erzählt?«

»Ich bin gerade erst nach Hause gekommen«, sagte Victor. »Und ich erzähle es dir ja.«

»Du hättest anrufen können«, meinte Marsha. Sie war überzeugt, daß er ihr immer noch etwas verheimlichte. »Oder davon anfangen, ohne daß ich erst fragen muß.«

»Ich lasse jetzt die Gensequenz bei den toten Kindern analysieren«, berichtete Victor und holte Öl und Essig. »Dann kann ich dir vielleicht sagen, was dieses Gen eingeschaltet hat.«

Marsha ging zum Schrank und nahm das Geschirr heraus, um den Tisch zu decken. Sie bemühte sich, die Wut im Zaum zu halten, die von neuem in ihr zu kochen begann. Wie konnte er bei alldem so gelassen bleiben? Als er jetzt fragte, ob er noch irgend etwas für das Abendessen tun könne, antwortete sie, er habe schon genug getan. Er nahm es wörtlich, setzte sich auf einen der Hocker vor der Küchentheke und sah ihr beim Tischdecken zu.

»Daß VJ dich beim Wettschwimmen hat gewinnen lassen, war keine Zufallslaune«, sagte sie in der Hoffnung, ihren Mann aus der Reserve zu locken. »Damit hat er schon als Dreijähriger angefangen.« Und sie berichtete, was Martha Gillespie ihr über VJs Benehmen in der Vorschule erzählt hatte.

»Woher weißt du so genau, daß er das Wettschwimmen absichtlich verloren hat?« fragte Victor.

»Meine Güte, das stört dich immer noch?« Marsha drehte die Kochplatte unter dem Reistopf klein. »Ich war ziemlich sicher, als ich euch am Sonntag abend zuschaute. Jetzt, nachdem ich mit Martha gesprochen habe, bin ich hundertprozentig sicher. Es ist, als ob VJ keine Aufmerksamkeit auf sich lenken wollte.«

»Manchmal erregt es mehr Aufmerksamkeit, wenn man absichtlich verliert«, behauptete Victor.

»Kann sein.« Marsha war nicht überzeugt. »Der springende Punkt ist: Ich wünschte bei Gott, ich wüßte mehr über das, was in seinem Kopf vorging, als seine Intelligenz sich so dramatisch veränderte. Es könnte sein jetziges Benehmen halbwegs erklären. Damals waren wir zu sehr besorgt um seine Gesundheit, als daß wir uns um seine Gefühle hätten kümmern können.«

»Ich finde, er hat die Sache extrem gut überstanden«,

meinte Victor. Er ging zum Kühlschrank und nahm eine Flasche Weißwein heraus. »Ich weiß, du bist nicht meiner Meinung, aber er macht sich großartig. Er ist ein glückliches Kind. Ich bin stolz auf ihn. Ich glaube, er wird eines Tages ein teuflisch guter Forscher sein. Er liebt das Labor.«

»Vorausgesetzt, seine Intelligenz stürzt nicht noch einmal ab«, sagte Marsha spitz. »Aber seine Arbeitsfähigkeit macht mir keine Sorgen. Ich befürchte, daß dein unsagbares Experiment sich auf seine menschlichen Qualitäten ausgewirkt haben könnte.« Sie wandte sich ab, um die Tränen zu verbergen. Sie wußte nicht, wie sie mit Victor verheiratet bleiben sollte, wenn all dies vorüber wäre. Aber ob VJ je bereit sein würde, sein geliebtes Labor aufzugeben und bei ihr zu leben?

»Ihr Psychiater ...!« knurrte Victor, während er den Korkenzieher hervorkramte.

Marsha rührte durch den Reis und sah nach den Artischocken. Nur mühsam bewahrte sie ihre Fassung. Sie wollte nicht mehr weinen. Eine Zeitlang schwieg sie. »Ich wünschte«, sagte sie dann, »ich hätte über VJs Entwicklung Tagebuch geführt. Das wäre äußerst hilfreich.«

»Ich habe eins«, erklärte Victor und zog mit lautem Plopp den Korken aus der Flasche.

»Wirklich? Warum hast du mir nie davon erzählt?«

»Weil es zum NGF-Projekt gehörte.«

»Kann ich es sehen?« Wieder mußte Marsha ihren Zorn über die Arroganz hinunterschlucken, mit der ihr Mann VJ als Versuchskaninchen benutzt hatte.

Victor kostete den Wein. »Es liegt in meinem Arbeitszimmer. Ich zeige es dir später, wenn VJ im Bett ist.«

Marsha saß in Victors Arbeitszimmer. Sie hatte darauf bestanden, das Tagebuch allein zu lesen, denn sie wußte, daß Victors Anwesenheit sie noch weiter aufgebracht hätte. Ihre Augen füllten sich mit Tränen, als sie VJs Geburt noch einmal durchlebte. Obwohl ein großer Teil der Aufzeichnungen lediglich aus standardmäßigen Laborberichten bestand, war sie von der Lektüre schmerzlich bewegt. Sie hatte vergessen, wie VJs Augen ihr von der Geburt an gefolgt waren, lange bevor ein durchschnittliches Baby in der Lage war, zielgerichtet zu schauen.

All die üblichen Meilensteine waren zu unglaublich frühen Zeiten erreicht worden, vor allem das Sprachvermögen. Mit sieben Monaten, als VJ nicht mehr als »Mama« und »Dada« hätte sagen können dürfen, sprach er bereits vollständige Sätze. Mit achtzehn Monaten, als andere Kinder halbwegs ordentlich gehen konnten, fuhr er mit einem kleinen Fahrrad herum, das Victor eigens hatte anfertigen lassen.

Als sie die Geschichte noch einmal las, erinnerte Marsha sich daran, wie aufregend das alles gewesen war. Jeden Tag war eine neue, schwierige Aufgabe gemeistert, eine neue und unerwartete Fähigkeit offenbart worden. Sie sah ein, daß auch sie sich heute vorwerfen mußte, allzu genüßlich in VJs einzigartigen Leistungen geschwelgt zu haben. Damals hatte sie kaum einen Gedanken auf die Folgen seiner Frühreife für seine Persönlichkeitsentwicklung verschwendet. Aber als Psychologin hätte sie es besser wissen müssen.

Victor kam mit irgendeiner durchsichtigen Ausrede über ein angeblich benötigtes Buch herein, als sie gerade einen Abschnitt mit der Überschrift »Mathematik« las. Voller Unbehagen über ihre eigenen Unzulänglichkeiten als sorgende Mutter ließ sie ihn bleiben und las weiter. Die Mathematik war immer ihre *Schwäche* gewesen. Auf dem College hatte sie Nachhilfeunterricht gebraucht, um die nötigen Kurse im Differentialrechnen erfolgreich zu absolvieren. Als VJ angefangen hatte, ein außergewöhnliches Talent im Umgang mit Zahlen an den Tag zu legen, war sie verblüfft gewesen. Mit drei Jahren hatte VJ ihr tatsächlich die Grundlagen der Differentialrechnung so erklärt, daß sie sie zum erstenmal im Leben begriffen hatte.

»Was mich verblüfft hat«, sagte Victor jetzt, »war seine Fähigkeit, mathematische Gleichungen in Musik zu übersetzen.«

Marsha erinnerte sich; sie hatten damals gedacht, sie hätten es mit einem neuen Beethoven zu tun. Und mir ist nie eingefallen, mich zu fragen, ob die Bürde des Genies für ein Kleinkind nicht zu schwer sein könnte, dachte sie voller Reue. Traurig blätterte sie die nächsten paar Seiten um und stellte fest, daß das Tagebuch damit zu Ende war.

»Das ist hoffentlich nicht alles«, sagte sie.

»Leider doch.«

Marsha las die letzten Seiten. Der letzte Eintrag war vom 6. März 1982; er beschrieb das Ereignis in der Kindertagesstätte von Chimera Inc., an das Marsha sich so lebhaft erinnerte. Sodann faßte er die plötzliche Intelligenzverminderung des Kindes leidenschaftslos zusammen. Der Schlußsatz lautete: »VJ hat anscheinend eine akute Veränderung der Gehirnfunktion erlitten, die jetzt stabil zu sein scheint.«

»Du hast keine weiteren Eintragungen gemacht?« fragte Marsha.

»Nein«, gestand Victor. »Ich hielt das Experiment dem anfänglichen Erfolg zum Trotz für gescheitert. Es gab keinen ersichtlichen Grund, die Aufzeichnungen fortzusetzen.«

Marsha klappte das Buch zu. Sie hatte gehofft, weitere Hinweise auf das zu finden, was sie für Defizite in VJs Persönlichkeit hielt. »Ich wünschte, seine Geschichte wiese auf irgendeine psychosomatische Erkrankung oder wenigstens auf eine Konversionsreaktion hin. Dann würde er vielleicht auf eine Therapie ansprechen. Warum bin ich damals nicht sensitiver gewesen, als all das passiert ist?«

»Ich glaube, VJs Problem war das Resultat irgendeines intrazellularen Phänomens«, sagte Victor. »Ich denke nicht, daß es da auf seine Geschichte besonders ankommt.«

»Das macht mir ja gerade solche angst«, entgegnete Marsha. »Ich fürchte, VJ könnte sterben wie die Kinder von

Hobbs und Murray oder an Krebs wie sein Bruder oder übrigens auch wie Janice. Ich habe genug über eure Arbeit gelesen, um zu wissen, daß Krebs ein großer Sorgenfaktor für die Zukunft der Gentherapie ist. Man befürchtet, daß eingepflanzte Gene bewirken könnten, daß Proto-Onkogene zu Onkogenen werden und die betroffene Zelle zu einer Tumorzelle machen ...« Sie brach ab, denn sie merkte, wie ihre Gefühle sie von neuem überwältigten. »Wie kann ich weiter über all das reden, als wäre es bloß ein wissenschaftliches Problem? Es ist unser Sohn, und nach allem, was ich weiß, hast du in ihm etwas ausgelöst, das ihn sterben lassen wird.«

Marsha schlug die Hände vors Gesicht. All ihren Beherrschungsversuchen zum Trotz stiegen ihr wieder die Tränen in die Augen. Sie ließ sie fließen.

Victor wollte den Arm um sie legen, aber sie wich zur Seite. Frustriert stand er auf. Er betrachtete sie einen Augenblick lang; ihre Schultern zuckten lautlos. Es gab nichts, was er zu seiner Verteidigung hätte sagen können. So verließ er das Zimmer und ging nach oben. Sein eigener Schmerz war überwältigend. Und nach seinen heutigen Entdeckungen hatte er mehr Grund als seine Frau, Angst um VJs Sicherheit zu haben.

8

Donnerstag morgen

Victor fragte sich, wie andere Leute sich tagtäglich damit abfinden konnten, als er sich durch den Verkehrsstau des normalen Bostoner Berufsverkehrs quälte.

Erst als er auf dem Storrow Drive in Richtung Westen fuhr, besserte sich die Lage, aber in der Nähe des Fenway stockte es erneut. Es war schon nach neun, als er endlich die Kinderklinik betrat. Er begab sich geradewegs in die Pathologie.

»Zu Dr. Shryack, bitte«, sagte er. Die Sekretärin blickte auf und deutete, ohne den Ohrhörer ihres Diktaphons abzunehmen, den Korridor hinunter.

Victor ging an den Türen entlang und las die Namensschilder.

»Entschuldigung – Dr. Shryack?« rief er und trat durch eine offene Tür. Der außergewöhnlich jung aussehende Mann hob den Kopf von einem Mikroskop.

»Ich bin Dr. Frank. Erinnern Sie sich? Ich bin vorbeigekommen, als Sie die Autopsie an Baby Hobbs vornahmen.«

»Natürlich«, sagte Dr. Shryack. Er stand auf und streckte die Hand aus. »Nett, Sie unter angenehmeren Umständen zu sehen. Nennen Sie mich Stephen!«

Victor schüttelte ihm die Hand.

»Leider haben wir noch keine definitive Diagnose«, erklärte Stephen. »Falls Sie deshalb kommen. Die Proben werden noch verarbeitet.«

»Natürlich interessiert es mich«, sagte Victor. »Aber eigentlich bin ich vorbeigekommen, weil ich Sie um einen weiteren Gefallen bitten wollte. Ich habe mich gefragt, ob Sie wohl routinemäßig Flüssigkeitsproben entnehmen.«

»Unbedingt«, antwortete Stephen. »Wir machen immer

auch toxikologische Untersuchungen. Zumindest Stichproben.«

»Ich hatte gehofft, ich könnte vielleicht auch ein paar Proben bekommen«, bekannte Victor.

»Ihr Interesse ist beeindruckend«, sagte Stephen. »Die meisten Internisten machen einen weiten Bogen um uns. Kommen Sie! Mal sehen, was wir haben.«

Stephen führte Victor hinaus, den Gang hinunter und in das weitläufige Labor, wo er mit einer streng gekleideten Frau mittleren Alters sprach. Die Unterredung dauerte eine Minute; dann deutete die Frau zum anderen Ende des Raums. Stephen ging voraus, durch das Labor und in ein Nebenzimmer.

»Ich glaube, wir haben Glück.« Er öffnete die Tür eines großen Kühlschranks in der gegenüberliegenden Wand und begann unter den Hunderten von zugestöpselten Erlenmeyerkolben zu suchen. Dann fand er einen und reichte ihn Victor. Bald hatte er noch drei weitere.

Victor sah, daß es zwei Flaschen Blut und zwei Flaschen Urin waren.

»Wieviel brauchen Sie?« fragte Stephen.

»Nur ein kleines bißchen«, sagte Victor.

Stephen goß sorgfältig ein wenig aus jedem Glaskolben in vier Reagenzgläser, die er von einem Tisch nahm. Er verkorkte die Röhrchen, beschriftete jedes mit einem roten Folienschreiber und gab sie Victor.

»Noch was?« fragte Stephen.

»Na, ich nutze Ihre Großzügigkeit nur ungern aus…«

»Das ist schon in Ordnung.«

»Wissen Sie, vor etwa fünf Jahren ist mein Sohn an einer sehr seltenen Form von Leberkrebs gestorben«, begann Victor.

»Das tut mir leid.«

»Er wurde hier behandelt. Damals sagten die Ärzte, es gebe nur zwei ähnliche Fälle in der ganzen Literatur. Sie vermuteten, das Karzinom sei aus den Kupferschen Sternzellen entstanden, so daß es sich eigentlich um einen Krebs des retikuloendothelialen Systems handelte.«

Stephen nickte. »Ich glaube, ich habe von dem Fall gelesen. Bestimmt sogar.«

»Da der Tumor so selten war«, sagte Victor, »halten Sie es für möglich, daß man Gewebeproben aufbewahrt hat?«

»Möglich«, sagte Stephen. »Gehen wir in mein Büro!«

Stephen ließ sich vor seinem Computerterminal nieder und fragte Victor nach Davids vollem Namen und seinem Geburtsdatum. Als er die Daten eingegeben hatte, erhielt er Davids Patientennummer und konnte damit die Pathologieakte ausfindig machen. Mit dem Finger auf dem Bildschirm überflog er die Informationen. Dann hielt er inne. »Sieht hoffnungsvoll aus. Das hier ist eine Probenkennziffer. Schauen wir mal nach!«

Diesmal führte er Victor in den Keller. »Wir haben hier eine Krypta, wo wir Dinge langfristig lagern«, erklärte er.

Sie verließen den Aufzug und gelangten in einen matt erleuchteten Flur, von dem zahllose Gänge sich in alle Himmelsrichtungen davonschlängelten. Unter der Decke zogen sich Rohre und Leitungen hin, und der Fußboden bestand aus nacktem, fleckigem Zement.

»Wir kommen hier nicht so oft runter«, sagte Stephen und ging voran in das Labyrinth. An einer schweren Metalltür blieb er stehen. Victor half ihm, sie aufzuziehen, und Stephen langte hindurch und schaltete das Licht ein.

Es war ein großer Raum, schlecht beleuchtet mit einzelnen Glühbirnen in einfachen, weit auseinanderliegenden Deckenlampen. Die Luft war kalt und feucht. Zahlreiche Reihen von Stahlregalen reichten fast bis zur Decke.

Stephen blickte auf den Zettel, auf dem er sich die Nummer notiert hatte, und ging an einem der Regale entlang. Victor folgte ihm und schaute in die Fächer. Einmal blieb er stehen, gebannt vom Anblick eines ganzen Kinderkopfes in einem großen Glasbehälter, wo er in einer konservierenden Brühe schwamm. Die Augen starrten durch das Glas heraus, und der Mund war aufgerissen wie zu einem endlosen Schrei. Victors Blick ging zu anderen Gläsern. Jedes enthielt irgendein grauenvolles, konserviertes Zeugnis vergangenen Leidens. Ihn schauderte, und dann merkte er, daß Stephen nicht mehr zu sehen war.

Er schaute sich nervös um und hörte den Pathologen rufen: »Hier drüben!«

Victor ging weiter, ohne noch einen Blick auf die Glasbehälter zu werfen. Als er um die Ecke bog, sah er, wie Stephen gerade in eines der Regale griff und geräuschvoll die Gläser umherschob. »Heureka!« rief er und richtete sich auf. Er hielt ein nicht sehr großes Glas in der Hand, in dem eine wulstige Leber in einer klaren Flüssigkeit schwamm. »Sie haben Glück.«

Als sie mit dem Aufzug nach oben fuhren, fragte er Victor, wozu er das Gewebe eigentlich brauche.

»Es ist Neugier«, sagte Victor. »Als David starb, überwog die Trauer eigentlich alles andere, so daß ich keinerlei Fragen stellte. Aber nach all den Jahren will ich doch etwas mehr über die Todesursache wissen.«

Marsha fuhr VJ und Philip durch das Werkstor von Chimera. Unterwegs hatte VJ wie ein normaler Zehnjähriger über ein neues Pac-Man-Video geplappert.

»Danke fürs Fahren, Mom!« sagte er, als er ausstieg.

»Gib Colleen Bescheid, wo du spielst«, ermahnte sie ihn. »Und ich möchte, daß du vom Wasser wegbleibst. Du hast gesehen, wie der Fluß ausschaut, als wir über die Brücke fuhren.«

Philip stieg hinten aus. »VJ wird nichts passieren«, erklärte er.

»Bist du sicher, daß du nicht lieber zu deinem Freund Richie fahren würdest?« fragte Marsha.

»Ich bin gern hier«, antwortete VJ. »Mach dir keine Sorgen um mich, okay?«

Marsha sah VJ nach, wie dieser davonmarschierte; Philip beeilte sich, ihn einzuholen. Welch ein Paar! dachte sie und bemühte sich, im Gedanken an die Erkenntnisse des vergangenen Abends nicht wieder in Panik zu verfallen.

Sie parkte und ging dann zu Fuß zum Kinderhort. Als sie das Gebäude betrat, hörte sie das Klatschen eines Racketballs. Die Courts waren ein Stockwerk höher im Fitneßcenter.

Pauline Spaulding kniete auf dem Boden, als Marsha sie fand; sie beaufsichtigte eine Gruppe von Kindern, die mit Fingerfarben malten. Als sie Marsha sah, sprang sie auf. Ihrer Figur war anzusehen, daß sie all die Jahre als Aerobic-Lehrerin gearbeitet hatte.

Als Marsha sie bat, ihr ein paar Minuten ihrer Zeit zu schenken, ließ Pauline die Kinder allein und machte sich auf die Suche nach einer anderen Kindergärtnerin. Schließlich kam sie mit einer jungen Frau im Schlepptau zurück, und dann führte sie Marsha in einen Raum voller Kinderbetten und Pritschen.

»Hier sind wir einigermaßen ungestört«, sagte sie. Mit großen ovalen Augen sah sie Marsha nervös an; sie vermutete, daß sie im Auftrag ihres Mannes in dienstlichen Angelegenheiten gekommen war.

»Ich bin nicht als Frau des Chefs hier«, erklärte Marsha, um sie zu beruhigen.

»Ach so!« Pauline seufzte erleichtert und lächelte. »Ich dachte, Sie hätten eine größere Beschwerde vorzubringen.«

»Ganz im Gegenteil«, sagte Marsha. »Ich möchte mit Ihnen über meinen Sohn sprechen.«

»Ein wunderbarer Junge«, schwärmte Pauline. »Vermutlich wissen Sie, daß er von Zeit zu Zeit herkommt und uns hilft. Erst letztes Wochenende war er hier.«

»Ich wußte nicht, daß die Tagesstätte auch an Wochenenden geöffnet ist.«

»Sieben Tage in der Woche«, antwortete Pauline nicht ohne Stolz. »Viele Leute hier bei Chimera arbeiten ja täglich. Vermutlich nennt man so was Engagement.«

Marsha war nicht sicher, ob sie es so nennen würde, und sie fragte sich, was für eine Belastung diese Art des Einsatzes wohl für ein ohnehin strapaziertes Familienleben sein würde. Aber sie sprach es nicht aus. Statt dessen fragte sie Pauline, ob sie sich an den Tag erinnerte, an dem VJs IQ abgestürzt war.

»Natürlich erinnere ich mich daran. Die Tatsache, daß es hier passiert ist, hat in mir das Gefühl hinterlassen, ich sei irgendwie verantwortlich dafür.«

»Das ist völlig absurd«, sagte Marsha mit warmherzigem Lächeln. »Ich wollte Sie nur fragen, wie VJ sich danach verhalten hat.«

Pauline schaute auf ihre Füße und dachte nach. Dann hob sie den Kopf. »Ich glaube, was mir am meisten auffiel, war, daß er sich von einem Anführer bei allen Aktivitäten in einen Beobachter verwandelte. Vorher war er immer erpicht darauf gewesen, alles mögliche auszuprobieren. Danach benahm er sich gelangweilt und mußte jedesmal gezwungen werden, teilzunehmen. Und er ging jedem Wettbewerb aus dem Weg. Es war, als sei er ein ganz anderer Mensch geworden. Wir bedrängten ihn nicht; das wagten wir nicht. Aber nach diesem Ereignis bekamen wir ihn sehr viel seltener zu Gesicht.«

»Was heißt das?« fragte Marsha. »Er ist doch noch, als er zur Vorschule ging, jeden Nachmittag hergekommen.«

»Nein«, sagte Pauline. »Er fing an, die meiste Zeit im Labor bei seinem Vater zu verbringen.«

»Tatsächlich? Ich dachte, das hätte erst mit der Schule angefangen. Aber was weiß ich schon? Ich bin ja bloß die Mutter.«

Pauline lächelte.

»Wie ist es mit Freunden?« fragte Marsha.

»Freundschaften gehörten nie zu seinen starken Seiten«, sagte Pauline diplomatisch. »Mit den Mitarbeitern hat er sich immer besser verstanden als mit den anderen Kindern. Und nach seinem Problem neigte er dazu, für sich zu bleiben. Nein, das stimmt nicht. Er war offenbar gern mit dem behinderten Mitarbeiter zusammen.«

»Sie meinen Philip?«

»Richtig!«

Marsha stand auf, bedankte sich bei Pauline, und zusammen gingen sie zum Ausgang.

»VJ ist vielleicht nicht mehr so intelligent, wie er mal war«, sagte Pauline in der Tür, »aber er ist ein feiner Junge. Wir haben ihn gern hier im Hort.«

Marsha kehrte eilig zurück zum Auto. Viel hatte sie nicht erfahren, aber VJ war anscheinend schon immer ein größerer Einzelgänger gewesen, als sie vermutet hatte.

Victor wußte, daß er sofort in sein Büro gehen sollte, als er bei Chimera angekommen war. Colleen ertrank zweifellos in lauter Notfällen. Aber statt dessen trug er seine neuesten Proben aus der Kinderklinik in sein Labor. Unterwegs ging er in der Computerzentrale vorbei. Er suchte die defekte Hardware und Louis Kaspwicz, aber das Problem war anscheinend beseitigt. Die Maschine war wieder on-line; Lichter blinkten und Magnetbänder surrten. Einer der vielen weißbekittelten Techniker sagte, Louis sei in seinem Büro und versuche, einen Hacker zu finden, der sich in einem der Buchhaltungsprogramme bemerkbar gemacht hatte.

Als Louis ihn hereinkommen sah, schob, er das dicke Programmlisting beiseite, an dem er arbeitete, und nahm die Logblätter heraus, die er zurückgelegt hatte, um sie Victor zu zeigen.

»Ich habe die letzten sechs Monate überprüft«, sagte er und legte die Bogen so hin, daß Victor sie lesen konnte. »Die Zeiten, an denen der Hacker sich eingeloggt hat, habe ich unterstrichen. Anscheinend meldet der Kleine sich jeden Freitag abend gegen acht. In ungefähr fünfzig Prozent der Fälle bleibt er so lange drin, daß man ihn zurückverfolgen könnte.«

»Warum sagen Sie ›der Kleine‹?« Victor richtete sich auf.

»Nur so 'ne Redensart«, meinte Kaspwicz. »Einer, der in ein privates Computersystem eindringt, kann in jedem Alter sein.«

»Einer unserer Konkurrenten zum Beispiel?«

»Richtig! Aber historisch gesehen sind es meistens Teenager, die es um der Herausforderung willen tun. Für die ist das 'ne Art Computerspiel.«

»Wann können wir anfangen, ihn zurückzuverfolgen?« wollte Victor wissen.

»So bald wie möglich. Mir graut bei dem Gedanken, daß das schon so lange geht. Ich habe keine Ahnung, was für Dummheiten der Kerl getrieben hat. Ich habe jedenfalls mit der Telefongesellschaft gesprochen; sie schicken morgen abend ein paar Techniker rüber, die aufpassen sollen, wenn Sie nichts dagegen haben.«

»Ist mir recht«, sagte Victor.

Als das erledigt war, ging Victor weiter in sein Labor. Robert Grimes war noch in die Sequenzanalyse der DNS in den eingepflanzten Genen vertieft.

»Ich habe schon wieder einen Eilauftrag«, sagte Victor hastig. »Wenn nötig, ziehen Sie einen anderen Techniker von irgendeinem Projekt ab, damit er Ihnen hilft; aber ich möchte, daß Sie persönlich verantwortlich sind.«

»Notfalls hole ich mir Harry. Was haben Sie denn?«

Victor öffnete die braune Tüte, nahm das kleine Glas heraus und reichte es Robert. Seine Hand zitterte.

»Ein Stück von der Leber meines Sohnes.«

»VJ?« Roberts hageres Gesicht nahm einen schockierten Ausdruck an.

»Nein, nein, von David«, sagte Victor. »Erinnern Sie sich,

daß wir von jedem in meiner Familie den genetischen Fingerabdruck von der DNS genommen haben?«

Robert nickte.

»Tun Sie das mit dem Tumor bitte auch! Außerdem die üblichen Untersuchungen des Gewebes und eine Chromosomenstudie.«

»Darf ich Sie fragen, wozu Sie das alles brauchen?«

»Tun Sie's einfach!« befahl Victor scharf.

»Schon gut«, sagte Robert und schlug die Augen nieder. »Ich wollte nicht Ihre Motive in Frage stellen. Ich dachte nur, wenn Sie etwas Bestimmtes suchen, kann ich vielleicht ein besonderes Auge darauf haben.«

Victor fuhr sich mit der Hand durchs Haar. »Tut mir leid, daß ich Sie so angefahren habe«, sagte er. »Ich stehe unter starkem Druck.«

»Sie brauchen sich nicht zu entschuldigen«, erwiderte Robert. »Ich fange gleich an.«

»Warten Sie, da ist noch mehr!« Victor förderte die vier Reagenzgläser zutage. »Ich habe ein paar Blut- und Urinproben, die ich auf ein Cephalosporin-Antibiotikum namens Cephaloclor untersucht haben möchte.«

Robert nahm die Proben, hielt die Röhrchen schräg, um die Konsistenz des Inhalts festzustellen, und las die Aufschriften. »Das kann Harry machen. Wird kein Problem sein.«

»Wie läuft die Sequenzanalyse?«

»Mühselig, wie immer.«

»Irgendwelche Mutationen?«

»Keine einzige«, sagte Robert. »Und danach zu urteilen, wie die Sonden die Fragmente aufnehmen, würde ich vorläufig meinen, daß die Gene völlig stabil gewesen sind.«

»Das ist Pech.«

»Ich dachte, Sie würden sich über diese Information freuen.«

»Normalerweise ja«, sagte Victor, ohne es weiter auszuführen. Es wäre zu schwierig gewesen zu erklären, daß er auf konkrete Hinweise darauf gehofft hatte, daß das NGF-Gen der toten Kinder sich von jenem VJs unterschieden hatte.

»Hier sind Sie also!« Victor und Robert schraken beide zusammen und drehten sich um. Colleen stand in der Tür, die Beine gespreizt, die Arme in die Hüften gestemmt. »Eine der Sekretärinnen hat mir gesagt, sie hätte Sie hier herumschleichen sehen.« Sie zwinkerte.

»Ich wollte gerade ins Büro kommen«, behauptete Victor abwehrend.

»Natürlich, und ich werde heute in der Lotterie gewinnen.« Colleen lachte.

»Vermutlich herrscht im Büro inzwischen das Chaos?« fragte Victor betreten.

»Jetzt hält er sich für unentbehrlich«, sagte Colleen scherzhaft zu Robert. »Doch so schlimm ist es nicht. Das meiste von dem, was angefallen ist, habe ich schon erledigt. Aber da ist etwas, das Sie sofort erfahren sollten.«

»Was denn?« fragte Victor.

»Vielleicht könnte ich Sie unter vier Augen sprechen?«

Colleen lächelte Robert zu, um anzudeuten, daß sie nicht unhöflich sein wollte.

»Selbstverständlich«, sagte Victor verlegen. Er durchquerte das Labor und lehnte sich an einen der Arbeitstische. Colleen folgte ihm.

»Es geht um Gephardt«, erklärte sie. »Darryl Webster, der die Untersuchung leitet, versucht schon den ganzen Tag, Sie zu erreichen. Schließlich hat er mir gesagt, was los ist. Anscheinend hat er einen ganzen Sumpf von Unregelmäßigkeiten entdeckt. In der Zeit, als Gephardt Einkaufsleiter bei Chimera war, sind massenhaft Laborgeräte verschwunden.«

»Was denn zum Beispiel?«

»Große Brocken«, sagte Colleen. »Schnelle Proteinflüssigkeitschromatographieeinheiten, DNS-Sequencer, Massenspektrometer und dergleichen mehr.«

»O Gott!«

»Darryl meinte, das sollten Sie wissen.«

»Hat er gefälschte Bestellaufträge gefunden?«

»Nein«, antwortete Colleen. »Das macht die Sache ja so unheimlich. Die Geräte sind geliefert worden; sie sind nur nie in die Abteilung gegangen, die sie angeblich geordert hatte. Und die fragliche Abteilung hat nie etwas gesagt, weil sie gar nichts bestellt hatte.«

»Also hat Gephardt die Sachen versilbert.« Victor war verblüfft. »Kein Wunder, daß sein Anwalt so heiß darauf war, eine Abmachung zu treffen. Er wußte, was wir finden würden.« Erbost dachte Victor an den Zettel am Ziegelstein, auf dem von einer Abmachung die Rede gewesen war. Höchstwahrscheinlich steckte also Gephardt hinter dem Anschlag.

»Vermutlich haben wir die Telefonnummer von dem Dreckskerl«, sagte Victor giftig.

»Ich denke schon«, erwiderte Colleen. »Sie müßte in seiner Personalakte sein.«

»Ich möchte ihn anrufen. Und ich hab's satt, über seinen Anwalt mit ihm zu reden.«

Auf dem Weg ins Verwaltungsgebäude hatte Colleen Mühe, mit Victor Schritt zu halten. Noch nie hatte sie ihn so wütend gesehen.

Er kochte noch immer, als er Gephardts Nummer wählte; er winkte Colleen, im Zimmer zu bleiben, damit sie bezeugen könnte, was gesprochen wurde. Aber das Telefon klingelte unaufhörlich. »Verdammt!« fluchte Victor. »Der Mistkerl ist entweder unterwegs, oder er geht nicht ran. Wie lautet seine Adresse?«

Colleen sah nach. Es war eine Straße in Lawrence, gar nicht weit von Chimera Inc.

»Ich denke, ich werde den Mann auf dem Heimweg besuchen«, sagte Victor. »Ich habe das Gefühl, er war bei mir zu Hause. Es wird Zeit, daß ich den Besuch erwidere.«

Als einer ihrer Patienten wegen Krankheit absagte, beschloß Marsha, die freie Stunde zu nutzen und die Pendleton Academy zu besuchen, die Privatschule, in die VJ seit dem Kindergarten ging.

Der Campus war schön, obwohl die Bäume noch kahl waren und das Gras winterlich braun aussah. Die Gebäude waren von Efeu überwuchert, was dem Ganzen das Aussehen eines alten Colleges oder einer Universität verlieh.

Marsha hielt vor der Verwaltung und stieg aus. Die Schule war ihr nicht so vertraut, wie sie es hätte sein können. An den Elternsprechtagen kamen sie und Victor zwar regelmäßig her, aber den Leiter, Perry Remington, hatte sie erst zweimal gesehen. Hoffentlich würde er sie empfangen.

Als sie das Gebäude betrat, sah sie zu ihrer Freude etliche Sekretärinnen geschäftig an ihren Schreibtischen sitzen. Zumindest hatte das Personal also keine Ferien. Mr. Remington war, wie sich herausstellte, in seinem Büro und hatte die Freundlichkeit, Marsha gleich zu empfangen.

Er war ein stattlicher Mann mit einem sauber getrimmten Vollbart. Buschige Brauen wölbten sich über einer horngeränderten Brille.

»Wir sind immer erfreut, wenn Eltern uns besuchen«, sagte Mr. Remington und bot ihr einen Stuhl an. Dann setzte er sich, schlug die Beine übereinander und balancierte eine Akte auf dem Knie. »Was haben Sie auf dem Herzen?«

»Es geht um meinen Sohn VJ«, begann Marsha. »Ich bin Psychiaterin, und um ehrlich zu sein, ich mache mir seinetwegen ein bißchen Sorgen. Ich weiß, daß seine Zensuren gut sind, aber ich frage mich, wie er so allgemein zurechtkommt.« Sie schwieg; sie wollte Mr. Remington nichts in den Mund legen.

Der Schuldirektor räusperte sich. »Als man mir mitteilte,

daß Sie da sind, habe ich mir schnell VJs Akte vorgenommen.« Er tippte auf die Akte, wechselte dann die Position und legte das andere Bein übers Knie. »Ehrlich gesagt, wenn Sie nicht vorbeigekommen wären, hätte ich Sie zum Ferienende angerufen. VJs Lehrer sind ebenfalls besorgt um ihn. Trotz seiner exzellenten Leistungen scheint VJ ein Konzentrationsproblem zu haben. Seine Lehrer sagen, er verliert sich oft in Tagträumen oder in seiner eigenen Welt, obwohl er, wie sie zugeben, stets die richtige Antwort bereit hat, wenn sie ihn aufrufen.«

»Weshalb machen die Lehrer sich dann Sorgen?« fragte Marsha.

»Ich glaube, wegen der Prügeleien.«

»Prügeleien!« rief Marsha. »Ich habe noch nie ein Wort über Prügeleien gehört!«

»Es hat allein in diesem Jahr vier oder fünf Fälle gegeben.«

»Warum hat man mich darüber nicht informiert?« fragte Marsha einigermaßen empört.

»Weil VJ uns ausdrücklich darum gebeten hat, es nicht zu tun.«

»Das ist doch absurd!« Marsha wurde lauter. »Wieso nehmen Sie Anordnungen von VJ entgegen?«

»Augenblick, Dr. Frank!« sagte Mr. Remington. »In allen Fällen war es für den anwesenden Mitarbeiter ersichtlich, daß Ihr Sohn ernsthaft provoziert worden war und daß er seine Fäuste nur als letztes Mittel benutzt hatte. Jedesmal war es darum gegangen, daß ein bekannter Streithammel in anscheinend kindischer Weise auf die ... äh, Besonderheit Ihres Sohnes reagiert hatte. Die Sache war jedesmal völlig eindeutig. VJ hatte nie die Schuld, war niemals der Anstifter. Infolgedessen haben wir seinen Wunsch respektiert.«

»Aber es hätte ihm etwas passieren können.« Marsha ließ sich auf ihren Stuhl zurücksinken.

»Das ist die andere Merkwürdigkeit«, sagte Mr. Remington. »Für einen Jungen, der sich aus Sport nichts macht, hat

VJ sich bewundernswert gut zu halten gewußt. Einer der anderen Jungen hatte am Ende ein gebrochenes Nasenbein.«

»Mir scheint, ich erfahre in letzter Zeit eine Menge Neues über meinen Sohn«, stellte Marsha fest. »Wie steht es mit Freunden?«

»Er ist ein ziemlicher Einzelgänger«, antwortete Mr. Remington. »Genau gesagt, seine Beziehung zu den anderen Schülern ist überhaupt nicht gut. Dabei ist im allgemeinen keine Feindseligkeit im Spiel. Er kümmert sich einfach um ›seinen eigenen Kram‹.«

Das war nicht das, was Marsha hören wollte. Sie hätte gehofft, ihr Sohn wäre in der Schule geselliger als zu Hause. »Würden Sie VJ als glückliches Kind bezeichnen?« fragte sie.

»Das ist eine schwierige Frage«, sagte Mr. Remington. »Ich habe nicht das Gefühl, daß er unglücklich ist. Aber VJ zeigt eigentlich nie viel Emotion.«

Marsha runzelte die Stirn. Diese Gefühlsflachheit klang schizoid. Das Bild wurde schlimmer statt besser.

»Einer unserer Mathematiklehrer, Raymond Cavendish«, berichtete Mr. Remington, »hat sich besonders für VJ interessiert. Er hat enorme Anstrengungen unternommen, in wie er sagte, VJs Privatwelt einzudringen.«

Marsha beugte sich vor. »Wirklich? Und hatte er Erfolg?«

»Leider nicht. Aber ich erwähnte es, weil Raymond das Ziel hatte, VJ für außerschulische Aktivitäten wie Sport zu gewinnen. VJ war nicht besonders interessiert, obwohl er ein angeborenes Talent für Basketball und Fußball hat. Aber ich stimme mit Raymonds Ansicht überein: VJ muß andere Interessen entwickeln.«

»Was hat Mr. Cavendishs Interesse für meinen Sohn geweckt?« wollte Marsha wissen.

»Anscheinend war er beeindruckt von VJs mathematischen Fähigkeiten. Er hat VJ in eine Begabtenklasse gesteckt, zu der Kinder verschiedener Jahrgangsstufen gehörten. Jeder durfte in seinem eigenen Tempo arbeiten. Eines Tages, als er einigen High-School-Kindern bei einem Algebraproblem half, bemerkte er, daß sich VJ in einem Tagtraum verloren hatte. Er rief ihn an, damit er weiterarbeitete. VJ glaubte, er sei gefragt, und lieferte daraufhin zu jedermanns Erstaunen die Lösung zum Problem der High-School-Kinder.«

»Das ist unglaublich«, sagte Marsha. »Wäre es möglich, daß ich mit Mr. Cavendish spreche?«

Mr. Remington schüttelte den Kopf. »Leider nicht. Mr. Cavendish ist vor zwei Jahren gestorben.«

»Oh, das tut mir leid«, sagte Marsha.

»Es war ein großer Verlust für die Schule«, pflichtete Mr. Remington ihr bei.

Die Konversation stockte. Marsha wollte sich gerade verabschieden, als Mr. Remington sagte: »Wenn Sie meine Meinung hören möchten: Ich glaube, es wäre vorteilhaft für VJ, wenn er mehr Zeit hier in der Schule verbringen würde.«

»Sie denken an die Sommerkurse?«

»Nein, nein, ich meine das reguläre Schuljahr. Ihr Mann schreibt häufig Entschuldigungen, weil VJ bei ihm im Forschungslabor ist. Nun bin ich durchaus für eine alternative Bildungsumgebung, aber VJ sollte sich hier mehr beteiligen, vor allem bei Aktivitäten außerhalb des eigentlichen Unterrichts. Ich glaube –«

»Moment mal«, unterbrach Marsha ihn. »Soll das heißen, VJ versäumt Unterricht, weil er im Labor ist?«

»Ja«, sagte Mr. Remington. »Oft.«

»Das ist mir neu«, gestand Marsha. »Ich weiß, daß er viel Zeit im Labor verbringt, aber ich wußte nicht, daß er dazu die Schule versäumt.«

»Wenn ich schätzen sollte, würde ich sagen, er ist mehr im Labor als hier.«

»Du meine Güte«, entfuhr es Marsha.

»Wenn Sie es genauso sehen wie ich«, meinte Mr. Remington, »sollten Sie darüber vielleicht mit Ihrem Mann sprechen.«

»Das werde ich tun«, erklärte Marsha und erhob sich. »Darauf können Sie sich verlassen.«

»Ich möchte, daß ihr im Auto wartet«, sagte Victor zu VJ und Philip, während er sich vorbeugte und Gephardts Haus durch die Frontscheibe betrachtete. Es war ein unauffälliges, einstöckiges Gebäude mit einer Backsteinfassade.

»Dann dreh den Zündschlüssel um, damit wir wenigstens Radio hören können«, sagte VJ; er saß auf dem Beifahrersitz, Philip hinten.

Victor drehte den Schlüssel um. Das Radio schaltete sich ein, und lärmende Rockmusik dröhnte auf, die VJ zuvor eingestellt hatte. Sie klang lauter, wenn der Motor nicht mehr lief.

»Es dauert nicht lange«, erklärte Victor und stieg aus. Jetzt, da er auf Gephardts Grundstück stand, kamen ihm Bedenken wegen der geplanten Konfrontation. Das Haus befand sich auf einem ziemlich großen Grundstück, vor den Blicken der Nachbarn verborgen durch dichte Birken- und Ahorngruppen. Links wölbte sich ein Erkerfenster aus dem Gebäude – wahrscheinlich das Wohnzimmer. Nirgends brannte Licht, obwohl es allmählich dämmerte, aber in der Einfahrt stand ein Ford-Kombi; also, dachte Victor, würde jemand zu Hause sein.

Er beugte sich noch einmal in den Wagen. »Es dauert nicht lange.«

»Hast du schon mal gesagt«, bemerkte VJ und schlug mit der flachen Hand auf dem Armaturenbrett den Takt zur Musik.

Victor nickte verlegen. Er richtete sich auf und ging auf das Haus zu. Dabei fragte er sich, ob er nicht einfach nach Hause fahren und anrufen sollte. Aber dann dachte er an die verschwundenen Laborgeräte, an das unterschlagene Gehalt irgendeines armen verstorbenen Angestellten und an den Ziegelstein, der durch VJs Fenster geflogen war. Das weckte seinen Zorn und legte Entschlossenheit in seinen Schritt. Als er näher kam, betrachtete er die Backsteinfassade und fragte sich, ob der Stein, der in sein Haus gekracht war, von Gephardts Hausbau stammte. Er blickte zum Erkerfenster und verspürte den Drang, einen der Pflastersteine vom Weg hindurchzuwerfen. Plötzlich blieb er stehen.

Victor blinzelte, als traute er seinen Augen nicht. Er war jetzt keine zehn Schritte mehr von dem Erkerfenster entfernt und sah, daß die meisten Scheiben schon zerbrochen waren. Scharfe Glasscherben steckten noch in den Rahmen. Es war, als sei seine Rachephantasie Wirklichkeit geworden.

Victor sah zum Auto, wo VJ und Philip saßen, und er kämpfte mit dem Impuls, zu ihnen zurückzulaufen und wegzufahren. Hier stimmte etwas nicht. Das spürte er. Er schaute zu dem eingeschlagenen Erkerfenster hinüber und dann zur Haustür. Es war zu still hier, zu dunkel. Aber was sollte er VJ erzählen, daß er Angst hatte? Nachdem er nun schon bis hierher gekommen war, zwang er sich zum Weitergehen.

Er stieg die Stufen hinauf und sah, daß die Haustür nicht zu war.

»Hallo!« rief Victor. »Jemand zu Hause?« Er stieß die Tür auf und trat ein.

Sein Schrei erstarb auf seinen Lippen. Die blutige Szene in Gephardts Wohnzimmer war schlimmer als alles, was er bisher gesehen hatte, selbst in seiner Zeit als Assistenzarzt im Boston City Hospital. Sieben Leichen, darunter Gephardts, lagen grotesk verstreut im Wohnzimmer. Sie waren von Kugeln durchsiebt, und der Geruch von Kordit hing schwer in der Luft.

Der Mörder mußte gerade erst verschwunden sein, denn das Blut quoll noch aus den Wunden. Neben Gephardt lag eine ungefähr gleichaltrige Frau, vermutlich seine Ehefrau; die anderen waren ein älteres Paar und drei Kinder. Das jüngste war schätzungsweise fünf. Gephardt war so oft getroffen worden, daß seine Schädeldecke nicht mehr da war.

Victor richtete sich auf, nachdem er den letzten Leichnam auf ein Lebenszeichen untersucht hatte. Mit weichen Knien und etwas benommen ging er zum Telefon; er überlegte, ob er irgend etwas anfassen durfte. Er sparte sich die Mühe, einen Krankenwagen zu bestellen, und rief gleich die Polizei an. Ein Wagen werde in Kürze dasein, sagte man ihm.

Victor beschloß, im Auto zu warten. Er fürchtete, daß ihm schlecht werden könnte, wenn er sich noch länger im Haus aufhielte.

»Wir werden eine Weile hierbleiben müssen«, rief er, als er sich hinter das Lenkrad schob. Er drehte das Radio leiser. Das Bild der sieben Toten hatte sich in seine Gedanken geätzt. »Im Haus gibt es Unannehmlichkeiten; aber die Polizei ist unterwegs.«

»Wie lange wird's dauern?« fragte VJ.

»Ich weiß es nicht genau. Vielleicht eine Stunde.«

»Kommen auch Feuerwehrautos?« fragte Philip eifrig.

Die Polizei erschien in eindrucksvoller Stärke: vier Streifenwagen, vermutlich die gesamte Flotte des Lawrence Police Department. Victor ging nicht mit hinein, sondern wartete auf der Treppe vor der Haustür. Nach etwa einer halben Stunde kam einer der Polizisten in Zivil wieder heraus.

»Ich bin Lieutenant Marc Scudder«, sagte er. »Ihren Namen und Ihre Anschrift haben wir schon, nehme ich an?«

Victor bejahte.

»Böse Sache«, meinte Scudder. Er zündete sich eine Zigarette an und warf das Streichholz auf den Rasen. »Sieht aus wie 'ne Vendetta im Rauschgiftgeschäft – so was erwartet man südlich von Boston, aber nicht hier oben.«

»Haben Sie denn Rauschgift gefunden?« fragte Victor.

»Noch nicht.« Scudder nahm einen langen Zug von seiner Zigarette. »Aber ein Verbrechen aus Leidenschaft ist das hier sicher nicht. Nicht bei der Artillerie, die sie benutzt haben. Müssen zwei oder drei Leute gewesen sein, die da drin geschossen haben.«

»Brauchen Sie mich denn hier noch länger?« fragte Victor.

Scudder schüttelte den Kopf. »Wenn wir Ihren Namen und Ihre Telefonnummer haben, können Sie gehen.«

So aufgebracht, wie sie war, konnte Marsha sich kaum auf ihre Nachmittagspatienten konzentrieren; es erforderte ihre ganze Selbstbeherrschung, bei der letzten, einer narzißtischen Zwanzigjährigen mit einer Borderline-Persönlichkeitsstörung, wenigstens den Anschein des Interesses aufrechtzuerhalten. Kaum war das Mädchen fort, griff Marsha nach ihrer Handtasche und ging hinaus zum Auto; ausnahmsweise mußte die Korrespondenz bis zum nächsten Tag warten.

Auf dem Heimweg dachte sie immer wieder an ihre Unterredung mit Remington. Entweder hatte Victor gelogen, was die Zeit anging, die VJ im Labor verbrachte, oder VJ fälschte seine Entschuldigungen. Beide Möglichkeiten waren gleichermaßen bestürzend, und Marsha erkannte, daß sie ihre Gefühle, was Victor und sein gewissenloses Experiment betraf, nicht annähernd würde verarbeiten können, solange sie nicht wußte, wieviel Schaden VJ wirklich genommen hatte. Die Entdeckung seiner Schulschwänzerei verstärkte nur ihre Sorgen; es war ein so klassisches Symptom für eine Verhaltensstörung, die zu einer antisozialen Persönlichkeitsstruktur führen konnte.

Marsha bog in die Zufahrt ein und beschleunigte auf der leichten Steigung noch einmal. Es war fast dunkel, und sie hatte die Scheinwerfer eingeschaltet. Sie fuhr ums Haus herum und wollte nach dem automatischen Türöffner greifen, als das Scheinwerferlicht etwas an der Garagentür erfaßte. Was es war, konnte sie nicht erkennen, und als sie vor der Garage anhielt, spiegelten sich die Scheinwerfer in der weißen Türfläche und blendeten sie. Marsha hob die Hand vor die Augen, stieg aus und ging um den Wagen herum. Blinzelnd schaute sie zu dem Gegenstand hinauf; er sah aus wie ein Lumpenknäuel.

»O mein Gott!« schrie sie, als sie erkannte, was es war. Sie würgte aufsteigende Übelkeit herunter und wagte einen zweiten Blick. Die Katze war stranguliert und wie zur Kreuzigung an das Garagentor genagelt worden.

Sie versuchte, nicht auf die vorquellenden Augen und die heraushängende Zunge zu schauen, und las, was auf dem Zettel am Schwanz stand: BRING DIE SACHE LIEBER IN ORDNUNG.

Marsha schaltete Scheinwerfer und Motor ab und ließ den Wagen stehen, wo er war. Sie lief ins Haus und verriegelte die Tür. Zitternd in einer Mischung von Ekel, Angst und Wut hängte sie ihre Jacke auf und machte sich auf die Suche nach Ramona, der Putzfrau; sie fand sie beim Aufräumen im Wohnzimmer. Marsha fragte, ob sie irgendwelche merkwürdigen Geräusche gehört habe.

»Ich habe gegen Mittag jemanden hämmern gehört«, berichtete Ramona. »Als ich zur Haustür hinausguckte, war aber niemand da.«

»Autos oder Lastwagen?« fragte Marsha.

»Nein«, sagte Ramona.

Marsha ließ sie ihre Arbeit weitermachen und rief in Victors Büro an, aber als sie verbunden worden war, erfuhr sie, daß Victor bereits gegangen war. Sie überlegte, ob sie die Polizei anrufen sollte, aber dann dachte sie, daß Victor jeden Augenblick nach Hause kommen müsse, und schenkte sich ein Glas Weißwein ein. Als sie einen Schluck genommen hatte, sah sie Scheinwerferlicht über die Scheune streichen.

»Verdammt noch mal!« fluchte Victor, weil Marshas Auto die Garageneinfahrt blockierte. »Warum tut deine Mutter das? Sie könnte ihre Kiste wenigstens an die Seite fahren.«

Er setzte schräg zurück, auf die Hintertür des Hauses zu, hielt an und schaltete Licht und Zündung aus. Er war ein Nervenbündel nach dem Erlebnis bei Gephardt. VJ und Philip lebten in seliger Ahnungslosigkeit; sie hatten nicht einmal nach einer Erklärung verlangt, obwohl sie so lange im Auto hatten sitzen müssen.

Victor stieg langsam aus und folgte den beiden hinein. Als er die Tür hinter sich geschlossen hatte, merkte er schon, daß Marsha eine ihrer Launen hatte. Ihr Ton sagte alles, als sie VJ und Philip befahl, sich die Schuhe auszuziehen, nach oben zu gehen und sich zum Abendessen zu waschen.

Victor hängte seine Jacke an die Garderobe und ging in die Küche.

»Und du!« sagte Marsha. »Vermutlich hast du das kleine Präsent an der Garagentür nicht gesehen, was?«

»Wovon redest du?« fragte Victor in ebenso gereiztem Ton.

»Wie du das übersehen kannst, ist mir unbegreiflich.«

Marsha stellte ihr Weinglas hin, schaltete die Außenbeleuchtung ein und schob sich an Victor vorbei. »Komm mit!«

Victor zögerte einen Augenblick und folgte ihr dann. Sie marschierte mit ihm durch das Wohnzimmer und zur Hintertür hinaus. »Marsha!« rief er und hatte Mühe, mit ihr Schritt zu halten.

Vor ihrem Wagen blieb sie stehen. Victor kam heran.

»Was willst du ...«, begann er, aber seine Stimme versiegte bei dem greulichen Anblick, der sich ihm bot: Kissa, brutal an die Garagentür genagelt.

Marsha stand da, die Hände in die Hüften gestemmt, und schaute Victor an, nicht die Katze. »Ich dachte, es würde dich interessieren zu sehen, wie klar und deutlich du mit den Problempersonen gesprochen hast.«

Victor wandte sich ab. Er konnte den Anblick des toten, gefolterten Tieres nicht ertragen, und seiner Frau konnte er auch nicht ins Gesicht sehen.

»Ich möchte wissen, was du zu tun gedenkst, damit das aufhört. Und bilde dir nicht ein, du kommst mit einem simplen ›Ich werde mich darum kümmern‹ davon. Ich möchte wissen, was für Schritte du unternehmen wirst, und ich möchte es sofort wissen. Ich kann einfach nicht noch mehr...« Ihre Stimme brach.

Victor fragte sich, wieviel er selbst noch würde ertragen können. Marsha tat, als sei er der Schuldige, als habe er das alles heraufbeschworen. Vielleicht hatte er es auch. Aber er wollte verdammt sein, wenn er wußte, wer dahintersteckte.

Langsam wandte er sich wieder dem Garagentor zu. Erst jetzt sah er den Zettel. Er wußte nicht, ob er wütend oder angewidert sein sollte. Wer, zum Teufel, war das? Wenn es Gephardt gewesen sein sollte, würde er ihnen jedenfalls nicht wieder zur Last fallen.

»Wir sind von einem Telefonanruf über ein zerbrochenes Fenster zu einem toten Tier gelangt«, zählte Marsha auf. »Was kommt als nächstes?«

»Ich rufe die Polizei an«, sagte Victor.

»Die war uns letztesmal eine große Hilfe.«

»Ich weiß nicht, was du von mir erwartest.« Victor hatte einen Teil seiner Fassung wiedergewonnen. »Ich habe die drei Leute angerufen, die ich im Verdacht hatte, dahinterzustecken. Übrigens ist die Liste der Verdachtspersonen auf zwei geschrumpft.«

»Was soll das heißen?«

»Heute auf dem Heimweg bin ich bei George Gephardt vorbeigefahren«, sagte er. »Der Mann war –«

»Igitt!« rief VJ mit angeekeltem Gesicht.

Victor und Marsha erschraken über sein plötzliches Erscheinen. Marsha hatte gehofft, ihrem Sohn diesen Anblick ersparen zu können. Sie trat zwischen ihn und die Garagentür.

»Sieh nur ihre Zunge!« sagte VJ und versuchte, um Marsha herumzuschauen.

»Ins Haus mit dir!« befahl sie und wollte VJ zur Hintertür scheuchen. Aber VJ ließ es nicht zu. Er war offenbar entschlossen, sich die Sache genauer anzusehen. Sein Interesse war krankhaft, fand Marsha – beinahe klinisch. Bestürzt erkannte sie, daß keinerlei Trauer in seiner Reaktion lag, ein weiteres schizoides Symptom.

»VJ!« sagte sie in scharfem Ton. »Ich wünsche, daß du ins Haus gehst, *und zwar sofort!*«

»Glaubst du, Kissa war tot, bevor sie an die Tür genagelt wurde?« fragte VJ, immer noch ganz gelassen, und versuchte, einen Blick auf die Katze zu werfen, während Marsha ihn zum Haus drängte.

Drinnen begab Victor sich unverzüglich ans Telefon, während Marsha versuchte, mit VJ zu reden. Bestimmt fühlte er doch irgend etwas für ihre Katze.

Victor erreichte das Polizeirevier von North Andover. Man versicherte ihm, daß gleich ein Streifenwagen kommen werde.

Er legte auf und drehte sich um. VJ lief die Treppe hinauf, zwei Stufen auf einmal nehmend. Marsha saß auf der Couch, die Arme zornig verschränkt. Es war klar, daß sie jetzt noch mehr aufgebracht war, nachdem VJ die Katze gesehen hatte.

»Ich werde vorläufig eine Bewachungsfirma engagieren«, sagte Victor, »bis wir dieser Sache auf den Grund gekommen sind. Sie werden das Haus nachts bewachen.«

»Ich finde, das hätten wir schon längst tun sollen«, entgegnete Marsha.

Victor zuckte mit den Schultern und setzte sich auf die Couch; er war plötzlich sehr müde.

»Weißt du, was VJ gesagt hat, als ich ihn nach seinen Gefühlen fragte? Er hat gesagt, wir könnten ja eine neue Katze kaufen.«

»Das klingt sehr reif«, meinte Victor. »Zumindest VJ kann sich rational benehmen.«

»Victor, die Katze hat ihm jahrelang gehört. Da sollte man doch denken, daß er ein wenig Gefühl zeigt, ein bißchen Trauer über den Verlust.« Marsha schluckte heftig. »Ich finde, es ist eine kalte und unbeteiligte Reaktion.« Sie hatte gehofft, ihre Fassung zu behalten, wenn sie über VJ sprachen, aber so sehr sie sich auch bemühte, die Tränen niederzukämpfen, sie stiegen ihr doch in die Augen.

Wieder zuckte Victor mit den Schultern. Er hatte eigentlich keine Lust auf eine weitere psychologische Plauderei. Der Junge war völlig in Ordnung.

»Ungenügende Emotionalität ist kein gutes Zeichen«, brachte Marsha mühsam hervor; sie hoffte, Victor werde ihr endlich zustimmen. Aber Victor sagte gar nichts.

»Was denkst du?« fragte Marsha.

»Um die Wahrheit zu sagen, ich bin im Moment ein bißchen abgelenkt. Vorhin, bevor VJ auftauchte, wollte ich dir von Gephardt erzählen. Auf dem Heimweg habe ich den Mann besuchen wollen, aber was ich in seinem Haus vorgefunden habe, du kannst es dir nicht vorstellen. Gephardt und seine ganze Familie sind heute ermordet worden. Am hellichten Nachmittag mitten im Wohnzimmer mit Maschinenpistolen erschossen. Es war ein Massaker.« Er fuhr sich mit den Fingern durchs Haar. »Ich habe die Polizei alarmiert.«

»Wie furchtbar!« rief Marsha. »Mein Gott, was geht denn hier nur vor?« Sie sah Victor an. Er war schließlich ihr Ehemann, der Mann, den sie all die Jahre geliebt hatte. »Fühlst du dich okay?«

»Ach, es geht schon«, antwortete Victor, aber es klang nicht überzeugend.

»War VJ dabei?«

»Er saß im Wagen.«

»Er hat also nichts gesehen?«

Victor schüttelte den Kopf.

»Gott sei Dank!« sagte Marsha. »Kennt die Polizei das Motiv für den Mord?«

»Sie glauben, die Sache hängt mit Rauschgift zusammen.«

»Welch eine schreckliche Geschichte!« Marsha war immer noch wie vom Donner gerührt. »Soll ich dir etwas zu trinken bringen? Ein Glas Wein?«

»Ich glaube, ich nehme etwas Stärkeres. Einen Scotch«, sagte Victor.

»Bleib nur sitzen!« Marsha ging an die Hausbar und schenkte Victor einen Drink ein. Vielleicht war sie zu hart mit ihm, aber sie mußte sich jetzt auf ihren Sohn konzentrieren; sie beschloß, das Gespräch wieder auf VJ zu bringen.

Sie reichte Victor das Glas und fing an: »Ich hatte heute ebenfalls ein bestürzendes Erlebnis, wenn auch kein so furchtbares wie du. Ich war in VJs Schule und habe mit dem Direktor gesprochen.«

Victor nahm einen Schluck Whisky.

Marsha erzählte von ihrem Besuch bei Mr. Remington und wollte dann wissen, weshalb Victor ihr nichts von seiner Entscheidung gesagt habe, VJ so oft die Schule versäumen zu lassen.

»Aber ich habe nie entschieden, daß VJ die Schule versäumen darf«, antwortete Victor.

»Hast du nicht mehrmals Entschuldigungen für VJ geschrieben, weil er im Labor statt in der Schule war?«

»Selbstverständlich nicht.«

»Das hatte ich befürchtet«, sagte Marsha. »Ich glaube, wir haben hier ein ernstes Problem. Solche Schulschwänzerei ist ein schwerwiegendes Symptom.«

»Ich hatte zwar den Eindruck, daß er oft in der Firma war, aber als ich ihn einmal fragte, sagte er, die Schule habe ihn hergeschickt, damit er praktische Erfahrungen sammle. Und solange seine Noten gut waren, ist es mir nicht in den Sinn gekommen, ihn weiter zu befragen.«

»Pauline Spaulding hat mir auch erzählt, daß er die meiste Zeit im Labor ist«, sagte Marsha. »Zumindest nach seinem Intelligenzverlust.«

»VJ hat immer viel Zeit im Labor verbracht«, gab Victor zu.

»Was tut er denn da?« wollte Marsha wissen.

»So mancherlei«, sagte Victor. »Angefangen hat er mit

fundamentalen Chemie-Experimenten; er benutzt die Mikroskope, spielt Computerspiele, die ich ihm besorgt habe. Ich weiß es nicht. Er treibt sich da herum. Jeder kennt ihn. Er ist beliebt. Und er hat es immer verstanden, sich allein zu unterhalten.«

Die Türglocke läutete; Marsha und Victor gingen beide in den Flur hinaus und ließen die Polizei von North Andover herein.

»Sergeant Cerullo«, sagte ein großer uniformierter Beamter. Seine zierlichen Gesichtszüge lagen allesamt dicht zusammengedrängt in der Mitte seines pausbackigen Gesichts. »Das hier ist Patrolman Hood.« Er deutete auf den zweiten Uniformierten, der hinter ihm stand. »Tut mir leid, die Sache mit Ihrer Katze. Wir haben uns bemüht, Ihr Haus im Auge zu behalten, nachdem Widdicomb hier war, aber es ist schwierig, weil es ja so weit abseits der Straße liegt und so weiter.«

Sergeant Cerullo zog Block und Bleistift hervor, wie es auch Widdicomb am Dienstag abend getan hatte. Victor führte die beiden durch die Hintertür hinaus zur Garage. Hood machte ein paar Fotos von Kissa, und dann suchten die beiden Polizisten die Umgebung ab. Victor war dankbar, als Hood sich erbot, das Tier herunterzunehmen, und sogar mithalf, am Rande einer Birkengruppe ein Grab auszuheben.

Auf dem Weg ins Haus fragte Victor, ob die beiden jemanden wüßten, den er mit der Bewachung seines Hauses betrauen könnte. Sie nannten ihm zwei Firmen in der Stadt.

»Da wir gerade von Namen sprechen«, fuhr Sergeant Cerullo fort, »haben Sie eine Ahnung, wer so was mit Ihrer Katze angestellt haben könnte?«

»Da fallen mir zwei Leute ein«, sagte Victor. »Sharon Carver und William Hurst.«

Cerullo notierte sich die Namen. Gephardt erwähnte Victor nicht, und auch nicht Ronald Beekman. Es war ausgeschlossen, daß Ronald so tief sinken könnte.

Als er die Polizisten verabschiedet hatte, rief Victor die beiden Firmen an, die sie ihm empfohlen hatten. Sie hatten offenbar Feierabend, denn bei beiden meldete sich der Anrufbeantworter. Er hinterließ seinen Namen und seine Nummer in der Firma.

»Ich möchte, daß wir zusammen ein Wörtchen mit VJ reden«, sagte Marsha.

Victor erkannte an ihrem Tonfall, daß sie sich davon nicht würde abbringen lassen. Er nickte nur und folgte ihr die Hintertreppe hinauf. VJs Tür stand offen; sie traten ein, ohne anzuklopfen.

VJ klappte sein Briefmarkenalbum zu und schob das schwere Buch in das Regal über seinem Schreibtisch.

Marsha betrachtete ihren Sohn. Erwartungsvoll, beinahe schuldbewußt, schaute er zu ihnen auf, als hätten sie ihn bei einer Ungezogenheit ertappt. Um die Beschäftigung mit einem Briefmarkenalbum konnte es dabei kaum gehen.

»Wir möchten mit dir sprechen«, sagte Marsha.

»Okay! Worüber?«

Plötzlich, fand Marsha, sah er aus wie das zehnjährige Kind, das er war. Er sah so verletzlich aus, daß sie sich beherrschen mußte, um sich nicht zu ihm zu beugen und ihn in die Arme zu nehmen. Aber jetzt war Strenge gefordert. »Ich war heute in der Pendleton Academy und habe dort mit dem Schulleiter gesprochen. Er sagt, du hast Entschuldigungsschreiben von deinem Vater vorgelegt, wenn du nicht in der Schule warst, sondern deine Zeit bei Chimera verbracht hast. Ist das wahr?«

Aus professioneller Erfahrung rechnete Marsha damit, daß VJ den Vorwurf zunächst abstreiten und – wenn sich das als erfolglos erwiese – irgendeine früherwachsene Verantwortungsvorwegnahme versuchen werde. Aber VJ tat weder das eine noch das andere.

»Ja, es ist wahr«, sagte er schlicht. »Tut mir leid, daß ich euch getäuscht habe. Ich entschuldige mich dafür, daß ich euch damit möglicherweise in Verlegenheit gebracht habe. Es war nicht beabsichtigt.«

Für einen Augenblick war Marsha aller Wind aus den Segeln genommen. Wieviel lieber hätte sie die üblichen kindgemäßen Leugnungsversuche gehört! Aber sogar in diesem Fall wich VJ von der Norm ab. Sie sah zu Victor auf. Er hob die Brauen, sagte aber nichts.

»Meine einzige Entschuldigung ist, daß meine schulischen Leistungen gut sind«, erklärte VJ. »Ich habe das als meine Hauptverpflichtung gesehen.«

»Die Schule soll dir eine Herausforderung sein«, sagte Victor, der vermutete, daß VJs absolute Gelassenheit Marsha die Sprache verschlagen habe. »Wenn dir die Schule zu leicht fällt, muß man dich versetzen. Es ist schließlich schon vorgekommen, daß Kinder deines Alters aufs College gegangen sind und dort sogar Examen gemacht haben.«

»Aber solche Kinder werden wie Monster betrachtet«, erwiderte VJ. »Außerdem habe ich kein Interesse an weiteren derartigen Strukturen. Ich habe im Labor sehr viel gelernt, sehr viel mehr als in der Schule. Ich möchte in die Forschung.«

»Warum bist du nicht zu mir gekommen, um mit mir darüber zu reden?« wollte Victor wissen.

»Weil ich dachte, so wäre es am einfachsten«, erklärte VJ. »Ich befürchtete, du könntest nein sagen, wenn ich dich fragte, ob ich mehr Zeit im Labor verbringen dürfte.«

»Der Glaube, daß du das Ergebnis einer Diskussion schon kennst, sollte dich nicht daran hindern, den Mund aufzumachen«, entgegnete Victor.

VJ nickte.

Victor sah Marsha an, um festzustellen, ob sie noch etwas sagen wollte. Sie nagte gedankenvoll an der Innenseite ihrer Wange. Als sie merkte, daß Victor sie anschaute, erwiderte sie seinen Blick. Er zuckte mit den Schultern. Sie tat es auch.

»Na, darüber sprechen wir noch mal«, sagte Victor, und

die beiden verließen VJs Zimmer und gingen die Treppe hinunter.

»Tja«, meinte Victor, »wenigstens hat er nicht gelogen.«

»Ich komme nicht drüber weg«, sagte Marsha. »Ich war sicher, daß er es abstreiten würde.« Sie nahm ihr Weinglas, schenkte sich nach und setzte sich auf einen Stuhl am Küchentisch. »Er ist schwer einschätzbar.«

»Aber ist es kein gutes Zeichen, daß er nicht gelogen hat?« Victor lehnte sich an die Küchentheke.

»Offen gesagt, nein«, antwortete Marsha. »Unter diesen Umständen ist es bei einem Kind seines Alters alles andere als normal. Okay, er hat nicht gelogen, aber er hat auch nicht die leiseste Spur von Reue gezeigt. Ist dir das aufgefallen?«

Victor verdrehte die Augen. »Du bist wirklich niemals zufrieden, was? Nun, ich bin nicht davon überzeugt, daß das so wichtig ist. Ich habe damals auf der High-School sehr oft geschwänzt. Ich glaube, der einzige Unterschied war, daß ich nie erwischt wurde.«

»Das ist nicht das gleiche«, sagte Marsha. »Solches Verhalten ist typisch für jugendliches Rebellieren. Darum hast du es auch erst auf der High-School getan. Aber VJ ist im fünften Schuljahr.«

»Ich glaube, ein paar gefälschte Entschuldigungen – zumal bei guten Leistungen in der Schule – bedeuten nicht, daß der Junge zu einem Kriminellen heranwächst. Er ist ein Wunderkind! Er schwänzt die Schule, um in einem Laboratorium zu sein. So wie du dich benimmst, könnte man meinen, wir hätten entdeckt, daß er Crack nimmt.«

»Wenn es nur das Schulschwänzen wäre, würde ich mir ja keine Sorgen machen. Aber unser Sohn hat einen ganzen Komplex von Eigenschaften, die nicht in Ordnung sind. Ich begreife nicht, daß du nicht einsiehst, wie –«

Ein Krachen vor dem Haus ließ Marsha mitten im Satz innehalten.

»Was war das jetzt wieder?« fragte Victor.

»Es kam anscheinend von der Garage«, sagte Marsha.

Victor lief ins Wohnzimmer und schaltete das Licht aus. Dann holte er eine Taschenlampe aus dem Schrank und eilte zum Hoffenster. Marsha folgte ihm.

»Siehst du was?« fragte sie.

»Von hier aus nicht.« Victor lief zur Tür.

»Du willst doch nicht hinausgehen?«

»Ich werde feststellen, wer da draußen ist«, rief Victor über die Schulter zurück.

»Victor, ich möchte nicht, daß du allein hinausgehst.«

Victor ignorierte sie und schlich zur Tür hinaus. Er fühlte Marsha hinter sich; sie hielt ihn am Hemd fest. Ein Scharren kam von der Garagentür. Victor richtete die Lampe auf die Garage und knipste sie an.

Im hellen Lichtstrahl starrten zwei umringte Augen zu ihnen herüber. Dann wieselte etwas davon und verschwand in der Dunkelheit.

Victor atmete erleichtert aus. »Ein Waschbär!«

9

Freitag morgen

Als Victor im Büro ankam, hatte er in sich wieder leise Wut über den Mord an der Familienkatze entfacht. Jetzt, da Marshas Sorge um VJ sich vertiefte, konnten sie das zusätzliche Problem solcher Belästigungen besonders gut gebrauchen. Victor wußte, daß er etwas unternehmen mußte, und zwar schleunigst, um eine weitere Attacke zu verhindern, zumal die Übergriffe immer schlimmer wurden. Was käme nach der toten Katze? Victor schauderte es bei dem Gedanken an die Möglichkeiten.

Er bog in seinen Parkplatz ein und stellte den Motor ab. VJ und Philip, die auf dem Rücksitz saßen, schlüpften hinaus und nahmen Kurs auf die Cafeteria. Victor sah ihnen nach, und er fragte sich, ob Marsha recht hatte mit ihrer Behauptung, VJ passe in ein potentiell bedrohliches psychiatrisches Raster. Am Abend zuvor hatte sie ihm im Bett erzählt, daß VJ nach Mr. Remingtons Auskunft in der Schule in mehrere Prügeleien verwickelt gewesen sei. Diese Neuigkeit war ein größerer Schock für Victor gewesen als irgend etwas anderes. Es schien so gar nicht zu VJ zu passen. Er konnte sich nicht vorstellen, daß es stimmte. Und wenn es stimmte, wußte er nicht, wie er es beurteilen sollte. Auf der einen Seite war er stolz auf VJ. War es wirklich so schlimm, sich zu verteidigen? Sogar Remington empfand offenbar gewisse Bewunderung für die Art, wie der Junge sich gehalten hatte.

»Wer, zum Teufel, weiß das schon?« sagte er laut, und er stieg aus und ging auf den Eingang zu. Aber er kam nicht weit. Aus dem Nichts tauchte ein Mann in Polizeiuniform auf.

»Dr. Victor Frank?«

»Ja.«

Der Mann reichte Victor ein Paket. »Etwas aus dem Büro des Sheriffs für Sie«, sagte er. »Schönen Tag noch.«

Victor riß den Umschlag auf und sah, daß er aufgefordert wurde, zu der beiliegenden Klage Stellung zu nehmen. Auf der ersten Seite stand: »Sharon Carver gegen Victor Frank und Chimera Inc.«

Victor brauchte nicht weiterzulesen. Er wußte, was er da in der Hand hielt. Sharon hatte also die angedrohte Klage wegen Geschlechterdiskriminierung eingereicht. Er hatte gute Lust, die Papiere in den Wind zu werfen, und um so wütender stieg er jetzt die Treppe hinauf und betrat das Gebäude.

Drinnen herrschte eine beinahe elektrische Spannung. Er sah, daß die Leute ihn beäugten, als er näher kam, und miteinander tuschelten, wenn er vorüber war. Als er in seinem Büro angekommen war und seine Jacke aufgehängt hatte, fragte er Colleen, was hier los war.

»Sie sind zu einer Berühmtheit geworden«, berichtete sie. »In den Nachrichten hat es geheißen, daß Sie es waren, der den Mord an der Familie Gephardt entdeckt hat.«

»Das hat mir noch gefehlt«, sagte Victor und ging zu seinem Schreibtisch. Vorher gab er Colleen den Gerichtsbescheid über die Carver-Klage, damit sie ihn an die Rechtsabteilung weiterleitete. Dann setzte er sich. »Was gibt's Neues?«

»Eine Menge«, sagte Colleen. Sie reichte Victor ein *Blatt.* »Das hier ist ein Vorbericht über Hursts Forschungsarbeit. Sie haben mit der Untersuchung gerade erst angefangen und schon schwerwiegende Unregelmäßigkeiten entdeckt. Man meinte, das sollten Sie wissen.«

»Sie haben wirklich immer neue gute Nachrichten.« Victor nahm den Bericht entgegen. Angesichts Hursts Reaktion auf seine Entscheidung, die Sache untersuchen zu lassen, war er nicht überrascht, aber er hatte nicht damit gerechnet, daß die Unregelmäßigkeiten so schnell ans Licht kommen würden. Er hatte Hurst für geschickter gehalten.

»Was noch?« Er legte den Bericht beiseite.

»Für nächsten Mittwoch ist eine Vorstandssitzung anberaumt, bei der über die Aktienemission entschieden werden soll.« Colleen gab ihm einen Merkzettel, den er sich an seinen Kalender heften sollte.

»Das ist wie eine Einladung zum russischen Roulette«, bemerkte er. »Weiter.«

Colleen ging ihre Liste durch und hakte zahllose Probleme ab – Geringfügigkeiten hauptsächlich, aber nichtsdestoweniger solche, um die man sich kümmern mußte. Es dauerte eine halbe Stunde, bis alles erledigt war.

»Jetzt bin ich an der Reihe«, sagte Victor. »Habe ich Anrufe von Sicherheitsfirmen bekommen?«

Colleen schüttelte den Kopf.

»Gut. Als nächstes möchte ich, daß Sie sich ans Telefon hängen und Ihren beträchtlichen Charme darauf verwenden, herauszufinden, wo Ronald Beekman, William Hurst und Sharon Carver gestern um die Mittagszeit gewesen sind.«

Colleen machte sich eine Notiz und wartete auf weitere Anweisungen. Als keine mehr kamen, nickte sie kurz und verschwand ins Vorzimmer zu ihrem Schreibtisch.

Victor nahm sich den Stapel Papier in seinem Eingangskorb vor.

Eine halbe Stunde später kam Colleen zurück und berichtete: »Dr. Beekmann und Dr. Hurst waren den ganzen Tag bei Chimera; allerdings ist Dr. Hurst in der Mittagspause verschwunden, und in der Cafeteria hat ihn niemand gesehen. Weiß der Himmel, wo er war. Was Miss Carver angeht, so habe ich überhaupt nichts herausgefunden.«

Victor nickte und bedankte sich bei ihr. Er griff zum Telefon und rief die eine der Sicherheitsfirmen an; sie hieß Able Protection.

Victor vereinbarte, sein Haus von sechs Uhr abends bis sechs Uhr morgens bewachen zu lassen.

Colleen kam mit einem Blatt Papier herein, das sie Victor

unter die Nase schob. »Neue Information über die Geräte, die Gephardt hat verschwinden lassen.«

Victor überflog die Liste. Polypeptid-Synthesizer, Szintillationszähler, Zentrifugen, ein Elektronenmikroskop …

»Ein Elektronenmikroskop?« schrie Victor. »Wie zum Teufel konnte denn das verschwinden? Wie hat der Kerl so ein Ding vom Gelände geschafft? Und wie hat er es verscherbeln können? Ich meine, der Markt für ein heißes Elektronenmikroskop kann doch nicht sehr groß sein.« Fragend sah er Colleen an. Vor seinem geistigen Auge erschien der Lieferwagen in Gephardts Einfahrt.

»Fragen Sie mich«, antwortete sie ratlos.

»Es ist eine Schande, daß er damit so lang ungeschoren davonkommen konnte«, stellte Victor fest. »Es verrät jedenfalls einiges über unsere Buchhaltung und über unsere Sicherheitsabteilung.«

Um halb zwölf konnte er endlich zur Hintertür hinausschlüpfen und in sein Labor hinübergehen. Der Vormittag mit all seiner Verwaltungsarbeit hatte ihn noch verdrossener werden lassen. Aber als er in seinem Labor war, entspannte er sich allmählich. Es war eine unmittelbare, beinahe reflexartige Reaktion. Die Forschung war der Grund, weshalb er Chimera Inc. begründet hatte, nicht kleinlicher Papierkram.

Er stand vor der Tür seines Laborbüros, als eine der Laborantinnen ihn erblickte und eilig herüberkam. »Robert hat Sie gesucht«, teilte sie ihm mit. »Das sollten wir Ihnen sofort sagen.« Victor dankte ihr und suchte Robert Grimes. Er fand ihn bei der Elektrophorese-Einheit.

»Dr. Frank«, rief er fröhlich, »wir haben positive Resultate bei zwei Ihrer Proben.«

»Soll das heißen …?« Victor verstummte.

»In beiden Blutproben haben wir Spuren von Cephaloclor gefunden.«

Victor erstarrte. Für einen Moment stockte ihm der Atem. Als er Robert die Proben gegeben hatte, hatte er niemals mit einem positiven Resultat gerechnet. Er hatte es nur der Vollständigkeit halber getan, wie ein Medizinstudent bei einer Standarduntersuchung.

»Sind Sie sicher?« fragte er mit einiger Mühe.

»Harry hat es gesagt. Und Harry ist ziemlich zuverlässig. Sie haben damit nicht gerechnet?«

»Kaum«, erwiderte Victor. Er war bereits dabei, die Implikationen dieser Möglichkeit zu überdenken. Er sah Robert an und fügte hinzu: »Das soll noch mal überprüft werden.«

Ohne ein weiteres Wort wandte er sich ab und ging in sein Laborbüro. In einer Schublade bewahrte er eine kleine Flasche mit Cephaloclor-Kapseln auf. Er nahm eine davon und begab sich zur Tierkammer, wo er zwei kompatible intelligente Ratten aussuchte. Er setzte sie allein in einen Käfig und schüttete den Inhalt der Kapseln ins Trinkwasser.

Er verließ die entwicklungsbiologische Abteilung und ging durch einen langen Korridor und die Treppe hinauf zur Immunologie, wo William Hobbs saß.

»Wie geht's Ihnen jetzt, nachdem Sie wieder arbeiten?« fragte er ihn.

»Meine Konzentration ist noch nicht hundertprozentig«, antwortete Hobbs. »Aber es ist besser, wenn ich hier bin und mich beschäftige. Zu Hause wurde ich verrückt und Sheila ebenfalls.«

»Wir sind froh, Sie wieder bei uns zu haben«, sagte Victor. »Ich wollte Sie noch einmal fragen, ob nicht doch die geringste Möglichkeit besteht, daß Ihr Sohn Cephaloclor bekommen hat.«

»Völlig ausgeschlossen«, beharrte Hobbs. »Warum? Glauben Sie, Cephaloclor könnte das Ödem ausgelöst haben?«

»Nicht, wenn er keins bekommen hat«, meinte Victor in einem Ton, der andeutete, daß die Angelegenheit damit für ihn erledigt sei. Er ließ Hobbs einigermaßen verwirrt zurück und begab sich stehenden Fußes in die Buchhaltung, um

Murray. zu befragen. Die Antwort war die gleiche. Es war ausgeschlossen, daß eines der beiden Kinder Cephaloclor bekommen haben sollte.

Auf dem Rückweg in sein Labor kam Victor am Rechenzentrum vorbei. Er trat ein, suchte Louis Kaspwicz und erkundigte sich nach der Planung für den Abend.

»Wir sind bereit«, berichtete Louis. »Die Telefonleute kommen gegen sechs und bauen ihr Zeug auf. Dann braucht der Hacker sich nur noch einzuloggen und drinzubleiben. Ich drücke die Daumen.«

»Ich auch«, sagte Victor. »Ich bin in meinem Labor. Jemand soll mir Bescheid geben, wenn er versucht, sich einzuloggen. Ich komme dann sofort.«

»Aber natürlich, Dr. Frank!«

Victor ging weiter und bemühte sich, klar zu denken. Erst als er an seinem Schreibtisch saß, gestattete er sich die Frage, was es bedeutete, wenn man im Blut der beiden unglücklichen kleinen Kinder tatsächlich Cephaloclor gefunden hatte. Offensichtlich hatte man ihnen das Antibiotikum irgendwie verabreicht, und ohne Zweifel hatte es das NGF-Gen eingeschaltet, das daraufhin die Gehirnzellen dergestalt stimuliert hatte, daß sie angefangen hatten, sich zu teilen; das Gehirn war angeschwollen und hatte sich schließlich in den Wirbelkanal hinuntergedrückt, wie man bei der Autopsie festgestellt hatte.

Ein Schauer überlief ihn. Keines der beiden Kinder konnte das Cephaloclor zufällig eingenommen haben, und beide hatten es anscheinend gleichzeitig bekommen. Man mußte also annehmen, daß jemand ihnen das Antibiotikum in der Absicht verabreicht hatte, sie zu töten.

Victor rieb sich heftig das Gesicht und fuhr sich dann mit den Fingern durchs Haar. Warum sollte jemand zwei außergewöhnliche, genial intelligente kleine Kinder töten wollen? Und wer konnte es sein?

Er wußte sich kaum zu fassen; er stand auf und ging im

Zimmer hin und her. Die einzige Idee, die ihm kommen wollte, war eher unwahrscheinlich: Irgendein voreiliger, halbgescheiter moralistischer Reaktionär war über Einzelheiten des NGF-Experiments gestolpert. In dem rachsüchtigen Bemühen, Victors Arbeit zunichte zu machen, hatte der Irre die beiden Kinder ermordet.

Aber wenn dieses Szenario stimmte, warum waren dann nicht beispielsweise die »intelligenten« Ratten beseitigt worden? Und was war mit VJ? Außerdem – nur ganz wenige Leute hatten Zugang zum Computer und zu den Labors. Victor dachte an den Hacker, der seine Dateien gelöscht hatte. Aber wie sollte der ins Labor oder in den Kindergarten kommen? Plötzlich sah Victor, daß sich der Lebensweg der beiden Kleinen nur in der Kindertagesstätte gekreuzt hatte. Sie mußten das Cephaloclor dort erhalten haben!

Wütend dachte er an Hursts Drohung: »Sie sind nicht der strahlende Ritter, für den wir Sie halten sollen.« Vielleicht wußte Hurst über das NGF-Projekt Bescheid, und dies war seine Art der Vergeltung.

Victor ging wieder auf und ab. Nicht einmal die Idee mit Hurst paßte gut zu den Tatsachen. Wenn Hurst oder sonst jemand ihm eins auswischen wollte, weshalb dann nicht mit der guten alten Methode der Erpressung oder einfach mit einer Mitteilung an die Zeitungen? Das wäre sinnvoller als ein Mord an unschuldigen Kindern. Nein, es mußte eine andere Erklärung geben, etwas Böses und weniger Naheliegendes.

Er setzte sich an seinen Schreibtisch, holte die Ergebnisse kürzlich durchgeführter Laborexperimente hervor und versuchte zu arbeiten. Aber er konnte sich nicht konzentrieren. Immer wieder kreisten seine Gedanken um das NGF-Projekt. In Anbetracht dessen, womit er es zu tun hatte, konnte er mit seinem Verdacht leider nicht zur Polizei gehen, denn dann hätte er das NGF-Projekt offenbaren müssen, und ihm war klar, daß er das niemals tun konnte. Es wäre sein beruflicher

Selbstmord, von seinem Familienleben ganz zu schweigen. Hätte er das Experiment doch niemals begonnen...!

Er lehnte sich zurück, verschränkte die Hände hinterm Kopf und starrte an die Decke. Als VJs Intelligenz abgestürzt war, hatte Victor nicht einen Augenblick lang erwogen, ihn auf Cephaloclor zu testen. Konnte das Antibiotikum sich seit der Geburt in seinem Organismus eingekapselt haben und erst ausgesickert sein, als er zwischen zwei und vier gewesen war? »Nein«, sagte Victor zur Decke. Es gab keinen physiologischen Prozeß, der ein solches Phänomen herbeiführen konnte.

Fassungslos dachte er an den Sturm der Ereignisse, der ihn umwirbelte: der Mord an Gephardt, die wahrscheinlich absichtlich herbeigeführte Elimination zweier genetisch manipulierter Kinder, eine eskalierende Serie von Drohungen gegen ihn selbst und seine Familie, Betrügereien, Unterschlagung. Ob diese disparaten Ereignisse auf irgendeine phantastische und grauenvolle Weise zusammengehörten?

Victor schüttelte den Kopf. Der Umstand, daß alle diese Dinge gleichzeitig passierten, mußte ein Zufall sein. Aber der Gedanke, daß sie zusammenhingen, ging ihm nicht aus dem Sinn. Wieder dachte Victor an VJ. War er in Gefahr? Wie konnte Victor verhindern, daß der Junge Cephaloclor bekam, wenn irgendein gespenstischer Täter es darauf abgesehen hatte?

Victor starrte ausdruckslos vor sich hin. Der Gedanke, daß VJ in Gefahr sein könnte, beunruhigte ihn seit Mittwoch nachmittag. Allmählich fragte er sich, ob seine Warnungen vor Beekman und Hurst ausreichend gewesen waren. Er stand auf und ging zur Tür. Plötzlich gefiel es ihm gar nicht mehr, daß VJ auf eigene Faust im Werk umherstreifte.

Er begann wie am Mittwoch im Labor und erkundigte sich, ob jemand den Jungen gesehen habe. Aber seit einer Weile war weder er noch Philip gesichtet worden. Victor verließ das Laborgebäude und ging hinüber in die Cafeteria. Es war kurz vor Mittag, und das Personal in der Cafeteria war beim Countdown für den mittäglichen Ansturm. Einige, die den anderen gern voraus waren, aßen bereits. Victor ging geradewegs zum Leiter, der das Auffüllen der Warmhaltevitrine beaufsichtigte.

»Ich suche wieder mal meinen Sohn«, sagte er.

»Der war noch nicht hier«, erwiderte der Chef der Cafeteria. »Vielleicht sollten Sie ihm einen Piepser mitgeben.«

»Keine schlechte Idee. Wenn er auftaucht, rufen Sie bitte meine Sekretärin an, ja?«

»Kein Problem!«

Victor warf einen Blick in die Bibliothek, die sich im selben Gebäude befand, doch hier war keine Menschenseele. Draußen überlegte er, ob er ins Fitneß- und Kindergartenzentrum gehen sollte, aber statt dessen begab er sich zum Sicherheitsbüro am Haupttor.

Er streifte sich die Füße an einer Strohmatte ab und betrat das kleine Gebäude zwischen Ein- und Ausfahrt des Chimera-Geländes. Ein Mann bediente die Schranken, ein anderer saß an einem kleinen Schreibtisch. Beide trugen amtlich aussehende braune Uniformen mit dem Chimera-Firmenzeichen oben an den Ärmeln. Der Mann am Schreibtisch sprang auf, als Victor hereinkam.

»Guten Morgen, Sir!« Er trug ein Namensschild an der Uniformjacke: Sheldon Farber.

»Setzen Sie sich!« sagte Victor freundlich. »Ich habe eine Verfahrensfrage. Wenn ein Lastwagen oder ein Lieferwagen das Gelände verläßt, schaut dann jemand hinein?«

»Aber ja«, antwortete Farber. »Immer.«

»Und wenn Geräte im Wagen sind, vergewissern Sie sich dann, daß es damit seine Ordnung hat?«

»Selbstverständlich! Wir überprüfen die Auftragspapiere oder rufen die elektronische Wartungsabteilung an. Es wird immer kontrolliert.«

»Und wenn ein Chimera-Angestellter den Wagen fährt?«

»Egal«, sagte Farber. »Wir kontrollieren immer.«

»Und wenn es jemand von der Geschäftsleitung ist?«

Farber zögerte, ehe er antwortete. »Na ja, das wäre vermutlich was anderes.«

»Wenn also ein Mitglied der Geschäftsleitung mit einem Lieferwagen hier durchfährt, lassen Sie ihn vorbei?«

»Na ja, ich weiß nicht...«, druckste Farber nervös.

»Von jetzt an möchte ich, daß alle Lastwagen, Lieferwagen und dergleichen kontrolliert werden – egal, wer am Steuer sitzt. Und wenn ich es selbst bin. Verstanden?«

»O ja, Sir«, sagte Farber.

»Noch eine Frage: Hat jemand heute meinen Sohn gesehen?«

»Ich nicht«, sagte Farber und wandte sich an seinen Kollegen, der die Schranke bediente. »George, hast du heute VJ gesehen?«

»Nur, als er mit Dr. Frank kam.«

Farber bedeutete Victor mit erhobener Hand, zu warten. Er drehte ein Funkgerät hinter dem Schreibtisch lauter und rief einen Kollegen namens Hal.

»Hal ist heute morgen auf Streife«, erklärte er. Es knisterte, und dann meldete Hal sich. Farber fragte, ob er VJ gesehen habe.

»Heute morgen habe ich ihn unten am Stauwehr gesehen«, antwortete Hal unter beträchtlichem statischem Rauschen.

Victor bedankte sich bei den Wachleuten und ging. Er war leicht verärgert, als er daran dachte, wie ungehorsam VJ war. Er erinnerte sich, daß er ihm mindestens vier- oder fünfmal gesagt hatte, er möge sich vom Fluß fernhalten.

Er zog den Laborkittel fester um die Schultern und machte sich auf den Weg zum Wasser. Einen Moment lang erwog er, erst zum Hauptgebäude zurückzugehen und sich seine Jacke zu holen, doch dann ließ er es bleiben.

Der Tag hatte klar begonnen, aber inzwischen hatte es sich bewölkt. Der Wind kam von Nordosten und roch nach Meer. Hoch am Himmel kreisten ein paar Möwen und kreischten schrill.

Vor ihm erhob sich der Big-Ben-Nachbau mit seiner um Viertel nach zwei stehengebliebenen Uhr. Victor nahm sich noch einmal vor, die Renovierung des Gebäudes und die Reparatur der Uhr in der Vorstandssitzung am kommenden Mittwoch zur Sprache zu bringen.

Je näher er dem Fluß kam, desto lauter toste der Wasserfall am Überlauf des Stauwehrs.

»VJ!« rief Victor, aber seine Stimme verlor sich im Donnern des Wassers. Er ging an der Ostseite des Turmgebäudes entlang weiter, überquerte eine Holzbrücke, die sich über den Schleusenauslaß am Keller des Gebäudes spannte, und gelangte auf den Granitkai, der unterhalb des Damms am Ufer entlang gebaut war.

Er schaute in den weißen Gischt hinunter, der wütend nach Osten zum Meer hin wirbelte. Dann blickte er nach links auf das breite Wehr, das den Fluß durchschnitt, und auf die Fläche des Stausees dahinter. In der Mitte des Damms strömte das Wasser in einem imposanten smaragdgrünen Bogen herunter – mit solcher Wucht, daß Victor es selbst auf dem Granitkai unter den Füßen spüren konnte. Es war ein ehrfurchtgebietendes Zeugnis für die Macht der Natur, die zu Beginn des Jahres mit sanften Schneeflocken ihren Anfang genommen hatte.

Victor drehte sich um und wollte aus Leibeskräften nach VJ rufen, aber der Ruf blieb ihm vor Schreck im Halse stecken – VJ stand unmittelbar hinter ihm. Philip war ein Stück weit entfernt.

»Da bist du ja«, sagte Victor. »Ich habe dich überall gesucht.«

»Das dachte ich mir schon«, bemerkte VJ. »Was willst du?«

»Ich will...« Victor brach ab. Er wußte nicht genau, was er eigentlich wollte. »Was habt ihr hier gemacht?«

»Gespielt.«

»Ich glaube, es ist mir nicht recht, daß du hier so herumstreunst, und schon gar nicht hier unten am Fluß«, sagte Victor streng. »Ja, ich habe dich heute lieber zu Hause. Ich werde dich und Philip von einem Fahrer nach Hause bringen lassen.«

»Aber ich will nicht nach Hause«, widersprach VJ.

»Ich werde es dir später erklären«, entgegnete Victor entschlossen. »Doch jetzt wünsche ich, daß du nach Hause fährst. Es ist zu deinem Besten.«

Marsha öffnete die Praxistür zum Flur, und Joyce Hendricks schlüpfte hinaus. Sie hatte Marsha erzählt, sie habe schreckliche Angst, einem Bekannten über den Weg zu laufen, während sie aus einer psychiatrischen Praxis kam, und vorläufig gab Marsha ihr nach. Mit der Zeit, dessen war sie sicher, würde sie die Frau davon überzeugen können, daß es keine gesellschaftliche Stigmatisierung mehr bedeutete, psychiatrische Hilfe zu suchen.

Nachdem sie die Akte Hendricks auf den neuesten Stand gebracht hatte, streckte Marsha den Kopf ins Wartezimmer und sagte Jean, sie gehe jetzt zum Mittagessen. Jean winkte bestätigend. Wie üblich hing sie am Telefon.

Marsha aß mit Dr. Valerie Maddox, einer Berufskollegin, die sie bewunderte und respektierte und die ihre Praxis im selben Gebäudekomplex wie Marsha hatte. Die beiden Frauen waren nicht nur Kolleginnen, sondern auch Freundinnen.

»Hunger?« fragte Marsha, als Valerie ihr die Tür öffnete.

»Ausgehungert.« Valerie war Ende Fünfzig, und man sah ihr jeden Tag an. Sie rauchte seit vielen Jahren, und ein Kranz tiefer Falten umgab ihren Mund, der ausschaute wie die Kinderzeichnung einer Sonne.

Zusammen fuhren sie mit dem Aufzug hinunter und gingen hinüber zum Krankenhaus. Im Kasino fanden sie einen kleinen Tisch in einer Ecke, wo sie ungestört reden konnten. Beide bestellten einen Thunfischsalat.

»Nett, daß du mit mir ißt«, sagte Marsha. »Ich möchte gern mit dir über VJ reden.«

Valerie lächelte nur ermutigend.

»Du warst mir damals auch eine so große Hilfe, als seine Intelligenz nachließ. Ich mache mir in letzter Zeit Sorgen um ihn, aber was soll ich sagen? Ich bin seine Mutter. Ich kann nicht so tun, als sei ich in bezug auf ihn irgendwie objektiv.«

»Was ist das Problem?« fragte Valerie.

»Ich bin nicht mal sicher, daß es ein Problem ist. Es ist bestimmt nichts Spezifisches. Schau dir mal diese Testresultate an!« Marsha reichte Valerie VJs Akte, und Valerie überflog die diversen Testberichte mit kundigem Blick. »Nichts Außergewöhnliches«, stellte sie dann fest. »Etwas sonderbar die Validitätsskala des MMPI, aber sonst gibt es hier keinen Anlaß zur Sorge.«

Marsha hatte das Gefühl, daß Valerie recht hatte. Sie berichtete von VJs Schulschwänzerei, den gefälschten Entschuldigungen und den Prügeleien in der Schule.

»VJ scheint mir ein erfindungsreiches Kerlchen zu sein«, meinte Valerie schmunzelnd. »Wie alt ist er wieder?«

»Zehn«, sagte Marsha. »Was mir außerdem Sorgen macht, ist die Tatsache, daß er anscheinend nur einen einzigen gleichaltrigen Freund hat, einen Jungen namens Richie Blakemore, und den habe ich noch nie gesehen.«

»VJ bringt den Jungen nie mit nach Hause?« fragte Valerie.

»Nie.«

»Könnte sich lohnen, mal mit Mrs. Blakemore zu plaudern«, sagte Valerie. »Um eine Vorstellung davon zu bekommen, wie eng das Verhältnis der beiden Jungen ist.«

»Vermutlich.«

»Ich würde mir VJ mit Vergnügen mal ansehen, wenn du meinst, daß er dazu bereit ist«, erbot sich Valerie.

»Dafür wäre ich wirklich dankbar. Ich glaube, ich selbst stecke einfach zu tief in der Situation, um ihn einschätzen zu können. Gleichzeitig habe ich schreckliche Angst bei dem Gedanken, er könnte vor meinen Augen eine ernsthafte Persönlichkeitsstörung entwickeln.«

Marsha verabschiedete sich im Aufzug von Valerie; sie dankte ihr überschwenglich für ihre Zeit und für das Angebot, sich VJ einmal anzusehen, und sie versprach, Valeries Sekretärin anzurufen und einen Termin zu vereinbaren.

»Ihr Mann hat angerufen«, berichtete Jean, als sie wieder in die Praxis kam. »Sie sollen unbedingt zurückrufen.«

»Ein Problem?« fragte Marsha.

»Glaube ich nicht. Gesagt hat er nichts, aber er klang nicht aufgeregt.« Marsha nahm ihre Post, ging in ihr Zimmer und schloß die Tür hinter sich. Während sie in den Briefen blätterte, rief sie Victor an. Colleen stellte sie ins Labor durch, und Victor meldete sich.

»Was gibt's?« fragte Marsha. Victor rief nicht oft tagsüber an.

»Das Übliche«, antwortete Victor.

»Du klingst müde«, stellte Marsha fest. Du klingst seltsam, hatte sie eigentlich sagen wollen. Seine Stimme war tonlos, als habe er eben einen Gefühlsausbruch gehabt und zwinge sich jetzt zur Ruhe.

»In letzter Zeit jagt eine Überraschung die andere«, sagte Victor ohne weitere Erläuterungen. »Ich rufe nur an, um dir mitzuteilen, daß VJ und Philip zu Hause sind.«

»Stimmt etwas nicht?«

»Nein, nein – es ist alles in Ordnung. Aber ich mache heute Überstunden; ihr solltet also nicht mit dem Essen auf mich warten. Ach, übrigens, eine Sicherheitsfirma bewacht unser Haus jetzt von sechs Uhr abends bis sechs Uhr früh.«

»Haben deine Überstunden irgend etwas mit diesen Belästigungen zu tun?«

»Kann sein«, erwiderte Victor. »Ich erklär's dir, wenn ich nach Hause komme.« Marsha legte auf, aber ihre Hand blieb auf dem Hörer. Wieder hatte sie das unbehagliche Gefühl, daß Victor ihr etwas verschwieg. Etwas, das sie wissen wollte. Wieso konnte er sich ihr nicht anvertrauen? Immer stärker wurde das Gefühl, sie sei allein.

Eine eigenartige Stille hing über dem Labor, als Victor allein war. Hin und wieder schalteten sich verschiedene elektronische Geräte ein, aber sonst war alles ruhig. Um halb neun war Victor der einzige Mensch im Labor. Hinter den verschlossenen Türen hörte er nicht einmal die Geräusche von den Tieren, die in ihren Käfigen umherhuschten oder in ihren Laufrädchen rannten.

Victor saß über Filmstreifen gebeugt, die dunkle horizontale Striche zeigten. Jeder Strich repräsentierte einen Teil der DNS, die an einer bestimmten Stelle gespalten worden war. Er verglich den DNS-Fingerprint seines Sohnes David – hergestellt, als David noch gesund gewesen war – mit einem von seinem Lebertumor. Was ihn in Erstaunen versetzte, war die Tatsache, daß die beiden nicht völlig gleich waren. Victors erste Vermutung war, daß Dr. Shryack ihm vielleicht eine falsche Probe gegeben habe, ein Tumorstück von einem anderen Patienten. Aber das erklärte nicht die weitgehende Übereinstimmung der Streifen; denn auch wenn die beiden Fingerprints sich an einzelnen Stellen unterschieden, waren sie doch im großen und ganzen gleich.

Nachdem er sie beide in einen Computer gefüttert hatte, der das numerische Verhältnis der gleichen Abschnitte zu den verschiedenen ermitteln konnte, erkannte Victor, daß die beiden DNS-Proben sich nur in einem Bereich unterschieden.

Um die Sache noch verwirrender zu machen, enthielt die Probe, die er Robert gegeben hatte, zusätzlich zum Tumor auch kleine Bereiche mit ganz normalem Lebergewebe. Robert hatte mit gewohnter zwanghafter Sorgfalt beide Bereiche der Probe analysiert. Als Victor jetzt den DNS-Abdruck des normalen Lebergewebes mit Davids altem Abdruck verglich, war die Übereinstimmung vollkommen.

Ein Karzinom mit einer dokumentierten Veränderung der DNS zu finden, war nichts Alltägliches. Victor wußte nicht, ob er sich über eine möglicherweise bedeutende wissenschaftliche Entdeckung freuen sollte oder ob er befürchten mußte, daß er etwas herausfinden würde, das er entweder nicht würde erklären können oder nicht wissen wollte.

Victor machte sich daran, denjenigen Teil der DNS zu isolieren, der für den Tumor einzigartig war. Wenn er das Protokoll schon einleitete, würde Grimes es am nächsten Morgen leichter haben, die Arbeit zu vollenden.

Victor verließ das Hauptlabor und ging durch den Seziersaal in die Tierkammer. Als er dort das Licht einschaltete, erhob sich jähe Aktivität in allen Käfigen.

Victor ging zu dem Käfig mit den beiden intelligenten Ratten, die das Wasser mit dem Cephaloclor bekommen hatten. Zu seinem Erstaunen war die eine Ratte bereits tot, die andere halb im Koma.

Victor holte die tote Ratte heraus, begab sich in den Seziersaal und nahm eine schnelle Autopsie vor. Als er den Schädel aufschnitt, puffte das Gehirn hervor, als sei es aufgeblasen.

Sorgfältig entnahm er eine Gewebeprobe vom Gehirn, die das Labor morgen analysieren sollte. Da läutete das Telefon.

»Dr. Frank, hier spricht Phil Moscone. Mr. Kaspwicz hat mich gebeten, Sie zu informieren, wenn der Hacker sich in Ihren Computer eingeloggt hat.«

»Ich komme sofort«, sagte Victor. Er schloß das Gehirnpräparat der Ratte ein, schaltete das Licht aus und eilte davon.

Bis zum Computerraum war es nur ein kurzer Dauerlauf. Drei Minuten später war Victor da.

Louis Kaspwicz kam geradewegs auf ihn zu. »Es sieht gut aus. Der Kerl ist jetzt seit sieben Minuten im System. Ich hoffe nur, daß er keinen Unsinn macht.«

»Können Sie feststellen, wo er sich aufhält?« fragte Victor.

»Im Moment in der Personalabteilung«, sagte Kaspwicz. »Vorher hat er eine ordentliche Masse Daten gerechnet, und dann war er im Einkauf. Es ist seltsam.«

»In der Personalabteilung?« wiederholte Victor. Er hatte den Hacker nicht für einen Jugendlichen gehalten, sondern für den Agenten eines Konkurrenzunternehmens. In der Biotechnologie herrschte ein harter Konkurrenzkampf, und mit großen Fischen wie Chimera legte sich so gut wie jeder an. Aber ein Industriespion würde sich mit den Forschungsakten befassen wollen, nicht mit der Personalabteilung.

»Wir haben ihn jetzt gefunden!« verkündete ein Mann mit einem Funksprechgerät breit grinsend.

Alle Anwesenden jubelten.

»Okay«, sagte Louis. »Wir haben seine Telefonnummer. Jetzt brauchen wir seinen Namen.«

Der Mann mit dem Funkgerät hob die Hand, lauschte kurz und sagte dann: »Die Nummer ist nicht verzeichnet.«

Mehrere der Männer, die bereits dabei waren, ihre Geräte abzubauen, buhten bei dieser Neuigkeit.

»Bedeutet das, sie finden den Namen nicht?« fragte Victor.

»Nee«, sagte Louis. »Es bedeutet nur, daß sie ein bißchen länger brauchen.«

Victor lehnte sich an einen der zugedeckten Drucker und verschränkte die Arme.

»Wer hat mal ein Stück Papier?« fragte der Mann mit dem Funkgerät plötzlich. Jemand reichte ihm einen Block. Der Mann notierte den Namen, der ihm durchgegeben wurde. »Vielen Dank! Over und gut!« Er schaltete das Funkgerät aus, schob die Antenne ein und gab Louis den Schreibblock.

Louis las Namen und Adresse und wurde blaß. Wortlos reichte er Victor das Papier. Victor las. Fassungslos las er noch einmal. Auf dem Papier standen sein Name und seine Adresse.

»Soll das ein Witz sein?« Victor hob den Kopf und sah erst Kaspwicz, dann die anderen an. Niemand sagte ein Wort.

»Haben Sie Ihren PC zu Hause so programmiert, daß er sich regelmäßig in den Zentralrechner einschaltet?« fragte Louis und brach damit das Schweigen.

Victor schaute seinen Systemprogrammierer an und erkannte, daß der Mann ihm einen Notausgang zeigte. Nach verlegenem Zögern sagte Victor: »Ja ... das muß es sein.« Unter größter Anstrengung bewahrte er die Fassung, dankte allen für ihre Bemühungen und verließ den Raum.

Er holte seine Jacke aus dem Verwaltungsgebäude und ging benommen zu seinem Wagen. Die Vorstellung, jemand könnte seinen Computer benutzen, um in den Zentralrechner bei Chimera einzudringen, war einfach lächerlich. So etwas hatte keinen Sinn. Er wußte, daß er die Telefonnummer des Computers und sein Paßwort mit Klebstreifen unter der Tastatur seines PC angebracht hatte, aber wer sollte etwas damit anfangen? Marsha? VJ? Es mußte irgendein Irrtum vorliegen. Konnte der Hacker so clever gewesen sein, daß er die Telefontechniker auf eine falsche Spur gelenkt hatte? Daran hatte er noch nicht gedacht, und er nahm sich vor, Louis zu fragen, ob so etwas möglich war. Es schien am ehesten plausibel.

Marsha hörte Victors Wagen, bevor sie das Scheinwerferlicht in der Zufahrt sah. Sie war in ihrem Arbeitszimmer und bemühte sich vergebens, den Berg von Fachzeitschriften aufzuarbeiten, der sich regelmäßig auf ihrem Schreibtisch türmte. Als sie sich erhob, sah sie vor dem Scheinwerferlicht die Silhouetten der kahlen Bäume, die die Einfahrt säumten. Victors Auto erschien und verschwand dann hinter dem Haus. In der Ferne hörte sie das Rumpeln der automatischen Garagentür.

Marsha ließ sich auf ihre blumenbedruckte Chintzcouch fallen; ihr Blick wanderte durch das Arbeitszimmer. An den

Wänden klebten pastellfarben gestreifte Tapeten, der Teppichboden war altrosa, und die Möbel waren fast alle weiß. Früher war dies immer ein tröstender Zufluchtsort gewesen, aber in letzter Zeit nicht mehr. Nichts konnte ihre immer weiter wachsende Angst vor der Zukunft noch besänftigen. Der Besuch bei Valerie hatte zwar geholfen, aber nicht einmal diese unbedeutende Erleichterung war von Dauer gewesen.

Marsha hörte den Fernsehapparat im Wohnzimmer. VJ und Philip schauten sich ein Horrorvideo an, das sie sich ausgeliehen hatten. Die Schreie, die in unregelmäßigen Abständen herübergellten, besserten Marshas Stimmung auch nicht gerade. Sie hatte schon ihre Tür geschlossen, aber die Schreie waren allzu durchdringend.

Sie hörte, wie die Hintertür dumpf ins Schloß fiel. Aus dem Wohnzimmer kamen gedämpfte Stimmen, und dann klopfte es an ihre Tür.

Victor kam herein und gab ihr einen flüchtigen Kuß. Er sah so müde aus, wie seine Stimme am Telefon geklungen hatte. Eine tiefe Falte hatte sich dauerhaft zwischen seine Brauen gegraben.

»Hast du den Wachmann draußen gesehen?« fragte Victor.

Sie nickte. »Mir ist schon viel wohler. Hast du gegessen?«

»Nein. Aber ich habe keinen Hunger.«

»Ich mache dir ein Rührei. Vielleicht ein bißchen Toast dazu ...«

Victor hielt sie zurück. »Danke, aber ich glaube, ich werde lieber eine Runde schwimmen und dann duschen. Vielleicht belebt mich das.«

»Ist etwas nicht in Ordnung?« fragte Marsha.

»Nur das Übliche«, antwortete Victor ausweichend. Er ging hinaus und ließ ihre Tür offen. Wieder kroch bedrohliche Musik aus dem Film ins Zimmer. Marsha versuchte, nicht darauf zu hören und wieder zu lesen, aber ein schriller Schrei ließ sie hochfahren. Sie gab auf, streckte die Hand aus und versetzte der Tür einen Stoß. Mit sattem Klicken fiel sie ins Schloß. Eine halbe Stunde später kam Victor zurück. Er sah sehr viel besser aus und war nun lässig gekleidet.

»Vielleicht möchte ich jetzt doch noch ein Rührei«, sagte er.

In der Küche machte Marsha sich an die Arbeit, und Victor deckte den Tisch. Ein Gurgeln, das einem das Blut gefrieren ließ, drang aus dem Wohnzimmer. Marsha bat Victor, die Tür zu schließen.

»Was, um Himmels willen, gucken die sich da an?« fragte Victor.

»*Nacktes Grauen*«, sagte Marsha.

Victor schüttelte den Kopf. »Die Kids und ihre Horrorvideos!«

Marsha machte sich eine Tasse Tee, und als Victor sich zum Essen niedersetzte, nahm sie ihm gegenüber Platz.

»Ich wollte etwas mit dir besprechen«, sagte sie und wartete, daß ihr Tee ein wenig abkühlte.

»Ach?«

Und sie erzählte, wie sie mit Valerie Maddox zu Mittag gegessen hatte und wie Valerie sich erboten hatte, sich VJ einmal anzusehen.

Victor wischte sich mit einer Serviette den Mund ab. »Eine solche Frage berührt dein Gebiet. Wenn du es für angebracht hältst, ist es mir recht.«

»Gut«, sagte Marsha. »Ich halte es in der Tat für angebracht. Jetzt brauche ich nur noch VJ zu überzeugen.«

»Viel Glück!«

Es folgte ein kurzes Schweigen, während Victor mit einem Stück Toast den Rest Rührei auf die Gabel schob. Dann fragte er: »Hast du heute abend oben den Computer benutzt?«

»Nein. Warum?«

»Der Drucker war warm, als ich vorhin zum Umziehen oben war. Was ist mit VJ? War er es vielleicht?«

»Das kann ich dir nicht sagen.«

Victor kippte mit seinem Stuhl auf eine Weise nach hinten, daß Marsha mit den Zähnen knirschte. Sie hatte jedesmal Angst, daß er hintenüberfallen und sich den Kopf auf den Fliesen aufschlagen würde.

»Ich hatte einen interessanten Abend im Rechenzentrum bei Chimera«, berichtete Victor und balancierte weiter halsbrecherisch mit seinem Stuhl. Er erzählte, was sich zugetragen hatte, und verschwieg nicht, daß die Spur des Hackers zu ihrem Haus geführt hatte.

Wider ihren Willen mußte Marsha lachen. Hastig entschuldigte sie sich. »Tut mir leid, das kann ich mir einfach nicht vorstellen«, erklärte sie. »All diese Anspannung, und dann erscheint plötzlich dein Name.«

»Es war gar nicht lustig«, sagte Victor. »Und ich werde darüber ein ernsthaftes Gespräch mit VJ führen müssen. So lächerlich es klingt, aber er muß in den Zentralrechner von Chimera eingedrungen sein.«

»Wird dieses ernsthafte Gespräch so verlaufen wie das, das du wegen der gefälschten Entschuldigungen mit ihm geführt hast?« spottete Marsha.

»Das werden wir sehen.« Victor war offensichtlich verärgert.

Marsha beugte sich hinüber und griff nach Victors Arm, bevor er vom Tisch aufstehen konnte. »Ich mache doch nur Spaß«, sagte sie. »Tatsächlich würde ich eher befürchten, daß du ihn in die Ecke treibst oder bedrängst. Ich fürchte, es gibt eine Seite an VJs Persönlichkeit, die wir noch nicht kennen. Eigentlich ist das der Grund, weshalb ich ihn zu Valerie schicken möchte.«

Victor nickte und löste sich dann aus Marshas Griff. Er öffnete die Wohnzimmertür. »VJ, würdest du bitte einen Moment herkommen? Ich habe mit dir zu reden.«

Marsha hörte, wie VJ meckerte, aber Victor blieb hartnäckig. Gleich darauf brach der Lärm des Videos ab. VJ erschien in der Tür. Sein Blick ging von Victor zu Marsha. Seine scharfen Augen hatten den glasigen Ausdruck, der vom vielen Fernsehen kommt.

»Bitte setz dich an den Tisch!« sagte Victor.

Mit gelangweiltem Gesicht nahm VJ gehorsam links neben Marsha am Tisch Platz. Victor setzte sich den beiden gegenüber.

Victor kam geradewegs zur Sache. »VJ, hast du heute abend oben den Computer benutzt?«

»Ja«, sagte VJ.

Marsha beobachtete, wie der Junge Victor frech anfunkelte. Sie sah, wie Victor zögerte und dann den Blick abwandte, vermutlich um nicht den Faden zu verlieren. Eine kurze Pause trat ein, dann fuhr Victor fort: »Hast du den PC benutzt, um dich bei Chimera in den Zentralrechner einzuloggen?«

»Ja«, antwortete VJ ohne das geringste Zögern.

»Warum?« fragte Victor. Seine Stimme klang nicht mehr vorwurfsvoll, sondern verwirrt, und Marsha erinnerte sich, wie verwirrt sie selbst gewesen war, als VJ seine Schulschwänzerei so rasch zugegeben hatte.

»Der zusätzliche Speicherplatz vergrößert die Herausforderung bei einigen der Computerspiele«, erklärte VJ.

Marsha sah, wie Victor die Augen verdrehte. »Soll das heißen, du benutzt die Großrechnerleistung unserer Rieseneinheit, um Pac-Man zu spielen?«

»Wenn ich's im Labor tue, ist es auch nichts anderes.«

»Vermutlich. Wer hat dir beigebracht, das Modem zu benutzen?«

»Du«, sagte VJ.

»Daran kann ich mich nicht erinnern ...« Victor brach ab, denn plötzlich fiel es ihm ein. »Das ist mehr als sieben Jahre her!«

»Kann sein«, sagte VJ. »Aber es hat sich ja am Verfahren nichts geändert.«

»Klinkst du dich jeden Freitag abend in den Chimera-Computer ein?«

»Meistens. Ich spiele ein paar Spiele, und dann treibe ich mich in den Dateien herum, am häufigsten Personal und Einkauf, manchmal auch in der Forschung – doch da sind die Stichworte schwerer zu knacken.«

»Aber warum?« fragte Victor.

»Ich will soviel wie möglich über die Firma lernen«, antwortete VJ. »Eines Tages will ich sie führen wie du. Du hast mich immer ermuntert, den Computer zu benutzen. Ich werde es nicht mehr tun, wenn du es nicht möchtest.«

»In Zukunft würde ich es für besser halten, wenn du es nicht mehr tust«, erklärte Victor.

»Okay!« sagte VJ knapp. »Kann ich jetzt mein Video weiter sehen?«

»Ja«, antwortete Victor.

VJ stand vom Tisch auf und verschwand.

Marsha sah Victor an. Victor zuckte mit den Schultern. Da läutete es an der Tür.

»Entschuldigen Sie, daß ich Sie so spät noch störe«, sagte Sergeant Cerullo, als Victor geöffnet hatte. »Das ist Sergeant Dempsey von der Polizei in Lawrence.« Ein zweiter Polizist trat hinter Cerullo hervor. Er war ein sommersprossiger Bursche mit flammenden Haaren.

»Wir haben ein paar Informationen für Sie und möchten Ihnen einige Fragen stellen«, erklärte Cerullo.

Victor forderte die beiden auf, einzutreten. Sie nahmen ihre Hüte ab.

»Möchten Sie Kaffee oder etwas anderes?« fragte Marsha.

»Nein danke, Ma'am«, sagte Cerullo. »Wir werden Ihnen mitteilen, weshalb wir hier sind, und verschwinden dann wieder. Wissen Sie, wir hier auf dem Revier in North Andover sind recht gut befreundet mit denen in Lawrence; schließlich sind wir ja Nachbarn. Da wird einiges hin und her geredet. Nun ermitteln sie ja in dem Massenmord an der Familie Gephardt dort drüben, den Dr. Frank entdeckt hat. Tja, und da haben sie Entwürfe zu den Zetteln gefunden, die an dem

Ziegelstein und an Ihrer Katze befestigt waren. In Gephardts Haus. Wir dachten, das würden Sie gern wissen.«

»Das kann man wohl sagen.« Victor war sehr erleichtert.

Dempsey räusperte sich. »Ballistische Untersuchungen haben ergeben, daß die Waffen, mit denen die Gephardts ermordet worden sind, identisch sind mit welchen, die bei mehreren Schießereien zwischen rivalisierenden südamerikanischen Rauschgiftbanden verwendet worden sind. Das haben wir aus Boston. Boston ist sehr daran interessiert, was für eine Connection es hier in Lawrence gibt. Da Sie Gephardts Arbeitgeber waren, möchten wir von Ihnen gern wissen, in welcher Verbindung der Mann zur Rauschgiftszene gestanden hat. Haben Sie eine Ahnung?«

»Nicht die leiseste«, antwortete Victor. »Ich nehme an, Sie wissen, daß gegen den Mann wegen Unterschlagung ermittelt wurde.«

»Ja, das wissen wir«, erklärte Dempsey. »Sind Sie sicher, daß Sie uns sonst nichts sagen können? Boston ist wirklich erpicht darauf, alles über die Sache zu erfahren.«

»Wir glauben außerdem, daß der Mann Laborgeräte gestohlen und verkauft hat«, sagte Victor. »Diese Untersuchung hatte gerade angefangen, als er ermordet wurde. Aber daß er mit Drogen zu tun haben könnte, auf die Idee bin ich nie gekommen.«

»Wenn Ihnen doch noch etwas einfällt, wären wir Ihnen dankbar, wenn Sie uns gleich anrufen könnten. Wir wollen wirklich nicht, daß hier oben so was wie ein Rauschgiftkrieg ausbricht.«

Die Polizisten gingen. Victor schloß die Tür, lehnte sich mit dem Rücken dagegen und sah Marsha an. »Na, ein Problem wäre gelöst«, sagte er. »Zumindest wissen wir jetzt, wer uns terrorisiert hat und – was noch besser ist – daß es damit ein Ende hat.«

»Ich bin froh, daß sie vorbeigekommen sind, um uns zu sagen, daß wir aufhören können, uns Sorgen zu machen«, meinte Marsha. »Vielleicht sollten wir den Wachmann nach Hause schicken.«

»Ich kündige der Firma morgen früh«, sagte Victor. »Bezahlen müssen wir bestimmt so oder so.«

Victor fuhr so plötzlich hoch, daß er Marsha die Bettdecke wegriß. Sie erwachte. Draußen war es stockfinster.

»Was ist los?« fragte sie beunruhigt.

»Ich weiß nicht«, antwortete Victor. »Mir ist, als hätte es geläutet.« Beide lauschten einen Moment. Marsha hörte nichts als den Wind unter dem Dach und das Prasseln der Regentropfen am Fenster.

Sie beugte sich hinüber und drehte die Uhr auf dem Nachttisch um, damit sie das Zifferblatt sehen konnte. »Es ist Viertel nach fünf«, stellte sie fest, ließ sich aufs Kissen zurückfallen und zog sich die Decke über den Kopf. »Hast du bestimmt nicht geträumt?«

Da läutete es tatsächlich. »Also doch!« sagte Victor. »Ich wußte doch, daß ich nicht geträumt hatte.« Er sprang aus dem Bett, schnappte sich hastig den Bademantel und geriet in den falschen Ärmel. Marsha schaltete das Licht ein.

»Wer, um alles in der Welt, kann das sein?« fragte sie. »Noch mal die Polizei?«

Victor hatte seinen Kampf mit dem Mantel gewonnen und verknotete den Gürtel. »Das werden wir gleich wissen«, sagte er und lief nach unten.

Nach kurzem Zögern stand auch Marsha auf, zog ihren Bademantel an und schlüpfte in die Pantoffeln. Unten angekommen, sah sie, daß ein Mann und eine Frau vor Victor im Flur standen. Kleine Pfützen hatten sich zu ihren Füßen gebildet, und ihre Gesichter glänzten naß. Die Frau hatte eine Sprühdose in der Hand.

»Marsha«, rief Victor, ohne den Blick von den beiden Besuchern zu wenden, »ich glaube, du solltest die Polizei rufen!«

Marsha trat hinter Victor und warf einen Blick auf die beiden Leute. Der Mann war für dieses Wetter passend gekleidet. Er trug ein Kapuzencape; die Kapuze allerdings zurückgeschlagen. Die Frau hatte einen Skianorak an, der völlig durchnäßt war.

»Das ist Mr. Norwell«, erklärte Victor. »Er ist von der Sicherheitsfirma.«

»Guten Abend, Ma'am!« sagte der Wachmann.

»Und das ist Sharon Carver«, fuhr Victor mit einer Geste zu der Frau fort. »Eine ehemalige Chimera-Angestellte, die eine Klage wegen Geschlechterdiskriminierung gegen uns eingereicht hat.«

»Sie wollte Ihre Garagentür bemalen«, erläuterte der Nachtwächter. »Ich habe sie kurz lossprayen lassen, damit wir außer unbefugtem Eindringen noch was gegen sie in der Hand haben.« Ein wenig betreten sah Marsha zu der triefenden Frau hinüber; dann lief sie zum Telefon und rief die Polizei in North Andover an.

Anschließend ging die ganze Gruppe in die Küche, und Marsha brühte Tee auf. Bevor sie mehr als einen Schluck hatten trinken können, läutete es wieder an der Tür. Victor öffnete. Es waren Widdicomb und O'Connor.

»Sie halten uns wirklich auf Trab«, meinte Widdicomb grinsend. Sie traten ein und zogen die nassen Mäntel aus.

Norwell brachte Sharon Carver aus der Küche.

»Das ist also die junge Dame«, sagte Widdicomb. Er zog ein Paar Handschellen hervor.

»Sie brauchen mich nicht zu fesseln, um Gottes willen!« fauchte Sharon.

»Sorry, Miß!« erwiderte Widdicomb. »Vorschrift.«

In wenigen Augenblicken war alles erledigt, und die Polizisten verschwanden mit ihrer Gefangenen.

»Sie können gern noch Ihren Tee austrinken«, sagte Marsha zu dem Wachmann, der im Flur stand.

»Danke, Ma'am, aber ich bin schon fertig. Gute Nacht!«

Der Wachmann ging hinaus und zog die Tür hinter sich zu. Victor schob den Riegel vor.

Marsha sah ihn an und schüttelte lächelnd den Kopf. »Wenn ich das irgendwo gelesen hätte, würde ich es nicht glauben.«

»Gut, daß wir den Wachmann hierbehalten haben«, meinte Victor und streckte die Hand nach ihr aus. »Komm! Wir können noch ein bißchen schlafen.«

Aber das war leichter gesagt als getan. Eine Stunde später lag Victor immer noch wach und lauschte dem Heulen des Windes draußen. Der Regen trommelte in plötzlichen Böen gegen die Fensterscheiben, und jeder Windstoß ließ ihn zusammenfahren. Die Resultate von Davids DNS-Abdruck gingen ihm nicht aus dem Kopf, und das Cephaloclor in den Blutproben ebenfalls nicht.

»Marsha«, flüsterte er. Sie antwortete nicht. Er flüsterte noch einmal, doch sie blieb stumm. Victor glitt aus dem Bett, zog den Bademantel über und ging den Gang hinunter in sein Arbeitszimmer.

Er setzte sich an seinen Tisch und schaltete den PC ein. Über das Modem loggte er sich in den Hauptcomputer bei Chimera ein, und dabei entdeckte er von neuem, wie leicht das war. Beiläufig fragte er sich, ob er Kopien der Dateien zu Hobbs und Murray auf die Festplatte seines PC kopiert hatte. Er rief sein Verzeichnis ab und sah nach. Es gab keine solchen Dateien.

Überhaupt fand er zu seiner Überraschung neben den Programmen nur wenige Dateien auf der Platte. Aber als er den Rechner abschalten wollte, sah er, daß die Speicherkapazität der Festplatte fast erschöpft war.

Victor kratzte sich am Kopf. Das ergab keinen Sinn, wenn man bedachte, welch eine phantastische Speicherkapazität eine einzige Festplatte hatte. Er versuchte dem Computer eine Erklärung für diesen Widerspruch zu entlocken, aber der Computer widersetzte sich seinen Bemühungen. Schließlich schaltete er das verfluchte Ding erbost ab.

Er überlegte, ob er noch einmal ins Bett gehen sollte, aber ein Blick auf die Uhr zeigte, daß er jetzt ebensogut aufbleiben konnte. Es war schon nach sieben. So ging er nach unten, um sich Kaffee und Frühstück zu machen.

Unterwegs fiel ihm ein, daß er VJ bei seinem Gespräch über den Computer nicht gefragt hatte, warum er die Dateien zu Baby Hobbs und Baby Murray gelöscht hatte. Das mußte er noch tun. In den Dateien herumzustöbern, war eine Sache, sie zu löschen, eine ganz andere.

In der Küche erkannte er, welches weitere Problem ihm auf der Seele lastete: VJs Sicherheit, vor allem auf dem Gelände von Chimera. Daß Philip auf VJ aufpaßte, war schön, aber es lag nahe, daß seine Hilfe ihre Grenzen hatte. Victor beschloß, Able Protection anzurufen; bei der Bewachung des Hauses hatte die Firma unbestreitbar gute Arbeit geleistet. Er würde einen erfahrenen Begleiter für den Jungen beschaffen. Das würde wahrscheinlich teuer werden, aber sein Seelenfrieden war das Geld wert. Bis er dem Tod der beiden Kinder auf den Grund gekommen wäre, würde ihm unendlich viel wohler sein, wenn er wüßte, daß VJ beschützt wurde.

Als Victor sich Kaffee einschenkte, kam ihm noch eine Erkenntnis. Im Hinterkopf hatte ihm die Ähnlichkeit zwischen Davids und Janices Krebserkrankung keine Ruhe gelassen – vor allem im Licht des DNS-Abdrucks von Davids Tumor. Victor nahm sich vor, die Sache zu untersuchen, so gut er konnte.

10

Samstag morgen

Es war noch immer windig und regnerisch, als Victor hinaus zur Garage ging und in seinen Wagen stieg. Er hatte gefrühstückt, geduscht, sich rasiert und angezogen, und noch immer hatte sich keiner im Haus geregt. Er hatte einen Zettel mit der Nachricht hinterlassen, daß er den größten Teil des Tages im Labor verbringen würde, und war losgefahren.

Aber er begab sich nicht sofort zum Labor, sondern fuhr Richtung Westen, ging auf die Interstate 93 und fuhr in südlicher Richtung nach Boston. In Boston angekommen, verließ er den Storrow Drive an der Ausfahrt Charles Street/Government Center. Von dort aus fuhr er weiter zum Massachusetts General Hospital und stellte den Wagen im Parkhaus ab. Zehn Minuten später war er in der Pathologie.

Da es früher Samstag morgen war, war keiner der Stationspathologen anwesend. Victor mußte sich mit einer Assistenzärztin namens Angela Cirone begnügen.

Victor erklärte ihr, daß er den Wunsch habe, eine Tumorprobe von einem Patienten zu bekommen, der vier Jahre zuvor verstorben sei.

»Ich fürchte, das wird nicht möglich sein«, sagte Angela. »Wir bewahren normalerweise –«

Victor unterbrach sie höflich und erzählte ihr, daß es sich um einen ganz besonderen, äußerst selten vorkommenden Tumor handelte.

»Das könnte die Sache natürlich ändern«, sagte sie.

Das schwierigste Problem war, Janice Fays Krankenbericht zu finden, da Victor Janices Geburtsdatum nicht kannte. Aber ihre Beharrlichkeit zahlte sich schließlich aus, und Angela fand sowohl die Nummer des Krankenhausprotokolls als auch den Pathologiebericht. Außerdem konnte sie Victor mitteilen, daß eine Gewebeprobe existierte.

»Aber ich darf sie Ihnen nicht aushändigen«, sagte Angela nach all dem Aufwand, den es sie gekostet hatte, sie zu finden. »Einer von den Stationsärzten ist heute morgen oben und arbeitet im Kühlhaus. Wenn er fertig ist, können wir ihn fragen, ob er seine Erlaubnis dazu gibt.«

Doch Victor erzählte ihr, daß sein Sohn an derselben seltenen Krebsart gestorben sei und daß er deshalb ein großes Interesse daran habe, Janices Krebszellen zu untersuchen. Wenn er sich Mühe gab, konnte er auf eine gewinnende Art charmant sein. Innerhalb von wenigen Minuten hatte er die junge Assistenzärztin soweit, daß sie sich bereit erklärte, ihm zu helfen.

»Wieviel brauchen Sie?« wollte sie wissen.

»Bloß ein winziges Stückchen.«

»Ich denke, das wird niemandem schaden«, sagte Angela.

Eine Viertelstunde später befand sich Victor bereits im Aufzug auf dem Weg nach unten, in der Hand eine Papiertüte mit einem weiteren kleinen Röhrchen. Er wußte, er hätte auf den Stationsarzt warten können, aber so konnte er sich rascher an die Arbeit machen. Er stieg in seinen Wagen, verließ das Gelände des Massachusetts General Hospitals und fuhr nach Lawrence.

Bei Chimera angekommen, rief Victor sofort die Sicherheitsfirma Able Protection an. Aber es meldete sich ein Anrufbeantworter – schließlich war es Samstag –, und er mußte sich damit begnügen, seinen Namen und seine Nummer zu hinterlassen. Nachdem er dies getan hatte, suchte er Robert auf, der bereits konzentriert an dem Projekt arbeitete, das Victor am Abend zuvor in Angriff genommen hatte: die Trennung des Anteils von Davids Tumor-DNA, die sich von seinem normalen DNA unterschied.

»Sie werden mich verfluchen«, sagte Victor, »aber ich

habe hier noch eine Gewebeprobe.« Er holte die Probe hervor, die er soeben aus dem Mass. General mitgenommen hatte. »Ich möchte, daß Sie hiervon auch ein DNS-Abdruck machen.«

»Wegen mir brauchen Sie sich keine Gedanken zu machen«, sagte Robert. »Ich tue so was gern. Sie müssen sich bloß darüber im klaren sein, daß ich meine normale Arbeit natürlich liegenlasse.«

»Schon klar«, sagte Victor. »Im Moment hat dieses Projekt Vorrang.«

Victor nahm die Hirngewebeproben von den Ratten, die er am Abend zuvor präpariert hatte, legte sie auf Objektträger und färbte sie ein. Während er darauf wartete, daß sie trockneten, kam ein Rückruf von Able Protection. Es war derselbe Mann mit der tiefen Stimme, mit dem Victor schon früher zu tun gehabt hatte.

»Zuerst einmal möchte ich Mr. Norwell loben«, sagte Victor. »Er hat seine Sache gestern abend hervorragend gemacht.«

»Wir wissen dieses Kompliment zu schätzen«, erwiderte der Mann.

»Zweitens«, fuhr Victor fort, »brauche ich für die nächste Zeit zusätzlichen Schutz. Aber die Aufgabe erfordert eine ganz besondere Person. Ich will, daß jemand bei meinem Sohn VJ ist, und zwar von sechs Uhr früh bis sechs Uhr abends. Und wenn ich sage, ich will, daß jemand bei ihm ist, dann meine ich, ununterbrochen.«

»Das dürfte kein Problem sein«, erklärte der Mann. »Wann soll es losgehen?«

»Sobald Sie jemanden schicken können«, antwortete Victor. »Am besten schon heute morgen. Mein Sohn ist zu Hause.«

»Kein Problem. Ich habe genau den richtigen Mann für diesen Job. Er heißt Pedro Gonzales, und ich schicke ihn sofort los.«

Victor legte auf und rief Marsha zu Hause an.

»Wie hast du es geschafft, dich heute früh rauszuschleichen, ohne mich zu wecken?«, fragte sie.

»Ich bin erst gar nicht mehr zum Schlafen gekommen nach all der Aufregung gestern nacht. Ist VJ da?«

»Er und Philip schlafen noch«, sagte Marsha.

»Ich habe gerade veranlaßt, daß ein Wachmann zu uns rüberkommt, der VJ von morgens bis abends im Auge behält. Sein Name ist Pedro Gonzales. Er wird in Kürze bei dir eintreffen.«

»Wieso?« fragte Marsha, offensichtlich überrascht.

»Nur, damit wir hundertprozentig sicher sind, daß ihm nichts passiert«, antwortete Victor.

»Du verschweigst mir doch irgendwas«, sagte Marsha. »Ich will wissen, was los ist.«

»Es ist nur, damit wir ganz sicher sind, daß ihm nichts zustößt«, wiederholte Victor. »Wir reden später darüber, wenn ich nach Hause komme. Ich versprech's dir.«

Victor legte den Hörer auf. Er hatte nicht vor, Marsha ins Vertrauen zu ziehen, zumindest nicht, was seinen jüngsten Verdacht anbelangte: daß das Hobbs- und das Murray-Kind möglicherweise getötet worden waren. Und daß VJ auf die gleiche Weise getötet werden könnte, wenn irgend jemand Cephaloclor in sein System einführte.

Mit diesen Gedanken im Kopf wandte er sich wieder den Objektträgern mit den Rattenhirnproben zu. Sie waren inzwischen trocken, und er begann, sie unter einem der Lichtmikroskope zu untersuchen. Wie er erwartet hatte, wiesen sie eine starke Ähnlichkeit mit den Hirngewebeproben der Kinder auf. Jetzt bestand für ihn kein Zweifel mehr: Die Kinder waren in der Tat an dem Cephaloclor in ihrem Blut gestorben.

Die Frage war: Wie in aller Welt war das Cephaloclor in ihr Blut gelangt?

Victor nahm die Objektträger aus dem Mikroskop und begab sich hinüber zu Robert. Sie arbeiteten schon so lange miteinander und waren so aufeinander eingespielt, daß Victor jederzeit bei ihm erscheinen und ihm zur Hand gehen konnte, ohne daß Robert ihm irgendwelche Anweisungen zu geben brauchte.

Nachdem sie sich eine zweite Tasse Kaffee gemacht hatte, setzte sich Marsha an den Tisch und schaute hinaus in den regnerischen Tag mit seinen schweren grauen Wolken. Es war ein schönes Gefühl, nicht ins Büro fahren zu müssen, auch wenn sie noch ihre Anstaltspatientenrunde vor sich hatte. Sie fragte sich, ob sie beunruhigter darüber sein sollte, als sie es war, daß Victor einen Bodyguard für VJ engagiert hatte. Das klang zweifellos bedenklich. Andererseits schien es eine gute Idee zu sein. Aber sie war nach wie vor sicher, daß es Fakten gab, die Victor ihr vorenthielt.

Schritte auf der Treppe kündigten das Kommen von VJ und Philip an. Sie begrüßten Marsha, waren aber viel mehr am Inhalt des Kühlschranks interessiert, auf den sie zielstrebig zusteuerten, um sich Milch und Blaubeeren für ihre Cornflakes herauszunehmen.

»Was habt ihr zwei denn heute so vor?« fragte Marsha, als sie sich zu ihr an den Tisch gesetzt hatten.

»Wir gehen ins Labor«, erklärte VJ. »Ist Dad da?«

»Ja«, antwortete Marsha. »Was ist denn aus deiner Idee geworden, mit Richie Blakemore heute einen Ausflug nach Boston zu machen?«

»Hat sich zerschlagen.« VJ schob die Blaubeeren in Richtung Philip.

»Zu schade«, sagte Marsha.

»Macht nichts«, erwiderte VJ.

»Da ist etwas, worüber ich mit dir reden möchte«, sagte Marsha. »Gestern hatte ich eine Unterhaltung mit Valerie Maddox. Erinnerst du dich an sie?«

VJ hielt inne und blickte von seinem Teller auf. »Das hört sich aber nicht gut an. Ich erinnere mich an sie. Sie ist die

Psychiaterin, die ihr Büro in der Etage über dir hat. Sie ist die Dame mit dem Mund, der immer so aussieht, als wollte sie im nächsten Moment jemanden küssen.«

Philip mußte so heftig losprusten, daß er seine Cornflakes ausspuckte und sie in hohem Bogen über den Tisch spritzten. Er wischte sich schuldbewußt den Mund ab, während er krampfhaft versuchte, sein Lachen zu unterdrücken. Die Szene war so urkomisch, daß auch VJ sich eines Lachens nicht erwehren konnte.

»Das ist nicht sehr nett«, rügte ihn Marsha. »Sie ist eine wunderbare Frau und sehr begabt. Wir haben über dich gesprochen.«

»Es wird ja immer schlimmer«, sagte VJ.

»Sie hat sich bereit erklärt, dich zu sehen, und ich halte das für eine gute Idee. Vielleicht zweimal pro Woche nach der Schule.«

»Oh, Mom!« stöhnte VJ, und sein Gesicht verzog sich zu einem Ausdruck extremen Widerwillens.

»Ich will, daß du darüber nachdenkst«, sagte Marsha. »Wir reden später noch mal über die Sache. Es könnte dir helfen, wenn du älter wirst.«

»Ich bin viel zu beschäftigt, um mich mit solchem Kram abzugeben«, beschwerte sich VJ und schüttelte den Kopf.

Die Bemerkung entlockte Marsha ein Schmunzeln. »Denk trotzdem drüber nach!« bat sie ihn. »Noch was: Ich habe gerade mit deinem Vater gesprochen. Hat er sich dir gegenüber in irgendeiner Weise geäußert, er würde sich um deine Sicherheit sorgen – irgendwas in der Art?«

»Ja, er hat da so was angedeutet«, sagte VJ. »Er wollte, daß ich mich vor Beekman und Hurst in acht nehme. Aber ich sehe diese Burschen nie.«

»Offenbar macht er sich noch immer Sorgen«, erklärte Marsha. »Er hat mir gerade gesagt, daß er einen Mann engagiert hat, der tagsüber auf dich aufpaßt. Er heißt Pedro und ist schon auf dem Weg hierher.«

»O nein, bitte nicht!« stöhnte VJ. »Das halt ich nicht aus!«
Sobald sie mit ihrer Patientenrunde fertig war, fuhr Marsha auf die Interstate 495 und rollte in Richtung Westen, nach Lowell. Schon an der vierten Ausfahrt verließ sie die Interstate wieder, und mit Hilfe von ein paar Richtungsangaben, die sie sich auf einem leeren Rezeptformular notiert hatte, erreichte sie über mehrere kleine Landstraßen schließlich Mapleleaf Road 714, ein ziemlich heruntergekommenes, in schmutzigem Grau gestrichenes Haus im viktorianischen Stil. Irgendwann in der Vergangenheit war es einmal zu einem Doppelhaus umgebaut worden. Die Fays wohnten im ersten Stock. Marsha drückte auf den Klingelknopf.

Marsha hatte bereits vom Krankenhaus aus angerufen, so daß die Fays auf ihren Besuch vorbereitet waren. Obwohl ihre Tochter elf Jahre für sie und Victor gearbeitet hatte, war Marsha den Eltern nur ein einziges Mal begegnet: bei Janices Beerdigung. Janice war seit vier Jahren tot. Marsha hatte ein seltsames Gefühl dabei, auf der Veranda ihrer Eltern zu stehen und darauf zu warten, daß sie die Tür aufmachten. Da sie so viele Jahre engsten Kontakt mit Janice gehabt hatte und sie genauestens kannte, war Marsha zu der Überzeugung gelangt, daß es in ihrer Familie signifikante negative emotionale Tendenzen geben mußte, aber sie hatte keine Ahnung, was genau das sein mochte. In diesem Punkt war Janice absolut verschlossen gewesen.

»Bitte, kommen Sie doch herein!« sagte Mrs. Fay, nachdem sie die Tür geöffnet hatte. Sie war eine weißhaarige Frau von angenehmem Äußeren, wenngleich ziemlich gebrechlich wirkend. Marsha schätzte sie auf Anfang Sechzig. Ihr fiel auf, daß die Frau es vermied, ihr in die Augen zu schauen.

Das Innere des Hauses machte einen noch heruntergekommeneren Eindruck als das Äußere. Die Möbel waren alt und wurmstichig. Besonders unappetitlich jedoch war der allgegenwärtige Schmutz. Die Papierkörbe quollen über von

Bierdosen und McDonald's-Verpackungen. Überall stand schmutziges Geschirr herum. In einer Ecke des Raumes waren sogar Spinnengewebe an der Decke.

»Ich sag' Harry, daß Sie da sind«, erklärte Mrs. Fay.

Aus dem Hintergrund hörte Marsha die Geräusche einer Fernsehsportübertragung. Sie setzte sich auf den äußersten Rand des Sofas, sorgfältig darauf achtend, daß sie nicht mit der staubigen Lehne in Berührung kam.

»Aha«, sagte eine heisere Stimme. »War ja auch Zeit, daß die Frau Seelenklempnerin uns mal besuchen kommt.«

Marsha drehte sich um und sah einen großen Mann mit einem gewaltigen Bauch und einem schmuddeligen Netzunterhemd ins Zimmer schlurfen. Er kam geradewegs zu ihr und streckte ihr seine schwielige Hand entgegen. Sein borstiges Haar war militärisch kurz geschnitten. Sein Gesicht wurde beherrscht von einer großen, aufgequollenen Nase, die von feinen roten Äderchen überzogen war.

»Kann ich Ihnen irgendwas anbieten? Ein Bier vielleicht?« fragte er.

»Nein danke!« sagte Marsha.

Harry Fay ließ sich in einen durchgesessenen Sessel sinken. »Was verschafft uns die Ehre Ihres Besuchs?« fragte er. Er rülpste. »'tschuldigung, Ma'am!«

»Ich wollte mit Ihnen über Janice sprechen«, erklärte Marsha.

»Ich hoffe, sie hat Ihnen keine Lügen über mich erzählt«, sagte Fay. »Ich habe mein Leben lang hart gearbeitet, als LKW-Fahrer. Ich habe dieses Land so viele Male durchquert, von Osten nach Westen und von Norden nach Süden, daß ich es gar nicht mehr zählen kann.«

»Ich bin sicher, daß das eine sehr harte Arbeit war«, erwiderte Marsha und fragte sich, ob es wirklich so eine gute Idee gewesen war, hierherzukommen.

»Darauf können Sie einen lassen«, sagte Fay.

»Was mich interessieren würde«, begann Marsha, »ist, ob

Janice mit Ihnen jemals über meine Jungen, David und VJ, gesprochen hat.«

»Sehr oft. Stimmt's, Mary?«

Mrs. Fay nickte, sagte aber nichts.

»Hat sie je irgendeine Bemerkung fallenlassen, daß irgendwas an ihnen vielleicht ungewöhnlich sei?« Es gab konkretere Fragen, die sie hätte stellen können, aber sie zog es vor, das Gespräch nicht sofort in eine bestimmte Richtung zu lenken.

»Und ob sie das hat!« antwortete Fay. »Schon bevor sie ihren religiösen Tick kriegte, erzählte sie uns, daß VJ seinen Bruder getötet hätte. Sie hat uns sogar gesagt, daß sie versucht hätte, Sie zu warnen, aber Sie hätten nicht auf sie hören wollen.«

»Janice hat niemals versucht, mich zu warnen«, entgegnete Marsha; sie spürte, wie ihr das Blut in die Wangen stieg. »Und ich sollte Ihnen vielleicht sagen, daß mein Sohn David an Krebs gestorben ist.«

»Also, da hat uns Janice aber wirklich was ganz anderes erzählt«, erwiderte Fay. »Sie hat uns gesagt, der Junge wäre vergiftet worden. Unter Drogen gesetzt und vergiftet.«

»Das ist völlig absurd«, erklärte Marsha.

»Was, zum Henker, bedeutet das denn nun wieder?« fragte Fay.

Marsha atmete tief durch, um sich zu beruhigen. Ihr wurde bewußt, daß sie versuchte, sich und ihre Familie gegenüber diesem ekelhaften Kerl zu verteidigen. Das war nicht der Grund, weshalb sie hier war. »Ich will damit sagen, daß es völlig außerhalb jeder Möglichkeit liegt, daß mein Sohn vergiftet wurde. Er starb an Krebs, genau wie Ihre Tochter.«

»Wir können nur das wiedergeben, was man uns gesagt hat. Stimmt's, Mary?«

Mrs. Fay nickte pflichtschuldig.

»Tatsächlich«, fuhr Fay fort, »hat Janice uns sogar erzählt, daß sie auch einmal unter Drogen gesetzt worden wäre. Sie hat uns gesagt, sie hätte das bloß deshalb keinem erzählt, weil ihr sowieso keiner geglaubt hätte. Sie hat uns gesagt, daß sie von da an immer genau darauf geachtet hätte, was sie gegessen hätte.«

Marsha schwieg einen Moment lang. Sie erinnerte sich gut an die Veränderung, die mit Janice vorgegangen war. Quasi von heute auf morgen war sie plötzlich extrem pingelig geworden, was ihre Nahrung betraf. Marsha hatte sich immer gefragt, was diese Veränderung wohl verursacht haben mochte. Offenbar war es diese Wahnvorstellung gewesen, irgend jemand wolle sie vergiften.

»Ehrlich gesagt, wir haben nicht allzuviel von dem geglaubt, was Janice uns so erzählte«, gab Fay zu. »Da sind irgendwelche Drähte in ihrem Kopf durchgeschmort, als sie diesen religiösen Tick kriegte. Sie steigerte sich sogar so weit in diese Spinnereien rein, daß sie behauptete, Ihr Sohn, VJ oder wie er heißt, wäre das Böse. So, als ob er irgendwas mit dem Teufel zu tun hätte oder so.«

»Ich kann Ihnen versichern, daß das nicht der Fall ist«, erklärte Marsha und erhob sich. Sie hatte genug.

»Ist schon seltsam, daß Ihr Sohn David und unsere Tochter Janice an dem gleichen Krebs gestorben sind«, sagte Fay. Auch er erhob sich; sein Gesicht lief rot an von der Anstrengung.

»Es war ein merkwürdiger Zufall«, pflichtete Marsha ihm bei. »Sicher, die Tatsache, daß beide die gleiche Krebsart hatten, hat uns damals schon einigermaßen beunruhigt. Wir hatten Angst, daß es vielleicht irgendwas mit Umwelteinflüssen zu tun haben könnte. Unser Haus wurde eingehend untersucht. Ich kann Ihnen versichern, daß sie es beide hatten, war nicht mehr als ein tragischer Zufall.«

»Verflixtes Pech, würde ich sagen.«

»Ja, das war es in der Tat. Und wir vermissen Janice genauso sehr, wie wir unseren Sohn vermissen.«

»Sie war schon ganz in Ordnung«, meinte Fay. »Sie war

ein gutes Kind. Aber sie log viel. Sie erzählte viele Lügen über mich.«

»Uns gegenüber hat sie nie irgend etwas Schlechtes über Sie gesagt«, erwiderte Marsha. Sie verabschiedete sich mit einem knappen Händedruck und ging.

»Und es macht Ihnen ganz bestimmt nichts aus?« fragte Victor Louis Kaspwicz. Er hatte den Mann zu Hause angerufen, um ihn wegen dieses seltsamen Phänomens mit der Festplatte auf seinem PC zu fragen.

»Es macht mir überhaupt nichts aus«, versicherte Kaspwicz. »Wenn Ihre Festplatte keinen Speicherplatz mehr zur Verfügung hat, dann bedeutet das, daß der vorhandene Speicherplatz mit Daten belegt ist. Eine andere Erklärung gibt es nicht.«

»Aber ich habe ins Dateienverzeichnis geschaut«, sagte Victor. »Das einzige, was dort aufgeführt ist, sind die Betriebssystemdateien.«

»Es müssen aber mehr Dateien dasein«, beharrte Kaspwicz. »Glauben Sie mir!«

»Es widerstrebt mir, Ihnen den Samstagnachmittag zu versauen, wenn es wirklich nur irgendein blöder kleiner Fehler ist«, erklärte Victor.

»Hören Sie, Dr. Frank«, sagte Kaspwicz, »es macht mir wirklich nichts aus. Im Gegenteil, bei so einem miesen Wetter wie heute ist mir sogar jeder Vorwand recht, um aus dem Haus zu kommen.«

»Das wäre wirklich sehr nett von Ihnen«, erwiderte Victor.

»Sagen Sie mir nur, wie ich fahren muß!«

Victor beschrieb ihm den Weg, dann ging er ins Hauptlabor und teilte Robert mit, daß er nach Hause fahren, wahrscheinlich aber noch einmal zurückkommen würde. Er fragte Robert, wann er vorhätte, Feierabend zu machen. Robert antwortete ihm, seine Frau hätte gesagt, um sechs gebe es Abendessen, also würde er gegen halb sechs losfahren. Louis Kaspwicz stand schon vor dem Haus, als Victor ankam.

»Tut mir leid, wenn ich Sie habe warten lassen«, sagte Victor, während er nach seinen Schlüsseln kramte.

»Kein Problem«, erwiderte Kaspwicz fröhlich. »Wirklich ein schönes Haus, was Sie da haben«, fügte er hinzu. Er putzte sich die Schuhe auf der Fußmatte ab.

»Danke!« Victor führte Louis die Treppe hinauf zu seinem Wang-PC. »Da ist er.« Er griff hinter die Recheneinheit und schaltete das Gerät ein.

Louis warf einen raschen Blick auf den Computer, dann legte er seinen dünnen Aktenkoffer auf den Tisch und ließ die Verschlüsse aufschnappen. Im Innern des Koffers, eingebettet in Styropor, kam eine eindrucksvolle Kollektion von elektronischen Werkzeugen zum Vorschein.

Louis setzte sich vor den Rechner und wartete, bis das Menü auf dem Bildschirm erschien. Dann nahm er in schneller Abfolge die gleichen Operationen vor, die Victor am Morgen vorgenommen hatte – mit demselben Ergebnis.

»Sie hatten recht«, sagte Louis. »Auf dieser Winchester ist nicht mehr viel Speicherplatz übrig.« Er langte in seinen Aktenkoffer, klappte das ziehharmonikaartige Diskettenfach auf, das unter dem Deckel befestigt war, zog eine Diskette heraus und lud sie.

»Zum Glück habe ich zufällig eine spezielle Diskette zum Auffinden versteckter Dateien«, erklärte Louis.

»Was meinen Sie mit ›versteckten Dateien‹?« fragte Victor.

Louis tippte mit flinken Handbewegungen Informationen in das Keyboard ein. Ohne den Blick vom Bildschirm abzuwenden, antwortete er: »Es ist möglich, Dateien so abzuspeichern, daß sie in keinem Verzeichnis auftauchen.«

Wie von Geisterhand begannen plötzlich Daten auf dem Bildschirm zu erscheinen. »Aha, da haben wir den Übeltäter«, sagte Louis. Er lehnte sich zur Seite, damit Victor einen besseren Blick auf den Bildschirm hatte. »Sagen Ihnen diese Daten irgend etwas?«

Victor studierte die Daten. »Ja«, antwortete er. »Das sind Kontraktionen für die Nukleotidbasen des DNS-Moleküls.« Der Bildschirm war voll mit vertikalen Kolonnen aus den Buchstaben AT, TA, GC und CG. »Das A ist das Adenin; das T steht für Thymidin, das G für Guanin, und das C steht für Zytosin«, erklärte Victor.

Louis drückte die Pagedown-Taste. Die Kolonnen setzten sich fort. Er drückte die Pagedown-Taste mehrmals rasch hintereinander. Die Kolonnen waren scheinbar endlos. »Was sagen Sie dazu?« fragte Louis, während er in rascher Folge weiterblätterte.

»Das muß eine DNS-Molekül- oder Gensequenz sein«, sagte Victor, während sein Blick den über den Bildschirm huschenden Buchstabenkolonnen folgte, als sei er Zuschauer bei einem Pingpongspiel.

»Nun, haben Sie genug von dieser Datei gesehen?« fragte Louis.

Victor nickte.

Louis tippte ein paar Informationen in das Keyboard. Eine neue Datei erschien, aber sie ähnelte der ersten. »Es ist gut möglich, daß die ganze Festplatte voll mit diesem Zeug ist«, sagte Louis. »Und Sie sind sicher, daß Sie dieses Material nicht abgespeichert haben?«

»Ganz sicher«, erwiderte Victor lakonisch. Er wußte, daß Louis vermutlich vor Neugier fast platzte und brennend gern von ihm erfahren hätte, von wem das Material stammen könnte und wer der ominöse Hacker war, der sich in der vergangenen Nacht in den Zentralrechner eingeloggt hatte. Victor war dankbar, daß der Mann seine Neugier im Zaum hielt.

Während der nächsten halben Stunde ging Louis im Eiltempo von Datei zu Datei. Alle sahen im wesentlichen wie die erste aus. Es war wie eine Bibliothek von DNS-Molekülen. Dann plötzlich veränderte sich das Bild.

»Oho!« rief Louis. Was da auf dem Bildschirm erschien, war eine Personaldatei. Louis blätterte rasch ein paar Seiten durch. »Ich erkenne sie wieder, weil ich sie selbst formatiert habe. Dies ist eine Personaldatei von Chimera.«

Louis richtete den Blick auf Victor, der kein Wort von sich gab. Dann wandte er sich wieder dem Computer zu und rief die nächste Datei ab. Es war die von George Gephardt. »Diese Informationen stammen direkt aus dem Zentralrechner«, erklärte Louis. Als Victor immer noch nichts sagte, ging er zur nächsten Datei weiter, dann zu einer weiteren. Es waren insgesamt achtzehn Personaldateien. Danach kam eine Reihe von Buchführungsdateien. »Die kenne ich nicht«, sagte Louis. Wieder blickte er zu Victor auf. »Sie?«

Victor schüttelte ungläubig den Kopf.

Louis wandte seine Aufmerksamkeit erneut dem Bildschirm zu. »Wo immer sie herstammen, sie verkörpern eine Menge Geld. Wirklich eine clevere Art, es darzustellen. Ich möchte wissen, was für eine Art von Programm dafür benutzt wurde. Ich hätte nichts dagegen, eine Kopie davon zu kriegen.«

Nachdem er ein paar weitere Seiten der Buchführungsdaten durchgeblättert hatte, ging Louis zur nächsten Datei. Es war ein Aktienportefeuille von einer Anzahl kleiner Firmen, die allesamt Chimera-Anteile hielten. Alles in allem repräsentierte es einen großen Teil jenes Chimera-Aktienkapitals, das nicht von den drei Gründern und ihren Familien gehalten wurde.

»Was glauben Sie, ist das hier?« fragte Louis.

»Ich habe nicht die leiseste Ahnung«, sagte Victor. Aber eines wußte er ganz sicher: daß er sich VJ noch einmal vorknöpfen mußte. Wenn die Informationen, die er da vor sich auf dem Bildschirm sah, tatsächlich wahre Vorgänge wiedergaben und nicht Teil irgendeines komplizierten Fantasy-Computerspiels waren, dann hatte das sehr schwerwiegende Konsequenzen. Und ganz oben stand die Frage, was es mit den gelöschten Hobbs- und Murray-Dateien auf sich hatte.

»Jetzt kommen wieder weitere Dateien mit diesem DNS-Zeug«, sagte Louis, als der Bildschirm sich erneut mit den Listen der Nukleotidsequenzen füllte. »Soll ich weitermachen?«

»Ich glaube nicht, daß das nötig ist«, antwortete Victor. »Ich denke, ich habe genug gesehen. Würde es Ihnen was ausmachen, mir die Diskette zu überlassen, die Sie benutzt haben, um diese Dateien zu finden? Ich bringe sie Montag wieder mit in die Firma.«

»Die können Sie gern behalten«, sagte Louis. »Es ist bloß eine Kopie. Das Original habe ich bei mir zu Hause.«

Victor brachte Louis zur Tür und wartete, bis er in seinen Wagen gestiegen war. Er winkte ihm noch einmal kurz zu, bevor er losfuhr, dann schloß er die Tür. Er ging nach oben und vergewisserte sich, daß VJ nicht da war. Zurück in seinem Arbeitszimmer, rief er in Marshas Büro an, bekam aber nur den Auftragsdienst. Sie konnten ihm lediglich sagen, daß sie in der Klinik gewesen und wieder gegangen war. Wo sie sich jetzt befand, wußten sie nicht.

Victor legte den Hörer auf. Plötzlich kam ihm die Idee, bei Able Protection anzurufen. Vielleicht konnten sie sich mit ihrem Angestellten in Verbindung setzen. Wenn ja, konnte Victor herausfinden, wo VJ steckte.

Aber bei Able Protection meldete sich lediglich der Anrufbeantworter. Victor hinterließ seinen Namen und seine Telefonnummer mit der Bitte um schnellstmöglichen Rückruf.

Die nächste halbe Stunde verbrachte Victor damit, nervös im oberen Arbeitszimmer auf und ab zu gehen. Sosehr er auch grübelte, er konnte sich beim besten Willen keinen Reim auf diese ganze Geschichte machen.

Das Telefon läutete, und Victor nahm hastig den Hörer ab.

Es war die Reibeisenstimme von dem Mann von Able Protection. Victor fragte ihn, ob es möglich sei, Kontakt mit dem Mann aufzunehmen, der VJ begleitete.

»Alle unsere Leute haben Piepser bei sich«, versicherte ihm der Mann.

»Ich will wissen, wo sich mein Sohn aufhält«, sagte Victor.

»Ich ruf' Sie gleich zurück.« Der Mann legte auf. Fünf Minuten später klingelte das Telefon erneut. »Ihr Sohn ist auf dem Gelände von Chimera Inc.«, teilte der Mann ihm mit. »Pedro ist gerade vorne im Sicherheitsbüro, wenn Sie mit ihm reden möchten.«

»Nein, vielen Dank!« Er legte den Hörer auf und holte seinen Mantel. Wenige Augenblicke später brauste er mit durchdrehenden Rädern vom Grundstück. Nach einer halsbrecherischen Fahrt bog Victor schlingernd in die Einfahrt zum Firmengelände ein und brachte den Wagen mit einer quietschenden Vollbremsung einen Zollbreit vor der Schranke zum Stehen.

Seine Finger trommelten ungeduldig auf dem Lenkrad, während er darauf wartete, daß der Wachtposten die schwarz-weiß gestreifte Schranke öffnete. Statt dessen kam der Mann trotz des Regens aus dem Büro und beugte sich neben dem Seitenfenster zu Victor. Ohne seinen Ärger darüber, daß er aufgehalten wurde, zu verbergen, ließ Victor das Seitenfenster herunter.

»Tag, Dr. Frank!« begrüßte ihn der Wachtposten und tippte sich in einer Art Salut an den Schirm seiner Mütze. »Wenn Sie nach dem Wachmann suchen, der ist hier im Büro.«

»Sie meinen den Mann von Able Protection?« fragte Victor.

»Das weiß ich leider nicht«, sagte der Wachtposten, richtete sich auf und rief: »He, Pedro, bist du von Able Protection?«

Ein gutaussehender junger Mann erschien in der Tür. Sein Haar war pechschwarz, und seine Oberlippe zierte ein schmaler, sorgfältig gepflegter Schnurrbart. Er mochte um die Zwanzig sein, schätzte Victor.

»Wer will das wissen?« fragte er.

»Dein Boß hier, Dr. Frank.«

Pedro ging zu Victors Wagen. Er streckte die Hand aus. »Freut mich, Sie kennenzulernen, Dr. Frank. Ich bin Pedro Gonzales von Able Protection.«

Victor gab ihm die Hand. Er freute sich ganz und gar nicht.

»Warum sind Sie nicht bei meinem Jungen?« fragte er.

»Ich war bei ihm«, erklärte Pedro. »Aber als wir hier ankamen, sagte er, auf dem Firmengelände sei er sicher, und ich solle im Pförtnerhaus warten.«

»Ihre Anweisungen waren doch wohl eindeutig: Sie sollten keinen Moment von der Seite des Jungen weichen!«

»Ja, Sir«, sagte Pedro kleinlaut; er sah ein, daß er einen Fehler gemacht hatte. »Es wird nicht wieder vorkommen. Ihr Sohn klang so überzeugend, daß ich mir dachte, das ginge schon in Ordnung. Er behauptete, Sie wollten es so.«

»Wo ist er jetzt?« fragte Victor.

»Das weiß ich nicht genau«, antwortete Pedro. »Er und Philip müssen sich irgendwo hier auf dem Gelände aufhalten. Sie sind jedenfalls nicht weggegangen.«

»Das ist es nicht, was mir Sorgen macht«, blaffte Victor. »Was mir Sorgen macht, ist, daß ich Able Protection beauftragt habe, auf ihn aufzupassen, und daß der Job nicht ausgeführt wird.«

»Ich verstehe«, sagte Pedro zerknirscht.

Victor richtete den Blick auf den Wachtposten. »Hat Sheldon heute Dienst?«

»He, Sheldon!« brüllte der Wachtposten.

Sheldon erschien sofort. Victor fragte ihn, ob er irgendeine Ahnung habe, wo VJ stecken könnte.

»Nein, Sir«, sagte Sheldon, »aber als er heute morgen kam, sind Philip und er in diese Richtung gegangen.«

»Zum Fluß?« fragte Victor.

»Könnte sein«, antwortete Sheldon. »Aber er könnte auch zur Cafeteria gegangen sein.«

»Möchten Sie, daß ich mitkomme und Ihnen helfe, ihn zu suchen?« fragte Pedro.

Victor schüttelte den Kopf und legte den Gang ein. »Sie warten hier, bis ich ihn gefunden habe!« Dann, an den Wachtposten gewandt, der die Unterhaltung mit bestürzter Miene verfolgt hatte: »Es wäre sehr nett von Ihnen, wenn Sie diese Schranke erst einmal heben könnten, bevor ich durchfahre.«

Der Wachtposten zuckte hoch und rannte zurück, um die Schranke zu betätigen.

Victor trat das Gaspedal bis zum Bodenblech durch und schoß auf das Firmengelände. Seinen reservierten Parkplatz kurzerhand links liegen lassend, fuhr er direkt zu dem Gelände durch, das sein Labor beherbergte, und hielt vor dem Eingang. Dort stand zwar ein großes Parkverbotsschild, aber das scherte ihn im Moment wirklich nicht. Er zog den Mantelkragen hoch und hastete zur Eingangstür.

Robert war der einzige, der noch da war. Er war wie üblich beschäftigt; er arbeitete wieder an der Gel-Elektrophoreseeinheit. Mit dieser Apparatur wurden die einzelnen Teile der aufgespaltenen DNS voneinander getrennt.

»Haben Sie vielleicht VJ gesehen?« fragte Victor.

»Nein, hab' ich nicht«, antwortete Robert. Er rieb sich die Augen mit dem Handrücken. »Aber ich habe was anderes, das Sie bestimmt sehr interessieren wird.« Er hob zwei Streifen Folie auf, die dunkle Bänder an exakt der gleichen Stelle aufwiesen, und hielt sie Victor entgegen. »Die zweite Tumorprobe, die Sie mir gegeben haben, hatte das gleiche zusätzliche DNS-Segment wie die Ihres Sohnes. Aber die Probe stammte von einer anderen Person.«

»Sie ist von unserem Kindermädchen. Sind Sie sicher, daß das Segment in beiden Proben das gleiche war?«

»Absolut sicher.«

»Das ist in der Tat verblüffend«, sagte Victor, VJ für einen Moment vergessend.

»Ich dachte mir, daß Sie das interessieren würde«, sagte Robert mit unüberhörbarem Stolz in der Stimme. »Es ist die Art von Fund, nach dem die Krebsforscher immer gesucht haben. Es könnte vielleicht sogar der Durchbruch sein, auf den die Medizin so lange gewartet hat.«

»Sie müssen es sequenzieren!« sagte Victor voller Ungeduld. »Sofort!«

»Genau das tue ich schon die ganze Zeit«, erwiderte Robert. »Ich mache noch eine Anzahl weiterer Durchläufe mit der Elektrophoreseeinheit, und dann jage ich die gesamten Daten durch den Computer.«

»Wenn es sich als ein Retrovirus entpuppt oder irgend etwas in der Art...« Victor ließ den Satz unvollendet. Eine weitere unerwartete Entdeckung auf einer immer länger werdenden Liste von überraschenden Entdeckungen. »Sofern VJ auftauchen sollte, sagen Sie ihm, daß ich ihn suche«, bat Victor, wandte sich um und verließ das Labor.

In der Cafeteria angekommen, ging Victor sofort zum Leiter. »Haben Sie VJ gesehen?«

»Er war schon ziemlich früh zum Mittagessen hier. Philip und einer der Sicherheitsleute waren bei ihm.«

»Einer der Sicherheitsleute?« fragte Victor überrascht. Seltsam, daß Sheldon ihm davon nichts gesagt hatte. Victor bat den Kantinenchef, ihn sofort in seinem Labor anzurufen, falls VJ auftauchen sollte. Der Mann nickte.

In der Bibliothek war eine Handvoll Leute. Die meisten von ihnen lasen, ein paar schliefen. Der Bibliotheksleiter wußte auch nicht, wo VJ steckte.

Die gleiche Antwort erhielt er im Fitneßcenter und in der Kindertagesstätte. Außer in der Cafeteria hatte niemand VJ seit dem Morgen gesehen.

Victor holte sich einen Regenschirm aus seinem Wagen und machte sich auf den Weg zum Fluß. Er ging in nördlicher

Richtung und stieß etwa in Höhe der Mitte des Chimera-Komplexes auf ihn. Er wandte sich nach Westen und folgte dem Granitdamm. Keines der Gebäude, die den Fluß säumten, war bisher von Chimera restauriert worden, aber sie würden sich auf geradezu ideale Weise in die geplanten Erweiterungen einbeziehen lassen. Victor trug sich mit dem Gedanken, sein Verwaltungsbüro hierher zu verlegen. Wenn er ohnehin schon den größten Teil seiner Zeit mit Verwaltungsarbeit verbrachte, dann wollte er wenigstens einen schönen Ausblick dabei haben.

Während er so dahinmarschierte, starrte Victor hinunter auf den Fluß. Jetzt, im Regen, kam ihm das weiße Wasser noch aufgewühlter vor, als es ihm am Tag zuvor erschienen war. Als er flußaufwärts zum Damm blickte, konnte er kaum seine Umrisse ausmachen, so dicht war der Schleier, der von dem Wasserfall aufstieg.

An den leerstehenden Gebäuden entlanggehend, wurde ihm bewußt, daß es hier Hunderte von Verstecken und Schlupfwinkeln gab, die Kinder geradezu ideale Voraussetzungen zum Spielen boten. Es war ein wahres Paradies für Spiele wie Verstecken oder Räuber und Gendarm. Aber solche Spiele spielte man zu mehreren. Abgesehen von Philip, war VJ immer allein.

Victor ging weiter flußabwärts, bis ihm der Weg vom Uhrenturm versperrt wurde, der hier über einen Teil des Damms und einen Teil des Mühlenteichs vorsprang. Um weiterzukommen, mußte er um das Gebäude herumgehen und sich dann dem Fluß auf der Westseite nähern. Dort wurde ihm der Weg von dem zehn Fuß breiten Abflußgraben abgeschnitten, der vom Mühlenteich abging und dann parallel zu ihm verlief, bevor er in einem Tunnel verschwand. In früheren Zeiten, als die ganze Mühle noch mit Wasserkraft betrieben worden war, hatte der Abflußkanal das Wasser in den Keller des Uhrenturmgebäudes geleitet. Dort hatten die dahinströmenden Wassermassen eine Reihe von riesigen Schaufelrädern angetrieben, die ihrerseits wiederum Tausende von

Webstühlen und Nähmaschinen sowie die Turmuhr angetrieben hatten.

Am Rande des Tunnels stehend, inspizierte Victor den Grund des Grabens. Abgesehen von einem dünnen Rinnsal, war er bedeckt mit Müll, der größtenteils aus zerbrochenen Flaschen und leeren Bierdosen bestand. Victor sah sich die Verbindungsstelle zwischen dem Graben und dem tosenden Fluß an. Zwei schwere Stahltore hatten einst den Wasserzufluß reguliert. Jetzt war die ganze Anlage total verrostet. Victor wunderte sich, wie sie überhaupt noch dem gewaltigen Druck standhalten konnte, den das Wasser auf sie ausübte. Der Wasserspiegel des Flusses war praktisch auf einer Höhe mit der Oberkante der Tore.

Victor umrundete den Graben und ging weiter in westlicher Richtung. Der Regen hatte aufgehört, und er machte seinen Schirm wieder zu. Wenig später kam er zum letzten Gebäude des Chimera-Komplexes, das ebenfalls freitragend über den Fluß vorsprang. Dahinter verlief eine Stadtstraße. Victor drehte sich um und machte sich auf den Rückweg.

Diesmal rief er nicht VJs Namen, wie er es zuvor getan hatte. Er ließ lediglich den Blick umherschweifen und lauschte. Als er wieder am Uhrenturmgebäude angelangt war, schlug er die Richtung zum bewohnten Teil des Komplexes ein. In seinem Labor angekommen, fragte er Robert, ob VJ inzwischen aufgetaucht sei. Aber der Junge hatte sich noch immer nicht blicken lassen.

Da ihm nichts Besseres einfiel, ging Victor erneut in die Cafeteria.

»Ist noch nicht wieder hier aufgetaucht«, sagte der Kantinenchef, noch ehe Victor ihn gefragt hatte.

»Damit hatte ich auch nicht gerechnet«, erwiderte Victor. »Ich wollte eigentlich nur einen Kaffee trinken.«

Feucht vom Regen, wie er war, war es Victor auf dem Weg am Fluß entlang empfindlich kalt geworden. Seit der Sturm vorüber war, hatte die Temperatur wieder zu sinken begonnen.

Als er seinen Kaffee ausgetrunken hatte und sich einigermaßen warm fühlte, zog Victor seinen feuchten Mantel an. Er schärfte dem Kantinenchef noch einmal ein, ihm sofort Bescheid zu geben, wenn sein Sohn auftauchen sollte, und kehrte dann ins Büro des Werkschutzes am Eingangstor zurück. Dort drinnen herrschte eine wohltuende Wärme, wenngleich die Luft geschwängert war von Zigarettenrauch. Pedro vertrieb sich die Zeit, indem er auf einer kleinen Couch im hinteren Teil des Büros Patiencen legte. Er stand auf, als Victor erschien. Sheldon erhob sich ebenfalls hinter seinem kleinen Schreibtisch.

»Hat irgendeiner inzwischen meinen Sohn gesehen?« fragte Victor ohne Umschweife.

»Ich hab' gerade eben mit Hal gesprochen«, berichtete Sheldon. »Ich hab' ihn extra danach gefragt, aber er sagt, er hätte VJ den ganzen Tag noch nicht zu Gesicht bekommen.«

»Der Chef der Cafeteria erzählte mir, VJ hätte heute mit einem von euch zusammen Mittag gegessen«, erklärte Victor. »Warum haben Sie mir das nicht gesagt?«

»Ich habe nicht mit VJ gegessen!« erwiderte Sheldon und preßte sich die Hand gegen die Brust. »Und Hal auch nicht, das weiß ich. Er hat mit mir zusammen gegessen. Wir hatten beide was von zu Hause mitgebracht. He, Fred! Kommst du mal?«

Fred, der die Ein- und Ausfahrtstore bediente, steckte den Kopf zur Tür herein. Sheldon fragte ihn, ob er mit VJ zusammen zu Mittag gegessen hätte.

»Nein, hab' ich nicht«, antwortete Fred. »Ich war heute draußen essen.«

Sheldon zuckte mit den Schultern. Dann sagte er zu Victor: »Es sind nur wir drei, die heute Dienst haben.«

»Aber der Leiter der Cafeteria hat behauptet ...«, begann Victor und hielt inne. Es hatte keinen Sinn, jetzt eine große Diskussion darüber anzufangen, wer zusammen mit VJ gegessen hatte und wer nicht. Die Frage war, wo steckte der

Junge jetzt? Victor wurde langsam neugierig und auch ein bißchen unruhig. Marsha hatte sich immer gefragt, und jetzt tat er es auch, womit sich VJ eigentlich beschäftigte, wenn er sich auf dem Firmengelände aufhielt. Bis zu diesem Moment hatte sich Victor nie groß Gedanken darüber gemacht.

Er verließ das Büro des Werkschutzes und ging zurück in sein Labor. Langsam fiel ihm nichts mehr ein, wo er noch hätte suchen sollen.

»Der Chef der Cafeteria hat gerade angerufen«, empfing ihn Robert, gleich als er zur Tür hereinkam. »VJ ist aufgetaucht.«

Victor ging zum nächsten Telefon und rief den Leiter der Cafeteria an.

»Ja, er ist jetzt hier.«

»Ist er allein?«

»Nein. Philip ist bei ihm.«

»Haben Sie ihm gesagt, daß ich nach ihm gesucht habe?« fragte Victor.

»Nein. Sie haben mir nur aufgetragen, Sie anzurufen. Sie haben mir nicht gesagt, daß ich VJ irgend etwas ausrichten soll.«

»Das ist schon in Ordnung so«, erwiderte Victor. »Sagen Sie ihm nichts! Ich bin bereits unterwegs.«

Auf dem Weg zu dem Gebäude, das sowohl die Cafeteria als auch die Bibliothek beherbergte, entschloß sich Victor, die Cafeteria nicht durch den Haupteingang zu betreten. Er ging durch einen Seiteneingang hinein, stieg die Treppe zum zweiten Stock hinauf und betrat die Cafeteria erst auf der Höhe des Balkons. Von dort schaute er hinunter. VJ und Philip saßen an einem Tisch und aßen Eis.

Er blieb stehen – so, daß sie ihn nicht sehen konnten – und wartete, bis die beiden ihren nachmittäglichen Snack beendet hatten. Es dauerte nicht lange, dann standen sie auf und brachten ihre Tabletts weg. Als sie hinausgingen, lief Victor die Treppe hinunter, sich dicht an der Wand haltend, um nicht von ihnen bemerkt zu werden. Er konnte hören, wie sich die Tür hinter ihnen schloß, als sie die Cafeteria verließen.

Er beschleunigte seinen Schritt und erreichte die Tür gerade noch rechtzeitig, um zu sehen, wie sie auf dem Gehweg nach Westen abbogen.

»Irgendwas nicht in Ordnung?« fragte der Kantinenchef.

»Doch, doch, alles in Ordnung«, sagte Victor und bemühte sich, dabei möglichst unbekümmert dreinzuschauen. Das letzte, was er brauchen konnte, war Bürotratsch. »Ich bin bloß neugierig, wo mein Herr Sohn sich so herumtreibt«, erklärte er. »Ich hab' ihm nämlich schon tausendmal gesagt, er soll nicht zum Fluß gehen, wenn er Hochwasser führt. Aber ich fürchte, er schert sich den Teufel darum.«

»So sind die jungen Burschen nun mal«, sagte der Kantinenchef.

Als Victor das Kantinengebäude verließ, sah er gerade noch, wie VJ und Philip nach rechts abbogen und hinter dem Gebäude verschwanden, in dem sein Labor war. Es war klar, daß sie die Absicht hatten, zum Fluß zu gehen. In einen lockeren Trab fallend, folgte Victor ihnen bis zu dem Punkt, wo sie nach rechts abgebogen waren. Sie waren etwa fünfzig Yards voraus. Er wartete, bis sie kurz vor dem Fluß nach links abschwenkten und außer Sicht waren. Dann rannte er ihnen nach.

Als er die Stelle erreichte, wo VJ und Philip nach links gegangen waren, spähte er vorsichtig um die Ecke. Sie näherten sich jetzt dem Uhrenturm. Er sah, wie sie die kleine Treppe vor dem verlassenen Gebäude hinaufstiegen und durch den türlosen Eingang verschwanden.

Was, in aller Welt, können sie da wollen? fragte sich Victor. Er ging vorsichtig bis zum Eingang weiter, bemüht, sich in Deckung zu halten, so gut es möglich war, dann blieb er stehen und horchte. Aber das einzige vernehmbare Geräusch war das Rauschen des Wasserfalls.

Verblüfft den Kopf schüttelnd, betrat Victor den Uhrenturm. Er mußte einen Moment warten, bis seine Augen sich an das trübe Licht gewöhnt hatten. Sobald dies geschehen war, fand er exakt die Art von Unordnung und Schmutz vor, die er in dem verlassenen Gebäude erwartet hatte. Der Fußboden war übersät mit Schutt und Gerümpel.

Das Erdgeschoß wurde beherrscht von einem großen Raum mit Fensteröffnungen zum Mühlenteich hin. Die Scheiben waren seit Ewigkeiten herausgebrochen. Es waren nicht einmal mehr Fensterrahmen vorhanden. Ein Haufen Abfall in der Mitte des Raums deutete darauf hin, daß das Gebäude früher einmal als Unterkunft für Landstreicher gedient hatte, ehe Chimera den Komplex erworben und umzäunt hatte. Über der gesamten Szenerie hing ein allgegenwärtiger Gestank nach faulendem Holz, Stoff und Pappe.

Victor ging vorsichtig zur Mitte des Raums und lauschte erneut, ob er irgend etwas von den beiden hören könne, aber das Rauschen des Wasserfalls war hier noch lauter als draußen und übertönte jedes andere Geräusch.

Entlang der Seite, die dem Fluß zugewandt war, befand sich eine Anzahl kleinerer Räume, die sich allesamt zum Hauptraum hin öffneten. Victor begann, sie der Reihe nach zu inspizieren. Jeder von ihnen war mehr oder weniger hoch mit Müll gefüllt. An beiden Enden und in der Mitte des Gebäudes waren Treppenaufgänge, die zu den beiden oberen Stockwerken führten. Victor ging zum mittleren Treppenaufgang und stieg langsam nach oben. Auf jedem Stockwerk durchsuchte er sorgfältig jeden einzelnen der zahlreichen kleinen Räume, die zu beiden Seiten eines langen Flurs lagen. In jedem der Räume bot sich ihm der gleiche Anblick von Verfall und Verwahrlosung.

Verwirrt kehrte Victor ins Erdgeschoß zurück. Er ging zu einer der gähnenden Fensteröffnungen und spähte hinaus über den Fluß, den Damm, den Teich und schließlich über den leeren Abflußgraben und die rostigen Tore, die ihn gegen den reißenden Fluß abschotteten.

Erst in dem Moment fiel Victor wieder ein, daß der Uhrenturm mit den anderen Gebäuden durch kunstvolle Tunnelsysteme verbunden war, die angelegt worden waren, um die Kraft von den Schaufelrädern zu kanalisieren und zu verteilen. Im Uhrenturm hielt sich VJ nicht auf, soviel stand fest. Victor fragte sich, ob sein Sohn durch irgendeinen Zufall auf dieses Tunnelsystem gestoßen sein mochte und sich jetzt womöglich dort herumtrieb.

Victor wirbelte herum; er spürte, wie seine Nackenhaare sich sträubten. Er glaubte, irgend etwas über das Rauschen des Wassers hinweg gehört zu haben. Oder hatte er gar etwas gespürt? Er war sich nicht sicher, was es gewesen sein mochte. Er ließ seinen Blick hastig durch den Raum schweifen, aber da war niemand, und trotz angestrengten Horchens vernahm er nach wie vor nichts als das gleichmäßige Rauschen des Flusses.

Er ging von einem Treppenaufgang zum anderen und suchte nach dem Eingang zum Keller, aber er konnte ihn nicht finden. Er suchte noch einmal, noch sorgfältiger diesmal, wieder ohne Erfolg. Es gab keine Treppe, die nach unten führte. Er ging hinüber zu einer Fensteröffnung, die zur Südseite des Gebäudes zeigte, um nachzuschauen, ob es vielleicht von außen einen Zugang zum Keller gab, aber auch hier blieb seine Suche fruchtlos. Es schien nirgends einen Zugang zum Keller zu geben.

Victor verließ das Gebäude wieder und kehrte zurück zum bewohnten Teil des Chimera-Komplexes, um das Büro für Gebäude- und Grundstücksangelegenheiten aufzusuchen. Mit Hilfe seines Hauptschlüssels verschaffte er sich Zugang und knipste das Licht an. Dann begab er sich sofort in den Aktenraum. Aus einem riesigen Metallschrank suchte er sich die Baupläne von sämtlichen existierenden Gebäuden auf dem Chimera-Gelände heraus. Mit Hilfe des Hauptlageplans fand er nach kurzer Suche die Zeichnungen für den Uhrenturm und zog sie aus dem Stapel heraus.

Die erste Zeichnung war die für das Kellergeschoß. Sie zeigte, wo der Wassertunnel in das Gebäude hineinführte. Innerhalb des Kellers floß das Wasser durch eine mit Holzplanken verschalte Rinne, wo es eine Reihe von Schaufelrädern antrieb, die sowohl vertikal als auch horizontal montiert waren. Der Keller selbst war aufgeteilt in einen zentralen Raum, in dem sich alle Schaufelräder befanden, und eine Anzahl von Nebenräumen. Das Tunnelsystem ging von einem der Seitenräume auf der Ostseite des Kellers aus.

Als nächstes schaute sich Victor den Plan des Erdgeschosses an. Er fand die Treppe, die zum Keller hinunterführte, ohne Probleme. Sie war unmittelbar rechts neben dem zentralen Treppenaufgang. Ihm war schleierhaft, wie er sie hatte übersehen können.

Um sich doppelt abzusichern, machte er sich Kopien von den Plänen des Kellers und des Erdgeschosses. Mit Hilfe des Spezialkopierers, den Chimera eigens für diesen Zweck hatte, verkleinerte er die Kopien auf Aktenblattformat. Mit diesen Kopien kehrte er zum Uhrenturm zurück, fest entschlossen, die Kellerräume zu erkunden.

Victor bahnte sich seinen Weg durch den Müll, der den Fußboden bedeckte, und ging zum mittleren Treppenaufgang. Er stellte sich genau davor und wandte den Blick nach rechts. Er nahm sogar die Kopie des Bauplans zur Hand und hielt sie hoch, um sich noch einmal zu vergewissern, daß er sie auch richtig gelesen hatte.

Victor konnte nicht verstehen, was er falsch machte. Es gab keine Kellertreppe. Er ging sogar auf die andere Seite des Treppenaufgangs, für den unwahrscheinlichen Fall, daß die Blaupausen fehlerhaft waren. Aber auf der anderen Seite gab es ebensowenig eine Kellertreppe.

Als er sich noch mal zu der Stelle begab, wo der Zeichnung nach die Kellertreppe liegen mußte, fiel ihm plötzlich auf, daß dieser Bereich frei war von dem Müll, der den Rest des Fußbodens bedeckte. Er stutzte und bückte sich, um sich die

Stelle genauer zu besehen. Sofort fiel ihm auf, daß die Dielen, die hier den Boden bedeckten, breiter waren als die im ganzen übrigen Gebäude. Außerdem war das Holz eine Spur heller.

Ein Geräusch hinter ihm ließ ihn hochschrecken. Er drehte sich um, aber es war nichts zu sehen. Trotzdem konnte er sich des beklemmenden Gefühls nicht erwehren, daß da irgend jemand im Halbdunkel lauerte. Und zwar jemand, der verdammt nah war. Er spürte, wie sich erneut seine Nackenhaare sträubten. Er starrte in den Raum. Nichts. Doch da! Wieder dieses Geräusch! Oder war es mehr ein Vibrieren? Jetzt vernahm er es erneut. Kein Zweifel, da war jemand! Victor schnellte herum, aber es war zu spät. Er konnte gerade noch die schemenhafte Silhouette einer Gestalt wahrnehmen, die irgendeinen Gegenstand hochhielt. Er versuchte noch, sich die Hände schützend über den Kopf zu halten, aber er schaffte es nicht mehr. Er spürte einen dumpfen Schlag, und dann wurde es schwarz um ihn herum.

Sobald sie Lowell verlassen hatte, blieb Marsha an einer Telefonzelle stehen und rief die Blakemores an. Sie spürte ein wenig Unbehagen bei dem Gedanken, die Leute einfach so zu überfallen, aber die Blakemores hatten nichts dagegen, daß sie auf einen kurzen Besuch zu ihnen rüberkäme. Sie brauchte etwa eine halbe Stunde bis zu ihrem Haus in West Boxford, Plum Island Road 479.

Als Marsha in die Einfahrt zum Haus einbog und den Wagen zum Stehen brachte, registrierte sie erleichtert, daß es aufgehört hatte zu regnen. Aber als sie die Wagentür öffnete, wünschte sie sich, sie hätte einen ihrer langen Mäntel mitgenommen. Die Temperatur war spürbar gefallen.

Das Heim der Blakemores war ein gemütlich wirkendes Häuschen, das Marsha an die Art von Häusern erinnerte, die sie auf Cape Cod gesehen hatte. Die Fenster waren durch Längspfosten geteilt und weiß gestrichen, über die Einfahrt wölbte sich ein Laubengang aus grün umranktem Gitterwerk. Marsha stieg die Stufen zur Haustür hinauf und läutete.

Mrs. Blakemore öffnete ihr. Sie war eine untersetzte Frau, ungefähr in Marshas Alter, mit kurzem Haar, das in einer putzigen Außenrolle endete. »Kommen Sie rein!« sagte sie, Marsha neugierig musternd. »Ich bin Edith Blakemore.«

Marsha spürte den forschenden Blick der Frau und fragte sich, ob irgend etwas mit ihrem Äußeren nicht stimmte – vielleicht war da noch ein dunkler Fleck zwischen ihren Vorderzähnen von dem Obst, das sie eben gegessen hatte, oder irgendwas in der Art. Sie fuhr sich rasch mit der Zunge über die Schneidezähne, bloß um sicherzugehen.

Das Innere des Hauses stand seinem äußeren Erscheinungsbild an Gemütlichkeit in nichts nach: Das Mobiliar war frühamerikanische Antike mit chintzbezogenen Sofas und Ohrensesseln. Auf dem Fußboden aus breiten Kiefernholzdielen lagen geschmackvolle Stoffläufer.

»Darf ich Ihnen den Mantel abnehmen?« fragte Mrs. Blakemore. »Wie wär's mit einem Kaffee oder einem Tee?«

»Ein Tee wäre schön«, sagte Marsha. Sie folgte Mrs. Blakemore ins Wohnzimmer.

Mr. Blakemore, der am Kamin saß und die Zeitung las, erhob sich, als Marsha hereinkam. »Ich bin Carl Blakemore«, stellte er sich vor und streckte ihr die Hand hin. Er war ein großer Mann mit wettergegerbter Haut und einem dunklen Gesicht.

Marsha gab ihm die Hand.

»Setzen Sie sich, und machen Sie sich's bequem!« sagte Mr. Blakemore und deutete auf ein Sofa. Als Marsha Platz genommen hatte, kehrte er zu seinem Sessel zurück und legte die Zeitung neben sich auf den Boden. Er lächelte sie freundlich an. Seine Frau verschwand in der Küche.

»Interessantes Wetter«, versuchte Mr. Blakemore eine Unterhaltung in Gang zu bringen.

Marsha vermochte sich nicht von dem unbehaglichen Gefühl zu befreien, das sie beschlichen hatte, als Mrs. Blakemore sie in der Tür so angestarrt hatte. Das Verhalten dieser Leute hatte irgend etwas Steifes, Unnatürliches, das sie nicht so recht definieren konnte.

Ein Junge kam die Treppe herunter und ins Zimmer. Er war ungefähr in VJs Alter, aber größer und stämmiger, mit sandfarbenem Haar und dunkelbraunen Augen. Sein Aussehen hatte etwas Hartes, Robustes, und die Ähnlichkeit mit seinem Vater war unübersehbar. »Hallo!« sagte er und reichte Marsha die Hand in der Manier eines Gentlemans.

»Du bist bestimmt Richie, nicht wahr?« Marsha schüttelte dem Jungen die Hand. »Ich bin die Mutter von VJ. Ich habe schon viel von dir gehört.« Marsha fand, daß nichts Schlimmes daran war, wenn sie ein bißchen dick auftrug.

»Ach, tatsächlich?« fragte Richie unsicher.

»Ja«, sagte Marsha. »Und je mehr ich gehört habe, desto mehr hatte ich den Wunsch, dich einmal kennenzulernen. Warum kommst du uns nicht mal besuchen? VJ hat dir sicher erzählt, daß wir einen Swimmingpool haben.«

»VJ hat mir nie erzählt, daß Sie einen Swimmingpool haben«, erwiderte Richie. Er setzte sich auf den Herd und starrte Marsha an.

Ihr Unbehagen wuchs.

»Ich verstehe gar nicht, wieso er das nicht getan hat.« Sie sah Mr. Blakemore an. »Man weiß nie, was in den Köpfen von Kindern vorgeht.«

»Das kann man wohl sagen.«

Peinliches Schweigen trat ein. Marsha fragte sich, was nur los sein mochte.

»Milch oder Zitrone?« brach Mrs. Blakemore, die in diesem Moment mit dem Tee aus der Küche kam, das Schweigen. Sie stellte das Tablett auf den Kaffeetisch.

»Zitrone«, sagte Marsha. Sie nahm eine Tasse vom Tablett und ließ sich von Mrs. Blakemore einschenken. Dann preßte sie etwas Saft von der Zitrone hinein. Als sie fertig war, lehnte sie sich zurück. Erst da bemerkte sie, daß die drei anderen nicht tranken. Sie saßen lediglich da und starrten sie unverwandt an.

»Trinkt außer mir niemand von dem Tee?« fragte Marsha. Sie fühlte sich von Sekunde zu Sekunde unwohler.

»Wir haben schon Tee getrunken«, sagte Mrs. Blakemore.

Marsha nahm einen Schluck. Der Tee war sehr heiß, und sie stellte die Tasse sogleich wieder auf den Tisch zurück. Sie räusperte sich nervös. »Es tut mir leid, daß ich Sie so überfallen habe.«

»Aber ich bitte Sie, das macht doch gar nichts«, erwiderte Mrs. Blakemore. »Bei dem scheußlichen Wetter hätten wir sowieso nichts unternommen.«

»Ich wollte Sie schon seit einiger Zeit mal kennenlernen«, sagte Marsha. »Sie sind immer so nett zu VJ, und da habe ich mir gedacht, daß ich mich gern mal revanchieren würde.«

»Was genau meinen Sie damit?« fragte Mrs. Blakemore.

»Nun, zum einen würde ich gern mal Richie über Nacht zu uns einladen. Natürlich nur, wenn er das möchte. Würdest du gern mal zu uns nach Hause kommen, Richie?«

Richie zuckte mit den Schultern.

»Warum, wenn ich fragen darf, möchten Sie denn, daß Richie bei Ihnen übernachtet?« wollte Mr. Blakemore wissen.

»Um mich zu revanchieren, natürlich«, sagte Marsha. »Da VJ schon oft bei Ihnen über Nacht geblieben ist, dachte ich mir, wäre es doch nur normal, wenn Richie hin und wieder auch zu uns nach Hause käme.«

Mr. und Mrs. Blakemore wechselten einen überraschten Blick. Dann sagte Mrs. Blakemore: »Ihr Sohn hat noch nie bei uns übernachtet. Ich fürchte, ich verstehe nicht ganz, wovon Sie reden.«

Marsha schaute verwirrt von einem zum andern. »VJ hat nie bei Ihnen übernachtet?« fragte sie ungläubig.

»Nie!« sagte Mr. Blakemore.

Marsha sah zu Richie. »Und was war vergangenen Samstag? Wart ihr, VJ und du, da nicht zusammen?«

»Nein«, antwortete Richie und schüttelte den Kopf.

»Nun, dann muß ich mich wohl entschuldigen, daß ich Ihre Zeit beansprucht habe«, sagte Marsha verlegen und erhob sich.

Mr. und Mrs. Blakemore standen ebenfalls auf.

»Wir dachten, Sie wären wegen dieser Prügelei gekommen«, sagte Mr. Blakemore.

»Welcher Prügelei?« fragte Marsha verdutzt.

»Offenbar hatten VJ und unser Junge eine kleine Meinungsverschiedenheit«, erklärte Mr. Blakemore. »Richie mußte die Nacht im Krankenhaus verbringen, mit einem gebrochenen Nasenbein.«

»Oh, das tut mir schrecklich leid. Da werde ich wohl mal mit VJ reden müssen.«

So rasch und so taktvoll, wie es ihr unter den gegebenen Umständen möglich war, verabschiedete sich Marsha und verließ das Haus der Blakemores. Als sie in ihren Wagen stieg, kam die Wut in ihr hoch. Der Bengel würde was von ihr zu hören bekommen! Anscheinend stand es noch viel schlimmer um ihn, als sie geglaubt hatte. Wie hatte ihr das alles bloß entgehen können? Offensichtlich führte ihr Sohn ein regelrechtes Doppelleben, eines, das völlig anders war als jenes, das er ihnen vorspielte. Daß er sie mit einer derart bewußten Täuschung hinters Licht führte, war entschieden anomal! Was ging da bloß mit ihrem kleinen Jungen vor sich?

11

Samstag nachmittag

Victor kam langsam wieder zu Bewußtsein. Durch einen wattigen Schleier hindurch vernahm er gedämpfte Laute, die er im ersten Moment nicht zu deuten vermochte. Nach ein paar Sekunden wurde ihm klar, daß es sich bei den Geräuschen um Stimmen handelte. Schließlich erkannte er die von VJ. Der Junge schrie irgend jemanden an, Victor sei sein Vater.

»Tut mir leid.« Der Sprecher hatte einen harten spanischen Akzent. »Woher sollte ich das wissen?«

Victor merkte, wie jemand ihn schüttelte. Die ruckartige Bewegung machte ihm bewußt, daß sein Kopf schmerzte. Er fühlte sich benommen. Vorsichtig griff er sich an den Kopf. Auf seiner Stirn ertastete er eine Beule von der Größe eines ausgewachsenen Golfballs.

»Dad?« rief VJ.

Victor schlug benommen die Augen auf. Ein stechender Schmerz schoß im ersten Moment durch seinen Kopf, ließ dann aber rasch wieder ein wenig nach. Er schaute in VJs eisblaue Augen. Sein Sohn hielt seine Schultern. Hinter VJ sah er mehrere Gesichter von dunkler Farbe. Direkt neben VJ war ein besonders dunkelhäutiger Mann, dessen geradezu bedrohlich wirkender Gesichtsausdruck sich noch finsterer dadurch ausnahm, daß sein linkes Augenlid herunterhing.

Victor schloß die Augen wieder, biß die Zähne zusammen und setzte sich auf. Erneut packte ihn ein Schwindelgefühl, und er drohte zurückzusacken, aber VJ hielt ihn fest. Als das Schwindelgefühl vorüber war, öffnete Victor die Augen. Jetzt spürte er auch die Beule; er erinnerte sich nur vage an den Hieb, dem er sie zu verdanken hatte.

»Bist du okay, Dad?« fragte VJ.

»Ich denke, schon«, sagte Victor. Er musterte die Fremden. Sie trugen alle die Uniformen des Chimera-Werkschutzes, aber er kannte nicht einen von ihnen. Hinter ihnen stand Philip; er schaute schüchtern und verängstigt drein.

Als Victor sich in dem Raum umblickte, um sich zu orientieren, glaubte er im ersten Moment, wieder in seinem Labor zu sein, weil er umgeben war von der gewohnten Ansammlung komplizierter wissenschaftlicher Instrumente und Apparaturen.

Direkt zu seiner Rechten sah er eines der neuesten Instrumente, die es auf dem Markt zu haben gab: ein Proteinflüssigkeitschromatograph. Aber er war nicht in seinem Labor. Das Ambiente, in dem er sich befand, war eine geradezu groteske Kombination aus High-Tech mit einem abenteuerlichen Hintergrund aus nacktem Granit und roh behauenem Holzgebälk.

»Wo bin ich?« fragte Victor, während er sich die Augen mit den Knöcheln seiner Zeigefinger rieb.

»Du bist an einem Ort, an dem du eigentlich nicht sein dürftest«, antwortete VJ.

»Was ist passiert?« fragte Victor und versuchte aufzustehen.

»Erhol dich erst mal einen Moment!« sagte VJ und drückte ihn sanft wieder zurück. »Du hast dir den Kopf gestoßen.«

Das ist eine leichte Untertreibung, war Victor versucht zu erwidern. Er faßte sich an den Kopf und betastete erneut die riesige Beule, dann schaute er auf seine Finger, um zu prüfen, ob Blut an ihnen war.

Er war immer noch verwirrt, aber sein Kopf begann langsam wieder klar zu werden. »Was meinst du mit ›Du bist an einem Ort, an dem du eigentlich nicht sein dürftest‹?« fragte er, als werde ihm VJs rätselhafte Bemerkung erst in diesem Moment richtig bewußt.

»Du hättest dieses geheime Labor eigentlich erst frühestens in einem Monat sehen sollen«, erklärte VJ. »Jedenfalls zumindest solange nicht, wie ich noch nicht in meine neue Wohnung auf der anderen Flußseite eingezogen bin.«

Victor blinzelte. Plötzlich war sein Kopf wieder klar. Er erinnerte sich an die dunkle Gestalt, die ihn niedergeschlagen hatte. Er sah einen Moment in das lächelnde Gesicht seines Sohnes, dann ließ er den Blick durch das unglaubliche Labor schweifen. Er hatte das Gefühl, als sei er unvermittelt in eine Welt jenseits der Realität geraten, in eine Welt, in der Massenspektrometer mit handgehauenem Granit wetteiferten. »Wo bin ich?« wiederholte er.

»Wir sind im Keller des Uhrenturms«, sagte VJ und stand auf. Er machte eine schwingende Bewegung mit der Hand. »Aber wir haben das Dekor ein wenig verändert, so, daß es unseren Bedürfnissen entspricht. Was sagst du dazu?«

Victor schluckte und fuhr sich mit der Zunge über die trockenen Lippen. Er schaute seinen Sohn an, der ihn stolzerfüllt anstrahlte. Er sah, wie Philip nervös die Hände rang. Victor musterte erneut die drei Männer in Chimera-Werkschutzuniform – dunkelhäutige Südamerikaner mit gegerbten Gesichtern und öligen schwarzen Haaren. Dann wanderte sein Blick langsam durch den hohen Raum. Der Anblick, der sich ihm bot, hätte erstaunlicher und verblüffender nicht sein können. Direkt vor ihm gähnte der dunkle Schlund des Abflußgrabens. Ein dünnes Rinnsal grünen, schleimigen Schlamms sikkerte aus dem unteren Rand der Öffnung. Der größte Teil der Öffnung war mit einer provisorisch zusammengezimmerten Luke aus altem, morschem Holz bedeckt. Die riesige hölzerne Rinne, die einstmals das Wasser durch den Raum geleitet hatte, war abmontiert worden; ihre Planken hatten als Rohmaterial für die Luke, die Labortische und für Bücherregale Verwendung gefunden.

Der Raum maß etwa sechzig Fuß in der Breite und hundert Fuß in der Länge. Das größte der alten Schaufelräder war noch immer in seiner ursprünglichen vertikalen Stellung in der Mitte des Raums, wie eine moderne Skulptur anmutend.

Einige der Laborinstrumente standen gegen seine riesigen Schaufeln geschoben, einen mächtigen Kreis um es bildend.

An den beiden Enden des Raums befand sich jeweils eine schwere, mit Nieten verstärkte Tür. Die Wände bestanden allesamt aus dem gleichen grauen Granit. Die Decke war eine Konstruktion aus schweren Querbalken, die mit Bohlen abgedeckt waren. Außer den größten der Schaufelräder befanden sich auch die meisten der alten mechanischen Vorrichtungen – Pleuelstangen, Zahnräder, Wellen und dergleichen, die die Wasserkraft übertragen hatten, noch an ihrem ursprünglichen Platz.

Gleich hinter Victor war eine hölzerne Treppe, die zur Decke hinaufführte und vor einem Viereck aus schweren Holzplanken endete.

»Nun, Dad?« fragte VJ mit erwartungsvollem Gesichtsausdruck. »Sag schon! Wie findest du es?«

Victor rappelte sich mühsam auf. Seine Knie zitterten, und er mußte sich einen Moment gegen die Wand stützen. »Gehört dieses Labor dir?« fragte er.

»Ganz recht. Stark, was? Findest du nicht auch?«

Mit wackeligen Schritten ging Victor hinüber zu einem DNS-Synthesizer und strich mit der Hand über seine Oberkante. Es war das neueste Modell, das auf dem Markt erhältlich war, besser als das Gerät, das Victor in seinem eigenen Labor hatte.

»Woher stammen alle diese Geräte?« fragte Victor, während sein Blick staunend auf einem Magnetelektronenmikroskop haftenblieb, das er auf der anderen Seite des Schaufelrads entdeckt hatte.

»Man könnte sagen, ich habe sie gewissermaßen auf Leihbasis bekommen«, erklärte VJ. Er folgte seinem Vater und betrachtete liebevoll den Synthesizer.

Victor wandte sich zu VJ um und studierte das Gesicht des

Jungen. »Sind das die Geräte, die bei Chimera gestohlen wurden?«

»Gestohlen? Das dürfte wohl nicht der passende Ausdruck sein«, erwiderte VJ mit einem schalkhaften Grinsen. »Sagen wir, sie wurden lediglich umdisponiert. Sie gehören Chimera, und sie befinden sich nach wie vor auf dem Firmengelände. Ich glaube kaum, daß man von stehlen sprechen kann, solange sie nicht vom Firmengelände weggeschafft werden.«

Während sie zum nächsten Laborapparat weitergingen, einem hochkomplizierten Gaschromatographen, versuchte Victor, sich zusammenzureißen. Sein Kopf tat noch immer scheußlich weh, besonders, wenn er sich bewegte, und er fühlte sich ziemlich schwindelig. Aber dieses Schwindelgefühl, dachte er, mochte ebensogut von dem Schock über die Entdeckung des geheimen Labors herrühren wie von dem Schlag, den er auf den Schädel gekriegt hatte. Das Ganze war wie aus einem Traum, einem Alptraum. Indem er mit der Hand sanft über den kühlen Stahl des Chromatographen strich, vergewisserte er sich, daß es kein Traum war, sondern Wirklichkeit. Dann drehte er sich zu VJ um, der direkt hinter ihm war.

»Ich glaube, es wäre besser gewesen, wenn du mich von Anfang an eingeweiht hättest.«

»Sicher«, sagte VJ. »Aber laß uns doch in den Wohnbereich gehen; da haben wir's ein bißchen gemütlicher.«

VJ führte ihn um das große Schaufelrad herum, vorbei an dem Elektronenmikroskop, und steuerte auf das hintere Ende des Raums zu. Dort angekommen, öffnete er die Tür zur Linken. Er deutete auf die Tür zur Rechten: »Dahinter befindet sich noch weiterer Laborraum. Wir leiden jetzt schon unter Platzmangel.«

Während Victor VJ folgte, bemerkte er aus dem Augenwinkel, daß Philip hinter ihm war, die Sicherheitsleute ihnen jedoch keine Beachtung schenkten. Zwei von ihnen hatten sich schon auf einer behelfsmäßigen Bank niedergelassen und fingen an, Karten zu spielen.

Der Raum, in den VJ Victor jetzt führte, sah in der Tat nach einem Wohnquartier aus. Teppiche in verschiedenen Größen und Formen hingen an den Granitwänden, um eine wohnlichere Atmosphäre zu schaffen. Etwa zehn fahrbare Betten, allesamt mit Leinenwäsche bezogen, standen über den Raum verteilt. Nahe der Eingangstür befand sich ein runder Tisch mit sechs Stühlen. VJ machte seinem Vater ein Zeichen, Platz zu nehmen.

Victor zog einen der Stühle unter dem Tisch hervor und setzte sich. Philip ließ sich schweigend ein paar Stühle weiter nieder.

»Möchtest du was trinken? Heißen Kakao oder Tee?« fragte VJ, den Gastgeber spielend. »Wir sind bestens ausgestattet.«

»Ich glaube, du solltest mich jetzt mal allmählich aufklären, was hier eigentlich vor sich geht.«

VJ nickte, dann begann er leise zu erzählen. »Wie du weißt, habe ich mich von dem Tag an, als du mich zum ersten Mal zu Chimera mitgenommen hast, für die Dinge interessiert, die du in deinem Labor gemacht hast. Das Problem war nur, daß keiner mir erlaubte, irgendwas anzufassen.«

»Natürlich nicht«, sagte Victor. »Du warst schließlich noch ein kleines Kind.«

»Ich fühlte mich aber nicht wie ein kleines Kind«, erwiderte VJ. »Es versteht sich von selbst, daß ich schon früh zu der Überzeugung gelangte, daß ich ein eigenes Labor brauchte, wenn ich in der Lage sein sollte, irgendwas zu machen. Ich fing klein an, aber der Platz reichte bald nicht mehr aus, da ich immer mehr Geräte benötigte.«

»Wie alt warst du, als du angefangen hast?« wollte Victor wissen.

»Das war vor ungefähr sieben Jahren«, sagte VJ. »Da war ich drei. Es war überraschend einfach, das Labor einzurichten; schließlich hatte ich ja Philip mit seinen Muskelpaketen.« Philip lächelte stolz. VJ fuhr fort: »Zuerst war ich in dem Gebäude neben der Cafeteria. Aber dann war auf einmal die Rede davon, daß es möglicherweise renoviert werden sollte, also schafften wir alles hierher in den Uhrenturm. So, jetzt kennst du mein kleines Geheimnis.«

»Du hast dieses Labor also schon seit sieben Jahren?« fragte Victor verblüfft.

VJ nickte. »Ungefähr.«

»Aber warum?« fragte Victor.

»Um ernsthaft und ungestört forschen zu können«, sagte VJ. »Dadurch, daß ich immer in deinem Labor war und dir bei der Arbeit zuschaute, wurde mein Interesse an den Möglichkeiten der Biologie geweckt. Es ist die Wissenschaft der Zukunft. Ich hatte ein paar eigene Ideen, wie die Forschung durchgeführt werden sollte.«

»Aber du hättest in meinem Labor arbeiten können«, sagte Victor.

»Unmöglich!« erwiderte VJ mit einer wegwerfenden Handbewegung. »Ich bin zu jung. Keiner hätte mich das machen lassen, was ich gemacht habe. Ich brauchte absolute Freiheit von Einschränkungen, von Vorschriften, von hilfreichen Händen. Ich brauchte meinen eigenen Raum, und ich kann dir versichern, es hat sich ausgezahlt – mehr, als du dir in deinen kühnsten Träumen ausmalen kannst. Ich bin ganz wild darauf, dir zu zeigen, woran ich seit nunmehr mindestens einem Jahr arbeite. Du wirst von den Socken sein.«

»Du kannst also gewisse Erfolge vorweisen?« fragte Victor zögernd, plötzlich neugierig geworden.

»Diverse erstaunliche Durchbrüche wäre die treffendere Bezeichnung«, erwiderte VJ. »Du könntest ja mal versuchen zu raten.«

»Da müßte ich wohl lange raten«, sagte Victor.

»Da bin ich gar nicht so sicher. Ich könnte mir denken, daß du schneller draufkämst, als du glaubst. Eines der Projekte ist etwas, an dem du selbst auch gearbeitet hast.«

»Ich habe schon an einer Menge Projekte gearbeitet«, erwiderte Victor ausweichend.

»Paß auf!«, sagte VJ. »Meine Vorstellung ist die, daß dir das Verdienst für die Entdeckungen zugeschrieben wird, so daß Chimera sie patentieren lassen und den Nutzen aus ihnen ziehen kann. Wir wollen nicht, daß irgend jemand erfährt, daß ich überhaupt irgendwas mit der ganzen Sache zu tun habe.«

»So wie bei dem Wettschwimmen?« fragte Victor.

VJ lachte herzhaft. »Ja, so ähnlich. Ich ziehe es vor, mich im Hintergrund zu halten und wenn möglich keine Aufmerksamkeit auf mich zu lenken. Ich will nicht, daß irgend jemand neugierig wird, und das werden die Leute in der Regel, wenn sie es mit einem Wunderkind zu tun haben. Mir wäre lieber, wenn du die Lorbeeren einheimst. Chimera kriegt dann das Patent. Man könnte sagen, du bekommst meine Forschungsergebnisse gewissermaßen als Entschädigung dafür, daß du mir die Räumlichkeiten und die Ausrüstung gestellt hast.«

»Gib mir mal einen Wink, damit ich mir eine ungefähre Vorstellung machen kann, was du da erforscht hast!«

»Also, zuerst einmal habe ich das Geheimnis der Implantation eines befruchteten Eis in einen Uterus gelöst«, sagte VJ stolz. »Solange die Zygote normal ist, kann ich garantieren, daß die Implantation zu hundert Prozent erfolgreich ist.«

»Du willst mich auf den Arm nehmen«, sagte Victor.

»Keineswegs«, versetzte VJ ein wenig beleidigt. »Die Antwort stellte sich einerseits als sehr einfach und andererseits als komplizierter heraus, als ich dachte. Sie beinhaltet die Nebeneinanderstellung der Zygote und der Oberflächenzellen des Uterus, wodurch eine Art von chemischer Kommunikation initiiert wird, die die meisten Leute wahrscheinlich eine Antikörper-Antigen-Reaktion nennen würden. Diese Reaktion löst einen Polypeptid-Gefäß-Proliferationsfaktor aus, der die Implantation zur Folge hat. Ich habe diesen Faktor isoliert und ihn in großer Menge mit rekombinanten DNS-Techniken produziert. Eine Injektion damit garantiert zu hundert Prozent die Implantation eines gesunden befruchteten Eis.«

Um seiner Erklärung Nachdruck zu verleihen, zog VJ eine Phiole aus der Tasche und stellte sie vor seinen Vater auf den Tisch. »Sie ist für dich«, sagte er. »Wer weiß, vielleicht kriegst du dafür den Nobelpreis.« VJ lachte, und Philip fiel mit ein.

Victor nahm die Phiole und starrte auf die klare, seimige Flüssigkeit. »So etwas muß man testen«, sagte er.

»Es ist getestet worden«, erwiderte Victor Frank Jr. »Es funktioniert bei Tieren wie bei Menschen. Hundertprozentig.«

Victor schaute erst seinen Sohn an, dann Philip. Philip lächelte unsicher. Victor wandte den Blick erneut auf die Phiole. Er konnte sofort die akademische und ökonomische Tragweite einer solchen Entdeckung abschätzen. Sie würde monumental sein, sie würde die In-vitro-Befruchtungstechniken geradezu revolutionieren. Mit einem solchen Produkt würde Fertility Inc. das Feld mit einem Schlag beherrschen. Ihr Einfluß würde weltweit sein.

Victor holte tief Luft. »Und du bist sicher, daß das bei Menschen funktioniert?«

»Absolut«, erklärte Victor Frank Jr. »Wie gesagt, ich habe es getestet.«

»An wem?«

»Natürlich an Freiwilligen«, sagte VJ. »Über die näheren Einzelheiten kann ich dir später noch immer berichten.«

Freiwillige? Victor wurde schwindlig. War VJ nicht klar, daß er nicht so einfach fröhlich und munter mit lebenden Menschen herumexperimentieren konnte? Da gab es Gesetze, an die man sich halten mußte, und es gab ethisch-moralische Probleme, die es sorgfältig zu erwägen galt. Aber die Möglichkeiten waren unwiderstehlich. Und konnte gerade er, Victor, sich zum Richter aufschwingen – er, der er selbst die Empfängnis dieses außergewöhnlichen Jungen, der da vor ihm stand, bewerkstelligt hatte?

»Ich möchte mir noch mal dein Labor anschauen«, sagte Victor und erhob sich von seinem Stuhl.

VJ lief voraus, um die Tür zu öffnen. Victor ging in den Hauptraum zurück. Die Wachmänner spielten noch immer Karten und unterhielten sich laut auf Spanisch.

Victor schritt langsam durch den Raum, eingehend jedes der Instrumente betrachtend. Für das, was sich seinen staunenden Blicken da bot, war die Bezeichnung »beeindrukkend« wahrlich weit untertrieben. Er bemerkte, daß seine Kopfschmerzen mit einem Schlag verschwunden waren, weggeblasen von einem wachsenden Hochgefühl. Es war schwer zu glauben, daß sein zehnjähriger Sohn dies alles geschaffen haben sollte.

»Wer weiß sonst noch von diesem Labor?« fragte Victor und blieb stehen, um erneut das Elektronenmikroskop zu bewundern.

»Philip und eine Handvoll Sicherheitsleute«, antwortete VJ. »Und jetzt du.«

Plötzlich mußte Victor laut lachen. »Wenn ich daran denke, daß das alles die ganze Zeit über praktisch vor unserer Nase passiert ist!« Victor schüttelte ungläubig den Kopf und setzte seine Besichtigung fort. Hier und da blieb er vor einem Gerät stehen und begutachtete es mit fachmännischem Blick. »Und du bist absolut sicher, was dieses Implantationsprotein anbelangt?« fragte er, im Geiste bereits nach einem Namen für das Präparat suchend: Conceptol vielleicht. Oder Fertol – klang auch nicht schlecht.

»Absolut«, sagte VJ. »Und das ist bloß eine der Entdeckungen, die ich gemacht habe. Da sind noch eine ganze Anzahl weiterer. Ich habe zum Beispiel beträchtliche Fortschritte gemacht, was das Verständnis des Prozesses der Zellteilung und -entwicklung betrifft; ich glaube, daß die Erkenntnisse, die ich diesbezüglich gewonnen habe, eine neue Ära der Biologie einläuten werden.«

Victor blieb stehen und wandte sich zu VJ um. »Weiß Marsha irgendwas von diesem Labor?«

»Nein – nichts!« sagte VJ mit Nachdruck.

»Ihr wird eine Zentnerlast vom Herzen fallen, wenn sie es erfährt«, erklärte Victor mit einem Lächeln. »Sie macht sich große Sorgen, daß irgendwas mit dir nicht stimmt, weil du dich nie mit Kindern deiner Altersgruppe befaßt.«

»Ich bin zu beschäftigt, um Räuber und Gendarm zu spielen oder meine Zeit bei den Pfadfindern zu verplempern.«

Victor lachte. »Das kann man wohl sagen! Sie wird jedenfalls überglücklich sein, wenn sie das hier sieht. Wir müssen es ihr gleich erzählen und sie hierherbringen.«

»Ich bin nicht überzeugt davon, daß das eine so gute Idee ist«, erwiderte VJ.

»Doch, ganz bestimmt, glaub mir! Sie wird maßlos erleichtert sein, und ich werde mir nicht länger ihre Vorträge über deine psychische Entwicklung anzuhören brauchen.«

»Ich will nicht, daß irgend jemand von diesem Labor erfährt«, sagte VJ. »Es war ein unvorhergesehener Zufall, daß du es entdeckt hast. Ich wollte dich eigentlich erst in die ganze Sache einweihen, sobald ich das Labor in die neuen Räume verlegt haben würde.«

»Und wo sind die?« fragte Victor.

»Hier in der Nähe«, antwortete VJ. »Ich zeig's dir ein andermal.«

»Aber wir müssen es Marsha sagen«, beharrte Victor. »Du kannst dir nicht vorstellen, wie sehr sie deinetwegen in Sorge ist. Ich werd' das schon machen. Sie wird es niemandem weitererzählen.«

»Aber es ist ein Risiko«, sagte VJ. »Ich glaube nicht, daß sie von meinen Leistungen genauso beeindruckt sein wird wie du. Sie ist nicht so begeistert von Naturwissenschaft wie wir beide.«

»Sie wird hingerissen sein, wenn sie erfährt, welch ein Genie du bist. Und daß du alles hier quasi allein aufgebaut hast. Es ist einfach außergewöhnlich.«

»Nun, mag sein …« VJ war unschlüssig.

»Vertrau mir!« sagte Victor enthusiastisch.

»Vielleicht muß ich mich in dieser Frage doch deinem Urteil beugen«, meinte VJ. »Du kennst sie besser als ich. Ich kann nur hoffen, du behältst recht. Sie könnte eine Menge Probleme machen.«

»Ich hol' sie jetzt sofort«, sagte Victor, vor Erregung und Ungeduld fast berstend.

»Wie willst du sie hier reinkriegen, ohne daß irgend jemand euch sieht?«

»Heute ist Samstag«, sagte Victor. »Da ist kaum jemand auf dem Gelände, und schon gar nicht so spät am Tag.«

»Okay!« VJ seufzte resigniert.

Victor hastete zur Treppe, fast in Laufschritt verfallend. »Ich bin in einer halben Stunde zurück – spätestens in einer Dreiviertelstunde!« rief er seinem Sohn zu. Er stürmte die Stufen hinauf, dann hielt er inne. Wie er schon vorher bemerkt hatte, endete die Treppe vor einem Rechteck aus schweren Holzbohlen.

»Geht's hier nach draußen?« rief er zu VJ hinunter.

»Du brauchst bloß leicht von unten dagegenzudrücken«, erklärte VJ. »Sie hat ein Gegengewicht.«

Victor stieg die restlichen Stufen hinauf und legte die Hand unter die Bohlen. Er drückte zögernd dagegen. Zu seiner Überraschung schwang über ihm eine große Falltür mit erstaunlicher Leichtigkeit auf. Victor warf einen letzten Blick hinunter auf VJ, dann stieg er hinaus. Als er die Falltür losließ, sank sie lautlos zurück über die Öffnung, das Licht von unten völlig abschirmend.

Victor stürmte im Laufschritt aus dem Gebäude. Sein Puls jagte vor Erregung. Seit Jahren hatte er nicht mehr ein derartiges Hochgefühl empfunden.

Zurückgekehrt von ihren beiden bestürzenden Besuchen, hatte sich Marsha erst einmal eine Tasse Tee gemacht. Sie hatte sie gerade in ihr Arbeitszimmer gebracht, wo sie versuchen wollte, ein wenig zur Ruhe zu kommen, als sie Victors Wagen in die Einfahrt einbiegen hörte.

Wenig später steckte er den Kopf zur Tür herein. Er war noch im Mantel. »Ah, da bist du ja, meine Süße!«

Meine Süße? dachte Marsha skeptisch. So hat er mich schon seit Jahren nicht mehr genannt. »Komm rein!« rief sie ihm zu.

Aber Victor war schon im Zimmer. Er packte ihre Hand und versuchte, sie von ihrer Couch hochzuziehen. Marsha stieß ein unwilliges Knurren aus und entwand ihm ihre Hand. »Was soll das? Was hast du vor?«

»Ich muß dir etwas zeigen.«

Marsha gewahrte das erregte Funkeln in seinen Augen. »Was hast du? Was ist los mit dir?«

»Nun komm schon!« drängte Victor und zog sie von der Couch hoch. »Ich habe eine tolle Überraschung für dich! Du wirst begeistert sein!«

»Ich habe auch eine Überraschung für dich, aber eine, von der du bestimmt nicht begeistert sein wirst«, erwiderte Marsha. »Setz dich hin! Ich hab' dir was Wichtiges zu sagen.«

»Später«, entgegnete Victor. »Was ich habe, ist noch viel wichtiger.«

»Das bezweifle ich. Ich habe einige weitere beunruhigende Dinge über VJ erfahren.«

»Das trifft sich ja gut!« sagte Victor mit einem Lächeln. »Weil nämlich das, was ich entdeckt habe, dich alle Sorgen, die du dir bezüglich VJs gemacht hast, schlagartig vergessen lassen wird.«

Victor versuchte, Marsha aus dem Raum zu zerren. »Victor!« rief sie in scharfem Ton. Sie entwand sich erneut seiner Hand. »Du führst dich auf wie ein Kind!«

»Ich bin heute selbst gegen deine schlimmsten Bezeichnungen immun«, versetzte Victor fröhlich. »Marsha, ich scherze nicht – ich habe eine tolle Neuigkeit für dich.«

Marsha stemmte die Hände in die Hüften. »So, jetzt hörst du mir mal endlich zu!« fauchte sie. »VJ hat uns nicht nur, was seine Schule anbelangt, belogen, sondern auch noch in anderen Punkten. Ich habe herausgefunden, daß er noch nie bei den Blakemores war. Verstehst du? Noch nie!«

»Das überrascht mich überhaupt nicht«, sagte Victor und dachte daran, wieviel Zeit VJ in seinem Labor verbracht haben mußte, um das zu schaffen, was er offensichtlich geschafft hatte.

»Das überrascht dich nicht?« rief Marsha wütend und warf die Hände in die Luft. »Richie Blakemore und VJ sind nicht einmal Freunde. Im Gegenteil, sie hatten neulich sogar eine Prügelei miteinander, bei der VJ dem Blakemore-Jungen das Nasenbein gebrochen hat.«

»Okay, okay!« sagte Victor, seiner Stimme einen beschwichtigenden Ton verleihend. Er faßte Marsha bei den Oberarmen und schaute ihr direkt in ihre warmen Augen. »Beruhige dich, und hör mir zu! Wenn ich dir gleich zeige, was ich dir zu zeigen habe, wirst du verstehen, wo VJ den größten Teil seiner Zeit verbracht hat. Also, willst du mir nun endlich vertrauen und mit mir kommen?«

Marshas Augen verengten sich. Zumindest hörte er sich jetzt so an, als ob er es ernst meine. »Wo bringst du mich hin?« fragte sie argwöhnisch.

»Zum Wagen«, antwortete Victor fröhlich. »Komm, hol deinen Mantel!«

»Ich hoffe nur, du weißt, was du tust«, sagte Marsha. Ein paar Minuten später hielt sie sich am Armaturenbrett fest, um nicht wie eine Puppe hin und her geschaukelt zu werden. »Müssen wir unbedingt so rasen?« fragte sie.

»Ich kann es kaum noch erwarten, daß du es siehst«, sagte Victor und ging scharf in eine Kurve. »Wenn ich dran denke, daß ich stolz auf eine Baumhütte war, die ich als Zwölfjähriger gebaut habe!«

Marsha fragte sich, ob er den Verstand verloren hatte. Er hatte sich in der letzten Zeit oft seltsam aufgeführt, aber so wie jetzt hatte sie ihn noch nie erlebt.

Victor donnerte über den Merrimack und hielt wenig später vor der Sicherheitsschranke des Chimera-Geländes. Inzwischen hatte die Schicht gewechselt. Fred war nicht mehr da.

VJs Sorge um Geheimhaltung zum Trotz stellte Victor den Wagen in seiner persönlichen Parkbox vor dem Verwaltungsgebäude ab.

»Wir müssen ein Stück zu Fuß gehen«, sagte er zu Marsha, als sie ausstiegen.

Es war später Nachmittag, als sie sich dem Fluß näherten. Lange Schatten lagen über den Fußwegen. Es war ziemlich kalt. Marsha schätzte, daß es mindestens zehn Grad unter null war. Victor ging einen Schritt vor ihr. Immer wieder warf er einen kurzen Blick über die Schulter, so als befürchte er, daß irgend jemand ihnen folgte. Aus reiner Neugier wandte sich Marsha ebenfalls um, aber es war niemand zu sehen. Sie zog ihren Mantel ein wenig fester um die Brust und entschied, daß das, was sie frösteln ließ, nicht allein das Wetter war.

Victor faßte sie bei der Hand, als er merkte, daß ihr Schritt langsamer wurde. Ihr war aufgefallen, daß sie sich vom benutzten Teil des Geländes entfernt hatten und sich inzwischen im brachliegenden Bereich befanden. Links und rechts von ihr ragten die düsteren Umrisse leerstehender Gebäude auf. Etwas Drohendes, Lauerndes ging im trüben Licht der sich jetzt rasch ausbreitenden Dämmerung von ihnen aus.

»Victor, wo bringst du mich hin?« fragte sie und blieb stehen.

»Wir sind fast da«, antwortete er und zog sie weiter.

Als sie vor dem dunklen Eingang des verlassenen Uhrenturmgebäudes ankamen, hielt Marsha erneut inne und sah Victor an.

»Du erwartest doch wohl nicht, daß ich da hineingehe?« fragte sie mit ungläubiger Miene. Sie beugte sich zurück und schaute an dem düster aufragenden Turm hoch. Der Anblick der rasch dahintreibenden Wolken machte sie sofort schwindelig. Sie mußte wegsehen.

»Bitte«, sagte Victor. »VJ ist hier drin. Du wirst eine tolle Überraschung erleben. Vertrau mir!«

Marsha wandte den Blick von Victors vor Erregung gerötetem Gesicht in das düstere Innere des Turms und wieder zurück. Victors Augen leuchteten vor freudiger Erwartung. »Das Ganze ist verrückt«, sagte sie. Widerstrebend trat sie durch die Tür. Die Dunkelheit umhüllte sie.

Marsha ließ Victor vorangehen, als sie den schuttübersäten Fußboden überquerten. »Jetzt ist es nur noch ein kleines Stück«, sagte Victor.

Inzwischen hatten sich Marshas Augen so weit an die Dunkelheit gewähnt, daß sie ihre Umgebung vage wahrnehmen konnte. Zu ihrer Linken konnte sie große Fensteröffnungen ausmachen, durch die das Brausen des Wasserfalls und das Licht, das sich auf der Oberfläche des Mühlenteichs spiegelte, hereindrangen. Victor blieb vor einer schuttfreien Ecke stehen. Er ließ Marshas Hand los, bückte sich und klopfte auf den Fußboden. Zu Marshas Überraschung hob sich ein Segment des Bodens, und Licht flutete von unten herauf.

»Mutter«, sagte VJ. »Komm runter, schnell!«

Marsha stieg vorsichtig die Treppe hinab, gefolgt von Victor. VJ ließ die Falltür wieder herunter.

Marsha sah sich um. Der Raum, in dem sie sich befand, mutete sie an wie eine Szene aus einem Science-fiction-Film. Der Kontrast zwischen den verrosteten Zahnrädern, dem riesigen Schaufelrad und den Granitwänden auf der einen und der Überfülle an glitzerndem High-Tech-Instrumentarium auf der anderen Seite hatte etwas auf verwirrende Weise Bizarres an sich. Sie nickte Philip zu, der ebenfalls nickte. Dann nickte sie den Chimera-Werkschutzmännern zu, aber die ließen ihre Geste unerwidert. Sie bemerkte den Mann mit dem hängenden Lid.

»Ist das nicht das Erstaunlichste, was du je gesehen hast?« sagte Victor, der neben sie getreten war. Sie schaute ihn an. Er war völlig aus dem Häuschen vor Aufregung.

»Was ist das?« fragte Marsha.

»Das ist VJs Labor«, antwortete Victor und schilderte ihr in kurzen Worten, was VJ ihm vorher erzählt hatte – vor allem, wie er es geschafft hatte, das Labor zu errichten, ohne daß irgend jemand auch nur die leiseste Ahnung davon gehabt hatte. Er berichtete Marsha sogar von VJs Entdeckung des Implantationsproteins und was diese Entdeckung für das Problem der Unfruchtbarkeit bedeuten würde.

»So, jetzt hast du eine gewisse Vorstellung, warum VJ nicht so gesellig gewesen ist, wie du es gern hättest«, schloß Victor seinen Bericht. »Weil er ständig hier gewesen ist und wie ein Verrückter geschuftet hat!« Victor schmunzelte, als er seinen Blick durch den Raum schweifen ließ.

Marsha sah VJ an, der sie aufmerksam beobachtete, zweifellos auf ihre Reaktion wartend. Vor ihr stand ein riesiges Gerät. Sie hatte nicht die geringste Ahnung, was es sein mochte. »Wo kommt diese Ausrüstung her?« fragte sie.

»Das ist das Tollste an der ganzen Sache überhaupt«, sagte Victor. »Es gehört alles der Firma.«

»Wie hat er das Zeug hierhergekriegt?« fragte Marsha.

»Ich denke mir …«, begann Victor und hielt inne. Er richtete den Blick auf VJ. »Ja, wie hast du das Zeug überhaupt hierhergekriegt?«

»Ein paar Leute haben mir dabei geholfen«, sagte VJ unbestimmt. »Den eigentlichen Transport hat größtenteils Philip bewerkstelligt. Ein paar der Geräte mußten wir auseinandernehmen und wieder zusammenbauen. Wir haben das alte Tunnelsystem benutzt.«

»War Gephardt einer von den Leuten, die dir geholfen haben?« fragte Victor, plötzlich argwöhnisch geworden.

»Er hat auch mitgeholfen«, gestand VJ.

»Wieso war einer wie Gephardt bereit, dir zu helfen, an Ausrüstung zu kommen?« fragte Marsha.

»Er sah ein, daß es das Klügste für ihn war«, antwortete VJ, ohne deutlicher zu werden. »Ich hatte mich einige Zeit intensiv mit dem Chimera-Computer beschäftigt und war dabei einer Anzahl von Leuten auf die Schliche gekommen, die die Firma systematisch betrogen. Sobald ich erst einmal diese Informationen hatte, bin ich zu den Betreffenden gegangen und habe sie um Hilfe gebeten, im Rahmen ihrer jeweiligen Abteilungen. Natürlich wußte keiner, daß die anderen auch beteiligt waren oder was sie machten. So blieb die ganze Angelegenheit nett und ruhig. Aber was zählt, ist die Tatsache, daß alle diese Geräte Chimera gehören. Nichts davon ist gestohlen. Es hat alles seine Ordnung.«

»Ich würde das Erpressung nennen«, sagte Marsha.

»Ich habe nie irgend jemandem gedroht«, erwiderte VJ. »Ich ließ sie lediglich wissen, was ich wußte, und dann bat ich sie um einen Gefallen.«

»Ich würde sagen, VJ war recht findig und einfallsreich«, wandte Victor ein. »Doch ich hätte gern diese Liste mit den Betrügern.«

»Tut mir leid«, sagte VJ, »aber ich habe eine Abmachung mit diesen Leuten. Außerdem ist der schlimmste von ihnen, Dr. Gephardt, bereits von der IRS entlarvt worden. Die Ironie dabei war, daß er dachte, ich hätte dahintergesteckt.« VJ lachte.

Ein Ausdruck plötzlichen Begreifens trat auf Victors Gesicht. »Jetzt versteh' ich. Gephardt richtete die Botschaften an dich, als er den Ziegelstein durchs Fenster schmiß und die arme Kissa tötete.«

VJ nickte. »Der Narr!«

»Ich will hier raus!« sagte Marsha unvermittelt, sowohl Victor als auch VJ überraschend.

»Aber es gibt noch viel mehr zu sehen«, erklärte Victor.

»Das glaube ich sofort«, erwiderte Marsha, »aber für den Moment habe ich genug gesehen. Ich will jetzt hier raus.« Sie schaute nacheinander Victor und VJ an, dann ließ sie den Blick durch den Raum schweifen. Sie fühlte sich entschieden unwohl. Der Ort machte ihr angst.

»Es gibt auch noch Wohnräume...«, sagte Victor, auf das westseitige Ende des Raums deutend.

Marsha ignorierte seine Geste. Sie ging zur Treppe und begann hinaufzusteigen.

»Ich habe gleich gesagt, es ist besser, wenn wir sie da raushalten«, zischelte VJ seinem Vater zu.

Victor legte eine Hand auf seine Schulter und flüsterte zurück: »Keine Sorge, ich mach' das schon!« Dann rief er Marsha zu: »Warte, ich komme mit!«

Marsha ging unbeirrt weiter bis zum Ende der Treppe und drückte gegen die Falltür. Sie schwang auf. Sobald Marsha aus dem Keller heraus war, stolperte sie blind quer durch den müllübersäten Raum zum Ausgang. Als sie die Tür erreichte und die frische Luft ihr entgegenschlug, verspürte sie eine Woge der Erleichterung.

»Marsha, um Himmels willen!« rief Victor, als er sie eingeholt hatte. Er faßte sie am Arm und drehte sie zu sich um. »Wo willst du hin?«

»Nach Hause!« Sie riß sich los und stapfte entschlossen weiter. Aber Victor holte sie ein und stellte sie erneut.

»Warum verhältst du dich so?« fragte er.

Marsha gab keine Antwort. Statt dessen beschleunigte sie ihren Schritt. Sie rannten jetzt praktisch nebeneinander her. Als sie Victors Auto erreichten, riß sie die Tür auf und stieg ein.

Victor stieg auf seiner Seite ein. »Du willst also nicht mit mir reden?« fragte er in gereiztem Ton.

Marsha biß die Zähne aufeinander und starrte geradeaus. Sie fuhren in gespanntem Schweigen nach Hause.

Zu Hause angekommen, goß sich Marsha als erstes ein Glas Weißwein ein.

»Marsha«, unternahm Victor einen erneuten Anlauf, »warum verhältst du dich so? Ich dachte, du wärst genauso begeistert wie ich, besonders, nachdem du solche Angst hattest, daß VJs Intelligenz erneut nachlassen könnte. Ganz offensichtlich ist der Junge in bester Verfassung. Er ist so klug wie eh und je.«

»Das ist es ja«, versetzte Marsha in scharfem Ton. »VJs Intelligenz ist enorm, und das jagt mir Angst ein. Dem Labor nach zu urteilen, muß seine Intelligenz immer noch im Bereich des Genialen angesiedelt sein, würdest du nicht auch meinen?«

»Ganz eindeutig«, sagte Victor. »Ist das nicht wunderbar?«

»Nein!« stieß Marsha scharf hervor. Sie stellte ihr Weinglas auf dem Tisch ab. »Wenn er immer noch ein Genie ist, dann muß diese ganze Geschichte mit seinem plötzlichen Intelligenzschwund eine Farce gewesen sein. Er hat uns die ganze Zeit was vorgegaukelt. Er war sogar clever genug, um meine psychologischen Tests zu überlisten, bis auf diese Validitätsskala. Victor, sein ganzes Leben mit uns ist ein Schwindel. Nichts als eine einzige große Lüge.«

»Vielleicht gibt es noch eine andere Erklärung«, sagte Victor. »Vielleicht ist seine Intelligenz tatsächlich gesunken und dann wiedergekommen.«

»Ich habe erst diese Woche noch einen IQ-Test durchgeführt«, erwiderte Marsha. »Er hat immer um die hundertdreißig herum gelegen, seit er dreieinhalb war.«

»Okay«, sagte Victor, nun seinerseits ein wenig gereizt. »Aber allein wichtig ist doch, daß VJ in Ordnung ist und wir uns keine Sorgen um ihn zu machen brauchen. Tatsächlich ist er sogar sehr in Ordnung. Er hat dieses Labor ganz allein eingerichtet. Sein IQ muß weit höher als hundertdreißig sein. Und das bedeutet, daß mein NGF-Projekt ein uneingeschränkter Erfolg ist.«

Marsha schüttelte den Kopf. Sie konnte nicht glauben, daß Victor so kurzsichtig zu sein vermochte. »Was genau glaubst du eigentlich da mit VJ und deinen Mutationen und Genmanipulationen geschaffen zu haben?«

»Ein durch und durch normales Kind mit überragender Intelligenz«, sagte Victor ohne Zögern.

»Und was noch?«

»Was meinst du mit was ›noch‹?«

»Wie steht es mit der Persönlichkeit dieses Wesens?«

»Dieses Wesens?« Victor sah sie verblüfft an. »Du sprichst hier von VJ, unserem Sohn!«

»Also, was ist mit seiner Persönlichkeit?« wiederholte Marsha.

»Ach, zum Teufel mit deiner Persönlichkeit!« fuhr Victor sie an. »Das Kind ist ein Genie. Es hat bereits bahnbrechende wissenschaftliche Entdeckungen gemacht. Was soll's also, wenn der Junge ein paar kleine Macken hat? Die haben wir alle.«

»Du hast ein Monstrum geschaffen«, sagte Marsha leise mit brüchiger Stimme. Sie biß sich auf die Lippe. Warum konnte sie ihre Tränen nicht unterdrücken? »Du hast ein Monstrum geschaffen, und das werde ich dir niemals verzeihen.«

»Jetzt mach aber mal einen Punkt!« rief Victor aufgebracht.

»VJ ist ein Sonderling«, fuhr Marsha unbeirrt fort. »Seine Intelligenz hat ihn zum Außenseiter, hat ihn einsam gemacht. Offenbar ist ihm das bewußt geworden, als er drei Jahre alt war. Seine Intelligenz steht so himmelweit über der jedes anderen, daß die normalen sozialen Hemmschwellen bei ihm quasi außer Kraft gesetzt sind. Seine Intelligenz hat ihn außerhalb aller gesellschaftlichen, aller menschlichen Normen gestellt.«

»Bist du jetzt fertig?« fragte Victor barsch.

»Nein, noch nicht!« schrie Marsha, und ihr Kummer

schlug unvermittelt in Zorn um. »Was hat es mit dem Tod dieser Kinder auf sich, die das gleiche Gen wie VJ hatten? Weshalb sind sie gestorben?«

»Warum bringst du das jetzt wieder aufs Tapet?«

»Und was hat es mit dem Tod von David und Janice auf sich?« fragte Marsha mit schneidender Stimme, seine Frage übergehend. »Ich hatte noch keine Gelegenheit, es dir zu erzählen, aber ich war heute bei den Fays. Sie sagten mir, Janice sei überzeugt gewesen, daß VJ etwas mit Davids Tod zu tun hatte. Sie sagte ihnen, er sei böse.«

»Wir haben uns diesen Schwachsinn oft genug anhören müssen vor ihrem Tod«, erwiderte Victor. »Sie war in einen religiösen Wahn verfallen. Das hast du selbst gesagt.«

»Der Besuch bei ihren Eltern hat mich unsicher gemacht, und ich habe mir die Ereignisse von damals noch einmal durch den Kopf gehen lassen. Janice war überzeugt, daß David unter Drogen gesetzt und vergiftet worden war.«

»Marsha!« brüllte Victor sie an. Er packte sie bei den Schultern. »Komm zu dir! Du redest Blödsinn! David starb an Leberkrebs, erinnerst du dich? Janice wurde ein bißchen verrückt, bevor sie starb. Erinnerst du dich auch daran noch? Sie kriegte eine Art Verfolgungswahn, zusätzlich zu ihren anderen Problemen. Hatte wahrscheinlich eine Hirnmetastase, das arme Ding. Abgesehen davon kriegt man keinen Leberkrebs, weil man vergiftet wird.« Aber noch während er das sagte, keimten plötzlich auch in ihm Zweifel auf. Er erinnerte sich wieder an das merkwürdige DNS-Segment, das er sowohl in Davids als auch in Janices Tumorzellen gefunden hatte. »Und was den Tod dieser Kinder angeht«, fuhr Victor fort und setzte sich ihr gegenüber. »Ich bin ganz sicher, daß er irgend etwas mit der internen Politik von Chimera zu tun hatte! Irgend jemand hat Wind von dem NGF-Experiment gekriegt und will mich diskreditieren. Deshalb wollte ich, daß jemand auf VJ aufpaßt.«

»Wann hast du diesen Entschluß gefaßt?« fragte Marsha.

Victor zuckte mit den Schultern. »Das weiß ich nicht mehr so genau«, antwortete er. »Irgendwann diese Woche.«

»Das heißt doch, daß auch du inzwischen glaubst, daß es sich in Wirklichkeit um Mordfälle handelt; daß irgend jemand diese Kinder in voller Absicht umgebracht hat«, sagte Marsha mit neu aufkeimender Angst.

Victor hatte vergessen, daß er ihr die Information bezüglich des Cephaloclors bewußt vorenthalten hatte. Er schluckte.

»Victor!« rief Marsha empört. »Was hast du mir verschwiegen?«

Victor trank etwas, um einen Moment Zeit zu gewinnen. Er versuchte angestrengt, sich irgendeine Ausrede aus den Fingern zu saugen, um die Wahrheit zu vertuschen, aber ihm fiel auf die Schnelle nichts ein. Die Enthüllungen des Tages hatten ihn sorglos gemacht. Er seufzte einmal tief, und dann erzählte er ihr von dem Cephaloclor im Blut der Kinder.

»Mein Gott!« stieß Marsha tonlos hervor. »Bist du sicher, daß es jemand von Chimera war, der den Kindern das Cephaloclor gegeben hat?«

»Absolut«, sagte Victor. »Der einzige Ort, wo sich die Wege der Kinder kreuzten, war die Kindertagesstätte von Chimera. Dort muß ihnen das Cephaloclor eingegeben worden sein.«

»Aber wer würde so etwas Schreckliches machen?« fragte Marsha. Sie wollte die Gewißheit haben, daß VJ nichts damit zu tun haben konnte.

»Es muß entweder Hurst oder Ronald gewesen sein. Wenn ich einen Tip abgeben müßte, würde ich auf Hurst tippen. Aber solange ich keine Beweise habe, kann ich nichts weiter tun, als VJ bewachen zu lassen, um sicherzugehen, daß niemand versucht, ihm Cephaloclor zu geben.«

In dem Moment ging die Hintertür auf, und VJ, Philip und Pedro Gonzales kamen herein. Marsha blieb sitzen, aber Victor sprang auf. »Hallo, ihr drei!« rief er, bemüht, seiner

Stimme einen heiteren Klang zu verleihen. Er schickte sich an, Pedro und Marsha miteinander bekannt zu machen, aber sie unterbrach ihn und erklärte, sie hätten sich bereits am Morgen kennengelernt.

»Das ist gut«, sagte Victor und rieb sich verlegen die Hände. Er wußte offensichtlich nicht, was er tun sollte.

Marsha schaute VJ an. VJ starrte mit seinen durchdringenden blauen Augen zurück. Sie mußte den Blick abwenden. Es war ein schreckliches Gefühl für sie, die Gedanken zu hegen, die sie hegte, besonders, seit ihr bewußt geworden war, daß sie Angst vor ihm hatte.

»Warum schwimmt ihr nicht eine Runde im Pool?« schlug Victor VJ und Philip vor.

»Keine schlechte Idee«, sagte VJ. Er und Philip gingen die Hintertreppe hinauf.

»Sie kommen morgen früh wieder?« fragte Victor Pedro.

Pedro nickte. »Punkt sechs. Ich werde draußen im Wagen sitzen.«

Victor brachte den Mann zur Tür und kam zurück in die Küche.

»Ich werde mich jetzt mal mit VJ unterhalten«, kündigte Victor an. »Ich werde ihn direkt auf die Sache mit der Intelligenz ansprechen. Vielleicht gibt es eine ganz einfache Erklärung, und du fühlst dich wieder besser.«

»Ich glaube, ich weiß schon, was er sagen wird«, erwiderte Marsha. »Aber bitte, wenn du meinst, daß es was bringt.

Victor ging nach oben. VJ sah seinen Vater erwartungsvoll an, als er sein Zimmer betrat. Victor wurde bewußt, welche Ehrfurcht er vor seiner eigenen Schöpfung empfand. Der Junge war schön, und er hatte einen Verstand, der geradezu grenzenlos sein mußte. Victor wußte nicht, ob er neidisch oder stolz sein sollte.

»Mutter ist nicht so begeistert von dem Labor wie du«, sagte VJ. »Das habe ich sofort gemerkt.«

»Es war alles ein bißchen viel für sie auf einmal; sie war regelrecht überwältigt«, erklärte Victor.

»Ich wünschte, ich hätte mich nicht darauf eingelassen, es ihr zu zeigen«, sagte VJ.

»Keine Sorge«, versicherte Victor. »Ich kümmere mich schon um sie. Aber da gibt es etwas, das sie seit Jahren beunruhigt. Hast du deinen Intelligenzverlust damals mit dreieinhalb eigentlich vorgetäuscht, oder war er echt?«

»Natürlich hab' ich ihn vorgetäuscht«, sagte VJ, während er sich seinen Bademantel überwarf. »Mir blieb doch gar nichts anderes übrig. Wenn ich das nicht gemacht hätte, dann hätte ich niemals so arbeiten können, wie ich es getan habe. Ich brauchte Anonymität, und die konnte ich als superintelligentes Wunderkind nicht haben. Ich wollte ganz normal behandelt werden, und damit das der Fall war, mußte ich ganz normal erscheinen. Oder, zumindest fast normal.«

»Und du glaubtest nicht, daß du mit mir darüber hättest reden können?« fragte Victor.

»Machst du Witze? Du und Mom habt doch ständig mit mir angegeben. Ihr wärt nie im Leben bereit gewesen, zuzulassen, daß ich mich ausklinke.«

»Da hast du wahrscheinlich recht«, gab Victor zu. »Eine Zeitlang waren deine Fähigkeiten der Mittelpunkt unseres Lebens.«

»Kommst du mit schwimmen?« fragte VJ mit einem Lächeln. »Ich laß dich auch gewinnen.«

Victor mußte wider seinen Willen lachen. »Danke, aber ich gehe besser runter und rede mit Marsha. Ich muß sie ein bißchen beruhigen. Amüsiert ihr euch schön!« Victor ging zur Tür. Auf der Schwelle hielt er inne und wandte sich noch einmal um. »Morgen würde ich gern die Einzelheiten über das Implantationsprojekt erfahren.«

»Ich brenne schon darauf, es dir zu zeigen«, sagte VJ.

Victor nickte, lächelte und verließ das Zimmer. Als er sich der Küche näherte, stieg ihm der Duft von Knoblauch, Zwiebeln und Peperoni in die Nase. Marsha machte offenbar eine Spaghettisauce. Ein gutes Zeichen.

Marsha hatte sich in die Vorbereitung des Abendessens gestürzt, um sich abzulenken – quasi als eine Art Soforttherapie. Sie war völlig durcheinander nach all den bestürzenden Enthüllungen und Ereignissen, die der heutige Tag ihr gebracht hatte. Kochen war ein probates Mittel, um wenigstens zeitweilig auf andere Gedanken zu kommen. Als Victor von der Unterhaltung mit VJ zurückkehrte, ignorierte sie ihn geflissentlich und richtete ihre Aufmerksamkeit statt dessen auf die Dose Tomatenpüree, die zu öffnen sie gerade im Begriff war.

Victor entschied, erst einmal nichts zu sagen und sie eine Weile in Ruhe zu lassen. Er deckte den Tisch und entkorkte eine Flasche Chianti. Als ihm nichts mehr einfiel, was er noch hätte tun können, setzte er sich auf einen der Barhocker an der Küchentheke und sagte: »Du hattest recht, VJ hat seinen Intelligenzverlust nur vorgetäuscht.«

»Das überrascht mich nicht«, erwiderte Marsha. Sie öffnete den Kühlschrank und nahm den Salat, die Zwiebeln und die Gurken für den Salat heraus.

»Aber er hatte auch einen verdammt guten Grund dafür.« Er gab wieder, was VJ ihm gerade erklärt hatte.

»Das sagt er wohl, damit ich mich besser fühle«, war Marshas lapidarer Kommentar.

Victor entgegnete nichts.

Marsha ließ nicht locker. »Sag mal, als du vorhin oben warst und mit VJ geredet hast, hast du ihn da auch gefragt, was es mit dem Tod der Kinder und mit dem von David und Janice auf sich hatte?«

»Natürlich nicht!« Schon die Vorstellung entsetzte Victor. »Warum sollte ich das?«

»Warum nicht?«

»Weil es absurd und lächerlich ist.«

»Ich glaube viel eher, du hast VJ nicht danach gefragt, weil du Angst vor der Antwort hast«, erwiderte Marsha unbeeindruckt.

»Ach komm, hör auf!« gab Victor unwirsch zurück. »Du redest schon wieder Unsinn.«

»Ich habe Angst, ihn zu fragen«, sagte Marsha in bemüht nüchternem Ton. Aber sie spürte, wie sich ihre Kehle zusammenschnürte.

»Du läßt dich von deiner Phantasie ins Bockshorn jagen. Nun ja, es war sicherlich ein aufregender Tag für dich. Tut mir leid. Ich dachte wirklich, du würdest begeistert sein. Aber ich bin sicher, irgendwann wirst du über dich selbst lachen, wenn du an diesen Tag zurückdenkst. Wenn an dieser Implantationsgeschichte auch nur die Hälfte von dem dran ist, was VJ behauptet, dann steht er vor einer Karriere, die alles bisher Dagewesene in den Schatten stellen wird.«

»Ich hoffe es«, sagte Marsha ohne Überzeugung.

»Aber du mußt versprechen, daß du niemandem was von VJs Labor erzählen wirst.«

»Wem sollte ich das denn erzählen?«

»Überlaß mir den Jungen eine Weile!« sagte Victor. »Ich bin sicher, wir werden noch sehr stolz auf ihn sein.«

Marsha schauderte unwillkürlich, als ihr eine Gänsehaut über den Rücken lief. »Ist es hier drinnen kalt?« fragte sie.

Victor blickte auf das Thermometer. »Nein, es ist eher zu warm.«

12

Sonntag morgen

Um halb fünf in der Früh schrak Marsha aus dem Schlaf hoch. Sie hatte keine Ahnung, wovon sie aufgewacht war, und ein paar Minuten lang lag sie wie erstarrt da, mit flachem Atem, und lauschte den nächtlichen Geräuschen des Hauses. Sie konnte nichts Ungewöhnliches hören. Sie wälzte sich herum und versuchte, wieder einzuschlafen, aber es war unmöglich. Vor ihrem inneren Auge sah sie ständig VJs unheimliches Labor mit seinem bizarren Nebeneinander von Alt und Neu. Und immer wieder sah sie das Bild jenes seltsamen Mannes mit dem hängenden Augenlid vor sich.

Schließlich schwang sie kurz entschlossen die Beine aus dem Bett und blieb einen Moment auf der Bettkante sitzen. Vorsichtig, um Victor nicht im Schlaf zu stören, stand sie auf, schlüpfte in ihre Pantoffeln und zog ihren Bademantel an. So leise wie möglich öffnete sie die Schlafzimmertür, schlich hinaus und drückte sie ebenso lautlos wieder zu.

Sie verharrte einen Moment unschlüssig in der Diele und überlegte, wohin sie gehen sollte. Dann, als werde sie von einer unsichtbaren Kraft angezogen, lenkte sie ihre Schritte zu VJs Zimmer. Als sie es erreichte, bemerkte sie, daß die Tür einen Spalt offenstand.

Leise drückte Marsha die Tür ein Stück weiter auf. Ein mildes Licht fiel von draußen durch das Fenster; es kam von den Lampen, die die Zufahrt zum Haus säumten. Zu ihrer Erleichterung schlief VJ tief und fest. Er lag auf der Seite, mit dem Gesicht zu ihr gewandt. Im Schlaf sah er wie ein Engel aus. Konnte dieser hübsche Junge, ihr kleiner VJ wirklich die Hand bei den dunklen Ereignissen bei Chimera im Spiel gehabt haben? Sie vermochte sich nicht zu überwinden, an Janice und David zu denken, ihren über alles geliebten ersten Sohn. Aber zu ihrem Entsetzen tauchte der schreckliche Anblick von David in seinen letzten Tagen, wie er dalag, schwer gezeichnet von der heimtückischen Krankheit, das kleine Gesicht gelb und ausgezehrt, mit plötzlicher, fotografischer Schärfe vor ihrem geistigen Auge auf.

Marsha unterdrückte einen Schrei. Ganz unvermittelt beschwor ihr Geist die gräßliche Vision in ihr herauf, wie sie ein Kissen nahm, es auf VJs friedliches Gesicht preßte und ihn erstickte. Entsetzt verscheuchte sie das Bild und schüttelte sich. Dann floh sie leise zurück durch die Diele.

Marsha blieb an der Tür zum Gästezimmer stehen, das vorübergehend Philips Zimmer geworden war. Als sie die Tür aufstieß, konnte sie Philips massigen Kopf schemenhaft vor dem fahlen Weiß des Bettlakens ausmachen. Nach einem kurzen Moment des Überlegens schlüpfte Marsha in den Raum und stellte sich vor das Bett. Philip schnarchte in tiefem Schlaf, beim Ausatmen leise Pfeiftöne von sich gebend. Marsha beugte sich zu ihm und knuffte ihn behutsam an der Schulter. »Philip!« rief sie leise. »Philip!«

Philips Augen öffneten sich blinzelnd. Er fuhr abrupt hoch. Ein Anflug von Furcht huschte kurz über sein Gesicht, bevor er Marsha erkannte. Dann lächelte er, seine großen, weit auseinanderstehenden Zähne entblößend.

»Entschuldigen Sie, daß ich Sie geweckt habe«, flüsterte sie. »Aber ich muß einen Augenblick mit Ihnen reden.«

»Okay«, sagte Philip schlaftrunken.

Marsha zog einen Stuhl an das Bett, knipste die Nachttischlampe an und setzte sich. »Ich wollte mich bei Ihnen dafür bedanken, daß Sie VJ ein so guter Freund sind«, begann sie.

Ein breites Lächeln trat auf Philips Gesicht, als er in das Licht der Lampe blinzelte. Er nickte.

»Sie müssen ihm eine große Hilfe beim Einrichten des Labors gewesen sein«, sagte Marsha.

Wieder nickte Philip.

»Wer hat denn eigentlich sonst noch dabei mitgeholfen?« Philips Lächeln verblaßte. Er blickte sich nervös im Zimmer um. »Das darf ich nicht sagen.«

»Ich bin VJs Mutter«, erinnerte ihn Marsha. »Mir dürfen Sie's ruhig erzählen.«

Philip wand sich unbehaglich in seinem Laken.

Marsha, wartete, aber Philip hüllte sich in Schweigen.

»Hat Mr. Gephardt mitgeholfen?«

Philip nickte.

»Aber dann bekam Mr. Gephardt Probleme. Wurde er böse auf VJ?«

»O ja!« stieß Philip hervor. »Er wurde wütend, und dann wurde VJ wütend. Aber VJ sprach mit Mr. Martinez.«

»Wie heißt Mr. Martinez mit Vornamen?«

»Orlando«, antwortete Philip.

»Arbeitet Mr. Martinez auch bei Chimera?«

Philips Unruhe begann zurückzukehren. »Nein«, sagte er. »Er arbeitet in Mattapan.«

»In der Stadt Mattapan?« fragte Marsha. »Südlich von Boston?«

Philip nickte.

Marsha wollte gerade eine weitere Frage stellen, als sie plötzlich das Gefühl hatte, daß jemand hinter ihr war. Ein kalter Schauer rieselte ihr über den Rücken. Sie drehte sich um.

VJ stand im Türrahmen, die Hände gegen die Türpfosten gestemmt, das Kinn nach vorn gereckt.

»Ich glaube, Philip braucht seinen Schlaf«, sagte er.

Marsha erhob sich abrupt. Sie wollte etwas sagen, brachte aber keinen Laut heraus. Statt dessen drängte sie sich hastig an VJ vorbei und rannte nach unten in ihr Zimmer.

Während der nächsten halben Stunde lag Marsha wie betäubt da, erfüllt von der Angst, daß VJ in ihr Schlafzimmer käme. Sie fuhr jedesmal erschrocken auf, wenn der Wind die Zweige der Eiche gegen die Seitenwand des Hauses drückte.

Als die Zeit verrann und VJ nicht auftauchte, entspannte sich Marsha schließlich ein wenig. Sie drehte sich auf die Seite und versuchte einzuschlafen, aber sie fand keine Ruhe. Ihre Gedanken wanderten zu dem mysteriösen Orlando Martinez. Dann dachte sie an Janice Fay. Von Janice schweiften ihre Gedanken zu David, und das altvertraute Gefühl von Traurigkeit stellte sich wieder ein. Sie dachte an Mr. Remington und die Pendleton Academy. Dann kam ihr der Lehrer in den Sinn, der versucht hatte, sich VJs anzunehmen, und der gestorben war. Sie fragte sich, woran er gestorben sein mochte.

Das nächste, was sie wahrnahm, war Victor, der sie weckte, um ihr zu sagen, daß er mit VJ wegging.

»Wie spät ist es?« fragte Marsha und schaute selbst auf die Uhr. Zu ihrer Überraschung war es halb zehn.

»Du hast so fest geschlafen, daß ich es nicht über mich gebracht habe, dich zu wecken«, sagte Victor. »VJ und ich fahren jetzt zu seinem Labor. Er will mir die Details von seiner Implantationsarbeit zeigen. Warum kommst du nicht mit? Ich hab' so ein Gefühl, daß das ein ganz großes Ding werden wird.«

Marsha schüttelte den Kopf. »Ich bleib' hier. Du kannst mir ja davon erzählen.«

»Willst du wirklich nicht mitkommen?« ließ Victor nicht locker. »Wenn diese Sache so gut ist, wie ich glaube, vielleicht wirst du dann mit dieser ganzen Situation besser fertig.«

»Nein, ich möchte wirklich nicht«, sagte Marsha, aber in ihrer Stimme schwang Zweifel mit. Victor drückte ihr einen Kuß auf die Stirn. »Versuch dich zu entspannen, okay? Es wird sich alles zum Besten wenden. Da bin ich ganz sicher.«

Als Victor über die Hintertreppe nach unten ging, zitterte er buchstäblich vor Erregung. Wenn die Implantation tatsächlich so funktionierte, wie VJ es behauptete, dann konnte er die anderen Mitglieder des Verwaltungsrats auf der nächsten Verwaltungsratssitzung am Mittwoch mit der Neuigkeit überraschen.

»Mom kommt nicht mit?« fragte VJ. Er wartete bereits im Mantel an der Hintertür. Philip stand neben ihm.

»Nein, aber sie ist heute morgen schon wieder ruhiger«, sagte Victor. »Das spür' ich.«

»Sie hat mitten in der Nacht versucht, Philip auszuhorchen«, berichtete VJ. »Das ist genau die Art von Verhalten, die mich beunruhigt.«

Sobald das Motorengeräusch von Victors Wagen verklungen war, ging Marsha nach oben ins Arbeitszimmer und nahm sich das Bostoner Telefonbuch. Sie setzte sich auf die Couch und schlug unter ›M‹ auf. Leider gab es ganze Heerscharen von ›Martinez‹, sogar einige mit dem Vornamen Orlando. Aber sie fand schließlich einen Orlando Martinez in Mattapan. Sie nahm das Telefon auf den Schoß und wählte die Nummer. Der Ruf wurde angenommen, und Marsha wollte schon zu sprechen beginnen, als sie merkte, daß sie mit einem Anrufbeantworter verbunden war.

Die Stimme auf dem Anrufbeantworter sagte ihr, daß das Büro von Martinez Enterprises von Montagmorgen bis Freitagnachmittag geöffnet sei und daß sie nach dem Signalton eine Nachricht von beliebiger Länge hinterlassen könne. Sie hinterließ keine Nachricht. Sie schrieb sich die Adresse aus dem Telefonbuch ab.

Marsha duschte, kleidete sich an, machte sich einen Kaffee und briet sich ein Rührei. Dann zog sie ihren langen Mantel an und ging hinaus zu ihrem Auto. Fünfzehn Minuten später war sie in der Pendleton Academy.

Es war ein windiger, aber sonniger Tag, und der Wind kräuselte die Pfützen, die der Regen vom Vortag hinterlassen hatte. Viele der Schüler waren draußen zu sehen, die meisten von ihnen auf dem Weg zum oder auf dem Rückweg vom obligatorischen Gottesdienst in der Kapelle. Marsha fuhr so dicht an das winzige Gebäude heran, wie es eben ging, und wartete. Sie hielt nach Mr. Remington Ausschau und hoffte, ihn vor der Kapelle abfangen zu können.

Wenig später schlugen die Glocken im Glockenturm elf

Uhr. Die Türen der Kapelle gingen auf, und rotbackige Kinder strömten heraus an die frische Luft und ins Sonnenlicht. Zwischen ihnen befanden sich einige Lehrer und Lehrerinnen, und da war auch Mr. Remington. Sein bärtiges Profil stach deutlich aus der Menge heraus.

Marsha stieg aus dem Wagen und wartete. Mr. Remington würde direkt an ihr vorbeikommen. Er ging mit gemächlichem Schritt. Als er nur mehr zwei Meter von ihr entfernt war, rief Marsha seinen Namen. Er blieb stehen und schaute sie an.

»Dr. Frank!« rief er überrascht.

»Guten Morgen!« sagte Marsha. »Ich hoffe, ich störe Sie nicht allzusehr.«

»Überhaupt nicht«, erwiderte Remington. »Haben Sie irgendwas auf dem Herzen?«

Marsha nickte. »Ich wollte Sie etwas fragen, das sich vielleicht ein wenig seltsam anhören mag. Ich hoffe, Sie haben Nachsicht mit mir. Sie erzählten mir, daß der Lehrer, der sich so bemüht hat, VJ zu fördern, gestorben ist. Meine Frage ist nun: Woran ist er gestorben?«

»Der arme Teufel starb an Krebs«, sagte Mr. Remington.

»Das hatte ich befürchtet.«

»Wie bitte? Wie darf ich das verstehen?«

Aber Marsha ging nicht auf seine Frage ein. »Wissen Sie vielleicht auch, an was für einer Art von Krebs?«

»Das weiß ich leider nicht, aber ich glaube, ich erwähnte, daß seine Frau immer noch hier an der Schule ist. Sie heißt Stephanie. Stephanie Cavendish.«

»Glauben Sie, daß ich sie heute noch sprechen könnte?« fragte Marsha.

»Ich wüßte nicht, warum nicht«, sagte Mr. Remington. »Sie wohnt in einem Cottage auf demselben Grundstück, auf dem mein Haus steht. Wir teilen uns denselben Rasen. Ich wollte ohnehin nach Hause, und das Cottage ist nur einen Steinwurf entfernt. Ich stelle Sie Mrs. Cavendish gerne vor.«

Marsha schloß sich Mr. Remington an, und sie gingen los. Unterwegs fragte Marsha Mr. Remington: »Stand irgendein Mitglied der Lehrerschaft meinem verstorbenen Sohn David besonders nahe?«

»Die meisten Lehrer mochten David gern«, sagte Mr. Remington. »Er war ein sehr beliebter Junge. Wenn ich jetzt einen besonders herausheben müßte, dann würde ich sagen, Joe Arnold. Er ist ein sehr beliebter Geschichtslehrer, und ich glaube, er hatte ein sehr gutes Verhältnis zu David.«

Das Cottage, von dem Mr. Remington gesprochen hatte, sah aus wie ein Landhaus in den Cotswolds in England. Mit seinen weißgetünchten Wänden und seinem putzigen Dach, das von weitem einem Strohdach verblüffend ähnlich sah, mutete es an wie aus einem Märchenbuch entsprungen. Mr. Remington läutete selbst. Er machte Marsha mit Mrs. Cavendish bekannt, einer schlanken, attraktiven Frau etwa in Marshas Alter. Marsha erfuhr, daß sie die Leiterin der Abteilung für Leibesübungen der Schule war.

Mr. Remington entschuldigte sich, nachdem Mrs. Cavendish Marsha hereingebeten hatte.

Mrs. Cavendish führte Marsha in ihre Küche und bot ihr eine Tasse Tee an. »Nennen Sie mich doch Stephanie!« sagte sie, als sie sich setzten. »Sie sind also die Mutter von VJ! Mein Mann war ein großer Fan von Ihrem Jungen. Er war überzeugt davon, daß VJ außergewöhnlich begabt ist. Er schwärmte regelrecht von ihm.«

»Das sagte Mr. Remington mir schon.«

»Er erzählte immer gern die Geschichte, wie VJ quasi mit links die Algebraaufgaben der High-School-Schüler löste.«

Marsha nickte und sagte, daß Mr. Remington ihr diese Geschichte bereits erzählt habe.

»Aber Raymond war auch der Ansicht, daß Ihr Sohn irgendwie gestört sei. Deshalb bemühte er sich ja so, VJ aus seiner Isolation herauszukriegen. Ray gab sich wirklich verdammt viel Mühe mit dem Jungen. Er fand, daß VJ zuviel allein sei, und er befürchtete, daß VJ suizidgefährdet sei. Er machte sich große Sorgen um den Jungen, oh, nicht auf akademischem Gebiet. Aber was sein Sozialverhalten betraf, glaube ich.«

Marsha nickte.

»Wie macht er sich denn jetzt so?« fragte Stephanie. »Ich habe ja nur selten mal Gelegenheit, ihn zu sehen.«

»Bedauerlicherweise hat er noch immer nicht viele Freunde. Er geht nicht viel raus.«

»Tut mir leid, das zu hören«, sagte Stephanie.

Marsha raffte ihren Mut zusammen. »Ich hoffe, Sie werden mich nicht für allzu unverschämt halten, aber ich würde Ihnen gerne eine persönliche Frage stellen. Mr. Remington sagte mir, Ihr Mann sei an Krebs gestorben. Würde es Ihnen etwas ausmachen, wenn ich fragen würde, an was für einer Art von Krebs?«

»Es macht mir nichts aus«, antwortete Stephanie. Ihre Stimme klang plötzlich belegt. »Es dauerte eine Weile, bis ich überhaupt darüber sprechen konnte«, erklärte sie Marsha. »Ray starb an einer sehr seltenen Art von Leberkrebs. Er wurde im Mass General in Boston behandelt. Die Ärzte dort hatten bis dahin erst zwei ähnliche Fälle gesehen.«

Obwohl Marsha nichts anderes erwartet hatte, hatte sie immer noch das Gefühl, als hätte sie ein Schlag getroffen. Genau diese Auskunft hatte sie befürchtet.

So taktvoll sie konnte, beendete Marsha die Unterhaltung, jedoch nicht ohne vorher Mrs. Cavendish noch gebeten zu haben, bei Joe Arnold anzurufen und ihn zu fragen, ob es ihm recht wäre, wenn sie auf einen Sprung vorbeikäme.

Joe Arnold entsprach nicht im geringsten jener Art von fadem, verstaubtem Geschichtslehrertyp, mit dem Marsha gerechnet hatte. Seine warmen braunen Augen leuchteten auf, als er die Tür öffnete, um sie hereinzulassen. Arnold schien wie Stephanie Cavendish ungefähr in ihrem Alter zu sein. Er sah gut aus, hatte einfühlsame Augen, und seine Kleidung wirkte etwas schlampig. Marsha spürte sofort, daß er eine gewinnende, fast bestrickende Art hatte. Er war ohne Zweifel ein exzellenter Lehrer; er strahlte genau die Begeisterung aus, die auf Schüler ansteckend wirkte. Kein Wunder, daß David sich zu diesem Mann hingezogen gefühlt hatte.

»Es freut mich außerordentlich, Sie kennenzulernen, Mrs. Frank. Bitte, kommen Sie doch herein!« Er hielt ihr die Tür auf und führte sie in sein mit Büchern vollgepacktes Arbeitszimmer. Sie ließ ihren Blick bewundernd durch den Raum schweifen. »David hat in diesem Raum viele Nachmittage verbracht«, sagte Mr. Arnold.

Marsha fühlte, wie Tränen in ihr hochstiegen. Es machte sie ein bißchen traurig, daran zu denken, was es alles in Davids Leben gegeben hatte, von dem sie nichts wußte. Sie faßte sich rasch wieder.

Nachdem sie sich bei Mr. Arnold bedankt hatte, daß er sie empfangen hatte, kam Marsha sofort zur Sache und erklärte ihm, warum sie so daran interessiert gewesen sei, ihn aufzusuchen. Sie fragte ihn, ob David mit ihm jemals über VJ gesprochen habe.

»Ein paarmal«, antwortete Mr. Arnold. »David gestand mir, daß er vom ersten Tag an Probleme mit VJ gehabt habe. Das ist eigentlich nichts Unnormales, aber um Ihnen die Wahrheit zu sagen: Ich hatte das Gefühl, daß der Konflikt in diesem Fall weit über die normale Rivalität zwischen Geschwistern hinausging. Ich versuchte, ihm Genaueres zu entlocken, aber David wollte nicht darüber reden. Ich glaube, man kann das Verhältnis, das wir hatten, durchaus als vertrauensvoll bezeichnen, aber in diesem einen Punkt wollte er sich mir nicht öffnen.«

»Er hat sich nie näher über seine Gefühle zu VJ oder über die Art der Probleme, die er mit ihm hatte, geäußert?«

»Nun ja, irgendwann mal hat er mir gestanden, daß er Angst vor VJ habe.«

»Hat er gesagt, warum?«

»Ich hatte den Eindruck, daß VJ ihn irgendwie bedrohte«, sagte Mr. Arnold. »Das war das einzige, was aus ihm herauszubekommen war. Ich weiß, daß das Verhältnis zwischen Brüdern kompliziert sein kann, besonders in dem Alter. Aber offen gesagt, ich hatte ein ganz ungutes Gefühl, was Davids Probleme mit VJ betraf. David schien sich regelrecht verfolgt zu fühlen – so verängstigt, daß er nicht wagte, darüber zu reden. Schließlich bestand ich darauf, daß er die Schulpsychologin aufsuchte.«

»Hat er das gemacht?« fragte Marsha. Das war das erstemal, daß sie davon hörte, und es verstärkte noch ihr Schuldgefühl.

»Ja, das hat er«, antwortete Mr. Arnold. »Ich wollte das eigentlich gar nicht erzählen. David war ein sehr außergewöhnlicher ...« Mr. Arnold schluckte; eigentlich war es eher ein Schluchzen. »Nun, tut mir leid«, sagte er nach einem kurzen Moment des Schweigens. Aber Marsha war tief gerührt von dieser so offensichtlichen Gefühlsäußerung. Sie nickte, selbst bewegt.

»Ist diese Psychologin noch an der Schule tätig?« fragte Marsha.

»Madeline Zinnzer? Ja. Sie ist so etwas wie eine Institution hier. Sie ist länger hier als jeder andere.«

Marsha machte sich Joe Arnolds Gastfreundlichkeit zunutze, indem sie ihn bat, für sie bei Madeline Zinnzer anzurufen und sie zu fragen, ob sie etwas dagegen hätte, wenn sie sie gleich aufsuchen würde. Sie hatte nichts dagegen. Marsha bedankte sich herzlich bei Joe Arnold.

»Das war doch selbstverständlich«, sagte Arnold und drückte ihre Hand mit besonderer Herzlichkeit. »Wenn Sie noch Fragen haben, können Sie sich jederzeit an mich wenden. Wirklich jederzeit.«

Madeline Zinnzer sah auch aus wie eine Institution. Sie war groß und wog bestimmt zwei Zentner. Ihr graues Haar war durch Dauerwelle zu kleinen Kringellocken gekraust. Sie führte Marsha in ein gemütliches, geräumiges Wohnzimmer, dessen Fenster einen wunderschönen Ausblick über das Gelände der Pendleton Academy bot.

»Eines der Privilegien für meine lange Zugehörigkeit zur Lehrerschaft«, sagte Mrs. Zinnzer, Marshas bewundernden Blick bemerkend.

»Ich hoffe, es stört Sie nicht allzusehr, daß ich am heiligen Sonntag hier bei Ihnen hereinschneie«, begann Marsha.

»Absolut nicht«, versicherte Mrs. Zinnzer.

»Ich habe da ein paar Fragen bezüglich meiner Kinder, bei denen Sie mir vielleicht weiterhelfen können.«

»So etwas hat Joe Arnold bereits angedeutet«, sagte Mrs. Zinnzer. »Leider erinnere ich mich nicht mehr so gut an Ihren Sohn wie Joe Arnold, der ja ein ganz besonders persönliches Verhältnis zu David hatte, aber ich habe eine Kartei, die ich sofort durchgegangen bin, nachdem Joe mich angerufen hatte. Was möchten Sie wissen?«

»David erzählte Mr. Arnold, daß VJ, sein jüngerer Bruder, ihn bedroht hätte, aber mehr wollte er Mr. Arnold nicht darüber sagen. Haben Sie vielleicht mehr aus ihm herausbekommen können?«

Mrs. Zinnzer formte ein Zelt mit den Fingern und lehnte sich in ihren Sessel zurück. Dann räusperte sie sich. »Ich sah David mehrere Male«, begann sie. »Nachdem ich mich ausführlich mit ihm unterhalten hatte, kam ich zu der Überzeugung, daß David den Schutzmechanismus der Projektion benutzte. Ich hatte das Empfinden, daß David seine eigenen Gefühle von Konkurrenz und Feindseligkeit auf VJ projizierte.«

»Dann war die Bedrohung also nicht spezifisch?« fragte Marsha.

»Das habe ich nicht gesagt«, erwiderte Mrs. Zinnzer. »Es hatte offenbar eine spezifische Drohung gegeben.«

»Worum ging es dabei?«

»Typischer Jungenkram«, sagte Mrs. Zinnzer. »Irgendwas

mit einem Versteck, das VJ hatte und das David entdeckte. Jedenfalls irgendwas Harmloses in der Art.«

»Kann es statt eines Verstecks auch ein Labor gewesen sein?« fragte Marsha.

»Schon möglich«, antwortete Mrs. Zinnzer. »Kann sein, daß David ›Labor‹ gesagt hat; in meinen Unterlagen steht jedenfalls ›Versteck‹.«

»Haben Sie jemals mit VJ gesprochen?« wollte Marsha wissen.

»Ja, einmal«, sagte Mrs. Zinnzer. »Ich dachte, es wäre vielleicht hilfreich, mir ein genaueres Bild über die Beziehung zwischen den beiden zu verschaffen, indem ich mir die andere Seite auch einmal anhörte. VJ war äußerst offen und geradeheraus. Er sagte mir, sein Bruder David sei auf ihn eifersüchtig gewesen von dem Tag an, als er aus dem Krankenhaus nach Hause gekommen war.« Mrs. Zinnzer lachte plötzlich. »VJ erzählte mir, er könne sich noch genau erinnern, wie er nach seiner Geburt nach Hause gekommen sei. Das amüsierte mich einigermaßen.«

»Hat David jemals gesagt, um was für eine Bedrohung es sich handle?«

»O ja«, antwortete Mrs. Zinnzer. »David sagte mir, VJ hätte ihm gedroht, ihn zu töten.«

Von der Pendleton Academy fuhr Marsha auf direktem Wege nach Boston. Sosehr sie sich auch davor grauste, die einzelnen Teile des Puzzles zusammenzufügen, sie wußte, sie mußte es tun, wenn sie die Wahrheit über VJ wissen wollte. Sie versuchte, sich fortwährend einzureden, daß alles, was sie herausfand, letzten Endes vielleicht doch nur Zufälle waren, daß sich alles schon irgendwie als letztlich harmlos entpuppen würde. Sie hatte schon ein Kind verloren. Gleichwohl wußte sie, sie würde keine Ruhe finden, bis sie die ganze Wahrheit herausgefunden hatte.

Marsha hatte ihre Assistentenzeit am Massachusetts General Hospital verbracht. Ein Besuch dort war, als komme sie nach Hause. Aber sie ging nicht in die Psychiatrie. Sie begab sich schnurstracks in die Pathologie und fand dort einen Oberarzt vor, Dr. Preston Gordon.

»Aber sicher kann ich das«, sagte Dr. Gordon. »Da Sie das Geburtsdatum nicht wissen, wird's ein bißchen dauern, doch im Moment gibt's hier sowieso nichts zu tun.«

Marsha folgte Dr. Gordon ins Zentrum der Pathologischen Abteilung, wo sie sich gemeinsam an einen der Krankenhauscomputer setzten. Es waren mehrere Raymond Cavendishs im System gespeichert, aber da Marsha das ungefähre Todesjahr bekannt war, hatten sie keine Schwierigkeit, rasch den richtigen Raymond Cavendish aus Boxford, Massachusetts, zu finden.

»Okay«, sagte Dr. Gordon. »Hier kommt die Krankenakte.« Der Bildschirm füllte sich mit Daten. Dr. Gordon ließ die Seiten durchlaufen. »Hier hätten wir die Biopsie«, sagte er. »Und hier ist die Diagnose: Leber-Ca der Kupferschen Zellen retikuloendothelialen Ursprungs.« Dr. Gordon stieß einen Pfiff aus. »Also, das ist ja ein echtes Zebra! Das hab' ich ja noch nie gehört.«

»Können Sie mir sagen, ob in diesem Krankenhaus schon einmal ähnliche Fälle behandelt wurden?« fragte Marsha.

Dr. Gordon tippte ein paar Tasten auf dem Keyboard des Computers und begann zu suchen. Es dauerte nur ein paar Minuten, dann hatte er die Antwort. Ein Name erschien auf dem Bildschirm. »Es hat erst einen anderen Fall dieser Art in diesem Krankenhaus gegeben«, sagte er. »Der Name der Patientin war Janice Fay.«

Victor suchte sich in seinem Autoradio einen Sender, der Oldies spielte, und sang fröhlich mit bei einer Reihe von Hits aus den späten Fünfzigern, einer Zeit, in der er auf der High-School gewesen war. Er war in großartiger Stimmung. Er hatte den ganzen Tag damit verbracht, sich von VJ die Ergebnisse seiner Forschungsarbeit in dem geheimen Kellerlaboratorium zeigen zu lassen. Was er gesehen hatte, hatte ihn völlig fasziniert und in Bann geschlagen. Es war genauso gewesen, wie VJ vorausgesagt hatte: Es überstieg seine kühnsten Erwartungen.

Als Victor in die Einfahrt einbog, war der Sender bei den Sechzigern angelangt, und er sang lauthals »Sweet Caroline« im Chor mit Neil Diamond. Er lenkte den Wagen um das Haus herum und wartete vor der Garagentür, daß sie sich öffnete. Nachdem er den Wagen in die Garage gefahren hatte, sang er noch einen Moment weiter, bis der Song zu Ende war, bevor er die Zündung ausschaltete und ausstieg. Er ging um Marshas Wagen herum und betrat das Haus.

»Marsha!« brüllte Victor, sobald er zur Tür herein war. Er wußte, daß sie zu Hause war, weil ihr Wagen in der Garage stand, aber es war nirgends Licht an.

Er wollte noch mal rufen, aber ihr Name blieb ihm im Halse stecken. Sie saß keine zwei Meter vor ihm in der Dunkelheit des Wohnzimmers. »Da bist du«, sagte er.

»Wo ist VJ?« fragte sie. Sie klang müde.

»Er bestand darauf, mit seinem Fahrrad zu fahren«, antwortete Victor. »Aber keine Angst, Pedro ist bei ihm.«

»In dem Punkt habe ich bestimmt keine Angst um VJ«, sagte Marsha. »Vielleicht sollten wir eher Angst um den Wachmann haben.«

Victor knipste eine Lampe an. Marsha schirmte die Augen gegen die plötzliche Helligkeit ab. »Bitte«, sagte sie, »mach sie wieder aus!« Victor gehorchte. Er hatte gehofft, daß sie in besserer Stimmung sein würde, wenn er nach Hause kam, aber es sah nicht gut aus. Unverzagt setzte sich Victor in einen Sessel und stimmte ein überschwengliches Loblied über VJs Arbeit und seine verblüffenden Leistungen an. Er berichtete Marsha, daß das Implantationsprotein tatsächlich funktionierte. Der Beweis war unumstößlich. Dann erzählte er ihr die Hauptsache – nämlich, daß die Lösung des Implantationsproblems der Schlüssel zum Geheimnis des gesamten Differenzierungsprozesses sei.

»Wenn VJ nicht so erpicht auf Geheimhaltung wäre«, fuhr Victor schwungvoll fort, »wäre er ein heißer Kandidat für den Nobelpreis. Davon bin ich überzeugt. So wie die Dinge liegen, will er, daß ich den ganzen Ruhm einheimse und Chimera den wirtschaftlichen Nutzen. Was sagst du dazu? Klingt das für dich nach einer Persönlichkeitsstörung? Für mich klingt das verdammt großzügig.«

Da Marsha keine Anstalten machte, irgend etwas zu erwidern, sah sich Victor plötzlich um Worte verlegen. Nach einem Moment des Schweigens sagte Marsha: »Ich möchte dir nur ungern den Tag verderben, aber ich fürchte, ich habe weitere beunruhigende Dinge über VJ erfahren.«

Victor verdrehte die Augen und fuhr sich mit den Fingern durchs Haar. Das war nicht die Reaktion, auf die er gehofft hatte.

»Dieser eine Lehrer von der Pendleton Academy, der sich so bemühte, an VJ heranzukommen, ist vor ein paar Jahren gestorben.«

»Tut mir leid, das zu hören.«

»Er starb an Krebs.«

»Okay, er starb an Krebs.« Victor fühlte, wie sein Puls sich beschleunigte.

»Er starb an Leberkrebs.«

»Ach«, sagte Victor. Ihm gefiel die Richtung nicht, in die das Gespräch sich bewegte.

»Und zwar an dem gleichen seltenen Typ von Leberkrebs, an dem sowohl David als auch Janice gestorben sind.«

Bedrückendes Schweigen senkte sich über das Wohnzimmer. Der Kühlschrankkompressor sprang an. Victor wollte diese Dinge nicht hören. Er wollte über die Implantationstechnologie sprechen und was sie für all die vielen unfruchtbaren Paare bedeuten würde.

»Dafür, daß es sich um einen so extrem seltenen Krebstyp

handelt, scheinen eine Menge Leute daran zu erkranken«, fuhr Marsha ungerührt fort. »Leute, die VJs Weg kreuzen. Ich hatte ein Gespräch mit Mr. Cavendishs Frau – seiner Witwe. Sie ist sehr sympathisch. Sie unterrichtet auch auf der Pendleton Academy. Und ich habe mit einem Mr. Arnold gesprochen. Es stellte sich heraus, daß er David sehr nahe stand. Weißt du, daß VJ David bedroht hat?«

»Großer Gott, Marsha! Kinder drohen sich ständig gegenseitig. Das habe ich auch getan, als mein älterer Bruder einen Schneemann kaputtgemacht hat, den ich gebaut hatte.«

»VJ hat David gedroht, ihn umzubringen, Victor. Und nicht in der Hitze eines Streits.« Marsha war den Tränen nahe. »Wach auf, Victor!«

»Ich will nichts mehr davon hören«, sagte Victor wütend. »Jedenfalls nicht jetzt.« Er war noch immer ganz euphorisch von seiner Tagestour durch VJs Labor. Gab es eine dunkle Seite am Genie seines Sohnes? Er hatte in der Vergangenheit bisweilen die eine oder andere ungute Vermutung gehabt, aber er hatte sie stets leicht wieder wegwischen können. VJ schien so ein perfektes Kind zu sein. Aber jetzt äußerte Marsha ebensolche Zweifel und untermauerte sie noch, so daß sie eine Art von beunruhigendem Sinn ergaben. Konnte derselbe kleine Junge, der ihn so stolz durch sein Labor geführt hatte, das Genie, das hinter dem neuen Implantationsverfahren steckte, auch hinter anderen, unaussprechlichen Dingen stecken? Hinter dem Mord an den Kindern, an Janice Fay, an seinem eigenen Sohn David? Victor weigerte sich, den Gedanken zu Ende zu denken. Die Vorstellung war zu grauenhaft. Nein, nein, das war unmöglich. Jemand im Labor hatte die Kinder getötet. Jawohl, so war es. Die anderen Todesfälle mußten Zufall gewesen sein. Es gab solche Zufälle. Marsha trieb die Sache wirklich zu weit. Nun ja, sie war eben ein wenig hysterisch, seit die Kinder von Hobbs und Murray gestorben waren. Aber wenn ihre Befürchtungen berechtigt waren, was würde er dann machen? Wie konnte er dann noch fröhlich VJ in seinen zahlreichen wissenschaftlichen Anstrengungen unterstützen? Und, wenn es stimmte, wenn VJ wirklich halb Wunderkind, halb Monstrum war, was sagte das über ihn aus, seinen Schöpfer?

Marsha hätte ihn vielleicht noch weiter bedrängt, wäre nicht in diesem Moment VJ nach Hause gekommen. Er kam genauso herein wie eine Woche zuvor am Sonntag abend, die Satteltaschen über die Schulter geworfen. Es war, als hätte er gewußt, worüber sie gesprochen hatten. VJ starrte Marsha an; seine blauen Augen waren kälter als je zuvor. Marsha überlief ein Schauer. Sie vermochte seinen Blick nicht zu erwidern. Ihre Angst vor ihm steigerte sich immer mehr.

Victor schritt in seinem Arbeitszimmer auf und ab, geistesabwesend auf dem Ende eines Bleistifts kauend. Die Tür war zu, und im Haus herrschte Stille. Soweit er wußte, lagen alle längst im Bett. Es war ein bedrückender Abend gewesen. Marsha hatte sich ins Schlafzimmer zurückgezogen, als Victor sich standhaft geweigert hatte, weiter mit ihr über VJ zu diskutieren.

Victor hatte eigentlich vorgehabt, die Nacht damit zu verbringen, seinen Bericht für die Präsentation der neuen Implantationsmethode für die Verwaltungsratssitzung am Mittwoch auszuarbeiten. Aber er vermochte sich einfach nicht zu konzentrieren. Marshas Worte nagten in ihm. Er konnte versuchen, was er wollte, er kriegte sie einfach nicht aus dem Kopf. Was hieß das schon, wenn VJ David gedroht hatte? So was passierte schon einmal unter Jungen, das war doch ganz normal.

Aber der Gedanke, daß noch ein weiterer Fall dieses seltenen Leberkrebses aufgetreten war, beunruhigte ihn, besonders im Licht der Tatsache, daß sowohl Janices als auch Davids Tumor jenes zusätzliche DNS-Segment gehabt hatten. Dafür gab es noch keine Erklärung. Victor hatte die Entdekkung Marsha wohlweislich verschwiegen. Es war schon schlimm genug, daß er ständig daran denken mußte. Wenn er ihr schon nicht den Schmerz über die ganze schreckliche Wahrheit ersparen konnte – falls es denn wirklich so war –, dann würde er ihr, wenigstens jede dieser kleinen Enthüllungen ersparen, die auf diese Wahrheit hindeuteten.

Und dann war da noch Marshas Frage, was VJ wohl sonst noch alles hinter den verschlossenen Türen seines Labors treiben mochte. Der Junge war so einfallsreich, und er hatte die Geräte und die Ausrüstung, um fast alles machen zu können, was man in der experimentellen Biologie nach dem heutigen Stand der Forschung überhaupt machen konnte. Abgesehen von der Entwicklung der Implantationsmethode, was trieb er womöglich sonst noch alles? Selbst während der Führung, so umfassend sie gewesen war, hatte Victor sich des unbehaglichen Gefühls nicht erwehren können, daß VJ ihm nicht alles zeigte.

»Vielleicht sollte ich mich mal selbst umsehen«, sagte Victor laut und warf den Bleistift auf seinen Schreibtisch. Es war Viertel vor zwei in der Frühe, aber wen störte das?

Victor kritzelte eine kurze Nachricht auf einen Zettel, für den Fall, daß Marsha oder VJ aufwachen und seine Abwesenheit bemerken sollte. Dann holte er seinen Mantel und eine Taschenlampe, fuhr den Wagen rückwärts aus der Garage und ließ das Tor mit seiner Fernsteuerung herunter. Als er am Ende der Einfahrt war, hielt er an und warf einen Blick zum Haus. Nirgendwo ging Licht an; niemand hatte etwas gemerkt.

Bei Chimera kam der Sicherheitsposten, der die Torschranke bediente, aus dem Büro und leuchtete Victor mit einer Lampe ins Gesicht. »Oh, Entschuldigung, Dr. Frank, Sie sind's!« Er rannte zurück ins Büro und hob die Schranke.

Victor lobte ihn für seine Sorgfalt, dann fuhr er zu dem Gebäude, das sein Labor beherbergte. Er stellte seinen Wagen direkt vor dem Eingang ab. Als er sich vergewissert hatte, daß er nicht beobachtet wurde, lief er zum Fluß. Er war versucht, seine Taschenlampe anzuknipsen, aber er hatte Angst. Er wollte nicht, daß andere von der Existenz von VJs Labor erfuhren.

Als er sich dem Fluß näherte, hatte er das Gefühl, daß das Tosen der Wasserfälle in der Nacht noch ohrenbetäubender war. Windböen fuhren durch die Gassen zwischen den leerstehenden Gebäuden und wirbelten Staub auf, so daß Victor gezwungen war, den Kopf zu senken, um den Dreck nicht in die Augen zu kriegen. Schließlich erreichte er den Eingang zum Uhrenturm.

Victor zögerte einen Augenblick, bevor er in das dunkle Gebäude trat. Er war nicht der Typ, der an Gespenster glaubte, aber der Ort war so düster und trostlos, daß er einen kurzen Moment lang einen Anflug von Angst verspürte. Auch jetzt hätte er wieder gern seine Taschenlampe benutzt, aber er unterdrückte den Wunsch; es war zu gefährlich.

Victor tastete sich durch die Dunkelheit vorwärts, behutsam einen Fuß vor den anderen setzend. Er war bereits tief in den Raum vorgedrungen und nicht mehr weit von der Falltür entfernt, als er plötzlich das Flattern von Flügeln direkt an seinem Gesicht spürte. Er schrie überrascht und erschrokken auf, ehe er erleichtert begriff, daß er lediglich einen Schwarm Tauben aufgescheucht hatte, die den verlassenen Uhrenturm zu ihrem Nistplatz erkoren hatten.

Victor atmete tief durch und tastete sich weiter voran. Schließlich erreichte er die Falltür. Erst jetzt fiel ihm ein, daß er gar nicht wußte, wie er sie öffnen sollte. Er bückte sich und versuchte an verschiedenen Stellen, die Fingerspitzen unter den Rand der Falltür zu zwängen und sie aufzuhebeln, aber sie war zu schwer.

Frustriert knipste Victor die Taschenlampe an und ließ den Lichtkegel über den Fußboden streichen. Er hatte keine andere Wahl. Zwischen dem ganzen Gerümpel entdeckte er schließlich einen kurzen Metallstab. Er hob ihn auf und kehrte zu der Falltür zurück. Ohne große Anstrengung schaffte er es, sie einen Zollbreit aufzustemmen. Jetzt ließ sie sich mühelos öffnen.

Victor ging schnell die Treppe so weit hinunter, daß er die Falltür über sich schließen konnte. Im Labor herrschte tiefe Dunkelheit; das einzige Licht war der Strahl seiner Taschenlampe. Victor suchte nach der Schalttafel mit den Lichtschaltern. Es dauerte nicht lange, da fand er sie unter der Treppe und knipste die Schalter an. Neonlicht durchflutete den Raum. Victor atmete erleichtert auf.

Er beschloß, den Bereich des Labors zu untersuchen, den VJ ihm nicht gezeigt hatte. Als Victor ihn gefragt hatte, was sich in dem Raum verberge, hatte er mit Ausflüchten reagiert. Aber er kam gar nicht erst bis zur Tür. Er war vielleicht noch etwas mehr als zwei Meter von ihr entfernt, als die Tür, die zum Wohnbereich führte, plötzlich aufflog und ein Kampfhund mit lautem Knurren herausschoß, direkt auf ihn zu. Victor sprang zurück und riß die Arme hoch, um sein Gesicht zu schützen. Er schloß die Augen und rüstete sich für den Aufprall.

Doch der blieb aus. Victor öffnete vorsichtig die Augen. Der Kampfhund war von einer Kette zurückgehalten worden, die ein Werkschutzmann in Chimera-Uniform hielt.

»Gott sei Dank!« rief Victor. »Bin ich froh, Sie zu sehen!«

»Wer sind Sie?« fragte der Mann; seine Stimme hatte einen harten spanischen Akzent.

»Victor Frank«, sagte Victor. »Ich bin eines der Vorstandsmitglieder von Chimera. Ich bin überrascht, daß Sie mich nicht erkennen. Außerdem bin ich VJs Vater.«

»Okay«, sagte der Wachmann. Der Hund knurrte.

»Und wie heißen Sie?« fragte Victor.

»Ramirez«, antwortete der Wachmann.

»Ich habe Sie noch nie gesehen«, sagte Victor. »Aber ich bin froh, daß Sie am anderen Ende dieser Kette waren.« Victor ging zu der Tür. Der Wachmann packte ihn blitzschnell am Arm, um ihn zurückzuhalten.

Überrascht starrte Victor auf die Hand des Mannes, die

seinen Arm umklammert hielt. Dann sah er ihm in die Augen und sagte: »Ich glaube, ich habe Ihnen soeben erklärt, wer ich bin. Würden Sie mich bitte sofort loslassen?« Victor versuchte, streng zu klingen, aber er spürte bereits, daß Ramirez sich davon nicht beeindrucken ließ.

Der Hund knurrte erneut. Seine gebleckten Fänge waren nur ein paar Zentimeter von Victor entfernt.

»Tut mir leid«, sagte Ramirez, aber seine Stimme klang überhaupt nicht so, als ob es ihm leid täte. »Niemand darf durch diese Tür, es sei denn, VJ erlaubt es ausdrücklich.«

Victor studierte Ramirez' Gesichtsausdruck. Es bestand kein Zweifel, daß der Mann meinte, was er sagte. Victor fragte sich, wie er in dieser absurden Situation reagieren sollte. »Vielleicht sollten wir Ihren Vorgesetzten rufen, Mr. Ramirez«, sagte Victor, bemüht, seiner Stimme einen gelassenen Klang zu verleihen.

»Dies ist die zweite Nachtschicht«, erwiderte Ramirez. »Ich bin der Vorgesetzte.«

Sie starrten sich einige Sekunden an. Victor war überzeugt von der Unnachgiebigkeit des Mannes und der »Überzeugungskraft« des Hundes. »Okay!« sagte er schließlich. Ramirez ließ seinen Arm los und zog den Hund zurück.

»In dem Fall werde ich wohl besser gehen«, erklärte Victor, den Blick nicht von dem Hund abwendend. Er beschloß, sich Ramirez am Morgen vorzunehmen. Er würde mit VJ über den Vorfall reden.

Victor verließ das Gelände auf demselben Weg, auf dem er gekommen war. Am Tor hielt er an und rief den Wachtposten zu sich. »Wie lange ist Ramirez schon bei der Wachmannschaft?« fragte er.

»Ramirez?« Der Wachtposten sah ihn an und schüttelte den Kopf. »In unserer Truppe gibt's keinen Ramirez, Dr. Frank.«

13

Montagmorgen

Die Atmosphäre, die beim Frühstück herrschte, war alles andere als normal. Marsha hatte sich beim Duschen fest vorgenommen, sich so zu verhalten, als stünde alles zum besten, aber sie stellte fest, daß das unmöglich war. Als VJ eine Viertelstunde zu spät zum Frühstück erschien, sagte sie zu ihm, er solle sich besser sputen, schließlich müsse er heute wieder zur Schule. Sie wußte, daß sie ihn damit auf den Leim lockte, aber sie konnte es sich nicht verkneifen.

»Jetzt, da das Geheimnis bekannt ist«, erwiderte VJ, »wäre es ja wohl ziemlich lächerlich, wenn ich in die Schule ginge und so täte, als würde mich dieser Kinderkram brennend interessieren.«

»Aber ich dachte, es sei wichtig, daß du deine Anonymität wahrst«, konterte Marsha.

VJ warf einen hilfesuchenden Blick zu seinem Vater, aber Victor trank still seinen Kaffee. Er hielt sich da raus.

»Ob ich nun zur Schule gehe oder nicht, spielt an diesem Punkt nun wirklich keine Rolle mehr, was die Wahrung meiner Anonymität betrifft«, sagte VJ kühl.

»Das Gesetz schreibt vor, daß du zur Schule gehen mußt«, ließ Marsha nicht locker.

»Es gibt höhere Gesetze«, gab VJ zurück.

Marsha hatte nicht die Absicht, weiter herumzudebattieren. »Was immer du und Victor entscheidet, mir soll's recht sein.« Sie ging zur Arbeit, bevor sie Victors Entscheidung erfahren hatte.

»Sie wird Probleme machen«, warnte VJ, sobald Marsha zur Tür hinaus war.

»Sie braucht noch ein wenig Zeit«, erwiderte Victor.

»Aber du hättest dich in diesem Punkt mit dem Schulbesuch wirklich ein bißchen kompromißbereiter zeigen können.«

»Ich sehe nicht ein, warum. Es hilft mir für meine Arbeit nicht weiter. Im Gegenteil, es verzögert nur alles. Sind meine Forschungsergebnisse nicht wichtiger?«

»Sie sind wichtig«, sagte Victor, »aber sie sind nicht alles. Nun denn, wie willst du heute zu Chimera kommen? Willst du mit mir fahren?«

»Nein«, antwortete VJ. »Ich werde mit meinem Fahrrad fahren. Hast du was dagegen, wenn Philip deins benutzt?«

»Nein, nein, das ist schon okay. Wir treffen uns dann am späten Vormittag in deinem Labor. Ich brauche noch die genauen Einzelheiten über das Implantationsprotein, damit die Rechtsabteilung schon mal anfangen kann, das Patentanmeldungsverfahren vorzubereiten. Außerdem will ich den Rest deines Labors und das neue Labor sehen.« Victor erwähnte nichts von der nächtlichen Episode mit Ramirez.

»Fein«, sagte VJ. »Aber paß auf, daß dich keiner sieht, wenn du kommst! Ich will nicht, daß da plötzlich noch andere Besucher aufkreuzen.«

Fünfzehn Minuten später radelte VJ die Stanhope Street hinunter. Philip war direkt hinter ihm auf Victors Rad, und dahinter fuhr Pedro in seinem Ford Taunus.

VJ sagte Philip und Pedro, sie sollten draußen warten, als er mit seinen Satteltaschen in die Bank ging. Zum Glück war Mr. Scott gerade mit einem anderen Kunden beschäftigt, und VJ konnte in Ruhe an sein Schließfach, ohne sich wieder einen Vortrag anhören zu müssen.

Victors Fahrt zur Arbeit war nicht sorgenfrei. Obwohl er versuchte, an andere Dinge zu denken, geisterten ihm Marshas Worte ständig im Kopf herum. »Dafür, daß es sich um einen so extrem seltenen Krebstyp handelt, scheinen eine Menge Leute daran zu erkranken. Leute, die VJs Weg kreuzen.« Victor fragte sich, wie er sich fühlen würde, wenn Marsha daran erkranken würde.

Trotz dieser bedrückenden Gedanken war Victor von Begeisterung über das neue Implantationsprotein-Projekt erfüllt. Er packte den lästigen Verwaltungspapierkram, der sich inzwischen auf seinem Schreibtisch angehäuft hatte, mit viel mehr Gelassenheit als sonst an. Er war richtig froh, sich in die Schreibtischarbeit stürzen zu können; das lenkte ihn ab und vertrieb wenigstens zeitweilig die quälenden Gedanken. Colleen kam mit ihrem üblichen Packen Telefonnachrichten und Briefen herein, die der sofortigen Erledigung bedurften. Victor ließ sie erst einmal rasch von ihr durchgehen, bevor er irgendwelche Entscheidungen treffen wollte, halb darauf hoffend, daß irgendwas dabei war, das auf eine Erpressung wegen des NGF-Projekts hindeutete, aber es war nichts dabei. Die befriedigendste Entscheidung betraf die Frage, ob Victor Anzeige gegen Sharon Carver erstatten sollte. Er trug Colleen auf, die Parteien wissen zu lassen, daß er bereit sei, seine Klage zurückzuziehen, wenn die grundlose Klage wegen Geschlechterdiskriminierung ebenfalls fallengelassen würde.

Der letzte Punkt, den Victor Colleen zu erledigen auftrug, war, ein Treffen mit Ronald zu terminieren, damit er den Mann wegen der Probleme, die mit der NGF-Arbeit zusammenhingen, zur Rede stellen konnte. Wenn dabei nichts herauskommen würde – und damit rechnete er –, würde er ein Gespräch mit Hurst führen. Hurst mußte der Schurke sein; Victor betete, daß er es war. Er hätte jetzt nichts Besseres brauchen können als einen harten, unumstößlichen Beweis, den er Marsha vorlegen konnte mit den Worten: »Siehst du, VJ hatte nichts mit dieser Sache zu tun.«

Für Marsha war die Arbeit eine regelrechte Qual. Sosehr sie sich bemühte, sie vermochte beim besten Willen nicht das Maß an Konzentration aufzubringen, das für ihre Therapiesitzungen unabdingbar war. Ohne irgendeine Erklärung zu geben, bat sie plötzlich Jean, sie solle die restlichen Termine für den Tag absagen. Jean war zwar alles andere als erbaut, tat aber, wie ihr geheißen.

Sobald Marsha mit den Patienten fertig war, die bereits im Warteraum saßen, schlüpfte sie zum Hintereingang hinaus und ging hinunter zu ihrem Wagen. Sie nahm die 495 bis zur 93 und bog dann Richtung Boston ab. Aber sie fuhr nicht in Boston raus, sondern auf dem South East Expressway bis nach Neponset und von dort aus weiter nach Mattapan.

Den Zettel mit der Adresse auf dem Beifahrersitz, suchte Marsha nach Martinez Enterprises. Die Gegend, in der sie sich befand, war ziemlich heruntergekommen. Die Häuser, die die Straße säumten, durch die sie fuhr, waren größtenteils recht verfallene dreigeschossige Fachwerkbauten, gelegentlich unterbrochen von ausgebrannten Hüllen.

Martinez Enterprises entpuppte sich als ein altes Lagerhaus ohne Fenster. Kurzentschlossen fuhr Marsha an den Randstein und stieg aus. Eine Klingel oder Ähnliches war nirgends zu entdecken. Marsha klopfte, zögernd zuerst, doch als keine Reaktion kam, heftiger. Aber immer noch zeigte sich niemand.

Marsha trat ein paar Schritte zurück, sah sich erst die Tür des Hauses an, dann die Fassade. Sie fuhr zusammen, als sie plötzlich bemerkte, daß an der linken Ecke des Gebäudes ein Mann in dunklem Anzug und weißer Krawatte stand, der sie beobachtete. Er lehnte mit einem amüsierten Lächeln an der Mauer. In der Hand hielt er eine Zigarette. Als er sah, daß Marsha ihn entdeckt hatte, sprach er sie auf Spanisch an.

»Ich kann kein Spanisch«, sagte Marsha.

»Was wollen Sie?« fragte der Mann mit einem harten Akzent.

»Ich möchte Orlando Martinez sprechen.«

Zuerst gab der Mann keine Antwort. Er rauchte seine Zigarette zu Ende, dann warf er sie in den Rinnstein. »Kommen Sie!« sagte er und verschwand um die Ecke des Gebäudes.

Marsha ging bis zur Ecke und spähte einen mit Abfall übersäten Durchgang hinunter. Sie zögerte. Ihre innere Stimme drängte sie, zu ihrem Wagen zurückzukehren und zu verschwinden, aber sie wollte die Sache durchstehen. Sie folgte dem Mann. Ein Stück weiter befand sich eine zweite Tür, die nur angelehnt war.

Das Innere des Gebäudes stand seinem Äußeren an Unwirklichkeit in nichts nach. Der größte Unterschied war der muffige, modrige Geruch, der im Innern herrschte. Die Wände waren aus nacktem Beton. Von der Decke hingen nackte Glühbirnen. Im Hintergrund des riesigen Raums stand ein Schreibtisch, der von einem geschmacklosen Sammelsurium abgewetzter, durchgesessener Sofas umringt war. In dem Raum befanden sich etwa zehn Männer, alle untätig herumlümmelnd, alle bekleidet mit dunklen Anzügen wie der Mann, der sie hereingeholt hatte. Der einzige, der anders gekleidet war, war der Mann am Schreibtisch. Er trug lediglich ein weißes Rüschenhemd, das ihm, wie Marsha mit raschem Blick registrierte, aus der Hose hing.

»Was wollen Sie?« fragte der Mann am Schreibtisch. Er hatte ebenfalls einen spanischen Akzent, aber seiner war nicht annähernd so hart wie der des anderen.

»Ich möchte zu Orlando Martinez«, sagte Marsha. Sie ging direkt zum Schreibtisch und stellte sich davor.

»Was wollen Sie von ihm?« fragte der Mann.

»Ich mache mir Sorgen wegen meines Sohnes«, antwortete Marsha. »Er heißt VJ, und ich habe erfahren, daß er in irgendeiner Verbindung zu Orlando Martinez aus Mattapan steht.«

Marsha hörte, wie ein Murmeln durch die Reihe der Männer auf den Sofas ging. Sie schaute kurz zu ihnen hin, dann richtete sie den Blick wieder auf den Mann am Schreibtisch.

»Sind Sie Orlando Martinez?« fragte sie.

»Könnte sein«, sagte der Mann.

Marsha sah sich den Mann ein wenig genauer an. Er war

in den Vierzigern, hatte eine dunkle Haut, dunkle Augen und fast schwarze Haare. Er war mit allerlei geschmacklosem Schmuck behangen und trug Manschettenknöpfe aus Brillanten. »Ich möchte von Ihnen wissen, was Sie mit meinem Sohn VJ zu tun haben.«

»Lady, wenn ich Ihnen einen guten Rat geben darf: Gehen Sie rasch wieder nach Hause, und genießen Sie das Leben! Mischen Sie sich nicht in Dinge ein, von denen Sie nichts verstehen! Das bringt jedem nur Ärger.« Er hob die Hand und zeigte auf einen seiner Kumpane. »José, begleite diese Frau hinaus, ehe sie sich weh tut!«

José kam nach vorn und zog Marsha sanft zur Tür. Marsha starrte unverwandt Orlando Martinez an und überlegte fieberhaft, was sie noch sagen konnte. Aber es schien sinnlos. Als sie sich umwandte, fiel ihr Blick zufällig auf einen dunklen Mann auf einem der Sofas, der ein herunterhängendes Augenlid hatte. Marsha erkannte ihn wieder. Sie hatte ihn in VJs Labor gesehen, als Victor sie dort hingebracht hatte.

José sagte nichts. Er brachte Marsha zur Tür, schob sie sanft hinaus und machte sie ihr vor der Nase zu. Marsha stand da und starrte auf die Tür. Sie wußte nicht, ob sie froh oder ob sie wütend sein sollte.

Sie ging zur Straße zurück, stieg in ihren Wagen und fuhr davon. Als sie auf halber Höhe des Blocks war, sah sie einen Polizisten. Sie fuhr den Wagen an den Straßenrand und kurbelte das Fenster herunter.

»Entschuldigen Sie«, sagte sie, den Finger auf das Lagerhaus richtend. »Haben Sie irgendeine Ahnung, was diese Leute dort in dem Haus treiben?«

Der Polizist trat auf die Straße und beugte sich herunter, um genau sehen zu können, worauf Marsha zeigte. »Ach, das da«, sagte er und richtete sich wieder auf. »Genau weiß ich das auch nicht, aber ich hörte, daß eine Gruppe Kolumbianer dort irgendein Möbelgeschäft oder so was in der Art aufziehen will.«

Sobald Victor die Gelegenheit dazu hatte, rief er Chad Newhouse an, den Leiter des Werkschutzes, und fragte nach Ramirez.

»O ja, der ist ein Mitglied der Truppe«, sagte Chad Newhouse. »Er steht seit einigen Jahren auf der Gehaltsliste. Gibt es irgendein Problem mit ihm?«

»Wurde er nach dem üblichen Verfahren angeheuert?« fragte Victor.

Chad Newhouse lachte. »Wollen Sie mich auf den Arm nehmen, Dr. Frank? Sie haben Ramirez doch selbst eingestellt, zusammen mit den anderen von diesem Spezialtrupp gegen Industriespionage. Er ist Ihnen unmittelbar unterstellt.«

Victor legte den Hörer auf. Er würde mit VJ über Ramirez reden müssen.

Nachdem er den Verwaltungskram erledigt hatte und das Gespräch mit Ronald für Viertel nach elf vereinbart war, verließ Victor das Gebäude und machte sich auf den Weg zu VJs Labor. Bevor er den Uhrenturm erreichte, trat er in den Schatten von einem der anderen leerstehenden Gebäude und vergewisserte sich, daß er nicht beobachtet wurde. Erst dann rannte er über die Straße zum Uhrenturm.

Auf sein Klopfen hin schwang die Falltür sofort auf. Victor hastete die Treppe hinunter. Mehrere der Wachleute in Chimera-Uniform lungerten herum und vertrieben sich die Zeit mit Kartenspielen und Lesen. VJ betrat den Raum durch die Tür, durch die Victor in der Nacht zuvor hatte gehen wollen, und wischte sich die Hände an einem Handtuch ab. Seine Augen hatten einen noch intensiveren Ausdruck als sonst.

»Warst du gestern nacht hier im Labor?« herrschte ihn VJ an.

»Ja. Ich wollte –«, begann Victor.

»Und ich will nicht, daß du einfach hier hereinmarschierst«, unterbrach ihn VJ streng. »Nur mit meiner Erlaubnis. Hast du verstanden? Ich habe Anspruch auf meine Privatsphäre.«

Victor starrte seinen Sohn an. Für einen Moment war er sprachlos. Victor hatte vorgehabt, ihn wegen der nächtlichen Episode mit Ramirez zur Rede zu stellen, und jetzt sah er sich unvermittelt in der Defensive. »Tut mir leid«, sagte er. »Ich habe es nicht böse gemeint. Ich war nur neugierig, welche anderen Geräte du hier unten noch hast.«

»Die wirst du noch früh genug sehen«, erwiderte VJ, und seine Stimme klang nun etwas versöhnlicher. »Aber erst möchte ich, daß du das neue Labor kennenlernst.«

»Prima Idee«, sagte Victor, froh darüber, daß die Mißstimmung so schnell verflogen war.

Sie setzten sich in Victors Wagen, verließen das Chimera-Gelände und fuhren über die Merrimack-Brücke. Während der Fahrt sprach Victor die Sache mit Ramirez an.

»Ich habe eine Reihe von Sicherheitsleuten auf die Gehaltsliste von Chimera geschmuggelt«, erklärte VJ. »Wenn du dir Sorgen machen solltest wegen der Gehaltskosten, mußt du dir nur vor Augen führen, welchen enormen Profit Chimera demnächst aus solch einer kleinen Investition ziehen wird.«

»Ich war nicht sauer wegen der Gehaltskosten«, entgegnete Victor. Was ihn störte, war die Leichtigkeit, mit der VJ anscheinend alles durchführen konnte, was er sich in den Kopf gesetzt hatte.

VJ sagte ihm, wie er fahren sollte, und kurz darauf hielten sie vor einer der alten Mühlen auf der anderen Seite des Flusses, direkt gegenüber von Chimera. VJ stieg als erster aus, ganz heiß darauf, Victor seine neue Errungenschaft zu zeigen.

Das Gebäude lag unmittelbar am Fluß. Der Uhrenturm auf der gegenüberliegenden Seite war gut zu sehen. Doch im Gegensatz zu VJs bisherigem Quartier war das neue Labor in jeder Hinsicht hochmodern, seine Ausstattung eingeschlossen. Es hatte drei Stockwerke und war das eindrucksvollste Labor, das Victor je gesehen hatte. Im Kellergeschoß waren

Tiergehege, Operationssäle, riesige Gärbottiche aus rostfreiem Stahl und ein Zyklotron zur Erzeugung von radioaktiven Substanzen. Auf der ersten Etage befanden sich ein Kernspintomograph, ein PET-Scanner und ein voll ausgestattetes mikrobiologisches Labor. Der zweite Stock hatte den größten Laborbereich und beherbergte den Großteil der hochkomplizierten Geräte, die zur Manipulation und Herstellung von Genen nötig waren. Auf dem dritten und obersten Stock befanden sich der Computerraum, die Bibliothek und Büros.

»Nun, was sagst du?« fragte VJ stolz, als sie im Flur des dritten Stockwerks standen. Sie mußten ständig zur Seite treten, da überall noch Handwerker dabei waren, dem Haus den letzten Schliff zu geben. Überall wurde noch angestrichen, wurden die letzten, frisch angelieferten Geräte installiert, wurde gehämmert und gezimmert.

»Ich bin einfach von den Socken, wie bei allem, was du bisher gemacht hast«, sagte Victor sichtlich beeindruckt. »Aber das muß ein Vermögen gekostet haben. Wo hast du das viele Geld her?«

»Eines meiner Nebenprojekte war die Entwicklung eines marktfähigen Produkts aus rekombinanter DNS-Technologie«, antwortete VJ. »Offenbar war es ein Erfolg.«

»Was ist das für ein Produkt?« fragte Victor neugierig.

VJ grinste. »Geschäftsgeheimnis!«

VJ ging zu einer Tür, öffnete sie einen Spalt, warf einen Blick hinein und wandte sich dann zu Victor um. »Ich habe noch eine Überraschung für dich. Da ist jemand, den du gut kennst.«

VJ stieß die Tür auf und machte Victor ein Zeichen hineinzugehen. Eine junge Frau, die über einen Schreibtisch gebeugt stand, richtete sich auf, als er hereinkam. »Dr. Frank! Welch eine Überraschung!«

Einen Moment lang wußte Victor nicht, was er sagen sollte. Er hätte nie geglaubt, die junge Frau, die da vor ihm stand, jemals wiederzusehen. Es war Mary Millman, die Ersatzmutter, die VJ ausgetragen hatte.

VJ weidete sich an Victors Verblüffung. »Ich brauchte eine gute Sekretärin«, erklärte er, »also holte ich sie aus Detroit. Ich muß gestehen, ich war ziemlich neugierig, die Frau kennenzulernen, die mich geboren hat.«

Victor schüttelte Mary die Hand, die sie ihm entgegengestreckt hielt. »Freut mich, Sie wiederzusehen«, sagte er einigermaßen verdattert.

»Ganz meinerseits«, erwiderte Mary.

»Nun denn«, sagte VJ lachend, »ich glaube, ich muß jetzt wirklich in mein Labor zurück.«

Victor schaute verlegen auf seine Armbanduhr. »Ich muß auch los.«

Das Gespräch mit Ronald Beekman war reine Zeitverschwendung. Victor hatte versucht, ihn bezüglich des NGF-Projekts aus der Reserve zu locken, um rauszukriegen, ob Ronald irgend etwas davon wußte. Aber Ronald hatte weder ja noch nein gesagt; er hatte mit klugem Instinkt gespürt, daß dies ein Punkt war, der ihm möglicherweise ein Druckmittel liefern würde. Als Victor ihn daran erinnert hatte, daß Ronald ihm bei ihrem letzten Treffen gedroht hatte, mit ihm abzurechnen und Victor das Leben schwerzumachen, hatte Ronald das mit einer wegwerfenden Handbewegung als eine Redensart abgetan, die er nicht so ernst gemeint habe. Als Victor schließlich Ronalds Büro verließ, war er genauso schlau wie zuvor.

Das einzige Positive, das er aus der Unterredung mitgebracht hatte, war, daß Ronald ein großes Interesse an dem Implantationsprojekt bekundet hatte, und Victor hatte versprochen, ihm ein paar Informationen zum Durchlesen zusammenzustellen.

Nachdem er Ronalds Büro verlassen hatte, ging Victor zurück in sein eigenes. Er hatte Colleen beauftragt, ein Treffen mit Hurst zu arrangieren. Victor freute sich nicht gerade darauf.

»Robert Grimes hat Sie aus Ihrem Labor angerufen«, empfing ihn Colleen, als er sein Büro betrat. »Er sagte, er hätte da etwas sehr Interessantes für Sie. Sie möchten bitte sofort zurückrufen.«

Victor setzte sich an seinen Schreibtisch. Unter normalen Umständen hätte ein solcher Anruf von seinem Cheftechniker ihn in einen Zustand freudiger Erregung versetzt, denn er wäre ein sicheres Zeichen dafür gewesen, daß es irgendeinen Durchbruch bei einem der Experimente gegeben hatte. Aber jetzt mußte er etwas anderes bedeuten. Er mußte mit dem Spezialauftrag zusammenhängen, den Victor Robert gegeben hatte, und Victor war nicht sicher, ob er »etwas sehr Interessantes« hören wollte. Victor gab sich einen Ruck und rief im Labor an. Während Victor darauf wartete, daß Robert an den Apparat geholt wurde, dachte er über seine eigenen Experimente nach, und ihm wurde bewußt, daß sie nur noch wenig Interessantes für ihn enthielten. Schließlich hatte VJ die meisten Fragen bereits gelöst. Es war demütigend für Victor, so weit hinter seinem zehnjährigen Sohn hinterherzuhinken. Aber die gute Seite an der Sache war, daß sie jetzt zusammen daran weiterarbeiten konnten. Diese Aussicht war in der Tat verlockend.

»Dr. Frank!« riß ihn Roberts Stimme aus seinen Gedanken. »Ich bin froh, daß ich Sie gefunden habe. Ich habe das DNS-Fragment in den beiden Tumoren sequenziert, und ich wollte Sie fragen, ob ich weitermachen und die Sequenz mit rekombinanten Techniken reproduzieren soll. Ich werde einige Zeit dafür brauchen, aber es ist die einzige Möglichkeit, wie wir herausfinden können, wofür sie steht.«

»Haben Sie irgendeine Idee, wofür sie stehen könnte?« fragte Victor zögernd.

»O ja«, erwiderte Robert. »Es handelt sich zweifelsfrei um irgendeinen ungewöhnlichen Polypeptid-Wachstumsfaktor.«

»Es ist also kein Retrovirus«, sagte Victor mit einem leisen Hoffnungsfunken; ein Retrovirus hätte auf künstliche Weise disseminiert worden sein können.

»Nein, es ist mit Sicherheit kein Retrovirus«, sagte Robert. »Es ist ganz eindeutig ein künstlich erzeugtes Gen.« Und mit einem Lachen fügte er hinzu: »Ich müßte es eigentlich ein Chimera-Gen nennen. Innerhalb der Sequenz ist ein interner Promotor, den ich selbst schon bei einer Reihe von Gelegenheiten verwendet habe – er stammt aus dem SV 40-Affenvirus. Aber der Rest des Gens muß irgendeinem anderen Mikroorganismus entnommen sein, entweder einem Bakterium oder einem Virus.«

Es folgte eine Pause.

»Dr. Frank, sind Sie noch dran?« fragte Robert, der schon glaubte, die Verbindung sei unterbrochen worden.

»Und Sie sind absolut sicher?« fragte Victor mit zitternder Stimme. Die Konsequenzen dessen, was Robert ihm da soeben eröffnet hatte, waren nur allzu deutlich.

»Absolut«, sagte Robert. »Ich war selbst überrascht. Ich habe von so einem Fall noch nie gehört. Meine erste Vermutung war, daß diese Leute irgendeine Art von DNS-Vector mitgekriegt haben und daß er in ihren Blutstrom gelangt ist. Das erschien mir so merkwürdig, daß ich mir eine Menge weiterer Gedanken darüber gemacht habe. Der einzige mögliche Mechanismus, den ich mir vorstellen konnte, ist, daß Einschlußkörperchen in Leukozyten mit diesem infektiösen Gen gefüllt waren. Sobald die Kupferschen Zellen in der Leber sie aufschnappten, fügten sich die infektiösen Körper in das Genom der Zelle ein. Die neuen Gene wandelten sodann Proto-Onkogene in Onkogene um, und schwupp: Leberkrebs. Aber dieses Szenarium hat einen Haken. Wissen Sie, welchen?«

»Nein. Welchen denn?«

»Es gibt nur einen Weg, wie die Einschlußkörperchen in die Leukozyten und in den Blutstrom gelangen können«, sagte Robert, nicht ahnend, welche Wirkung dies alles auf

Victor hatte. »Sie müssen injiziert werden. Ich weiß, daß sich das verrückt –« Robert konnte seinen Satz nicht mehr vollenden. Victor hatte aufgelegt.

Die Indizien hatten sich zu einem Beweis zusammengefügt, der unumkehrbar und unwiderlegbar war. Es gab nichts mehr daran zu rütteln: David und Janice waren an Leberkrebs gestorben, der von einem Stück fremder DNS verursacht worden war, die sich in ihre Chromosomen eingefügt hatte. Und dann war da noch der Lehrer von der Pendleton Academy, von dem Marsha ihm erzählt hatte. Alle diese Leute hatten in einer engen Verbindung zu VJ gestanden. Und VJ war ein naturwissenschaftliches Genie, das über ein ultramodernes, mit allen Schikanen ausgestattetes Labor verfügte.

Colleen steckte den Kopf zur Tür herein. »Ich wollte warten, bis Sie mit Ihrem Telefongespräch fertig sind«, sagte sie fröhlich. »Ihre Frau ist hier. Kann ich sie reinschicken?«

Victor nickte. Er fühlte sich plötzlich ungeheuer müde.

Marsha kam herein und schlug die Tür hinter sich zu. Der Luftzug ließ die Papiere auf Victors Schreibtisch rascheln. Sie steuerte direkt auf Victor zu, beugte sich über den Schreibtisch und schaute ihm in die Augen.

»Ich weiß, daß du am liebsten nichts unternehmen würdest«, sagte sie. »Ich weiß, daß du VJ nicht beunruhigen willst, und ich weiß, daß du ganz hingerissen bist von seinen Leistungen, aber du wirst dich mit der Tatsache auseinandersetzen müssen, daß der Junge nicht nach den Regeln spielt. Laß mich dir von meiner jüngsten Entdeckung erzählen! VJ hängt mit einer Gruppe von Kolumbianern zusammen, die angeblich vorhaben, in Mattapan ein Möbelimportgeschäft aufzumachen. Ich habe diese Männer kennengelernt, und ich sag dir, die sehen ganz und gar nicht wie Möbelhändler aus.«

Marsha hielt abrupt inne. Victor reagierte überhaupt nicht. »Victor!« rief Marsha. Seine Augen hatten einen verschwommenen, abwesenden Ausdruck.

»Marsha, setz dich!« sagte Victor und schüttelte traurig und bedächtig den Kopf. Er stützte ihn in die Hände und lehnte sich vor, die Ellbogen auf dem Schreibtisch. Dann fuhr er sich mit den Fingern durchs Haar, rieb sich den Nacken und richtete sich auf. Marsha setzte sich, ihren Mann anstarrend. Ihr Puls begann zu jagen.

»Ich habe gerade etwas noch viel, viel Schlimmeres erfahren«, begann Victor. »Vor ein paar Tagen beschaffte ich mir Gewebeproben von Davids und Janices Tumoren. Robert hat sie analysiert. Er rief mich vor wenigen Minuten an, um mir zu sagen, daß ihr Krebs künstlich herbeigeführt wurde. Ein fremdes krebserzeugendes Gen wurde in ihre Blutbahn gebracht.«

Marsha schrie auf und schlug entsetzt die Hände vors Gesicht. Obwohl sie selbst leise diesen Verdacht gehegt hatte, war die Bestätigung ein solcher Schock, als hätte sie sie unvorbereitet getroffen. Und die Tatsache, daß sie ausgerechnet von Victor kam, der sie jedesmal niedergemacht hatte, wenn sie von ihren Ängsten und Befürchtungen gesprochen hatte, machte alles nur noch um so schrecklicher. Sie biß sich auf die Unterlippe, während sie vor Wut, Traurigkeit und Angst zugleich zitterte. »Es muß VJ gewesen sein!« sagte sie leise.

Victor hieb mit der flachen Hand auf den Tisch, so heftig, daß ein paar Papiere heruntersegelten.

»Das steht, verdammt noch mal, noch nicht fest!« brüllte er.

»Alle diese Leute standen in einer engen Beziehung zu VJ«, sagte Marsha, seine eigenen Gedanken wiedergebend. »Und er wollte sie aus dem Weg haben.«

Victor schüttelte den Kopf in grimmiger Resignation. Wieviel Schuld lag bei ihm und wieviel bei VJ? Er hatte dafür gesorgt, daß VJ zu einer solchen Intelligenzbestie wurde. Aber hatte er auch nur einen Moment innegehalten und darüber nachgedacht, was mit einem solchen Genie Hand in Hand gehen konnte?

Wenn David und Janice und dieser Lehrer durch VJ ums Leben gekommen waren – würde er, Victor, das jemals mit seinem Gewissen abmachen können?

Marsha begann zögernd, aber ihre Überzeugung machte sie stark. »Ich glaube, wir müssen herausfinden, was VJ sonst noch in seinem Labor treibt.«

Victor ließ die Arme schlaff an den Seiten seines Stuhls herunterfallen und starrte aus dem Fenster. Er schaute auf den Uhrenturm; er wußte, daß VJ in diesem Moment dort arbeitete. Er wandte sich zu Marsha um. »Komm, laß es uns sofort machen!«

14

Montag nachmittag

Marsha mußte laufen, um mit Victor Schritt zu halten, als er sich auf den Weg zum Fluß machte. Wenig später hatten die beiden den benutzten Teil des Geländes hinter sich. Im hellen Tageslicht sahen die verlassenen Gebäude nicht ganz so düster aus.

Im Uhrenturm angekommen, ging Victor direkt zu der Falltür, bückte sich und klopfte mehrere Male hart auf die Bodenplanken.

Nach einer knappen Minute ging die Falltür auf. Ein Mann in Chimera-Werkschutzuniform musterte Victor und Marsha mit prüfendem Blick, dann winkte er ihnen, hinunterzukommen.

Victor ging als erster die Stufen hinab. Bis Marsha unten angekommen war, hatte Victor bereits das Schaufelrad umrundet und steuerte zielstrebig auf die Eisentür zu, die den Zugang zum unerforschten Teil von VJs Labor versperrte. Auf Marsha wirkte das Labor selbst noch genauso abschreckend, wie es schon beim letztenmal, als sie dort gewesen war, auf sie gewirkt hatte. Sie wußte, daß die Früchte naturwissenschaftlicher Forschung zu guten oder zu bösen Zwecken benutzt werden konnten, und irgend etwas an diesem unheimlichen Kellergewölbe gab ihr das Gefühl, daß die Forschungen, die hier getrieben wurden, ganz entschieden zur letzteren Kategorie gehörten.

»He!« schrie einer der Wachmänner, als er sah, daß Victor sich der verbotenen Tür näherte. Er sprang auf, sprintete quer durch den Raum und packte Victor am Arm. Er riß ihn rüde herum. »Da darf niemand rein!« schnarrte er mit seinem harten spanischen Akzent.

Zu Marshas Überraschung drückte Victor blitzschnell die Hand gegen das Gesicht des Mannes und stieß ihn zurück. Die Reaktion kam so überraschend für den Mann, daß er strauchelte und auf ein Knie fiel. Aber es gelang ihm, Victors Arm festzuhalten. Mit einem heftigen Ruck riß Victor seinen Arm aus dem Griff des Mannes los und wandte sich erneut der Tür zu.

Der Wachmann zog ein Klappmesser aus seinem Stiefel und ließ es aufschnappen. Die rasiermesserscharfe Klinge blitzte gefährlich im Neonlicht auf.

»Victor!« schrie Marsha gellend. Ihr Schrei ließ Victor herumfahren. Der Wachtposten kam auf ihn zu, das Messer wie ein Miniaturrapier vor seinem Körper haltend. Victor parierte den Stoß mit einer blitzschnellen Armbewegung, aber der Mann bekam ihn erneut am Ärmel zu fassen. Bedrohlich schwebte die Klinge über Victor.

»Schluß jetzt!« schrie VJ, der in diesem Moment aus der Tür gestürmt kam. Die beiden anderen Wachtposten, die im Raum waren, drängten sich zwischen die Kontrahenten; einer hielt Victor fest, der andere kümmerte sich um seinen messerschwenkenden Kollegen.

»Laßt meinen Vater los!« befahl VJ.

»Er wollte in das Geheimlabor«, verteidigte sich der Wachtposten mit dem Messer.

»Ihr sollt sofort meinen Vater loslassen!« befahl VJ in noch strengerem Ton als beim erstenmal.

Die beiden Wachtposten ließen Victor los, nicht ohne ihm noch einen letzten, wütenden Stoß zu verpassen. Er taumelte vorwärts, bemüht, das Gleichgewicht wiederzuerlangen. Dann wandte er sich erneut zu der Tür. VJ wirbelte herum und kriegte Victor gerade noch am Arm zu fassen, bevor er sich hinter ihm vorbei durch die Tür drängen konnte.

»Bist du sicher, daß du da rein willst?« fragte VJ.

»Ich will alles sehen«, sagte Victor:

»Erinnerst du dich an den Baum der Erkenntnis?«

»Des Guten und des Bösen«, entgegnete Victor. »Du kannst mir das nicht ausreden.«

VJ ließ seinen Arm los. »Nun gut, wie du willst, aber mach dich darauf gefaßt, daß dir das, was du siehst, möglicherweise nicht gefallen wird!«

Victor schaute Marsha an, die ihm zunickte, er solle hineingehen. Langsam zog er die Tür auf. Blaßblaues Licht flutete heraus. Victor trat über die Schwelle, dicht gefolgt von Marsha. VJ ging als letzter hinein und schloß die Tür hinter sich.

Der Raum war etwa zwanzig Meter lang und ziemlich schmal. Auf einem langen Tisch aus groben Brettern standen vier große Fünfzig-Gallonen-Glastanks. Die Seiten waren mit Silicon versiegelt. Die Tanks wurden beleuchtet von Heizungslampen; ihr Licht brach sich in der Flüssigkeit, mit denen die Glastanks gefüllt waren, und erzeugte dadurch diesen geisterhaft anmutenden blauen Schein, der den ganzen Raum erfüllte.

Marsha sperrte vor Entsetzen den Mund auf, als sie erkannte, was in den Tanks war. In ihnen schwammen, eingehüllt in transparente Membranen, Embryos, jeder von ihnen ungefähr acht Monate alt. Sie schauten Marsha aus weit geöffneten blauen Augen an, als sie an den Tanks vorbeiging. Sie gestikulierten, lächelten, ja, gähnten sogar.

Unterdessen erläuterte VJ wie beiläufig, aber mit einer Miene arroganten Stolzes, wie das System arbeitete. In jedem Tank waren die Plazenten auf einem Plexiglasgitter an einer Membranhülle befestigt, die mit einer Art Herz-Lungen-Maschine verbunden war. Jede Maschine hatte ihren eigenen Computer, welcher wiederum an einen Protein-Synthetisierer angeschlossen war. Die Flüssigkeitsoberfläche jedes Tanks war mit Plastikbällen vor zu rascher Verdunstung geschützt.

Weder Marsha noch Victor konnten etwas sagen, so schockiert waren sie von dem Anblick der gestikulierenden

Kinder. Obwohl sie versucht hatten, sich auf das Schlimmste gefaßt zu machen, überstieg dieser Anblick ihre schrecklichsten Befürchtungen bei weitem.

»Ihr werdet euch bestimmt fragen, wozu das alles gut ist«, sagte VJ, während er zu einem der Tanks ging und eine der zahlreichen Anzeigen kontrollierte. Er schlug mit der Faust darauf, und eine offenbar klemmende Anzeigenadel sprang in den grün gestrichelten Normalbereich. »Bei meinen früheren Implantationsexperimenten kam ich darauf, Gebärmütter mit Gewebekulturen nachzumodellieren. Die Lösung des Implantationsproblems brachte gleichzeitig die Lösung des Problems mit sich, wieso überhaupt ein Uterus gebraucht wurde.«

»Wie alt sind diese Kinder?« fragte Marsha.

»Achteinhalb Monate«, antwortete VJ, Marshas Schätzung bestätigend. »Ich lasse sie erheblich länger im Uterus als die üblichen neun Monate. Sie werden leichter aufzuziehen sein, je länger ich sie in den Tanks lasse.«

»Wo hattest du die Zygoten her?« fragte Victor, obwohl er die Antwort schon wußte.

»Es freut mich, euch sagen zu können, daß diese Kinder allesamt meine Brüder und Schwestern sind.«

Marshas ungläubiger Blick schwenkte von den Föten in den Tanks zu VJ.

VJ mußte lachen, als er ihren Gesichtsausdruck sah. »Komm, das kann doch keine so große Überraschung. sein! Ich habe mir die Zygoten aus dem Gefrierschrank in Vaters Labor geholt. Was für einen Sinn hätte es gehabt, sie dort vergammeln zu lassen oder zu warten, bis Dad sie in irgendwelche fremden Leute implantiert?«

»Es waren fünf«, sagte Victor. »Wo ist die fünfte?«

»Gutes Gedächtnis«, erwiderte VJ. »Leider ist die fünfte bei einem meiner ersten Tests in der Implantationsversuchsreihe verlorengegangen. Aber vier sind ausreichend für eine statistische Extrapolation, zumindest für den ersten Schub.«

Marsha wandte sich wieder den Embryos zu. Es waren ihre Kinder!

»Wollen wir die Sache doch nicht sensationeller machen, als sie ist!« sagte VJ, an seinen Vater gewandt. »Du wußtest, daß diese Technologie in der Entwicklung war. Ich habe die Geschichte lediglich ein wenig beschleunigt.«

Victor ging zu einem der Computer, der in diesem Moment zum Leben erwacht war und eine halbe Seite Daten ausspuckte. Sobald er mit dem Ausdrucken fertig war, sprang der Protein-Synthetisierer an und begann ein Protein herzustellen.

»Das System registriert automatisch, wenn Bedarf nach irgendeiner Art von Wachstumsfaktor besteht«, erklärte VJ.

Victor sah sich den Computerausdruck an. Er enthielt die Daten über sämtliche lebenswichtigen metabolischen Prozesse des Fötus, einschließlich Blutbild und Leberwerte. Er war verblüfft über die ausgefeilte Kompliziertheit der Versuchsanlage. Victor wußte, daß VJ das ungeheuer komplizierte Zusammenspiel der Faktoren, die notwendig waren, um aus einem befruchteten Ei einen vollständigen Organismus zu machen, künstlich kopieren mußte. Was er da geschaffen hatte, stellte einen gewaltigen Sprung nach vorn auf dem Gebiet der Biotechnologie dar. Eine radikal neue und erfolgreiche Implantationstechnologie war eine Sache, aber das hier war eine gänzlich andere Sache. Victor erschauderte, als ihm das teuflische Potential bewußt wurde, das in dem steckte, was seine Kreatur geschaffen hatte. Marsha näherte sich zögernd einem der Tanks und betrachtete das Kind, einen Jungen, aus nächster Nähe. Der Junge erwiderte den Blick und schaute sie an, als wolle er sagen: Bleib bei mir! Er preßte seine winzige Hand gegen das Glas des Tanks. Marsha streckte ihre Hand aus und legte sie auf die des Kindes, so daß nur die Dicke der Glaswand sie trennte. Doch dann, plötzlich, zuckte ihre Hand zurück, als hätte sie einen elektrischen Schlag bekommen. »Ihre Köpfe!« schrie sie.

Victor kam zu ihr und beugte sich zu dem Kind. »Was ist mit seinem Kopf?«

»Schau dir die Augenbrauen der Kinder an! Sie haben praktisch keine Stirn!«

»Es sind Mutationen«, erklärte VJ beiläufig. »Ich habe das Segment, das Victor hinzugefügt hat, wieder entfernt, und dann habe ich einige der normalen NGF-Loci zerstört. Mein Ziel ist ein Intelligenzlevel ähnlich dem von Philip. Philip hat mir beim Aufbau des Labors mehr geholfen als jeder andere.«

Marsha erschauerte und ergriff Victors Hand. Victor ignorierte sie und deutete auf die Tür am Ende des Raums.

»Hast du noch nicht genug gesehen?« fragte VJ.

»Ich will alles sehen«, sagte Victor. Er ließ Marsha stehen und ging zu der Tür am Ende des Raums. Einen Moment lang starrte Marsha mit fasziniertem Entsetzen den winzigen Jungen in dem Tank mit seinen wulstigen Brauen und seiner fliehenden Stirn an. Es war, als wäre die menschliche Evolution um fünfhunderttausend Jahre zurückgedreht worden. Wie konnte jemand seine eigenen Brüder und Schwestern – denn das waren diese armseligen Kreaturen – mit vollem Bedacht zu Neandertalern machen? Die eiskalte, geradezu machiavellistische Rationalität, mit der VJ seine Experimente erläuterte, ließ sie frösteln.

Marsha riß sich von dem Anblick los und folgte Victor. Auch sie wollte jetzt alles sehen. Konnte es noch Schlimmeres geben als das, was sie gerade gesehen hatte? Der nächste Raum enthielt riesige Edelstahlbehälter,. die in einer Reihe aufgestellt waren. Sie erinnerten Marsha an die riesigen Kessel, die sie als Teenager bei einer Brauereibesichtigung mit ihrer Schulklasse gesehen hatte. Die Luft hier war wärmer und feuchter als in dem Raum mit den Glastanks. Mehrere Männer arbeiteten mit nackten Oberkörpern an einem der Fässer; sie schütteten gerade etwas hinein. Als sie Marsha und Victor gewahrten, hielten sie inne.

»Was sind das für Tanks?« fragte Marsha.

Diesmal antwortete Victor. »Das sind Gärbottiche zum Züchten von Mikroorganismen wie Bakterien oder Hefen.« Er wandte sich an VJ. »Was züchtest du dann?«

»E.-Kolibakterien«, antwortete VJ. »Das Arbeitspferd der rekombinanten DN-Technologie.«

»Was produzieren sie?« fragte Victor.

»Das möchte ich lieber nicht sagen«, antwortete VJ. »Findest du nicht, daß die Gestationstanks erst mal genug zum Verdauen sind?«

»Ich will alles wissen«, wiederholte Victor. »Ich will, daß du alle Karten auf den Tisch legst.«

»Nun, wenn du's denn unbedingt wissen mußt: Sie produzieren Geld«, sagte VJ mit einem Lächeln.

»Ich bin nicht in Stimmung für lustige Rätsel«, erwiderte Victor.

VJ seufzte. »Ich brauchte kurzfristig eine größere Kapitalspritze für das neue Labor. Aus verständlichen Gründen kam ein Gang an die Börse nicht in Frage. Statt dessen importierte ich ein paar Kokapflanzen aus Südamerika und extrahierte die entsprechenden Gene. Diese Gene setzte ich in ein Lack-Operon von E.-Kolibakterien ein, und mit Hilfe eines Plasmids, das resistent gegen Tetracyclin war, setzte ich das ganze Ding zurück in die Bakterien. Das Produkt ist vorzüglich. Sogar die E.-Kolibakterien lieben es.«

»Was sagt er?« fragte Marsha Victor.

»Er sagt, daß diese Gärbottiche Kokain produzieren.«

»Das also ist die Erklärung für Martinez Enterprises!« stieß Marsha entsetzt hervor.

»Aber diese Produktionsanlage ist nicht von Dauer«, versuchte VJ sie zu beschwichtigen. »Sie dient lediglich dem Zweck, kurzfristig Kapital zu beschaffen. Schon bald wird das neue Labor sich selbst tragen, und dann besteht keine Notwendigkeit mehr für diese, nun ja, zugegeben etwas illegale – Kapitalbeschaffungsmethode. Und ja, richtig, Martinez Enterprises ist ein vorübergehender Geschäftspartner.

Wir können im Notfall in kürzester Frist eine kleine Armee aufbieten. Im Moment steht eine Anzahl von ihnen auf der Chimera-Gehaltsliste.«

Victor schritt die Gärtanks ab. Wieder verblüffte ihn der hohe technische Stand der ganzen Anlage. Schon auf den ersten Blick konnte er sehen, daß sie dem, was Chimera benutzte, weit voraus waren. Victor riß sich mit einem tiefen Seufzer von den Tanks los und gesellte sich wieder zu Marsha und VJ.

»So, jetzt habt ihr alles gesehen«, sagte VJ. »Aber nun, da ihr alles wißt, müssen wir uns einmal ernsthaft unterhalten.«

VJ wandte sich um und ging zurück in den Hauptraum, gefolgt von Marsha und Victor. Als sie durch den Raum mit den Gestationstanks kamen, drückten sich die Föten erneut gegen das Glas. Es schien, als sehnten sie sich nach menschlicher Gesellschaft. Wenn VJ es bemerkte, so zeigte er es jedenfalls nicht.

Ohne ein Wort führte VJ sie durch den Hauptraum und in das Wohnquartier. Erst jetzt bemerkte Victor, daß es auch hier Räume gab, die er noch nicht gesehen hatte. Hinter dem Hauptwohnbereich befand sich noch ein kleinerer Raum. Victor vermutete, der Einrichtung und den Zeitschriften nach zu schließen, daß dies VJs Privatraum war. Das Mobiliar bestand aus einem Bett, einem Kartentisch mit Klappstühlen, einem großen Bücherschrank, der mit Fachzeitschriften vollgestopft war, und einem Lesesessel. VJ deutete auf den Kartentisch und setzte sich auf einen der Klappstühle. Victor und Marsha nahmen ebenfalls Platz. VJ stützte die Ellbogen auf den Tisch und faltete die Hände. Er blickte von Victor zu Marsha; seine kalten blauen Augen glitzerten wie Saphire. »Ich muß wissen, was ihr vorhabt. Ich war offen zu euch, und jetzt ist es Zeit, daß ihr auch mir gegenüber offen seid.«

Victor und Marsha wechselten einen Blick. Als Victor keine Anstalten machte, etwas zu sagen, ergriff Marsha das

Wort. »Ich muß die Wahrheit über David, Janice und Mr. Cavendish wissen.«

»Im Moment bin ich nicht an nebensächlichen Kleinigkeiten interessiert«, sagte VJ. »Ich bin daran interessiert, über die Größe meiner Projekte zu diskutieren. Ich hoffe, ihr wißt die enorme Bedeutung dieser Experimente zu würdigen. Ihr Wert übersteigt alle anderen Dinge, die sonst noch in irgendeinem Zusammenhang mit ihnen stehen.«

»Ich muß erst wissen, was mit diesen drei Menschen geschehen ist, bevor ich das beurteilen kann«, beharrte Marsha.

VJ sah Victor an. »Ist das auch deine Meinung?«

Victor nickte.

»So etwas Ähnliches hatte ich befürchtet«, brummte VJ. Er musterte sie mit einem strengen Blick, so als wären sie seine unartigen Kinder. Schließlich redete er. »Nun gut, ich werde eure Fragen beantworten. Ich werde euch alles sagen, was ihr wissen wollt. Diese drei Leute, die ihr erwähnt habt, planten, mich zu verraten. Zu dem Zeitpunkt hätte das verheerende Folgen für meine Arbeit gehabt. Ich versuchte, es im guten zu verhindern, daß sie mehr über mein Labor und meine Experimente herausfanden, aber die drei ließen einfach nicht locker. Ich hatte keine andere Wahl, als – nun – als das Problem auf natürlichem Wege aus der Welt zu schaffen,«

»Was meinst du damit?« fragte Victor.

»Im Zuge meiner ausgedehnten Forschungen über Wachstumsfaktoren im Zusammenhang mit dem Problem der künstlichen Gebärmutter entdeckte ich bestimmte Proteine, die als mächtige Verstärker für Proto-Onkogene agierten. Ich packte sie in phagozystierende Leukozyten und ließ dann der Natur ihren Lauf.«

»Du willst sagen, du hast sie injiziert!« stieß Victor hervor.

»Natürlich habe ich sie injiziert!« fuhr VJ ihn an. »Du müßtest eigentlich wissen, daß man so etwas nicht oral einnehmen kann!«

Marsha versuchte ruhig zu bleiben. »Du gibst also offen zu, daß du deinen Bruder getötet hast. Hast du denn gar nichts dabei empfunden?«

»Ich war nur ein Hilfsmittel, wenn man so will. David starb an Krebs. Ich hatte ihn oft genug beschworen, er solle mich in Ruhe lassen. Aber er ließ nicht locker und folgte mir weiter auf Schritt und Tritt, in dem Glauben, er könne mich fertigmachen. Es war seine Eifersucht, die ihn trieb.«

»Und was war mit den beiden Babys?« fragte Marsha.

»Können wir nicht über die wirklich wichtigen Dinge reden?« herrschte VJ sie an und hieb mit der Faust auf den Tisch.

»Du hast uns gefragt, was wir zu unternehmen gedenken«, sagte Marsha. »Dazu müssen wir zuerst alle Fakten kennen. Was ist mit den Babys?«

VJ trommelte mit den Fingern auf den Kartentisch. Seine Geduld ging allmählich zu Ende. »Sie wurden mir langsam zu schlau. Sie fingen an, ihr Potential zu erkennen. Ich wollte keine Konkurrenz. Ein bißchen Cephaloclor in die Milch der Kindertagesstätte, mehr war nicht nötig, um das Problem zu lösen. Ich bin sicher, daß es den meisten Kindern sogar noch gutgetan hat.«

»Und was hast du empfunden, als sie starben?« fragte Marsha.

»Erleichterung«, sagte VJ.

»Kein Bedauern? Keine Trauer?«

»Wir sind hier nicht in einer Therapiesitzung, Mutter!« fauchte VJ. »Meine Gefühle stehen hier nicht zur Debatte. Ihr kennt jetzt alle dunklen Geheimnisse. Nun seid ihr an der Reihe, die Karten auf den Tisch zu legen. Ich muß wissen, was ihr vorhabt.«

Marsha schaute zu Victor, in der Hoffnung, er würde VJ für seine teuflischen Handlungen rügen, aber Victor starrte seinen Sohn nur mit fassungslosem Blick an, zu erschüttert, um etwas zu sagen.

Marsha deutete sein Schweigen als Einwilligung, vielleicht sogar Zustimmung. Konnte Victor von VJs Leistungen so fasziniert sein, daß er fünf Morde einfach so abtat? Darunter den Mord an seinem eigenen kleinen Jungen? Nun, sie würde das jedenfalls nicht schweigend hinnehmen. Sollte Victor der Teufel holen!

»Nun?« fragte VJ.

Marsha wandte sich zu ihm und sah ihn an. Seine kalten blauen Augen blickten erwartungsvoll in ihr Gesicht. Ihr kristallklares Blau, das schon bei der Geburt so auffällig gewesen war, und sein engelhaftes blondes Haar rührten Marsha zu Tränen. Auch er war ihr Baby! Und wenn er solche Greueltaten begangen hatte – war das wirklich allein seine Schuld? Er war ein Monstrum der Wissenschaft. Was immer Victor in Hinblick auf VJs Genialität an Leistung vollbracht hatte, so etwas wie ein Gewissen war dabei auf der Strecke geblieben. Wenn VJ schuldig war, dann war es Victor mindestens genauso. Marsha durchströmte plötzlich eine Woge des Mitgefühls für den Jungen. »VJ«, begann sie, »ich glaube nicht, daß Victor sich aller möglichen Auswirkungen seines NGF-Experiments bewußt war –«

Aber VJ schnitt ihr das Wort ab. »Ganz im Gegenteil! Victor wußte sehr genau, was er erreichen wollte. Und jetzt kann er mich anschauen und das, was ich vollbracht habe, und er kann wissen, daß sein Experiment ein voller Erfolg war. Ich entspreche exakt dem, was Victor vorschwebte und was er sich erhoffte; ich bin so, wie er selbst sein wollte. Ich bin das, was die Wissenschaft erreichen kann. Ich bin die Zukunft.« VJ lächelte. »Du tätest gut daran, dich an mich zu gewöhnen!«

»Mag sein, daß du das bist, was Victor in wissenschaftlicher Hinsicht beabsichtigte«, fuhr Marsha unbeeindruckt fort. »Aber ich glaube nicht, daß er die Art von Persönlichkeit voraussah, die er dabei schuf. VJ, was ich damit sagen will, ist, wenn du tatsächlich diese Morde begangen hast, wenn du Kokain herstellst und ... die moralischen Einwände gegen diese Handlungen nicht begreifen kannst, nun, dann ist das absolut nicht deine Schuld.«

»Mutter«, sagte VJ gereizt, »du kommst immer wieder auf Nebensächlichkeiten zurück: Gefühle, Symptome, Persönlichkeit. Ich präsentiere dir hier die größte biologische Errungenschaft aller Zeiten, und du willst wahrscheinlich, daß ich mich noch einem Rorschachtest unterziehe. Das ist absurd.«

»Wissenschaftliche Leistung allein ist nichts«, sagte Marsha, »wenn sie nicht moralischen Prinzipien unterworfen ist. Kannst du das nicht begreifen?«

»Genau in dem Punkt irrst du«, erwiderte VJ. »Und Victor bewies allein dadurch, daß er mich schuf, daß er die Wissenschaft über die Moral stellt. Nach den herkömmlichen Moralbegriffen hätte er das NGF-Experiment gar nicht erst in Angriff nehmen dürfen, aber er tat es trotzdem. Er ist ein Held.«

»Was Victor tat, indem er dich schuf, war geboren aus gedankenloser Arroganz. Er nahm sich nicht die Zeit – oder wollte sie sich nicht nehmen –, um über das mögliche Ergebnis nachzudenken; er war zu besessen von seinem Ziel. Die Wissenschaft läuft Amok, wenn sie sich den Fesseln entwindet, die ihr die Moral anlegt.«

VJ schnalzte kopfschüttelnd mit der Zunge. Dann fixierte er Marsha mit seinen grausam funkelnden blauen Augen. »Die Moral kann die Wissenschaft nicht beherrschen, weil Moral relativ und deshalb veränderlich ist. Die Wissenschaft ist das nicht. Moral basiert auf dem Menschen und der Gesellschaft, die sich im Laufe der Zeit wandeln und zudem von Kultur zu Kultur unterschiedlich sind. Was für die einen tabu ist, ist für die anderen heilig. Solche Launen sollten auf die Wissenschaft keinen Einfluß haben. Das einzige, was in dieser Welt unveränderlich ist, sind die Naturgesetze, die das Universum regieren. Vernunft ist der endgültige und höchste Richter, nicht irgendwelche moralistischen Grillen.«

»VJ, es ist nicht deine Schuld«, sagte Marsha leise, traurig den Kopf schüttelnd. Sie sah ein, daß es keinen Sinn hatte, mit ihm zu diskutieren. »Deine überragende Intelligenz hat dich isoliert und ein Wesen aus dir gemacht, dem die menschlichen Charaktereigenschaften Mitgefühl, Einfühlungsvermögen und Liebe abhanden gekommen sind. Du hast das Gefühl, keine Grenzen zu haben. Aber dir sind Grenzen gesetzt. Du hast niemals ein Gewissen entwickelt, doch das vermagst du nicht zu erkennen. Es ist so, als versuche man jemandem, der von Geburt an blind ist, den Begriff der Farbe zu erklären.«

VJ sprang genervt von seinem Stuhl auf. »Bei allem gebührenden Respekt«, sagte er, »ich habe keine Zeit für solche Spitzfindigkeiten. Ich habe Arbeit. Ich muß jetzt wissen, was ihr vorhabt.«

»Dein Vater und ich werden uns unterhalten«, erwiderte Marsha, VJs Blick ausweichend.

»Dann fangt schon an, unterhaltet euch!« VJ stemmte die Hände in seine schmalen Hüften.

»Wir wollen alleine miteinander reden, ohne daß Kinder dabei sind«, sagte Marsha.

VJ verzog das Gesicht zu einem Flunsch. Sein Atem hatte sich beschleunigt, seine Augen loderten. Wie er so dastand, erschien er Marsha plötzlich wieder so wie der kleine Junge, der er ja eigentlich war. Er drehte sich abrupt um und stapfte aus dem Raum, die Tür wütend hinter sich zuknallend. Marsha hörte, wie sich ein Schlüssel im Schloß drehte. VJ hatte sie eingeschlossen.

Marsha wandte sich zu Victor um. Victor schüttelte den Kopf in hilfloser Bestürzung.

»Besteht bei dir jetzt noch irgendein Zweifel darüber, womit wir es zu tun haben?« fragte Marsha.

Victor schüttelte lahm den Kopf.

»Gut«, sagte Marsha. »Nun, was hast du vor zu tun?«

Victor schüttelte lediglich abermals den Kopf. »Ich hätte

nie gedacht, daß es soweit kommen würde.« Er sah seine Frau an. »Marsha, du mußt mir glauben. Wenn ich gewußt hätte ...« Seine Stimme versagte ihm den Dienst. Er brauchte Marshas Unterstützung, ihr Verständnis. Aber selbst er hatte Probleme, die Größe seines Irrtums zu begreifen. Wenn sie diese Sache je durchstehen würden, bezweifelte er, ob er mit seiner Schuld weiterzuleben vermochte. Wie konnte er da erwarten, daß Marsha zu ihm hielt?

Victor schlug die Hände vors Gesicht.

Marsha berührte seine Schulter. So schrecklich die Situation war, zumindest war Victor endlich wach geworden. »Wir müssen entscheiden, was wir jetzt tun sollen«, sagte sie leise.

Victor erhob sich von seinem Stuhl, mit einem Schlag aus seiner lähmenden Starre erwachend. »Ich bin der Schuldige, ich allein. Du hast völlig recht: VJ wäre nicht der, der er ist, wenn ich nicht den Ehrgeiz gehabt hätte, der Natur ins Handwerk zu pfuschen.« Er wandte sich erneut zu seiner Frau um. »Zuallererst mal müssen wir hier raus.«

Marsha schaute ihn mit ernster Miene an. »Denkst du etwa, VJ wird uns so mir nichts, dir nichts hier rausspazieren lassen? Nimm Vernunft an! Hast du vergessen, wie er solche Probleme in der Vergangenheit gelöst hat? David, Janice, der arme Lehrer, die Babys und jetzt seine lästigen Eltern.«

»Glaubst du, er wird uns hier bis in alle Ewigkeit eingesperrt halten?« fragte Victor.

»Ich habe nicht die leiseste Ahnung, was er vorhat. Ich glaube bloß nicht, daß es so einfach sein wird, hier wieder rauszukommen. Er muß noch irgend etwas für uns empfinden, sonst hätte er sich gar nicht erst die Mühe gegeben, uns alles zu erklären, und es würde ihn auch nicht interessieren, was wir von alldem halten und was wir vorhaben. Aber er wird uns ganz bestimmt nicht hier rauslassen, solange er nicht fest davon überzeugt ist, daß wir ihm keinen Ärger machen werden.«

Eine Weile schwiegen sie beide. Dann sagte Marsha: »Vielleicht können wir eine Art Handel mit ihm abschließen. Zum Beispiel, daß er einen von uns gehen läßt und den anderen hierbehält, gewissermaßen als Pfand.«

»Du meinst, daß er einen von uns als Geisel hierbehält?«

Marsha nickte.

»Wenn er sich darauf einlassen sollte, meine ich, daß besser du gehen solltest«, erklärte Victor.

»Nein«, sagte Marsha und schüttelte den Kopf. »Wenn, dann gehst du. Du mußt einen Weg finden, wie man ihm Einhalt gebieten kann.«

»Ich glaube deswegen, daß du gehen solltest, weil ich in dieser Situation besser mit VJ fertig werden kann als du.«

»Ich bezweifle, daß überhaupt irgend jemand mit VJ fertig werden kann«, sagte Marsha. »Er lebt in seiner eigenen Welt, ohne irgendwelche Beschränkungen und ohne irgendein Gewissen. Aber ich bin ziemlich sicher, daß er mir nichts tun wird, zumindest so lange nicht, wie er sicher ist, daß ich ihm keine Schwierigkeiten machen werde. Ich glaube doch, daß er dir mehr vertraut als mir. Insofern kannst du schon besser mit ihm fertig werden als ich. Er scheint deine Anerkennung zu suchen. Er will, daß du stolz auf ihn bist. In der Hinsicht scheint er nicht anders zu sein als jedes andere Kind.«

»Aber was soll ich machen?« fragte Victor, nervös auf und ab gehend. »Ich bin nicht sicher, ob die Polizei in diesem Fall eine große Hilfe wäre. Ich vermute, am ehesten verwundbar wäre er noch in der Drogensache.«

Marsha nickte bloß. Tränen schossen ihr in die Augen. Sie konnte dies alles einfach noch nicht glauben. Es fiel ihr noch immer schwer, in VJ etwas anderes zu sehen als ihren kleinen Jungen. Aber es bestand kein Zweifel: Durch die genetische Manipulation, die Victor an ihm vorgenommen hatte, war er ein Monstrum geworden. Zu versuchen, ihn zu zügeln, war zwecklos.

»Könnten wir ihn in eine psychiatrische Klinik einweisen lassen?« fragte Victor.

»Wir hätten Schwierigkeiten, ihn ohne den Nachweis einer psychotischen Störung einweisen zu lassen, und eine solche ist bisher nicht zu erkennen; oder wir müßten ihn wegen Mordes anzeigen, woraufhin es zu einer Verhandlung käme, an deren Ende das Gericht ihn wegen Unzurechnungsfähigkeit in eine geschlossene Anstalt einweisen lassen würde. Aber ich bezweifle, daß wir ihm die Morde überhaupt nachweisen könnten. Ich bin sicher, daß er schlau genug war, keinerlei Spuren zu hinterlassen, zumal bei einem solch kunstvollen High-Tech-Verbrechen. Er hat eine Persönlichkeitsstörung, aber er ist nicht verrückt. Du wirst dir schon was Besseres einfallen lassen müssen. Ich wünschte nur, ich könnte sagen, was.«

»Mir wird schon irgendwas einfallen«, versicherte Victor. Er strich seinen Mantel glatt und fuhr sich mit den Fingern durch die Haare in dem Versuch, sie zu kämmen. Dann holte er tief Luft und probierte die Tür zu öffnen. Sie war abgeschlossen. Er schlug viermal fest mit den Fäusten dagegen.

Nach einer halben Minute knirschte das Schloß, und die Tür ging auf. VJ stand im Türrahmen, hinter sich mehrere von den Südamerikanern.

»Ich bin bereit, mit dir zu reden«, erklärte Victor.

VJ sah von Victor zu Marsha. Sie schaute weg, um seinen kalten Blick nicht ertragen zu müssen.

»Allein«, sagte Victor.

VJ nickte und trat zur Seite, um Victor vorbeizulassen. Victor ging direkt zum Hauptlabor durch. Er hörte, wie hinter ihm VJ die Tür wieder abschloß. Er und Marsha waren jetzt also tatsächlich Gefangene, festgehalten von ihrem eigenen Sohn.

»Sie ist wirklich völlig fertig. David zu töten, deinen eigenen Bruder! Das war unverzeihlich.«

»Ich hatte keine andere Wahl«, erwiderte VJ.

»Eine Mutter wird mit so etwas nur sehr schwer fertig«, sagte Victor. VJs Gesichtsausdruck blieb unbeteiligt.

»Ich habe von Anfang an gewußt, daß es ein Fehler war, Marsha etwas von dem Labor zu erzählen«, erklärte VJ. »Sie hat nicht die gleiche Beziehung zur Wissenschaft wie wir beide.«

»Da hast du recht. Sie war entsetzt über die künstlichen Uteri, ich war verblüfft. Ich kann beurteilen, welch ungeheure wissenschaftliche Leistung hinter ihnen steckt. Der Einfluß, den sie auf die wissenschaftliche Gemeinschaft haben werden, ist enorm. Und ihr wirtschaftliches Potential ist gewaltig.«

»Ich hoffe, daß der kommerzielle Erfolg, den sie bringen werden, mir die Möglichkeit gibt, das Kokaingeschäft aufzugeben«, sagte VJ.

»Das ist eine gute Idee. Du bringst deine Arbeit in ernste Gefahr, wenn du im Drogengeschäft mitmischst.«

»Diese Möglichkeit habe ich schon vor einiger Zeit bedacht«, erwiderte VJ, »und einige Pläne für den Fall ausgearbeitet, daß es Ärger geben sollte.«

»Das habe ich von dir auch nicht anders erwartet.«

VJ musterte Victor scharf. »Du solltest mir jetzt besser erzählen, was du vorhast!«

»Mein wichtigstes Ziel ist jetzt erst einmal, Marsha zu beruhigen«, sagte Victor. »Aber ich glaube, sie wird schon wieder zu sich kommen, sobald sie den ersten Schock erst einmal überwunden hat.«

»Und wie hast du vor, sie zu beruhigen?«

»Ich werde sie von der Bedeutsamkeit deiner Arbeit und deiner Entdeckungen überzeugen«, antwortete Victor. »Sie wird ganz anders darüber denken, wenn sie erst begreift, daß du mehr als jeder andere in der gesamten Geschichte der Biologie zuwege gebracht hast – und das als gerade Zehnjähriger.«

VJ schien vor Stolz zu schwellen. Marsha hatte recht gehabt: Wie jedes Kind suchte auch er die Bestätigung und das Lob seines Vaters.

Wenn er nur tatsächlich wie jedes andere Kind sein könnte! dachte Victor wehmütig. Aber das wird er niemals können – dank mir.

»Sobald es möglich ist«, fuhr Victor fort, »möchte ich eine Liste der Proteinwachstumsfaktoren sehen, die in der künstlichen Gebärmutter enthalten sind.«

»Es sind über fünfhundert«, sagte VJ. »Ich kann dir einen Computerausdruck geben, aber der ist natürlich nicht zur Veröffentlichung gedacht.«

»Ich verstehe.« Victor schaute auf seinen Sohn hinunter und lächelte. »Nun, ich muß zurück an meine Arbeit, und ich bin sicher, daß auf Marsha Patienten warten. Wir gehen dann jetzt. Wir sehen dich später zu Hause.«

VJ schüttelte den Kopf. »Ich glaube, es ist noch zu früh, daß ihr geht. Ich glaube, es ist besser, wenn ihr euch darauf einstellt, noch ein paar Tage hierzubleiben. Ich habe einen Telefonanschluß; du könntest also deine Geschäfte telefonisch erledigen. Und Mom wird ihre Therapiesitzungen wohl umdisponieren müssen. Ihr werdet es hier ganz gemütlich finden.«

Victor gab ein hohles Lachen von sich. »Du machst Witze, VJ! Wie stellst du dir das vor? Wir können nicht einfach hierbleiben. Marsha könnte ihren Patienten vielleicht noch absagen, aber ein Unternehmen wie Chimera ist nicht vom Telefon aus zu führen. Abgesehen davon weiß jeder, daß ich auf dem Firmengelände bin. Früher oder später würde man anfangen, nach mir zu suchen.«

VJ überlegte.

»Okay!« sagte er schließlich. »Du kannst meinetwegen gehen. Aber Mom muß hierbleiben.«

Victor war beeindruckt, wie exakt Marsha VJs Verhalten vorausgesehen hatte.

»Ich würde sie keinen Moment aus den Augen lassen«,

erwiderte Victor, immer noch bemüht, sie beide rauszukriegen.

»Entweder du oder sie«, sagte VJ in einem Ton, der keinen Widerspruch duldete. »Ich lasse darüber nicht mit mir diskutieren.«

»Okay, wenn du darauf bestehst«, gab Victor sich geschlagen. »Ich geh' und sage es Marsha. Bin gleich wieder da.«

Victor kehrte zurück zu VJs Wohnquartier. Einer der Wachmänner kam mit einem Schlüssel und öffnete ihm die Tür.

Victor ging zu Marsha und flüsterte ihr zu: »Er hat sich bereit erklärt, einen von uns gehen zu lassen. Bist du ganz sicher, daß du nicht derjenige sein möchtest?«

Marsha schüttelte den Kopf. »Tu mir nur den Gefallen und sag Jean Bescheid, daß ich bis auf weiteres verhindert bin! Sag ihr, sie soll etwaige Notfälle gleich zu Dr. Maddox schikken!«

Victor nickte. Er küßte Marsha auf die Wange, froh, daß sie nicht den Kopf wegzog. Dann wandte er sich um und verließ den Raum.

Im Labor sprach unterdessen VJ mit zweien von den Wachmännern; offenbar gab er ihnen irgendwelche Anweisungen.

»Das ist Jorge«, stellte VJ seinem Vater einen lächelnden Südamerikaner vor. Es war derselbe, der versucht hatte, Victor mit dem Klappmesser zu erstechen.

Offenbar war bei ihm kein Groll gegen Victor zurückgeblieben, denn er streckte ihm freundlich die Hand zum Gruß entgegen.

»Jorge hat sich erboten, dich zu begleiten«, erklärte VJ.

»Ich brauche keinen Babysitter«, erwiderte Victor, seinen Ärger unterdrückend.

Mit einem grimmigen Lächeln sagte VJ: »Ich fürchte, du verstehst nicht. Du hast keine andere Wahl. Jorge bleibt an deiner Seite, damit du nicht in Versuchung kommst, mit irgend jemandem zu sprechen, der mir Ärger machen könnte.

Außerdem wird seine Anwesenheit dich daran erinnern, daß Marsha hier ist, in der Obhut von einem seiner Freunde.«

»Aber ich brauche keinen Aufpasser. Und wie soll ich seine Anwesenheit den anderen erklären? Wirklich, VJ, das hätte ich nicht von dir erwartet.«

»Ich bin überzeugt davon, daß dir schon etwas einfallen wird, wie du seine Anwesenheit den anderen erklären kannst«, sagte VJ. »Jorge wird uns alle ein bißchen besser schlafen lassen. Und daß du dir über eines im klaren bist: Ärger mit der Polizei oder mit anderen Behörden würde das Programm nur verlangsamen, aber nicht aufhalten. Enttäusch' mich nicht, Vater! Zusammen werden wir die Biotechnologie-Industrie revolutionieren.«

Victor schluckte mühsam. Sein Mund war ganz trocken geworden.

15

Montag nachmittag

Es war draußen wolkig und stürmisch geworden, als Victor aus dem Uhrenturmgebäude trat und sich auf den Weg zu seinem Büro machte. Ein paar Schritte hinter ihm war Jorge, der es sich beim Aufbruch nicht hatte nehmen lassen, demonstrativ sein Klappmesser in den Stiefel zu schieben. Die Geste hatte die gewünschte Wirkung nicht verfehlt. Victor wußte, daß er es bei seinem Bewacher mit einem Mann zu tun hatte, der gewohnt war, zu töten.

Zwar hatte er Marsha gesagt, er würde sich irgendwas einfallen lassen, aber im Moment hatte er nicht die geringste Ahnung, was er tun sollte. Er war in einem Zustand verzweifelter, hilfloser Erregung, als er sein Büro erreichte. Mit unsicherem Schritt durchquerte er das Vorzimmer, dicht gefolgt von Jorge.

»Entschuldigung!« rief Colleen, als Victor an ihrem Schreibtisch vorbeikam. Sie sprang auf und nahm einen Stapel Papiere von ihrem Tisch. Victor hatte inzwischen die Tür zu seinem Büro erreicht. Er wandte sich zu dem Südamerikaner um. »Sie müssen hier draußen warten!«

Jorge schob sich an Victor vorbei, als hätte Victor nichts gesagt. Colleen, die das Ganze mitbekommen hatte, sperrte verdattert den Mund auf, zumal der Südamerikaner eine Chimera-Werkschutzuniform trug. »Soll ich den Werkschutz benachrichtigen?« flüsterte sie Victor zu.

»Nicht nötig«, antwortete Victor.

Colleen zuckte mit den Schultern. »Ich habe eine Menge Nachrichten für Sie«, sagte sie. »Ich versuche schon die ganze Zeit, Sie zu erreichen. Ich brauche unbedingt –«

Victor legte die Hand auf ihren Arm und schob sie sanft

zurück, damit er die Tür schließen konnte. »Später, Colleen! Später!«

»Aber« schaffte Colleen noch herauszubringen, bevor die Tür sich vor ihrer Nase schloß.

Victor sperrte die Tür zu, als zusätzliche Vorsichtsmaßnahme. Jorge hatte es sich bereits auf der Couch im hinteren Teil des Raums bequem gemacht. Er fing an, sich die Fingernägel zu reinigen.

Victor setzte sich an seinen Schreibtisch. Kaum hatte er Platz genommen, als auch schon das Telefon klingelte, aber er ging nicht ran. Er wußte, daß es Colleen war. Er blickte hinüber zu Jorge, der ihm mit seinem Nagelknipser zuwinkte und ein breites Grinsen aufsetzte.

Victor ließ den Kopf in die Hände sinken. Was er brauchte, war ein Plan. Jorge war eine unerwünschte Ablenkung. Der Mann verströmte ein unbekümmertes, arrogantes Selbstbewußtsein, das soviel ausdrückte wie: Ich bin ein Killer, und ich sitze in deinem Büro, und du kannst nichts dagegen machen. Es fiel Victor schwer, sich zu konzentrieren, während Jorge ihn beobachtete.

»Sie machen auf mich nicht gerade den Eindruck, als hätten Sie viel zu tun«, sagte Jorge plötzlich. »VJ erklärte, Sie müßten weg, weil Sie eine Menge Arbeit zu erledigen hätten. Ich schlage vor, Sie fangen allmählich mal an; oder wollen Sie, daß ich VJ anrufe und ihm sage, daß Sie bloß rumsitzen und sich den Kopf halten?«

»Ich war gerade dabei, meine Gedanken zu sammeln«, erwiderte Victor. Er beugte sich vor und drückte auf die Taste seines Sprechgeräts. Als Colleen sich meldete, sagte er: »Bringen Sie die Post herein, und lassen Sie uns mit der Arbeit anfangen!«

Während der ersten Stunde ihres Alleinseins vertrieb sich Marsha die Zeit damit, daß sie in einigen der Fachzeitschriften herumblätterte, die den Bücherschrank füllten. Aber sie waren ihr allesamt zu hoch; es waren ausschließlich hochtechnische Fachperiodika, die sich mit Theorien und Experimenten an den Schnittpunkten von Biologie, Physik und Chemie befaßten. Schließlich stand sie auf und begann, im Raum hin und her zu gehen. Sie probierte sogar, die Tür zu öffnen; aber sie war fest verschlossen.

Sie setzte sich wieder an den Tisch und fragte sich, was Victor wohl unternehmen würde. Er würde sehr findig sein müssen. VJ war ein außergewöhnlicher Gegner, den man keinesfalls unterschätzen durfte. Außerdem würde er ein enormes Maß an moralischem Mut aufbringen müssen, und in Anbetracht seiner NGF-Experimente hatte sie keine Ahnung, ob er den überhaupt noch in sich hatte.

In dem Moment hörte sie, wie sich der Schlüssel im Schloß drehte. Die Tür öffnete sich, und VJ kam herein. »Ich dachte mir, du könntest vielleicht ein bißchen Gesellschaft brauchen«, sagte er fröhlich. »Da ist jemand, der dich gerne sehen würde.« Er ging einen Schritt zur Seite, und Mary Milliman betrat lächelnd den Raum, die Hand zum Gruß ausgestreckt.

Marsha stand auf, nach Worten suchend.

»Mrs. Frank!« rief Mary Milliman und schüttelte ihr begeistert die Hand. »Ich habe mich sehr darauf gefreut, Sie wiederzusehen. Ich glaubte schon fast, ich müßte mindestens noch ein Jahr darauf warten. Wie geht es Ihnen?«

»Ganz gut, danke«, antwortete Marsha.

»Ich dachte mir, ihr zwei würdet bestimmt gern ein bißchen plaudern«, meinte VJ. »Ich laß die Tür angelehnt; wenn ihr Hunger oder Durst habt, sagt einfach einem von Martinez' Leuten Bescheid!«

Mary bedankte sich bei ihm. »Ist er nicht wunderbar?« fragte sie Marsha, sobald er weg war.

»Er ist einzigartig«, erwiderte Marsha. »Aber sagen Sie, wie in aller Welt kommen Sie denn hierher?«

»Das ist eine Überraschung, nicht wahr? Nun, für mich war es seinerzeit mindestens eine ebensolche Überraschung.

Kommen Sie, ich werde Ihnen erzählen, wie sich alles abspielte!«

»Was haben Sie als nächstes?« fragte Victor. Colleen saß an ihrem üblichen Platz, ihm direkt gegenüber. Jorge fläzte sich noch immer auf der Couch im Hintergrund. Colleen blätterte ihren Stapel Briefe und Papiere durch. »Ich glaube, das wär's erst einmal. Kann ich sonst noch irgendwas für Sie tun?« Sie verdrehte die Augen vielsagend in Richtung Jorge.

»Nein«, sagte Victor und schob ihr das letzte Dokument hinüber, das er unterzeichnet hatte. »Ich fahre jetzt nach Hause. Wenn es irgendwelche Probleme gibt, rufen Sie mich dort an!«

Colleen warf einen raschen Blick auf ihre Armbanduhr und schaute Victor an. »Ist alles in Ordnung?« Er verhielt sich irgendwie seltsam, seit er mit diesem Werkschutzmann im Schlepptau zurückgekommen war.

»Alles in Butter«, sagte er und legte seinen Kugelschreiber in die oberste Schublade seines Schreibtischs zurück.

Colleen musterte ihren Chef verwirrt. Seit sieben Jahren arbeitete sie nun für ihn, aber sie konnte sich nicht erinnern, daß er jemals diesen Begriff benutzt hatte. Sie stand auf, warf Jorge einen naserümpfenden Blick zu und verließ den Raum.

»Zeit zum Gehen«, sagte Victor zu Jorge.

Jorge erhob sich von der Couch. »Wir gehen zurück zum Labor?« fragte er.

»Ich gehe nach Hause«, erklärte Victor, seinen Mantel nehmend. »Wohin Sie gehen, weiß ich nicht.«

»Ich gehe mit Ihnen, mein Freund.«

Victor war gespannt, ob es beim Verlassen des Firmengeländes irgendwelche Probleme geben würde. Aber der Wachposten am Tor salutierte wie üblich. Die Tatsache, daß ihn ein Chimera-Werkschutzmann begleitete, schien den Wachposten nicht weiter zu stören.

Als sie den Merrimack überquerten, langte Jorge herüber

ans Armaturenbrett und stellte das Radio an. Er suchte und fand einen spanischsprachigen Sender. Er drehte das Gerät auf volle Lautstärke und schnippte mit den Fingern im Takt der Musik.

Victor war klar, daß Jorge die erste Hürde war, die es zu überwinden galt. Als er in die Einfahrt bog und das Haus umrundete, begann er seine Alternativen abzuchecken. Unter der Scheune befand sich ein Keller mit einer soliden Tür. Das Problem war, den Mann dort irgendwie hineinzukriegen.

Als sie aus dem Wagen stiegen und die Garagentür sich senkte, überlegte Victor, ob er versuchen sollte, sich an Jorge heranzuschleichen und ihm eins über den Schädel zu geben, so, wie es ihm selbst passiert war, als er zum erstenmal auf VJs Labor gestoßen war. Victor öffnete die Tür zum Wohnzimmer und hielt sie Jorge auf, aber der bestand darauf, hinter ihm einzutreten.

Victor zog seinen Mantel aus und legte ihn über das Sofa. Inzwischen hatte er den Gedanken, Jorge von hinten niederzuschlagen, wieder verworfen. Er wußte, er würde den Mann entweder zu sanft oder zu hart treffen, und beides würde verhängnisvoll sein. Er würde irgend etwas anderes versuchen müssen. Aber was?

Victor dachte fieberhaft nach, doch es kam ihm keine Idee. Das änderte sich, als er die untere Toilette benutzte und sein Blick auf ein Fläschchen mit Aspirin im Wandschrank fiel. Der alte Arztkoffer, den er als Medizinstudent im vierten Semester geschenkt bekommen hatte, kam ihm schlagartig in den Sinn. Er hatte ihn während seiner ganzen Ausbildungszeit benutzt, und soweit er sich erinnern konnte, war er noch immer voll mit einer ganzen Auswahl handelsüblicher Medikamente.

Als er aus dem Badezimmer zurückkam, saß Jorge vor dem Fernseher im Wohnzimmer und wanderte ziellos durch die Kanäle. Victor machte sofort wieder kehrt und ging nach oben. Zu seinem Leidwesen stand Jorge auf und folgte ihm.

Aber im Arbeitszimmer gelang es Victor, Jorges Interesse erneut auf den Fernseher zu lenken. Victor trat ins Nebenzimmer und fand nach kurzer Suche den kleinen schwarzen Koffer.

Er nahm eine Handvoll Seconal, Valium und Dalmane heraus, steckte die Pillen in die Hosentasche und stellte den Koffer an seinen Platz zurück. Wieder im Arbeitszimmer, sah er, daß Jorge inzwischen das spanischsprachige Kabelprogramm entdeckt hatte.

»Ich nehme gewöhnlich einen Drink, wenn ich nach Hause komme«, sagte Victor. »Kann ich Ihnen irgendwas anbieten?«

»Was haben Sie denn?« fragte Jorge, ohne den Blick vom Fernseher abzuwenden.

»So ziemlich alles«, antwortete Victor. »Wie wär's, wenn ich uns eine Margarita mixen würde?«

»Was ist denn eine Margarita?«

Die Frage verblüffte Victor; er hatte gedacht, Margarita wäre ein beliebter südamerikanischer Drink. Nun, vielleicht war es eher was Mexikanisches als Südamerikanisches. Er erklärte Jorge, was eine Margarita war.

»Ich trinke das, was Sie trinken«, sagte Jorge.

Victor ging hinunter in die Küche. Jorge folgte ihm, setzte sich aber gleich wieder vor den Fernseher im Wohnzimmer. Victor nahm alle Zutaten aus dem Schrank, einschließlich des Salzes. Er mixte die Drinks in einem kleinen Glaskrug, und dann, nachdem er sich noch einmal vergewissert hatte, daß Jorge ihn nicht beachtete, brach er die einzelnen Kapseln auf und schüttete den Inhalt in die Flüssigkeit in dem Glaskrug. Zuletzt warf er das Valium hinein. Danach rührte er das Gebräu kräftig durch. Trotzdem war immer noch ein leichter Bodensatz auf dem Grunde des Krugs zu sehen. Er kippte das Zeug kurzerhand in den Mixbecher und schüttelte es ordentlich durch. Anschließend goß er es in den Glaskrug zurück, wartete, bis sich die Flüssigkeit beruhigt hatte, und hielt den Krug dann gegen das Licht. Jetzt war kein Bodensatz mehr zu sehen. Victor schätzte, daß die Mixtur genügend Knockout-Power enthielt, um einen Elefanten in Tiefschlaf zu versetzen.

Victor benetzte sich vorsichtig die Lippen mit dem Gebräu. Es hatte einen bitteren Nachgeschmack, aber wenn Jorge noch nie eine Margarita getrunken hatte, würde er den Unterschied nicht bemerken. Als nächstes versah Victor die Gläser mit einem stilechten Salzrand. Sein eigenes Glas schenkte er mit reinem Zitronensaft voll. Als er fertig war, trug er die beiden eingeschenkten Drinks und den Glaskrug ins Wohnzimmer und stellte sie auf den Kaffeetisch.

Jorge kippte seinen Drink hinunter, ohne den Blick vom Fernseher abzuwenden. Victor lehnte sich zurück und schaute sich ebenfalls das Programm an. Es schien sich um irgendeine Seifenoper zu handeln. Victor konnte zwar kein Spanisch, aber die Handlung war so simpel, daß er schnell begriff, worum es ging.

Aus dem Augenwinkel beobachtete er, wie Jorge sich zum Tisch vorbeugte und sich noch ein Glas einschenkte. Victor war froh, daß ihm das Zeug so gut schmeckte. Die ersten Anzeichen, daß es seine Wirkung tat, kamen ziemlich rasch. Jorge begann zu blinzeln. Es fiel ihm zusehends schwerer, seinen Blick auf den Bildschirm zu konzentrieren. Schließlich sah er zu Victor hinüber; seine Augen waren bereits glasig, und er konnte sie nur mit Mühe offenhalten. Der Alkohol mußte die Drogen sehr rasch und wirkungsvoll in seine Blutbahn befördert haben. Er hatte sein zweites Glas kaum angerührt, und schon jetzt konnte er kaum noch die Augen offenhalten.

Mit einem schlingernden Ruck versuchte Jorge aufzustehen. Er mußte begriffen haben, was passiert war, denn er schleuderte sein Glas mit einem wütenden Knurren quer durch den Raum. Mit torkelnden Schritten näherte er sich dem Telefon. Victor stellte blitzschnell sein Glas ab und packte Jorge von hinten, als er versuchte, den Hörer abzuheben und zu wählen. Jorge bemühte sich verzweifelt, sein Messer aus dem Stiefel zu ziehen, aber seine Bewegungen waren so unkoordiniert und träge, daß Victor nicht die geringste Mühe hatte, ihn zu entwaffnen. Keine Minute später schlief Jorge tief und fest. Victor wuchtete den schlaffen Körper des Südamerikaners auf die Couch. Dann holte er von oben eine Ampulle parenterales Valium, das er dort aufbewahrte, und injizierte dem Mann zusätzlich zehn Milligramm intramuskulär, um ganz auf Nummer Sicher zu gehen. Anschließend zog er den leblosen Körper quer über den Hof und vorbei an der Scheune. Mit einiger Mühe schleppte er ihn in den Keller und deckte ihn mit alten Decken und Lumpen zu, um seine Körpertemperatur stabil zu halten. Danach verschloß er die Tür mit einem Vorhängeschloß.

Erfüllt von dem befriedigenden Gefühl, die erste Hürde genommen zu haben, ging Victor ins Haus zurück, um sich in aller Ruhe den nächsten Schritt zu überlegen. Doch er war kaum zur Tür herein, als das Telefon läutete. Ein Schreck durchfuhr Victor: Was, wenn jemand versuchte, Jorge anzurufen, oder wenn Jorge den Auftrag hatte, sich in bestimmten Abständen bei VJ zu melden? Diese Möglichkeit hatte er nicht bedacht. Er wartete, bis das Klingeln aufhörte. Dann zog er seinen Mantel an und ging zu seinem Wagen. In Ermangelung irgendeiner besseren Idee beschloß er, zur Polizei zu fahren.

Die Polizeiwache befand sich an der Ecke des städtischen Parks. Es war ein zweistöckiges Ziegelgebäude mit zwei verzierten Lampenpfählen aus Messing, die von zwei Kugeln aus blauem Glas gekrönt wurden. Victor stellte seinen Wagen auf dem Besucherparkplatz ab und ging zum Eingang. Beim Verlassen des Hauses war er noch froh darüber gewesen, schließlich doch eine Entscheidung gefällt zu haben. Er hatte sich darauf gefreut, das ganze Problem endlich loszuwerden und jemand anderem vor die Tür zu laden. Aber als er die Stufen hinaufstieg, war er mit einemmal nicht mehr so sicher, ob sein Entschluß, die Sache der Polizei zu übergeben, richtig war.

Victor blieb zögernd vor der Eingangstür stehen. Seine größte Sorge war Marsha, doch es gab noch andere schwerwiegende Bedenken. Hatte VJ nicht gesagt, die Polizei würde nicht viel ausrichten können? Ärger mit ihr würde das Programm nur verlangsamen, aber nicht aufhalten? Und VJ würde draußen frei herumlaufen. Wenn die Polizei und die Justiz schon ihre Mühe hatten, mit simplen Punkern fertig zu werden, was würden sie dann gegen einen Zehnjährigen ausrichten können, der die Intelligenz von zwei Einsteins zusammengenommen besaß?

Victor rang noch immer mit sich, ob er nun hineingehen sollte oder nicht, als plötzlich die Tür aufflog, Sergeant Cerullo herausgestürmt kam und mit Victor zusammenprallte. Cerullo rettete mit einer Reflexbewegung seinen Hut, der ihm bei dem Zusammenprall vom Kopf gefallen war, und entschuldigte sich hastig. Erst in dem Moment erkannte er Victor. »Dr. Frank!« rief er. Er entschuldigte sich noch einmal, dann fragte er: »Was führt Sie denn in die Stadt?«

Victor suchte fieberhaft nach einer plausibel klingenden Ausrede, aber es fiel ihm keine ein. Die Wahrheit saß zu fest in seinem Kopf. »Ich habe ein Problem. Kann ich Sie sprechen?«

»Tut mir leid«, sagte Cerullo, »aber ich habe gerade Mittagspause. Wir müssen essen, wann immer sich die Gelegenheit bietet. Doch Murphy ist da. Er wird Ihnen helfen. Wenn ich vom Essen wiederkomme, werde ich mich vergewissern, ob sie Sie anständig behandelt haben. Halten Sie die Ohren steif!«

Cerullo knuffte freundlich Victors Arm, dann trat er zur Seite und hielt ihm die Tür auf. Jetzt hatte Victor gar keine andere Wahl mehr, als hineinzugehen.

»He, Murphy!« rief Cerullo seinem Kollegen zu, mit dem

Fuß die Tür aufhaltend. »Das hier ist Dr. Frank. Er ist ein Freund von mir. Daß du mir ihn ja zuvorkommend behandelst, verstanden?«

Murphy war ein stämmiger, rotgesichtiger, sommersprossiger irischer Polizist, dessen Vater schon Polizist gewesen war und ebenfalls der Großvater. Er schielte durch dicke Brillengläser zu Victor hinüber. »Ich bin in einer Minute soweit«, sagte er. »Nehmen Sie Platz!« Er deutete mit seinem Bleistift auf eine fleckige und verschrammte Eichenholzbank und wandte sich dann wieder einem Formular zu, das er mit sichtlichem Unwillen ausfüllte.

Victor setzte sich auf die Bank und ging in Gedanken die Unterhaltung durch, die er mit Officer Murphy führen würde. Er sah im Geiste, wie er dem staunenden rotgesichtigen Iren erzählte, daß er einen Sohn habe, der ein absolutes Genie sei, wie die Welt noch keines gesehen habe, und der dabei sei, eine Rasse geistig zurückentwickelter Arbeitssklaven in Glaskrügen heranzuzüchten, und der Menschen ermordet habe, um ein geheimes Labor vor der Entdeckung zu schützen, das er mit Geld aufgebaut habe, das er sich beschafft habe, indem er Betrüger in der Firma seines Vaters erpreßt habe. Allein schon der Versuch, die Fakten in Worte zu fassen, überzeugte Victor, daß kein Mensch ihm glauben würde. Und selbst wenn ihm jemand diese Geschichte glaubte, was würde dann passieren? Es würde absolut keine Möglichkeit geben, irgendeinen Zusammenhang zwischen VJ und den Todesfällen herzustellen. Es gab keine Indizien, nichts Handfestes. Und was die Laborausrüstung anging, die war nicht gestohlen, zumindest nicht von VJ. Und was die Herstellung des Kokains anbelangte, so war das arme Kind von einem ausländischen Drogenbaron dazu gezwungen worden.

Victor biß sich nervös auf die Unterlippe. Murphy kämpfte noch immer mit dem Formular, angesichts der Schwere der Aufgabe andächtig mit der Zunge über seine fleischigen Lippen fahrend. Er schaute nicht auf, also spann Victor seinen

Tagtraum weiter. VJ würde alle Verhöre und Vernehmungen lächelnd über sich ergehen lassen und völlig unbeschadet überstehen. Und er würde sein mit allen Schikanen ausgestattetes neues Labor in Betrieb nehmen; und es gab nichts, was er in diesem Labor nicht herstellen konnte. Und VJ hatte bereits hinlänglich bewiesen, daß er gewillt und bereit war, jeden aus dem Weg zu räumen, der es wagte, ihm in die Quere zu kommen. Victor fragte sich, wie lange er und Marsha unter diesen Umständen noch leben würden.

Mit einem Gefühl von Niedergeschlagenheit, das ihn den Tränen nahebrachte, mußte Victor sich eingestehen, daß sein Experiment zu erfolgreich gewesen war. Wie Marsha gesagt hatte – er hatte die Konsequenzen des Erfolgs nicht bedacht. Er hatte sich viel zu sehr von der Erregung hinreißen lassen, es zu tun, um sich irgendwelche Gedanken über das mögliche Ergebnis zu machen. VJ war weit mehr, als er in seinen kühnsten Träumen erwartet hatte, und das Gesellschaftssystem war ungenügend dafür gerüstet, mit einem Andersartigen wie VJ zurechtzukommen. Es war fast so, als käme er von einem anderen Stern.

»Okay«, sagte Murphy und warf sein Formular in einen Maschendrahtkorb auf dem Rand seines Schreibtischs. »Was können wir für Sie tun, Dr. Frank?« Er zog mit einem knakkenden Geräusch seine Finger auseinander; offenbar waren sie von der ungewohnten Schreibtätigkeit steif geworden.

Ohne große Zuversicht stand Victor auf und ging zum Schreibtisch hinüber. Murphy musterte ihn mit seinen blauen Augen. Sein Hemdkragen schien eine Nummer zu eng, und sein massiger Hals quoll in einer Falte darüber.

»Nun, was haben Sie auf dem Herzen, Doc?« fragte Murphy und lehnte sich zurück. Er hatte große, muskulöse Arme, und er sah genauso aus wie der Typ von Mann, dessen Auftauchen man sich gewünscht hätte, wenn einem gerade irgendwelche Kids die Radkappen klauten oder das Autoradio ausbauten.

»Ich habe ein Problem mit meinem Sohn«, begann Victor. »Wir haben herausgefunden, daß er mehrfach die Schule geschwänzt hat, um –«

»Entschuldigen Sie, Dr. Frank«, unterbrach ihn Murphy. »Aber sollten Sie da nicht besser mit einem Sozialarbeiter reden, mit jemandem in der Art?«

»Ich befürchte, ein Sozialarbeiter ist da nicht der richtige Ansprechpartner«, sagte Victor. »Mein Sohn hat beschlossen, sich mit kriminellen Elementen einzulassen, und –«

»Entschuldigen Sie, wenn ich Sie schon wieder unterbreche, Dr. Frank. Vielleicht hätte ich Psychologe sagen sollen. Wie alt ist Ihr Junge?«

»Er ist zehn«, antwortete Victor. »Aber er ist –«

»Ich muß Ihnen sagen, daß wir noch nie eine Meldung über ihn bekommen haben. Wie heißt er?«

»VJ. Ich weiß, daß –«

»Bevor Sie weiterreden«, fiel ihm Murphy erneut ins Wort, »muß ich Ihnen sagen, daß wir eine Menge Probleme damit haben, mit Jugendlichen zurechtzukommen. Ich versuche nur, Ihnen zu helfen. Wenn Ihr Sohn was wirklich Schlimmes getan hätte, wie sich im Park entblößen oder ins Haus von einer der Witwen einbrechen, dann wäre es vielleicht angebracht, uns einzuschalten. Ansonsten meine ich, daß ein Psychologe und vielleicht irgendeine altmodische Bestrafung das beste wären. Sie verstehen, was ich meine?«

»Ja«, sagte Victor. »Ich glaube, Sie haben völlig recht. Vielen Dank auch, daß Sie mir zugehört haben!«

»Keine Ursache, Doc«, erwiderte Murphy. »Ich bin offen zu Ihnen, weil Sie ein Freund von Cerullo sind.«

»Ich weiß das zu schätzen«, sagte Victor und löste sich mit einem Ruck vom Schreibtisch. Er wandte sich um und hastete zurück zu seinem Auto. Als er in seinem Wagen saß, stieg eine heiße Woge von Panik in ihm hoch. Ihm war mit einem Schlag bewußt geworden, daß er allein mit VJ fertig werden mußte. Niemand konnte ihm dabei helfen. Es lief auf die Auseinandersetzung Vater gegen Sohn, Schöpfer gegen Geschöpf hinaus. Der Gedanke verursachte ein heftiges Würgegefühl in seiner Brust. Er stieß die Wagentür auf und hielt den Kopf nach draußen, aber irgendwie schaffte er es, die Übelkeit zu verscheuchen, ohne sich zu erbrechen. Er schloß die Autotür wieder und preßte die Stirn gegen das Lenkrad. Er war schweißgebadet.

Victor mußte an die Geschichte mit Abraham und Isaak aus dem Alten Testament denken. Aber er wußte, daß es zwei riesige Unterschiede zu seiner Situation gab: Gott würde sich diesmal nicht einschalten, und Victor würde seinen Sohn nicht mit eigenen Händen töten können. Aber eins wurde ihm immer klarer, wurde zur grausamen Gewißheit: Entweder er oder VJ – einen dritten Weg gab es nicht.

Und dann war da natürlich noch das Problem Marsha. Wie sollte er sie aus dem Labor herauskriegen? Eine neue Woge von Panik schwappte über Victor hinweg. Er wußte, daß er rasch handeln mußte, bevor VJs Intelligenz zum entscheidenden Faktor werden konnte. Außerdem wußte er, wenn er jetzt nicht schnell handelte, würde er womöglich die Nerven und den Mut verlieren.

Victor ließ den Wagen an und fuhr wie in Trance nach Hause, verzweifelt nach irgendeinem Ausweg suchend, irgendeinem Plan. Zu Hause angelangt, ging er als erstes in den Keller, um nach Jorge zu sehen. Erleichtert stellte er fest, daß der Südamerikaner noch immer tief und friedlich wie ein Baby schlief, wohlig zusammengerollt unter seinem Berg aus Decken und Lumpen. Victor füllte eine leere Weinflasche mit Wasser und stellte sie neben den Kopf des Mannes.

Als er ins Haus kam, ließ ihn erneut das Schrillen des Telefons erschreckt zusammenfahren. Victor starrte auf den Apparat und rang mit sich, ob er abheben sollte oder nicht. Was, wenn es Marsha war? Als es zum viertenmal läutete, gab er sich einen Ruck und hob ab. Sein »Hallo!« klang ziemlich ängstlich – und mit gutem Grund. Die Stimme am anderen

Ende der Leitung war eine Männerstimme mit einem harten spanischen Akzent – und sie verlangte Jorge.

Victor hatte für einen Sekundenbruchteil einen völligen Blackout. Er begann am ganzen Leibe zu zittern. Die Stimme fragte erneut nach Jorge, diesmal mit einer Spur von Ungeduld.

»Er ist auf dem Klo«, preßte Victor heiser hervor.

Er brauchte kein Spanisch zu können, um zu begreifen, daß der andere ihn nicht verstanden hatte. »Toilette!« schrie Victor in die Sprechmuschel. »Er ist auf der Toilette!«

»Okay«, sagte der Mann.

Victor legte den Hörer auf. Wieder raste eine Woge von Panik durch seinen Körper wie ein Stromschlag. Ihm lief die Zeit davon. Er fühlte sich wie ein Fahrgast in einem Zug, der auf einen Abgrund zuraste. Ewig konnte er Jorge nicht auf dem Klo sitzen lassen. Spätestens nach dem nächsten erfolglosen Anruf würden sich Martinez' Gorillas in Bewegung setzen. Victor mußte plötzlich an Gephardt denken, und ihm wurde ganz schlecht.

Victor hieb mehrere Male seinen Kopf gegen den Türrahmen, in der verzweifelten Hoffnung, die Idiotie solchen Verhaltens werde ihn soweit zur Besinnung bringen, daß er wieder klar denken konnte. Er mußte sich etwas einfallen lassen. Viel Zeit blieb nicht mehr.

Feuer war Victors erster Gedanke. Schließlich war der Uhrenturm alt, und die Dielen waren trocken wie Zunder. Ihm schwebte irgendein gewaltiger, verheerender Schlag vor, der den ganzen Spuk auf einmal hinwegfegen würde. Aber das Problem bei Feuer war, daß man es löschen konnte. Und eine halbe Sache würde schlimmer als gar keine sein, denn dann würde Victor sich VJs unbändigem, geballtem Zorn gegenübersehen und Martinez' Horden.

Eine Explosion wäre besser, entschied Victor nach einigem Überlegen. Aber wie sie auslösen? Victor war sicher, daß er es irgendwie hinkriegen würde, eine kleine Bombe zu basteln, aber bestimmt keine, die genug Explosionskraft haben würde, um das ganze Gebäude in die Luft zu jagen.

Ihm würde schon irgendwas einfallen, aber zuerst mußte er Marsha befreien. Er ging in sein Arbeitszimmer und holte die Fotokopien, die er sich gemacht hatte, als er nach einem Zugang zum Keller des Gebäudes gesucht hatte. Vielleicht konnte er Marsha durch einen Tunnel rausbekommen. Aber schon ein kurzer Blick auf die Pläne brachte die niederschmetternde Erkenntnis, daß keiner der Tunnel in der Nähe des Wohnquartiers mündete, in dem Marsha festgehalten wurde. Er faltete die Pläne zusammen und steckte sie in die Hosentasche.

In diesem Moment klingelte wieder das Telefon. Diesmal ging er nicht dran. Er wußte, daß es jetzt höchste Zeit war, das Haus zu verlassen. VJ oder die Martinez-Bande würde mit Sicherheit mißtrauisch werden, wenn er ihnen erzählte, daß Jorge noch immer auf dem Klo säße. Es würde bestimmt nicht mehr lange dauern, bis sie auftauchten, um selbst nachzuschauen, was mit ihrem Kumpan los war.

Es war mittlerweile dunkel geworden, als Victor in den Wagen stieg und aus der Garage herausfuhr. Er schaltete die Scheinwerfer ein und nahm Kurs auf Chimera, ein Stoßgebet zum Himmel sendend, daß ihm unterwegs irgendeine Strategie einfallen möge, wie er Marsha heil aus dem Gebäude rausbekommen und die Welt von dem Damoklesschwert seiner eigenen Schöpfung befreien könnte.

Victor trat abrupt auf die Bremse und brachte den Wagen mit jaulenden Reifen am Straßenrand zum Stehen. Auf geradezu wundersame Weise begann ein Plan in seinem Kopf Gestalt anzunehmen. »Es könnte funktionieren«, murmelte er mit zusammengebissenen Zähnen. Er nahm den Fuß von der Bremse und trat das Gaspedal bis zum Bodenblech durch. Der Wagen schoß schlingernd vorwärts.

Victor konnte sich kaum im Zaum halten, während er die übliche Prozedur am Firmentor – »Ach, Sie sind's, Dr. Frank!

Einen Moment, ich mach sofort auf!« – über sich ergehen ließ. Dann fuhr er geradewegs zu dem Gebäude, in dem sich sein Labor befand, und parkte den Wagen direkt vor dem Eingang. Zu dieser vorgerückten Stunde war das Gebäude leer und abgeschlossen. Victor suchte mit zitternden Fingern nach seinem Schlüssel und schloß das Tor auf. In seinem Labor angekommen, zwang er sich erst einmal einen Moment zur Ruhe. Er setzte sich auf einen Stuhl, schloß die Augen und versuchte, jeden Muskel in seinem Körper so gut es ging zu entspannen. Langsam, aber sicher senkte sich sein Puls auf eine normale Frequenz. Victor wußte, wenn er den ersten Teil seines Plans erfolgreich umsetzen wollte, mußte er alle fünf Sinne beisammen haben. Und er brauchte eine ruhige Hand.

Victor hatte alles, was er benötigte, in seinem Labor. Er hatte jede Menge Glyzerin und sowohl Schwefel- als auch Salpetersäure. Er hatte auch ein geschlossenes Gefäß mit Kühlventilen. Zum erstenmal in seinem Leben zahlten sich die vielen langen Stunden, die er im Chemieraum auf dem College verbracht hatte, voll und ganz aus. Ohne Schwierigkeiten baute er ein System für die Nitrifizierung des Glyzerins auf. Während dieser Prozeß im Gange war, präparierte er die Neutralisationsküpe. Die bei weitem kritischste Phase bewerkstelligte er mit einem elektrischen Trockenapparat, den er unter einer Ventilationshaube aufstellte.

Während der Trocknungsprozeß im Gange war, besorgte sich Victor eine Zeitschaltuhr und eine Batterie und verband sie mit einem kleinen Zündfaden. Der nächste Schritt war der heikelste. Im Labor befand sich eine kleine Menge Knallquecksilber. Victor füllte es behutsam in einen kleinen Plastikbehälter. Dann drückte er vorsichtig den Zündfaden hinein und schloß den Deckel.

Unterdessen war das Nitroglyzerin trocken genug, um es in eine leere Mineralwasserdose zu füllen, die er im Abfallkorb gefunden hatte. Als die Dose etwa zu einem Viertel gefüllt war, schob Victor vorsichtig den Behälter mit dem Zündfaden hinein, bis er fest auf dem Inhalt der Dose ruhte. Dann tat er das restliche Nitroglyzerin hinein und versiegelte die Dose mit Paraffin.

Nachdem er alles in sein Laborbüro gebracht hatte, machte er sich auf die Suche nach einem geeigneten Behälter. In einem der Technikerbüros entdeckte er eine Aktenmappe. Er öffnete die Verschlüsse und kippte den Inhalt der Tasche kurzerhand auf den Schreibtisch. Mit der leeren Mappe ging er zurück in sein Büro.

Er stellte die Mappe auf seinen Schreibtisch und stopfte den Boden mit zusammengeknüllten Papierhandtüchern aus, um eine weiche Unterlage herzustellen. Behutsam legte er sodann die Mineralwasserdose, die Batterie und die Zeitschaltuhr auf die zerknüllten Papierhandtücher. Danach stopfte er weitere Papierhandtücher in die Mappe, bis sie voll war. Mit sanftem Druck schloß er sie und ließ die Verschlüsse zuschnappen.

Aus dem Hauptbereich des Labors holte Victor sich eine Taschenlampe. Dann zog er die Pläne hervor, die das Tunnelsystem zeigten. Er studierte sie sorgfältig und stellte dabei fest, daß einer der Haupttunnel vom Uhrenturm zu dem Gebäude führte, in dem sich die Cafeteria befand. Besonders ermutigend war die Tatsache, daß ganz in der Nähe des Uhrenturms ein Tunnel nach Westen abzweigte.

Die Aktenmappe so behutsam wie möglich haltend, ging Victor hinüber zum Cafeteriagebäude. Der Zugang zum Keller führte durch ein zentrales Treppenhaus. Victor stieg hinunter in den Keller und öffnete die schwere Tür, die den Tunnel zum Uhrenturmgebäude verschloß.

Victor leuchtete mit seiner Taschenlampe in den Tunnel. Er war aus Steinblöcken gebaut. Er erinnerte ihn an eine antike ägyptische Grabhöhle. Victor konnte nicht weiter als zwölf Meter voraus schauen, da der Tunnel an der Stelle einen scharfen Knick nach links machte. Der Fußboden war mit Schutt und Abfall bedeckt. Ein dünnes Rinnsal Wasser rann in die Richtung des Flusses, in unregelmäßigen Abständen kleine schwarze Pfützen bildend.

Victor holte tief Luft und trat in den kalten, muffigen Tunnel, die Tür hinter sich zuziehend. Das einzige Licht, das er jetzt hatte, war der Kegel, den der Strahl seiner Taschenlampe aus der Dunkelheit schnitt.

Victor schritt vorwärts, entschlossen, aber behutsam. Zu viel stand auf dem Spiel. Er konnte sich keinen Fehler leisten. In der Ferne vernahm er das Rauschen von Wasser. Binnen weniger Minuten hatte er ein halbes Dutzend Tunnel passiert, die von dem Haupttunnel abzweigten, in dem er sich befand. Je näher er dem Fluß kam, desto deutlicher hörte er das Rauschen des Wasserfalls.

Victor spürte, wie etwas an seinem Bein vorbeistrich. Er bekam einen solchen Schrecken, daß er um ein Haar die Aktenmappe fallen ließ. Sobald er sich wieder beruhigt hatte, leuchtete er mit der Taschenlampe in die Richtung, aus der er gekommen war. Ein Augenpaar glomm im Schein des Lichtkegels auf. Victor überlief ein Schauder, als ihm bewußt wurde, daß er eine Kanalratte von der Größe einer kleinen Katze anstarrte. Er raffte seinen Mut zusammen und ging weiter.

Aber nur wenige Schritte nach der Begegnung mit der Ratte rutschte Victor auf dem plötzlich schlüpfrig gewordenen Boden aus. Er versuchte verzweifelt, das Gleichgewicht zu halten, und hatte die Geistesgegenwart, die Mappe fest an sich zu pressen, als er gegen die Tunnelwand taumelte. Wie durch ein Wunder schaffte er es, sich auf den Beinen zu halten. Zum Glück war er mit den Ellbogen und nicht mit der Mappe gegen die Wand gestoßen. Wenn die Mappe gegen die Wand geprallt wäre, oder wenn er gefallen wäre, wäre sie unweigerlich explodiert.

Noch mal nahm Victor all seinen Mut zusammen und machte sich auf den nervenzerfetzenden Weg durch die unterirdische Hindernisbahn. Schließlich erreichte er den Seitentunnel, der im richtigen Winkel vom Haupttunnel abzweigte; es mußte jener kleine Tunnel sein, der nach Westen verlief. Mit neu erwachender Zuversicht folgte Victor dem Tunnel bis an den Punkt, wo er in den Keller des Gebäudes mündete, das sich unmittelbar flußaufwärts an den Uhrenturm anschloß.

Victor knipste seine Taschenlampe aus, sobald er gesehen hatte, wo sich die Treppe befand. Er konnte nicht das Risiko eingehen, daß der Widerschein des Lichtkegels womöglich von irgend jemandem im Uhrenturm bemerkt wurde.

Die nächsten fünfzehn Meter waren die schlimmsten von allen. Victor tastete sich äußerst behutsam vorwärts, bei jedem Schritt vorsichtig erst den rechten Fuß vorsetzend, bevor er den linken nachzog. Er umging den Abfall, so gut er konnte, ständig in der Furcht schwebend, er könne ausrutschen und hinfallen.

Endlich erreichte er die Treppe und stieg hinauf. Sobald er im ersten Stock angekommen war, trat er ans nächste Fenster und spähte hinüber zum Uhrenturmgebäude. Eine schmale Mondsichel war inzwischen im Osten aufgegangen und stand jetzt fast in einer Linie mit der Nachbildung des Big Ben. Victor beobachtete den dunklen Schemen des Gebäudes etwa zehn Minuten, aber er sah niemanden.

Dann schaute er zum Fluß. Er senkte den Blick ein wenig und entdeckte sein Ziel. Ungefähr fünfzehn Meter von der Stelle entfernt, an der er sich befand, war der Punkt, wo der alte Hauptabflußgraben vom Fluß abzweigte, um zum Uhrenturm und schließlich in den Tunnel zu führen.

Nachdem er sich noch ein letztes Mal vergewissert hatte, daß ihn vom Uhrenturm aus niemand beobachtete, verließ Victor das Gebäude, in dem er sich befand, und rannte hinüber zum Graben. Er lief so geduckt wie nur möglich, da er wußte, daß er hier am verwundbarsten war.

Sobald er den Graben erreicht hatte, ging er rasch zu der steilen Treppe direkt hinter den Schleusentoren. Ohne zu zögern stieg er die Treppe hinunter, sich dicht an der Granitwand haltend, um so wenig Sichtfläche wie möglich zu bieten. Auf dem Grund des Grabens angekommen, blickte er nach oben und stellte zu seiner Erleichterung fest, daß er nur noch den oberen Teil des Uhrenturms zu sehen vermochte. Das bedeutete, daß ihn von der Höhe des Erdgeschosses aus niemand entdecken konnte.

Victor verlor keine Zeit und ging direkt zu den beiden rostigen Torflügeln, die das Wasser im Mühlenteich zurückhielten. Bis auf ein winziges Leck am Grunde des Kanals, durch das ein dünnes Rinnsal sickerte, waren die alten Tore wasserdicht.

Victor bückte sich und legte vorsichtig die Mappe auf den Grund des Abflußkanals. Behutsam ließ er die Verschlüsse aufschnappen und öffnete die Mappe. Der Apparat hatte die Reise unbeschadet überstanden. Jetzt mußte er nur noch den Zündmechanismus einstellen.

Eine zu kurze Zeitspanne würde verhängnisvoll sein – aber eine zu große ebenfalls. Sein größter Trumpf war der Überraschungseffekt. Doch er vermochte beim besten Willen nicht vorauszusagen, wieviel Zeit er für seine nächste Aufgabe benötigen würde. Schließlich entschied er sich – mehr aus einer Laune denn aus rationalem Kalkül heraus – für dreißig Minuten. So behutsam wie irgend möglich klappte Victor den Deckel der Laborzeitschaltuhr auf. Auf Händen und Knien kauernd, schirmte er die Taschenlampe mit dem Körper ab und knipste sie an. Im Schein der Lampe stellte er den Timer auf dreißig Minuten ein.

Victor knipste die Lampe wieder aus und verschloß vorsichtig die Aktenmappe. Er holte noch einmal tief Luft, dann trug er sie zum Schleusentor und klemmte sie zwischen den linken Torflügel und die Stahlstange, die ihn stützte. Ein einziger rostiger Bolzen hielt die Stahlstange an ihrem Platz. Victor hatte das sichere Gefühl, daß dieser Bolzen die Achillesferse des Mechanismus war; er quetschte die Mappe so dicht an den Bolzen wie nur möglich. Dann stieg er die steile Granittreppe hinauf.

Vorsichtig spähte Victor, über den Rand des Grabens, ob er irgendwo Lebenszeichen in dem dunklen Uhrenturmgebäude erkennen konnte, aber alles war ruhig. Geduckt lief er zu dem nahe liegenden Gebäude zurück und stieg hinunter in das Tunnelsystem. Er tastete sich zum Cafeteriagebäude und wünschte sich bereits jetzt, er hätte sich mehr als dreißig Minuten gegeben.

Wieder unter freiem Himmel angelangt, rannte Victor zum Fluß und verlangsamte seinen Schritt erst, als der Uhrenturm in Sicht kam. Für den Fall, daß doch jemand Wache hielt, wollte er ganz normal erscheinen, wenn er sich dem Gebäude näherte, weder ängstlich noch verstohlen.

Völlig außer Atem kam Victor an der Treppe vor dem Eingang an. Er verharrte einen Moment, um zu verschnaufen, aber ein Blick auf seine Uhr ließ ihn erschreckt zusammenfahren. Ihm blieben gerade noch sechzehn Minuten. »Mein Gott«, murmelte er, als er die Stufen hinauf und durch die Türöffnung hastete.

Er rannte zu der Falltür und klopfte dreimal dagegen. Da niemand öffnete, klopfte er noch einmal, jetzt mit mehr Nachdruck. Immer noch regte sich nichts. Er bückte sich und tastete nach dem Metallstab, den er bei seinem letzten nächtlichen Besuch benutzt hatte, aber bevor er ihn finden konnte, ging die Falltür auf, und Licht flutete von unten herauf. Einer von Martinez' Leuten schob den Kopf durch die Öffnung.

Victor stieg die Treppe hinunter.

»Wo ist VJ?« fragte er, bemüht, so ruhig wie möglich zu klingen.

Der Wachtposten deutete auf den Raum mit den Gestationstanks. Victor machte sich auf den Weg zur Tür, doch bevor er sie erreichte, ging sie auf, und VJ kam heraus.

»Vater?« sagte VJ überrascht. »Ich hatte eigentlich nicht vor morgen mit dir gerechnet.«

»Ich konnte es nicht mehr erwarten«, erwiderte Victor mit einem Lachen. »Ich hab' erledigt, was ich zu erledigen hatte. Jetzt ist deine Mutter an der Reihe. Sie hat einige Patienten, die sie brauchen. Sie hat ihre Krankenhausrunde noch nicht gemacht.«

Victors Blick schweifte von VJ ab und wanderte einmal mehr durch den Raum. Er mußte jetzt entscheiden, wo er sich im Moment der Explosion aufhalten sollte. Am besten, dachte er, so nahe wie möglich bei der Treppe. Das Instrument, das am nächsten zur Treppe stand, war ein riesiger Gaschromatograph, und Victor entschied, daß er ihm seine Aufmerksamkeit widmen würde, wenn der Augenblick kam.

Direkt in der Mitte der Wand, die dem Fluß gegenüberlag, war die Öffnung des Kanals mit ihrer primitiven Luke aus roh behauenen Holzbrettern. Victor berechnete im Geiste die Kraft, die auf diese Luke einwirken würde, wenn das Schleusentor brach und das Wasser hereinschoß. Die dem Ansturm des Wassers vorausgehende Druckwelle würde wie eine Explosion wirken, und im Verein mit der Kraft des Wassers konnte sie das Fundament wegreißen und das ganze Gebäude zum Einsturz bringen. Victor schätzte, daß nach der Detonation etwa zweiundzwanzig Sekunden vergehen würden, ehe die Flutwelle hereinbrach.

»Ich glaube, es wäre ein bißchen verfrüht, wenn Marsha jetzt ginge« sagte VJ. »Und es wäre peinlich für Jorge, ständig bei ihr zu sein.« VJ hielt inne und starrte seinen Vater mit durchdringendem Blick an. »Wo ist Jorge überhaupt?«

»Oben«, sagte Victor, und ein Angstschauer lief ihm über den Rücken. VJ entging nichts. »Er brachte mich bis zur Falltür und blieb noch einen Moment oben, um eine zu rauchen.«

VJ blickte hinüber zu den beiden Wachmännern, die in Zeitschriften blätterten. »Juan! Geh hoch, und sag Jorge, er soll runterkommen!«

Victor schluckte unbehaglich. Seine Kehle war trocken wie

Pergament. »Marsha wird keine Probleme machen. Das garantiere ich.«

»Sie hat ihre Meinung noch immer nicht geändert«, sagte VJ. »Ich habe Mary Millman zu ihr geschickt, damit sie versucht, mit ihr zu reden, aber sie beharrt unerschütterlich auf ihrem sturen moralistischen Standpunkt. Ich befürchte, sie wird Ärger machen.«

Victor warf einen verstohlenen Blick auf seine Armbanduhr. Neun Minuten! Er hätte mehr Zeit veranschlagen sollen. »Aber Marsha ist Realistin«, platzte Victor ungeduldig heraus. »Sie ist stur. Das ist weder dir noch mir neu. Und außerdem hast du ja mich. Sie würde nie irgendwas unternehmen, solange sie weiß, daß du mich hier hast. Abgesehen davon würde sie gar nicht wissen, was sie machen sollte, selbst wenn sie versucht wäre, irgendwas zu unternehmen.«

»Du bist nervös«, sagte VJ.

»Natürlich bin ich nervös«, fuhr Victor ihn an. »Jeder wäre nervös unter diesen Umständen.« Er zwang sich zu einem Lächeln, um lockerer zu wirken. »In erster Linie bin ich aufgeregt – wegen deiner tollen Leistungen. Ich würde heute abend zu gern diese Liste mit den Wachstumsfaktoren sehen.«

»Es wird mir ein Vergnügen sein, sie dir zu zeigen«, erklärte VJ stolz.

Victor schlenderte hinüber zu der Tür, die zum Wohnbereich führte, und öffnete sie. »Nun, das ist ja schon mal ermutigend«, sagte er und sah VJ an. »Du hast bereits nicht mehr das Gefühl, daß du sie einschließen mußt. Das ist doch schon ein echter Fortschritt, würde ich meinen.«

VJ verdrehte die Augen.

Victor ging eilig in den kleineren Raum, in dem Marsha und Mary saßen.

»Victor, schau nur, wer hier ist!« empfing ihn Marsha, auf Mary deutend.

»Wir sind uns bereits begegnet«, erklärte Victor und nickte Mary zu.

VJ stand in der Tür, ein seltsames Grinsen auf dem Gesicht. »Nicht jedes Kind hat drei legitime biologische Eltern«, sagte Victor in dem Bemühen, die Spannung zu lockern. Er schaute erneut auf seine Uhr: nur noch sechs Minuten.

»Mary hat mir ein paar interessante Dinge von dem neuen Labor erzählt«, sagte Marsha mit feinem Spott, den nur Victor wahrnehmen konnte.

»Wunderbar«, erwiderte Victor, »das ist wunderbar! Aber du mußt jetzt gehen, Marsha! Du hast Dutzende Patienten, die verzweifelt darauf warten, daß du dich um sie kümmerst. Jean ist einem Nervenzusammenbruch nahe. Sie hat mich schon dreimal angerufen. Ich habe meine dringendsten Sachen soweit erledigt; jetzt bist du an der Reihe.«

Marsha musterte VJ, dann schaute sie Victor an. »Ich dachte, du wolltest dich um alles kümmern«, sagte sie in gereiztem Ton. »Bei etwaigen Notfällen kann Valerie Maddox jederzeit einspringen. Ich glaube, es ist wichtiger, daß du erst einmal erledigst, was du zu erledigen hast.«

Victor mußte sie hier rausschaffen. Warum ging sie nicht einfach? Hatte sie wirklich kein Vertrauen zu ihm? Glaubte sie wirklich, er würde der Sache einfach ihren Lauf lassen? Mit einem plötzlichen Gefühl von Traurigkeit wurde Victor bewußt, daß er ihr in den letzten Jahren nicht viel Grund gegeben hatte, etwas anderes von ihm zu erwarten. Aber es nahte eine Lösung, und sie war nur mehr wenige schreckliche Minuten entfernt.

»Marsha, ich will, daß du gehst und deine Patientenrunde machst. Sofort!«

Aber Marsha rührte sich nicht vom Fleck.

»Ich glaube, ihr gefällt es hier!« spottete VJ. In dem Moment rief ihn einer der Männer aus dem Hauptteil des Labors, und er ging hinaus.

Halb von Sinnen vor Angst und Erregung, beugte sich Victor zu Marsha hinüber und zischte ungeachtet der Tatsache, daß Mary mithörte: »Du mußt auf der Stelle hier raus! Vertrau mir!«

Marsha blickte ihm in die Augen. Victor nickte. »Bitte!« stöhnte er. »Verschwinde von hier!«

»Wird irgendwas passieren?« fragte Marsha.

»Ja, um Himmels willen!« zischte Victor.

»Was wird denn passieren?« fragte Mary, nervös zwischen den Franks hin und her blickend.

»Und was ist mit dir?« fragte Marsha, Mary ignorierend.

»Mach dir wegen mir keine Sorgen!« fuhr Victor sie verzweifelt an.

»Du wirst doch nicht irgendwas Törichtes anstellen?« fragte Marsha.

Victor schlug die Hände vors Gesicht. Die Spannung wurde unerträglich. Keine drei Minuten mehr, verriet ihm ein Blick auf die Uhr.

VJ erschien wieder in der Tür. »Jorge ist nicht oben«, sagte er zu Victor.

Mary wandte sich zu VJ. »Gleich wird irgendwas passieren!« schrie sie.

»Was?« fragte VJ.

»Er hat irgendwas vor«, sagte Mary mit banger Stimme. »Er hat irgendwas geplant.«

Victor schaute auf seine Uhr: noch zwei Minuten.

VJ rief nach den Wachmännern, dann packte er Victors Arm. »Was hast du gemacht?« brüllte er und schüttelte ihn.

Victor verlor die Beherrschung. Die Spannung war zu groß geworden, und die Furcht übermannte ihn. Er brach in Tränen aus. Einen Moment lang war er außerstande, ein Wort herauszubringen. Er wußte, daß er versagt hatte. Er hatte der Herausforderung nicht standgehalten.

»Was hast du gemacht?« schrie VJ und schüttelte ihn erneut. Victor ließ es willenlos geschehen.

»Wir müssen alle sofort aus diesem Labor raus«, preßte Victor unter Tränen hervor.

»Warum?« fragte VJ.

»Weil das Schleusentor gleich aufgehen wird.«

VJ brauchte einen Moment, um diese Information zu verarbeiten.

»Wann?« fragte er, seinen Vater wieder schüttelnd.

Victor schaute auf seine Uhr. In weniger als einer Minute würde es soweit sein. »Jetzt!«

VJ starrte seinen Vater mit lodernden Augen an. »Ich habe auf dich gezählt«, sagte er mit glühendem Haß. »Ich dachte, du seist ein echter Wissenschaftler. Nun, jetzt bist du Geschichte.«

Victor sprang auf und stieß VJ zur Seite. VJ stolperte über ein Stuhlbein und fiel der Länge nach hin. Victor packte Marsha beim Handgelenk und zerrte sie von ihrem Stuhl hoch. Er bugsierte sie durch das Wohnquartier und in das Hauptlabor.

VJ war sofort wieder auf den Beinen und rannte hinter seinen Eltern her, den Wachen zurufend, sie sollten sie aufhalten.

Von ihrer Bank aus war es den beiden Wachtposten ein leichtes, Victor den Weg abzuschneiden und ihn festzuhalten. Irgendwie schaffte es Victor noch, Marsha die Treppe hinaufzustoßen. Sie rannte ein paar Stufen hoch, dann blieb sie stehen und wandte sich um.

»Lauf!« schrie Victor ihr zu. Dann, an die beiden Wachtposten gewandt: »Das ganze Labor wird in ein paar Sekunden in die Luft fliegen. Glaubt mir!«

Als sie Victors Gesichtsausdruck sahen, glaubten sie ihm. Sie ließen ihn los und stürmten die Treppe hinauf, sich an Marsha vorbeizwängend.

»Wartet!« brüllte VJ aus der Mitte des Hauptlabors. Aber es gab kein Halten mehr. Selbst Mary stürmte an ihm vorbei und rannte zur Treppe.

Marsha verschwand durch die Falltür, dichtauf gefolgt von Mary.

VJ blitzte seinen Vater mit vor Haß funkelnden Augen an. »Ich habe auf dich gezählt!« kreischte er. »Ich habe dir vertraut. Ich dachte, du wärst ein Mann der Wissenschaft! Ich wollte wie du sein. – Wachen!« schrie er. »Wachen!« Aber die Wachen hatten längst das Weite gesucht.

VJ wirbelte herum, auf das Hauptlabor starrend. Dann blickte er hinüber zum Gestationsraum.

In diesem Moment ließ das gedämpfte Dröhnen einer gewaltigen Detonation den Keller erbeben. Ein Geräusch wie Donner begann den Raum zu erfüllen und in Schwingungen zu versetzen. VJ spürte, was kommen würde, und wollte zur Treppe rennen, aber Victor sprang vor und packte ihn.

»Was tust du?« schrie VJ. »Laß mich los! Wir müssen hier raus!«

»Nein!« rief Victor über das Rumoren hinweg. »Nein, wir gehen nicht!«

VJ versuchte verzweifelt sich loszureißen, aber Victor hielt ihn mit eisernem Griff fest. Beinahe mußte er lächeln, als ihm bewußt wurde, daß sein Sohn trotz all seiner Geisteskraft noch immer lediglich die Körperkraft eines Zehnjährigen hatte.

VJ wand sich und keilte aus wie ein Rasender, aber Victor griff mit seinem freien Arm unter VJs Knie und riß den Jungen von den Beinen.

»Hilfe!« schrie VJ. »Wachen!« Doch seine Stimme ging in einem dumpfen Grollen unter, das immer mehr anschwoll und die Glasgefäße im Labor erklirren ließ. Es war wie der Beginn eines Erdbebens.

Victor ging hinüber zu der primitiven Luke, die die Öffnung des Schleusentunnels bedeckte. Einen Meter vor ihr blieb er stehen. Er blickte hinunter in die eisblauen Augen seines Sohnes, die ihn herausfordernd anstarrten.

»Es tut mir leid, VJ.« Aber die Entschuldigung galt nicht für das, was in diesem Moment seinen Lauf nahm. Das tat ihm nicht leid. Doch Victor fühlte, daß er seinem Sohn Abbitte schuldete für das Experiment, das er vor über zehn Jahren in einem kleinen Labor durchgeführt hatte. Jenes Experiment, das seinen hochintelligenten, aber gewissenlosen Sohn hervorgebracht hatte. »Lebwohl, Isaak!«

Im selben Moment brachen hundert Tonnen Wasser durch die Wandöffnung. Das alte Schaufelrad in der Mitte des Raumes begann sich wie wild zu drehen, die alten verrosteten Zahnräder und Wellen zum erstenmal seit Jahren in Bewegung setzend, und für einen kurzen Moment schlug die riesige Uhr in der Spitze des Turmes mit heiser dröhnendem Klang. Aber die entfesselten Wassermassen zerschmetterten rasch alles, was in ihrer Bahn war, und unterspülten selbst die riesigen Granitblöcke des Fundaments in Minutenschnelle. Mehrere der größeren Blöcke verschoben sich, und die Balken, die das erste Geschoß trugen, begannen zu bersten und umzuknicken. Zehn Minuten nach der Explosion begann der Turm selbst zu wanken und dann wie in Zeitlupe in sich zusammenzufallen. Das einzige, was schließlich von dem Gebäude und dem geheimen Kellerlabor übrigblieb, war ein sumpfiger Brei aus Schutt und Geröll.

Epilog

Ein Jahr später

»Da ist noch eine Patientin«, sagte Jean und steckte den Kopf zur Tür herein, »dann haben Sie frei.«

»Eine außer der Reihe?« fragte Marsha, leicht beunruhigt. Sie hatte geplant, spätestens um vier Uhr fertig zu sein. Wenn sie jetzt noch diese zusätzliche Patientin drannahm, würde sie nicht vor fünf wegkommen. Unter normalen Umständen hätte ihr das nichts ausgemacht, aber heute war sie um sechs mit Joe Arnold verabredet, Davids altem Geschichtslehrer. Er wollte sie in die Zoohandlung im Einkaufszentrum begleiten, um den Retrieverwelpen abzuholen, zu dessen Kauf er sie überredet hatte. »Er wird dir guttun«, hatte er gesagt. »Tiertherapie. Glaub mir, wenn jeder, der psychische Probleme hat, sich einen Hund anschaffen würde, wärt ihr Psychiater bald arbeitslos!«

Ein paar Tage, nachdem er in den Zeitungen von der Tragödie gelesen hatte, hatte er Marsha angerufen, um ihr zu sagen, wie leid es ihm tue und daß er es immer bereut habe, sich nach Davids Tod nicht bei ihr gemeldet und ihr sein Beileid ausgesprochen zu haben. Im Laufe der Zeit hatten sich die beiden angefreundet. Joe schien entschlossen, ihre selbstgewählte Isolation aufzubrechen.

»Die Frau ließ sich nicht abwimmeln«, sagte Jean. »Wenn ich sie heute nicht dazwischengequetscht hätte, hätten wir sie eine ganze Woche nicht sehen können. Sie sagt, sie sei ein Notfall.«

»Notfall!« knurrte Marsha. Echte psychiatrische Notfälle waren zum Glück selten. »Okay!« sagte sie mit einem Seufzer.

»Sie sind ein Engel!« Jean zog die Tür zu.

Marsha ging um ihren Schreibtisch herum und setzte sich hin, um die vergangene Sitzung auf Diktaphon zu sprechen.

Als sie fertig war, schwenkte sie ihren Stuhl herum und blickte aus dem Fenster auf die malerische Landschaft. Der Frühling nahte. Das Graubraun des Winters begann einem zarten Grün zu weichen. Bald würden die Krokusse herauskommen. An den Bäumen waren schon die ersten kleinen Knospen zu sehen. Marsha holte tief Atem. Sie hatte einen langen Weg hinter sich. Es war gerade etwas über ein Jahr vergangen seit jener schicksalhaften Nacht, in der sie ihren Mann und ihren zweiten Sohn durch einen »tragischen Unglücksfall« so hatten die Medien es genannt – verloren hatte. Die Zeitungen hatten sogar ein Foto von dem rostigen Bolzen gebracht, der offenbar dem Druck eines alten Schleusentors nicht standgehalten hatte, das wiederum den Fluten des vom Frühjahrshochwasser angeschwollenen Merrimack erlegen war. Marsha hatte nie versucht, der Geschichte zu widersprechen. Sie hatte es vorgezogen, den Alptraum in einer scheinbar zufälligen Tragödie enden zu lassen. Es war so viel einfacher als die Wahrheit.

Es war ihr ungeheuer schwergefallen, mit ihrem Kummer fertig zu werden. Sie hatte das große Haus verkauft, das sie und Victor gemeinsam bewohnt hatten, und sich von ihren Chimera-Aktien getrennt. Mit einem Teil des Erlöses aus diesen Verkäufen hatte sie ein entzückendes Haus an einer Meeresbucht in Ipswich erstanden. Es war von dort nur ein kurzer Fußmarsch zum Strand mit seinen prachtvollen Sanddünen. Sie hatte manches Wochenende allein am Strand in schwermütiger Abgeschiedenheit verbracht, ungestört von jeglichen Geräuschen, außer dem Rauschen der Wogen und dem gelegentlichen Kreischen einer Seemöwe. Seit sie klein war, hatte Marsha stets Trost in der Natur gefunden.

Weder Victors noch VJs Leiche war je gefunden worden. Offenbar hatte die gewaltige Kraft der Strömung sie Gott weiß wohin gespült. Aber die Tatsache, daß es keine Leichen gab, machte Marsha den Prozeß des Verarbeitens und Sichabfindens nur um so schwieriger – wenngleich nicht aus den Gründen, die die meisten Psychiater vermuten würden. Jean hatte

Marsha taktvoll vorgeschlagen, daß sie sich selbst einer Therapie unterziehe, aber Marsha hatte sich ihrem sanften Drängen widersetzt. Wie hätte sie erklären sollen, daß sie dadurch, daß keine sterblichen Überreste gefunden worden waren, das unbehagliche Gefühl nicht loswerden konnte, daß die grausige Episode noch nicht vorüber war? Auch von den vier Föten waren keine Überreste gefunden worden freilich hatte danach auch niemand gesucht, da ja niemand von ihrer Existenz wußte. Aber auch Monate danach hatte Marsha quälende Alpträume gehabt, in denen sie am Strand entlangging und plötzlich einen Finger oder einen Fuß aus dem Sand ragen sah.

Marshas bester Therapeut war ihre Arbeit gewesen. Nachdem der erste Schock und der erste Kummer ein wenig nachgelassen hatten, hatte sie sich regelrecht hineingestürzt; sie hatte sogar freiwillig zusätzliche Stunden in verschiedenen Gemeindeeinrichtungen gearbeitet. Und Valerie Maddox war ihr ebenfalls eine große Hilfe gewesen; sie hatte viele Wochenenden bei Marsha in deren neuem Strandhaus verbracht. Marsha wußte, daß sie Valerie viel verdankte. Marsha schwenkte den Stuhl wieder zu ihrem Schreibtisch herum. Es war vier Uhr – Zeit, die letzte Patientin dranzunehmen und dann zur Zoohandlung zu fahren. Marsha signalisierte Jean über den Summer, daß sie bereit war. Sie stand auf und ging zur Tür. Als sie die Karteikarte für die neue Patientin von Jean entgegennahm, fiel ihr Blick auf eine Frau von etwa fünfundvierzig Jahren, die halbverdeckt hinter Jean stand. Sie lächelte Marsha zu, und Marsha lächelte zurück. Marsha machte ihr ein Zeichen, hereinzukommen.

Marsha ließ die Tür angelehnt und ging zu dem Sessel, den sie immer bei ihren Sitzungen benutzte. Neben ihm war ein kleiner Tisch mit einer Schachtel Papiertücher für Patienten, die ihrer Emotionen nicht Herr werden konnten. Ihr gegenüber standen zwei weitere Sessel.

Als Marsha die Frau in ihr Büro kommen hörte, wandte sie sich um, um sie zu begrüßen. Die Frau war nicht allein.

Ein dünnes Mädchen von etwa zehn Jahren, das bleich und verhärmt aussah, folgte ihr. Das sandfarbene Haar des Mädchens war strähnig und ungewaschen. In seinen Armen lag ein blondes Baby, das etwa achtzehn Monate alt sein mochte. Das Baby hielt eine Zeitschrift umklammert.

Marsha fragte sich, wer von den beiden wohl die Patientin war. Wer auch immer es war, sie würde darauf bestehen müssen, daß die andere hinausging. Für den Moment sagte sie weiter nichts als: »Nehmen Sie bitte Platz!« Marsha beschloß, sie die Gründe ihres Kommens vortragen zu lassen. Sie hatte im Laufe der Jahre die Erfahrung gemacht, daß diese Technik mehr Informationen lieferte, als es jede Frage-und-Antwort-Sitzung vermochte.

Die Frau hielt das Baby, während das Mädchen sich in einen der Sessel vor Marsha setzte, und legte es dann in den Schoß des Mädchens zurück. Das Baby – es war ein Junge – schien ganz vertieft in die Illustrationen der Zeitschrift. Marsha fragte sich beiläufig, warum sie das Kind wohl mitgebracht hatten. Es konnte doch bestimmt nicht so schwierig sein, einen Babysitter zu bekommen.

Marsha hatte den Eindruck, daß das Mädchen nicht in bester körperlicher Verfassung war. Seine hagere Gestalt und seine extrem bleiche Gesichtsfarbe deuteten auf eine Depression, wenn nicht gar auf Unterernährung hin.

»Ich bin Josephine Steinburger, und das ist meine Tochter Judith«, begann die Frau. »Vielen Dank, daß Sie uns noch drangenommen haben! Wir sind ziemlich verzweifelt.«

Marsha nickte aufmunternd.

Mrs. Steinburger beugte sich vertraulich vor, sprach aber laut genug, daß Judith es hören konnte. »Meine Tochter hier ist nicht allzu gescheit, wenn Sie verstehen, was ich meine. Sie macht mir schon seit langem nichts als Kummer. Drogen, von zu Hause weggelaufen, sich mit ihrem Bruder zanken, schlechte Freunde, diese Sachen.«

Marsha nickte erneut. Sie warf einen Blick auf die Tochter, um zu sehen, wie sie auf diese Kritik reagierte, aber das Mädchen starrte bloß desinteressiert vor sich hin.

»Diese Kinder treiben ja allen möglichen Unfug heutzutage«, fuhr Mrs. Steinburger fort. »Sie wissen schon, Sex und all das. Wenn ich daran denke, wie ich noch jung war! Ich wußte erst, was Sex ist, als ich schon zu alt war, um noch Spaß daran zu haben, wenn Sie verstehen, was ich meine.«

Marsha nickte abermals. Sie hoffte, daß die Tochter sich an dem Gespräch beteiligen würde, aber sie blieb stumm. Marsha fragte sich, ob sie möglicherweise unter Drogen stand.

»Jedenfalls«, berichtete Mrs. Steinburger weiter, »erzählt mir Judith, sie hätte noch nie Sex gehabt, und deshalb war ich ganz schön überrascht, wie Sie sich denken können, als sie vor einem halben Jahr plötzlich dieses Freudenbündel kriegt.« Sie lachte sarkastisch.

Marsha war nicht überrascht. Von allen Abwehrmechanismen war Verdrängung derjenige, der am häufigsten vorkam. Viele Teenager versuchten anfangs, sexuelle Kontakte zu verleugnen, obwohl der Beweis überwältigend war.

»Judith sagt, der Vater von dem Kind war ein junger Bengel, der ihr Geld gegeben hätte, damit er seine kleine Röhre in sie reinstecken darf.« Mrs. Steinburger verdrehte die Augen. »Ich hab' ja schon viele Ausdrücke dafür gehört, aber ›kleine Röhre‹ ist mir noch nie untergekommen...«

Marsha unterbrach selten Leute, die in ihre Sprechstunde kamen, aber in diesem Fall hatte die Person, um die es eigentlich ging, noch keinen Laut von sich gegeben. »Vielleicht wäre es besser, wenn die Patientin mir ihre Geschichte mit ihren eigenen Worten erzählen könnte.«

»Wie meinen Sie das, mit ihren eigenen Worten?« fragte Mrs. Steinburger und zog verwirrt die Stirn kraus.

»Genauso, wie ich es gesagt habe«, erwiderte Marsha. »Ich bin der Ansicht, daß der Patient die Geschichte erzählen oder daß er zumindest überhaupt etwas beitragen sollte.«

Mrs. Steinburger lachte herzhaft, dann beherrschte sie sich wieder. »Entschuldigung, aber das war jetzt wirklich lustig. Mit Judith ist alles okay. Sie ist jetzt sogar ein bißchen verantwortungsvoller geworden, seit sie Mutter ist. Der Kleine ist durcheinander. Er ist der Patient.«

»Oh, natürlich«, sagte Marsha, einigermaßen verdattert. Sie hatte schon einige Kinder in Behandlung gehabt, aber noch nie Babys.

»Der Junge ist ein Quälgeist«, fuhr Mrs. Steinburger fort. »Er hört einfach nicht.«

Marsha forderte sie auf, sich ein bißchen deutlicher auszudrücken. Viele Eltern konnten ihre Babys Quälgeister nennen. Sie brauchte spezifischere Symptome. »Inwiefern ist er ein Problem?« fragte sie.

»Ah!« rief Mrs. Steinburger. »Sie nennen es, er macht es. Ich sag' Ihnen, der Junge treibt uns noch in den Suff.« Sie wandte sich dem Kind zu. »Sieh die Dame an, Jason!«

Aber Jason war in seine Zeitschrift vertieft.

»Jason!« rief Mrs. Steinburger. Sie beugte sich zu dem Jungen hinüber, riß ihm die Zeitung aus der Hand und warf sie auf Marshas Schreibtisch. Erst jetzt bemerkte Marsha, daß es die jüngste Ausgabe des *Journal of Cell Biology* war.

»Der Junge kann schon besser lesen als seine Mutter. Neuerdings will er einen Chemiekasten haben.«

Marsha fühlte, wie eine Woge der Angst in ihr hochschoß und ihr die Kehle zuschnürte. Langsam senkte sie den Blick.

»Ehrlich gesagt, hab' ich Angst, einem Kind von anderthalb Jahren einen Chemiekasten in die Hand zu drücken«, sagte Mrs. Steinburger. »Das ist doch nicht normal. Hinterher jagt er noch das ganze Haus in die Luft.«

Marsha schaute auf den Jungen in Judiths Schoß. Das Kind erwiderte ihren Blick mit seinen durchdringenden eisblauen Augen. Er strahlte eine Aura von Intelligenz aus, die seinem engelhaften Babygesicht völlig hohnsprach. Marsha fühlte sich plötzlich um zehn Jahre zurückversetzt. Dieser

Junge war das absolute Ebenbild von VJ, als dieser im gleichen Alter gewesen war.

Marsha war sofort klar, was sie da vor sich hatte: die letzte Zygote. Die, von der VJ behauptet hatte, sie sei ihm bei seiner Implantationsstudie verlorengegangen. Ein Kind, das aus ihrem eigenen sechsten Ovum entstanden war.

Marsha war vor Entsetzen wie gelähmt. Ein kleiner Schrei entrang sich ihrer Brust, als sie die schreckliche Wahrheit begriff: Der Alptraum war nicht vorüber.

Mrs. Steinburger sprang auf und kam zu Marsha herüber. »Frau Dr. Frank?« fragte sie besorgt. »Sind Sie okay?«

»Ich … es geht schon wieder«, sagte Marsha matt. »Entschuldigung! Ich bin okay.« Sie konnte ihren Blick nicht von dem Kind losreißen.

»Also, was ich sagen wollte«, fuhr Mrs. Steinburger fort, »dieser Junge macht uns noch irre. Neulich wollte er erst –«

Marsha schnitt ihr das Wort ab. Alle Kraft zusammenraffend, um das Zittern aus ihrer Stimme herauszuhalten, sagte sie: »Mrs. Steinburger, wir werden einen Termin für Jason selbst vereinbaren müssen. Ich glaube wirklich, daß es das beste wäre, wenn ich ihn allein sprechen könnte. Aber es muß an einem anderen Tag sein.«

»Nun, wie Sie meinen«, erwiderte Mrs. Steinburger. »Sie sind die Ärztin. Sie wissen, was richtig ist. Ein paar Tage werden wir es schon noch aushalten. Ich hoffe nur, Sie können uns helfen.«

Sobald sie draußen waren, schloß Marsha die Tür hinter ihnen und lehnte sich ermattet dagegen. Sie seufzte und sagte laut: »Das hoffe ich auch.« Sie wußte, daß sie irgend etwas gegen dieses Kind unternehmen mußte, diesen Wunderknaben, dessen Gemeinheit die ihres Sohnes womöglich noch übertreffen mochte. Aber was?

Sie nahm den Hörer ab, um Joe Arnold anzurufen, daß sie ein bißchen später kommen würde. Allein seine Stimme am Telefon zu hören, half ihr, sich wieder ein wenig zu beruhigen.

»Nun, ich bin froh, daß du nicht versuchst, mir abzusagen.«

Er lachte herzlich. »Ich habe mir gedacht, wir könnten heute abend vielleicht zu Hause essen. Man kann einen Hund schließlich nicht gleich an seinem ersten Abend im neuen Heim allein lassen. Ich hoffe, du erträgst meine Kochkünste mit Haltung. Ich mache ein tolles Chili. Ich hab' es gerade in Arbeit.«

Marsha hoffte, eine ganze Reihe von Dingen mit Haltung zu ertragen, angefangen bei der Wahrheit. Und von den Menschen, denen sie am nächsten stand – Valerie, Joe, Jean –, war vielleicht Joe derjenige, dem sie sich anvertrauen sollte, derjenige, auf den sie am meisten zählen konnte. »Chili klingt gut«, sagte sie. »Und ich hätte auch Lust, zu Hause zu essen.« Es lag ihr auf der Zunge, ihm von Jason zu berichten, aber die paar Stunden würde sie es noch aushalten. Sie wollte nichts am Telefon erzählen.

»Prima! Ich dachte schon langsam, ich müßte mich als Patient anmelden, um dich mal alleine zu treffen. Also, dann um sieben in der Zoohandlung? Ich glaube, die haben bis acht geöffnet.«

»Gut, dann um sieben. Und ... vielen Dank, Joe!«

Sie legte den Hörer auf und holte ihren Mantel.

Als Marsha zu dem Einkaufszentrum fuhr, fühlte sie sich schon viel besser; allein der Gedanke, daß sie bald jemandem die wahre Geschichte von Victors und VJs Tod erzählen würde, stimmte sie erleichtert. Sie hatte die ganze Sache so lange mit sich herumgeschleppt. Es würde ihr ungemein guttun, sie sich endlich von der Seele zu reden. Und es machte sie um so froher, daß sie Joe hatte, mit dem sie reden konnte. Seit dem Tag, an dem er in ihr Leben getreten war, war er ein richtiger Glücksfall für sie gewesen.

Sie fuhr auf den Parkplatz des Einkaufszentrums, suchte sich einen Platz ganz in der Nähe des Eingangs der Zoohandlung und stellte den Motor ab. Sie hielt sich am Lenkrad fest und brach in leises Schluchzen aus. Irgendwie würde sie diesem letzten Dämonenkind entgegentreten und mit Joes Hilfe den Alptraum, den ihr Mann begonnen hatte, für immer beenden.

Genehmigte Lizenzausgabe 2006 für Verlagsgruppe Weltbild GmbH,
Steinerne Furt, 86167 Augsburg

7. Auflage 2007

Projektleitung: Julia Kotzschmar
Übersetzung: Joachim Pente
Umschlaggestaltung: Hauptmann und Kompanie
Werbeagentur GmbH, München
Umschlagabbildung: Copyright © images.com/hemera
Satz: Uhl + Massopust GmbH, Aalen
Druck und Bindung: GGP Media GmbH,
07381 Pößneck

Gedruckt auf chlorfrei gebleichtem Papier

Printed in the EU

ISBN 978-3-89897-322-9